生死革命梦

明小天 著

第一部 抗日战争

加拿大国际出版社

Canada International Press

No part of this publication may be reproduced, stored in a retrieval system, or transmitted in any form or by any means,electronic, mechanical, photocopying, recording, or otherwise,without written permission of the publisher. For information regarding permission, write to service@intlpressca.com

书名：生死革命梦

作者：明小天

封面设计：童童

出版：加拿大国际出版社

Life and Death: The Dream of Communist Revolution

Written by: Xiaotian Ming

Cover Design:Tong Tong

Published by: Canada International Press

www. intlpressca. com

Email: service@intlpressca. com

ISBN 978-1989763-56-8

ISBN 978-198976356-8

9 781989 763568

Ebook ISBN 9781989763575

版权所有，翻印必究

Copyright @2021, All Rights Reserved

从西安事变
到文化大革命
从天堂到地狱。

一代人的追求、
一代人的奋斗、
一代人的痛苦、
一代人的绝望。

史诗笔法，春秋文字。

血泪共产路，生死革命梦。

内容简介

　　作者以其作为中共中坚阶层的父亲为原型，塑造了一个大时代的普通人。主人公在跟随中共以后逐渐担任各级干部职位，几十年来经历各种历史事件。他从一个为光明和前途而奔赴延安的热血青年转变为谙熟中共官场斗争的老官僚，虽历经挫折磨难却始终在理想和现实中挣扎，以憧憬明君贤相的开明治世始，以探索民主自由的普世价值终。本书是首部从共产党干部的角度来全方位、真实描写中国当代历史的纪实小说，带领读者经历当年各种指示及运动执行的过程，各种人物从过程到结果的不同表现，形象而具体的描写了中国几十年来（从延安时期到改革开放）的社会变迁，为当年事件亲历者唤起当年的回忆，也为不了解当年历史的新一代提供鲜活的历史人物轨迹。作者力图站在中间立场，客观记述中共功过。书中所有人物，上至谢富治、李井泉、赵紫阳等大人物，下至中共基层干部和普通老百姓，没有圣人，没有十恶不赦，也没有简单的是非好坏判断。作者希望通过这些人物在历史大潮中的升降起伏，悲欢离合来表现巨变洪流中千变万化的个人命运。本书情节大开大合，一波三折，既有宏伟的战争场面又有冷酷的政治权斗、既有细腻的感情纠葛又有壮丽的山川河流，情景交融，文史并茂。

第一部内容为抗战时期，第二部为国共内战，第三部从共产党建国到三反五反（第一、二、三部已完稿），以后将要面世的第四部第五部将直面更敏感的反右、大跃进、大饥荒、七千人大会，文化大革命等重大历史事件，敬请期待。

自 序

　　王婆卖瓜，自卖自夸算是古老的商业推销，在以铜臭为香的现代社会叫广告。文人自有文人的清高，耐不得如此粗俗，称其曰：序。

　　序要有本事的人请更有本事的人做，不管通过人情还是难以明言的黄白之物，当然最后的目标是所谓的名人效益。譬如湖南韶山，兴许就产些家酿土酒，偏能整出个特产毛公酒，明显借用了伟大领袖的名头。其实伟大领袖留下的传闻虽多，认真还没听说老人家有"斗酒诗百篇"的豪情，算是拉大旗做虎皮吧。我秉持王老先人的教诲，不承认自己没本事，就略带含蓄地说：大不了咱自己做篇序。起码和文人们拉近点亲缘关系。

　　上研究生时读过安娜·拉林娜回忆布哈林，记得那封《致未来一代党的领导人的信》结尾一句话带给我强烈的震撼。"在你们向共产主义胜利进军时所高举的旗帜上，也洒有我的一滴鲜血。"那种沉痛和惨烈，除了让人悲哀就剩下无语。布哈林是平反了，可几十年已经过去，神幡早变成了裹脚布。人类第一个社会主义国家苏联的创建者，苏共的第一代领导人如布哈林、斯大林、托洛斯基、季诺维也夫等都是历经艰险，九死一生的幸存者，没有坚强的理想信念很难想象他们能坚持到革命胜利。然而革命胜利后这伙人搞的却是你死我活的党内斗争。斯大林一人成为恶魔，其他人则沦为专制碾压下的悲惨冤魂。中共胜利后的毛泽东时代也大同小异。共产主义精魂在血与火中诞生，在血与泪中衰落。世上最崇高的理想毫无例外地导致了最残酷的内斗。为什么？

相信很多学者对此已作过深入探讨，但鲜有文艺作品全面、生动并超脱地反映中国这场三千年来罕见的社会巨变，让我们从普通人的角度去感受那种暗藏在社会深处，看不见摸不着的的历史必然。毕竟复杂的社会问题没有简单的学术答案。

我父亲在西安事变后参加红军，经历了抗日战争，三年国共内战和建国后整个毛泽东时代。他长期在中共主管意识形态的宣传部门担任要职，往往身不由己地卷入到建国后历次运动的漩涡中心。这些运动包括大家熟悉的三反五反、反右、大跃进、三年"自然灾害"、文化大革命、反击右倾翻案风等等，结果是中共从当初的朝气蓬勃蜕变成今天的老气横秋。在我成长成熟至关重要的少年时期恰逢中共政治斗争最为激烈的文化大革命，父亲、母亲和他们的同志、战友经常在家里议论、讨论甚至激烈争执中共的政策和人事安排，发表对政治局势走向的看法。这些观点毫无疑问对我的个人立场产生了极大的影响并反映到这部书中。出国以后我在工作之余几乎没有找不到其他的文娱活动，就想在父亲留下的材料基础上积攒出一部小说，再现中共革命中那些普通人的理想追求、迷惘犹豫，苦闷沉沦和挣扎奋斗，再现他们的笑、他们的哭；他们的欢乐、他们的痛苦；他们的真诚坦荡和虚伪无耻；以及他们对一个似乎唾手可得又飘渺无影的乌托邦的无限希冀和最后绝望。这是过时的书呆子献祭过时的理想主义者。我不求深刻，但求有人在饭后茶余把玩这几页消逝的过眼烟云，也算没有白费力气。

小说以我父亲的经历为原型，书中的大多数人物和事件都有所依据，当然很多是时人的只言片语或道听途说，读者切不可当真去对号入座。涉及的一些重要且真实的历史人物如谢富治、李井泉、张国华和赵紫阳等，一方面是为了给读者提供艺术真实的氛围，另一方面也方便作者在写作中对大时代进行分段处理。对这些人物，作品力求大关节准确无误，至少依照我个人的观点，但细节多为演义，更不要当成历史去考据。

小说原名《父亲的革命》，因与国内的出版物重名而改成《生死革命梦》，现完成了第一部抗战，第二部国共内战和第三部从解放到三五反。在网上陆续发表部分章节后反响较好，不少读者还来信索取完整书稿，给我极大的鼓励。国内也有几家出版社的编辑希望出版本书，无奈因种种原因未能实现。我也因此对加拿大国际出版社的支持非常感谢。

回到卖瓜赚吆喝："瓜甜，但有点苦。"

明小天

二〇二一年九月十七日夜

于美国马里兰州盖瑞斯堡家中

目　录

第一部

抗战

第一章 小妮子

一

公元一九四九年的黎明可谓春风得意。当时他的顶头上司是谢富治。

谢富治是二野三兵团政委，黎明是兵团宣传部长。他们在进军大西南的路上，听到毛泽东在天安门城楼上庄严宣布："中华人民共和国成立，中国人民从此站起来了。"

那天黎明正好和谢富治坐在一辆美制吉普车上，穿行在湘西的蜿蜒山道中。吉普车是淮海战役的战利品，据说是国民党十二兵团司令黄维的座驾，车上带着一台收音机。收音机声音时断时续，电波声嘈杂。这一带丘陵起伏，不时可见几牙奇峰怪石突兀其间。峰回路转的山岭之间，溪水明净，跌宕多姿，红黑小鱼游戏其中。溪畔各色野花点点，绿草茵茵。树丛中清泉滴露，苔滑癣嫩，鸟鸣莺啼，氛围秀丽清幽。谢富治让司机在山口停车，他走出车外，在路边的清澈小溪中洗了把脸。甩干手上的水珠，独自走上山岗。只见浓雾消散，一缕金光从云缝隙中渗漏出来，给绿的峰岩抹上一丝亮色，好像在人面前展开了一幅恬静的水墨画。

谢富治蹲下，点燃一支烟，长吸一口，脸色平静地对跟在身后的黎明说："黎明，该成个家了。"

黎明砰然心动，但不露声色地笑笑，没有回答。他感觉谢富治今天吃错了药。谢富治是一个严肃而稳健的人，严肃到使人敬畏，稳健得近于孤僻。

司机不耐烦开国大典转播中夹带的杂音，悄悄给收音机换了个台，换来了另一个播音员铿锵有力的声音："我们很快就要在全国胜利了。夺取这个胜利，已经是不要很久的时间和不要花费很大的气力……，

"可能有这样一些共产党人，他们是不曾被拿枪的敌人征服过的，他们在这些敌人面前不愧英雄的称号；但是经不起人们用糖衣裹着的炮弹的攻击，他们在糖弹面前要打败仗……，

"夺取全国胜利，这只是万里长征走完了第一步……

经典的语言。但黎明和谢富治对这段讲话已经倒背如流，根本没注意听。

谢富治若有所思地问："你说张良功成身退以后，真会在云梦泽一带隐居吗？"

"这谁弄得清楚？还不是大家传说。反正张良是名人，拉到谁身上，谁脸上就有光彩。"黎明不知道他在想什么，随便答道。

"无产阶级可不能这么消极。打江山，你还得学会坐江山嘛。"谢富治甩掉手中的烟头，站起身。

"那是封建社会，狡兔死，走狗烹。我们的情况不一样。"

"打了那么多年仗，也没心思注意周围长个什么样，这儿的风景挺不错嘛。听说有一个大作家，很会写湘西的风情。"

"是沈从文，都是些唧唧呀呀的琐碎感情，没意思。"黎明答。

"无产阶级就不讲感情吗？"谢富治转过头："无产阶级也得生儿育女呢。"

部队过江后搞到一批布料，全军从上到下换上了新军装，可把这支叫花子一般的军队美的。黎明还搞了一套美国进口卡基面料的军服，穿在身上，既挺括又展拓，颇有些威风。只有谢富治，依旧穿着那身浆洗得发白的灰布旧军装，一副土得掉渣的老农形象。此时此刻，两人站在湘西的田园山水之间，黎明看上去倒像个上级领导，而谢富治就像个参谋随从。

谢富治站起身，指点着前面山坳中的十几间灰瓦房问："那儿是哪个部队？"

黎明随便瞟了一眼，马上说："西南军大三兵团分校。都是些学生娃，大多是部队渡江后在江浙地区招收的。"

他们身后传来清亮的歌声，原来是一队英姿飒爽的女兵走过来。当头的队长看见两位首长，举手敬礼，朗声道："报告首长，军大七兵团分校二大队正在野外训练。"

谢富治含笑还礼，亲切地回答："继续训练。"

黎明的目光注意到队伍末尾的一个女孩。只见她中等个头，圆润微椭的脸蛋，翘鼻梁，亮眼睛，鲜艳如桃花，文静若幽兰。姑娘和黎明的目光对视了一秒，便羞红了脸，低头嘤咛一声："首长。"不再言语。

黎明望着她远去的背影，怅然若失。

谢富治看着黎明魂不守摄的模样，难得地露齿一笑："老黎，咱们一言为定，你给我讲全套的《史记》，我负责给你找个老婆。"

临近全国胜利，许多人或多或少开始松懈，而谢富治却以罕见的急迫心情开始学习新东西，他最兴趣的就是中国历史。

黎明对谢富治的提议嗤之以鼻："看你说的，找老婆还能做买卖？这也不用打仗下命令，凭什么要你这个当政委的包办？"

"过日子嘛，就那么回事儿。太在乎感情未必好。"谢富治好长时间没言语，仿佛陶醉在湘西独特的山水画中。长期的战争经历，让黎明和他的战友们适应了快节奏和粗线条，突然的时光倒流，他们多少有点措手不及。谢富治从上衣口袋中掏出一封信交给黎明。信，谢富治肯定已经看过，因为它在路上走了多半年，封皮早已破损。黎明接过来瞟了一眼落款，就不动声色把它放进了自己的衣袋，他不想让对方看出自己感情的波澜。

公元一九九一年十二月二十五日，苏联的镰刀斧头红旗在克里姆林宫上空缓缓降落。看着自己毕生奋斗的理想变成了人人喊打的落水狗，黎明深受刺激。不久，他带着一种无以言状的惆怅驾鹤而西。

黎明去世后，家人在他的书柜角落处找到一个黑丝绒布包裹的红漆木匣子。里面放着一个玉白色的青磁小葫芦。葫芦下面折叠整齐地压着一封颜色发黄的信笺，上面写着几行绢秀的小字：

"黎明同志；

我们有过一段感情，但都已经过去。我现在有了个家，对方也是一位很好的革命同志。请勿再来信打搅我们的生活。

致以革命的敬礼

祝好，再见

竺青（小妮子）

一九四九年五月二十七日。"

二

小妮子就是黎明的初恋，是他心中挥之不去的倩影。说起来这事还得追溯到一九三七年的山西侯马，和谢富治也还扯得上点关系。

一九三七年九月，八路军一二九师东渡黄河北上抗日。过黄河后，黎明所在的连队首先在同浦路南段的侯马镇集结。

侯马古称新田，位于山西省南部汾河与浍河交汇处的平原地带，是春秋时期中国头号霸主晋国的都城。秦统一后，由于侯马始终地处通衢要冲，历来是山西的富庶之地。

民国以来，军阀混战，许多地方民不聊生。然而，这里在阎锡山的统治下，生活却相对安定。老百姓大多住的是窑洞式房屋。窗子上，炕沿上，墙上，箱柜上装饰着各种色彩的花纹和图案，不外乎是些"连（莲）年有余（鱼）"，"聚（菊）财进宝（包）"，"金玉（金鱼）满堂（塘）"，"欢（獾）天喜地"等吉祥画。画图有油漆的，有剪纸，也有印刷的年画式样，到处给人一种红火喜庆印象。各家各院，屋里屋外收拾得整整齐齐，打扫得干干净净。不少人家还栽培了花花草草。从大人到小孩衣着打扮都挺讲究，言谈举止也相当开通。黎明没想到在即将到来的残酷岁月前，他们还能在这里过上几天短暂的舒心日子。

黎明当时在师的随营学校二连当文化教员。二连连长叫秦毅辉，红军时期当过团长，西路军失败后，被收容到这支新部队中当了连长。文化教员总是跟着连部跑，平时，他和连部几个小鬼经常和连长指导员住在一起。这些小鬼都来自边远地区，贫苦农民出身，没见过大城镇，一进侯马，简直就是目瞪口呆。

"山西不是土皇帝阎老西的地盘嘛，咋还这么有钱？"通讯员罗志远，外号小骡子，首先嚷起来。他的思维很直线：阎锡山是坏蛋，坏蛋能让大家过好日子，还要什么革命？

黎明想到以前听说的晋商传闻，就给小骡子解释："这里的人很多在外边做生意，会赚钱，所以比较富裕。"

司号员小杨是陕北人，看见人家日子过得比自己家乡好，心里不平衡。他鼻子一哼，面露不屑地："小时候我就听家里人说，山西人是舍命不舍财，抠门着呢。"然后，异常热心地对黎明说："哎，文化教员。我给你讲个故事，关于老西的，我大舅告诉我的，可乐死人了，哈哈哈。有一个老西在外边发了财，带着满背兜银子回家，路上要过一条河。船家问他要船钱，老西只肯给一个铜板，一个铜板哪。哈哈哈，太好笑了。船家不干，就把船划走了。老西只好自己淌水过河，可是越走水越深，快到肚脐了，连忙伸出两个指头大喊："船家，给你添一个铜板。"船家还是不肯。哎呀，笑死人了。你看老西他还往前走，水淹脖子了，老西赶紧伸出三个手指，意思是给三个铜板，还没喊出声，一个大浪打来把老西打得四脚朝天，连人带钱喂了王八。太有意思了。"

可惜谁都没笑，只有小杨自个顾自个地前仰后合。黎明听过后完全没把它当回事儿，心说咱汉中人不也调笑湖北九头鸟嘛，都是些狭隘的地方主义情绪。

在侯马休整，部队依旧要上文化课，照例是黎明主讲。文化教员嘛，干的就这差事儿。

黎明记得初到部队第一次上文化课的情景。他备完课跨出房间，看见全连官兵包括连长秦毅辉都安安静静，整整齐齐坐在场院上等候。黎明刚站到黑板前，秦毅辉就站起来大吼一声："全体起立，敬礼。"

上百官兵唰地一声站起来，黎明只看见几百只眼睛像灯泡一样照着自己，真是头皮子发麻。

黎明诚惶诚恐，手忙脚乱把手举到帽沿，算是还礼。他咽了一口口水，先让大家坐下，然后说了几句不成样的客套话，转身拿起粉笔小心谨慎在黑板上写下一个句子：抗日民族统一战线，开始解释："这是党在现阶段的中心政策。先分开看几个单词：抗日，民族，统一，战线。抗日就是打击日本帝国主义。日本鬼子到中国来欺负我们，我们当然要拿起枪和他干，所以要抗日。仔细看看'抗'字。'抗'有抵御的意思，把什么东西用手推出去，所以用提手旁表示这个动作是'用手'来做，而单个的'亢'这里主要代表发音。同样打倒日本帝国主义的'打'字也是提手旁，表示打人这个动作也是靠手来完成。"

黎明记得大多数红军战士对文化学习非常认真刻苦。社会的不公，让这群放牛娃出身的年轻人在黄金般的童年岁月中被剥夺了学习的机会。是共产党领导的红军让他们重新找到了做人的尊严。他们在打江山，更渴望长点本事将来能够好好地坐江山。黎明每次上课时，都能从他们在小本儿上拉出的一笔一划中感受到老牛拉犁般的深耕力度。

到侯马上文化课时，黎明已经是老油条了。他随心所欲，挥洒自如，手上的粉笔灰夹杂着口中的唾沫在空中飞舞。突然一团稚嫩的红云扑到眼前，原来是房东大爷的宝贝孙女小妮子。小妮子十三四岁，扎着两个小辫子，红扑扑脸蛋，一双亮亮的大眼睛，两条小腿就像装了弹簧，只会蹦蹦跳跳，从没有安静走路的时候。小妮子瞪着黎明大声说："长官，该家去吃饭了。爷爷说饺子已经下锅，再不吃就'焊'住了。"

三

全场一愣，黎明也不知道该说啥，求援似的目光投向秦毅辉。意外的是，他发现所有人，包括连长指导员都转头向后排张望，那儿坐着一位神态严肃的首长。黎明不知道首长什么时候来的，但马上认出他是原红四方面军总部干部部的部长谢富治。黎明抗大毕业分配到部队，没几天就差点被指导员龙文枝当成肃反对象，是谢富治救了他。

　　这也是黎明没事找事儿，不过从这件事也可以看出他的严谨认真劲儿。通常，黎明给全连上文化课，上到连长，下到勤务员，炊事员都去听，只有指导员龙文枝从来不参加。龙文枝在红军时期当过师的政治部主任，所以黎明认定他很有水平。不幸指导员头一次讲政治课，就把黎明讲得云里雾里。那天是讲"抗日救国十大纲领"。本来黎明在抗大见过"真佛"，还大家一块儿讨论过，对其非常熟悉。不料下到部队，听到的却是土地庙里的泥菩萨翻来覆去念歪经。龙文枝边读文件边解释："中国共产党抗日救国十大'网'（纲）领。什么叫网领，大家都打过鱼，见过鱼网，一收网鱼都跑不掉。网领的意思就就是把什么东西都包括在内。"

　　"二，实行全国军事的'统'（总）动员，哦，就是统一全国的军事力量一致对外。"

　　"五，抗日的外交政'第'（策）。这里说的是外交阵地，还有经济阵地，文化阵地。就是说我们和日本人打仗时，这些阵地统统要守住。没有上级的命令，谁也不能撤退。"

　　"九，'消'（肃）清汉奸卖国贼亲日派，巩固后方。清是干净，消清就是消灭干净汉奸卖国贼。"

　　黎明听得抓耳挠腮。一开始他只是闲着没事儿，把龙文枝念错的字一个个记了下来。准备点谈资笑料，和宣传队的几个朋友分享。后来发现一篇短短的"纲领"，竟错了二十多处。这是一百多号人在下面听哪，简直是误人子弟。黎明有股子与生俱来的强烈责任感，很可能受他父亲影响。他父亲是中学国文教师，一辈子为人师表，容不得半点马马虎虎，吊儿郎当。

怎么办？黎明想起报到那天指导员自己说过的话：先走群众路线。

他找的第一个群众是小骡子。黎明问能不能看看他的政治课笔记。小骡子很高兴，文化教员亲自指导，还有什么不行？马上从包里翻出小本儿，凑在黎明跟前仔细询问。黎明不看则已，一看心都凉了半截，那上面念错的，写错的，意思领会错误的数不胜数。他感觉自己很难在纠正错误的同时，又不伤害指导员在小骡子心中的形象。随后，黎明再翻翻司号员小杨的本子，发现所有错误都大同小异，肯定不是个别战士的理解问题。所以在以后几天，黎明就留了个心眼，把龙文枝的大小错误统统记录下来，分门别类，整理清楚。然后连同校正，工工整整誊在几张白纸上，第二天呈递给指导员。

龙文枝正伏在桌上写东西，看到黎明进来很高兴："黎明同志，你的教学方法不错嘛，战士们反应很好，连秦麻子都说涨了见识。"

"唔，龙指导员，关于连里的政治文化课，我有点想法，不知道，能不能？"

"好啊，好啊。有想法就是一种积极的态度嘛。我们欢迎，有什么想法呀？"

黎明恭恭敬敬用双手把勘误表递给龙文枝，接着试图解释几句。

龙文枝脸色由黄转红，又由红变得铁青，他'砰'地一声放下勘误表，恶狠狠地瞪着黎明，口气严厉地反问："你懂得什么叫民主集中制吗？"

黎明一愣，不知该如何回答。

　　龙文枝站起身来，抓起黎明给他的几张勘误表在空中挥舞："你提的这些意见，说我念错字。很好，这就叫民主。反映到我这里，我说怎么念，就怎么念；哪些改，哪些不改，由我决定。这就叫集中，明白吗？"

　　"可是，这是中国文字，"黎明低着头，还想辩解一下。

　　"没有什么'可是'，一切行动听指挥。"

　　"那--，"黎明满腔热情换来这么个结果，很不甘心，还想捉摸点东西。

　　"还有什么事吗？"龙文枝坐回到桌子后面，冷冰冰的声音像扔出块砖头。

　　"政治课我在抗大听过，是不是以后可以不参加，腾出时间准备文化课？"黎明的声音像蚊子叫。

　　龙文枝半晌没吭声，脸色由青变黑，突然爆发出一阵杀气："你懂什么是'指鹿'吗？"

　　"啊，知道。"指鹿为马，谁不知道呀。但黎明丈二和尚摸不着头脑，怎么指导员用上这个典故，不是自己找骂吗？

　　龙文枝一根手指对着黎明戳戳点点，说话像打机关枪："指鹿，指鹿，指鹿是军队的生命，人人都得上政治课，这是红军铁的指鹿。你胆敢不上政治课，知道后果吗？"

　　知道不知道，黎明都没心思多想了，他立正敬礼，转身出门，心中忿忿道：感情哥们儿把纪律说成了指鹿。

四

　　第二天，龙文枝在例行的政治课结束后突然发难："现在，我想占用文化课的时间来讲讲政治课的问题。部队新来了一些文化人，很好，我们欢迎。但文化人不可避免地带有小资产阶级的自由散漫。如果我们不立即纠正他们的错误观点和倾向，他们就会像蛀虫一样迅速腐蚀整个的红军队伍。"

　　他走到黎明身边一字一顿，严肃地说："黎明同志，请你站起来。"

　　黎明只得站起，心里发毛。

　　"你是文化教员，大知识分子。今天我来给你上一课，讲点工农红军的基本常识。工农红军不是工农，更不是普通老百姓。工农红军是工人和农民反抗压迫剥削的铁拳。这只铁拳靠什么力量来握紧？"龙文枝一边吼叫，一边对着黎明的脸挥舞拳头，吓得黎明直往后缩脖子。"就是靠无产阶级政治。我们政治课的目的是什么？不是为了你说的准确文字去用词造句。政治课的灵魂就是把党的路线方针政策灌输到每个红军战士心底，让他们自觉自愿地为劳苦大众打天下。"

　　"没有准确的用词造句，如何把中央的指示准确无误地告诉每一个战士？"黎明小声嘀咕，他觉得龙文枝简直是强词夺理。

　　"你敢狡辩？我问你：不想上政治课，是不是想取消政治在红军中的生命线？"

　　"咦，指导员，怎么这么说话？我不上政治课，主要还是为了腾出点时间准备文化课。抗日救国十大纲领，我在抗大就学过。怎么叫取消政治在红军中的生命线？"黎明梗直脖子说。

"住口。黎明，你不要太猖狂。我警告你，根除右倾资产阶级自由性，是工农红军铁的纪律。你胆敢再狡辩，我们就要对你执行纪律。"

黎明哪里还敢再说话。

接着就是大家发言。每个人都显得义愤填膺。这个说文化教员平时对训练吊儿郎当，那个说他对工作挑肥拣瘦。突然，连部通讯员小骡子站起来，用稚气的尖声细嗓叫道："俺揭发，文化教员最喜欢东打听西打听，到处翻看俺们的学习笔记。俺怀疑他是国民党特务。"

会场气氛顿时大变，龙文枝双手拄着桌子，眼睛开始发红。黎明心中发慌："指导员，你说的让我上课前先走群众路线，做些调查嘛。"

"群众的眼睛是雪亮的，他们分得清真假。来人。"龙文枝话音刚落，黎明就看见两个五大三粗的保卫干事站起身。

幸亏连长秦毅辉站起来，不以为然地说："算了算了。黎明同志刚下部队，对很多事有个适应过程。我们要重在他今后的表现，对他进行更多的考验。"

后来，黎明满怀感激地对秦毅辉提到此事，没想到，他老兄说要感谢你还是感谢谢富治吧。

五

　　事情的原委是这样的。黎明挨了龙文枝的训后心头郁闷，就到援西军政治部找朋友邵英诉苦。邵英和黎明是中学同学，西安事变后一起参加抗大。抗大毕业，黎明被分配到基层连队，而邵英到了援西军政治部。

　　他找到邵英。正好还有几个在抗大的同学也凑了过来，大家一看黎明那张勘误表顿时哈哈大笑。

　　"这算啥？我们宣传队长给我们上课，大讲九一八日本人发动卢沟桥事变，抢占了东北四省。这七七事变才几天哪？"

　　邵英拉着黎明到了个僻静处才说："黎明，你太书呆子气了。这里是军队，比不得抗大。军队从来就不是讲理的地方。我二表兄在西北军当过兵，就因为连长一句话他没听清，被马鞭子抽瞎了一只眼睛。他告诉我有些人还因为一点小事送了命呢。咱们刚参加部队，属于屁也不是的小兵蛋子，凡事能顺就顺着人家走，吃饱了撑的提什么意见？搞得不好，真可能白白把自己的命搭上，何苦来着。"

　　黎明说："我以后小心点。哎，你不是在军政治部吗？能不能找机会给上边的大干部反映反映。连起码的文字都稀里糊涂，还抗啥子日？"

　　邵英捉摸了一会儿，不太自信地说："我试试看吧。"

　　邵英找的是顶头上司谢富治。他在和谢富治的谈话中拐弯抹角地问："连队究竟欢不欢迎知识分子？"

　　谢富治拿出龙文枝给援西军政治部打的报告给邵英看："这个黎明是你的同学吗？"

　　邵英挺够哥们儿，赌咒发誓说他和黎明一起参加革命，敢保证他没有问题。谢富治皱皱眉头，回答道："嗯，明天张浩政委要过来，你直接给他反映吧。"

　　第二天，邵英等在谢富治的办公室门前，果然堵住了政委张浩。张浩听了邵英的反映，又看了龙文枝的报告，干脆地对谢富治说："你不是要下部队吗？把这件事也顺便查一下。当前我们的主要任务：一是部队改编，二是揭批张国焘右倾机会主义路线，咱们援西军可是重灾区呀。我党现在有知识的人不多，抗大学员是我们的宝贵财富，处理时千万要慎重，不能为这些小事分散我们当前的注意力。"

　　黎明当然不知道这些情节。他只注意到来了个大干部，身挂皮套盒子枪。那时能带这种短枪的人不多，况且他后面还跟了个背木壳驳壳枪的警卫员。谢富治面色黝黑，石头一般坚硬的脸上看不出任何表情，但他态度和蔼，给惶恐不安的黎明一种怪怪的信赖感。他找了黎明，同时还找其他一些抗大学员个别谈话，了解他们分到部队后的情况。和黎明谈话时，谢富治说话很婉转，先问了些生活和军事训练方面的问题：伙食好不好，习不习惯？投弹刺杀，队列早操有什么想法？接着漫不经心地问起了政治文化课的情况。黎明大胆地把龙文枝和政治课的事都一五一十说了。谢富治听着黎明的陈述，没有说更多的话。谈话结束后，黎明有点忐忑不安，老揣摩谢富治的谈话究竟什么意思？吉凶祸福，真不好说。

　　第二天，龙文枝通知黎明重新给部队上文化课。黎明知道事情就算过去了，但也不敢再"就筋"，顶着不上政治课。小骡子也重新和黎明亲热起来，成天拿出本子向黎明请教。黎明开始还开两句玩笑："耶，这可是你拿本子来让我看的哟。可别又说我是国民党特务。"小骡子也不当回事，嘻嘻哈哈就混过去了。

不过，黎明见到龙文枝还是别别扭扭，虽然对方就像没发生过这事儿一样。幸运的是，不久龙文枝调往师政治部，连队的支部书记张文清暂时代理指导员。

六

小妮子横空出世，像一朵花衣红蝴蝶在士兵们面前扑腾。但所有人的目光都死死盯着谢富治。谢富治开始没有反应，还继续埋头在本子上划拉，后来没听到声音才停下手中笔，诧异地抬头看看大家。很快，他明白了眼前的情况，面无表情地站起来，简单地说了声："下课，解散。"带上警卫员转身离开。

这是黎明第一次见识谢富治的威严。看起来，他什么都没说，实际上大家明显松了一口气。秦毅辉更像松了绑的猴子从地上跳起来。他眨巴着眼睛，推攘着黎明道："黎大长官，还犹豫个啥？也带我们吃几个饺子呀。"

在侯马那几天，黎明和秦毅辉，小骡子，小杨一块儿住在小妮子爷爷家。因为黎明的个头大，再加上平时注意军容风纪，老大爷一家竟把他当成了大长官。

黎明狼狈不堪，试图推开秦毅辉："麻子，别闹。纪律，纪律。"

"纪律？什么纪律？三大纪律八项注意，那条说不准吃房东家的饺子？"秦毅辉满脸疙瘩，外号秦麻子。

小妮子不耐烦了，一把抓住黎明的手："我爷爷请你，还磨叽个啥？没瞧过这小心样儿当兵的，住人家里连饭都不敢吃。"

黎明的手像被马蜂蜇了一下，马上一甩手把小姑娘摔了个趔趄，小姑娘'哇'地哭了。秦毅辉弯下腰把她搀起来。小姑娘得理不让人，指着黎明大声嚷嚷："我爷爷好心好意请他吃饺子，他不领情还欺负人。"

满院子的人不管当兵的还是老百姓全都笑了。秦毅辉做好人："就是就是，天下没见过这么不讲情面的长官。啥叫军民一家啊？"

黎明揉着小妮子抓过的手臂，小声说："哎，连长，谁知道他们是资产阶级还是无产阶级。"其实黎明一辈子都盼着当上资产阶级。

秦毅辉不屑地："这家人不过是做小买卖的，城里多的是，哪就算资产阶级了？再说现在是抗日民族统一战线，资产阶级也应该团结。饺子不分阶级成分，吃到谁肚子里就算那个阶级。别装洋蒜了，赶快走吧。"

一行人推推攘攘进了房东家院子。还在门口，小妮子就得意地高喊："爷爷，我的花花糖呢？我把长官们都叫来了。"

房东大爷跑出来，高兴地说："哎，小妮子能干。叫奶奶给小妮子拿糖。"然后赶快上前拉住黎明往屋里让。得，这一家子还真把黎明当成了领导。黎明冷眼瞅瞅秦毅辉。秦毅辉老奸巨猾呆在一边当缩头乌龟不说，还一脸的奸笑，恨的黎明牙直痒痒。

进了屋，看见房东一家六口全体出动，老大娘端着热气腾腾的饺子，儿子拿着茶几，媳妇端着几盘荤素菜，女儿提着酒罐，拿着酒碗。黎明当然想开洋荤，但没料到他们做得如此丰盛，也有点不好意思，怎么也得硬着头皮出面客套几句，说什么初来乍到，不好意思打搅主人，惹得老大娘唠叨起来：“眼下这个世道，乱糟糟的。你看车站那边，逃难的人都挤成跎跎了，男的，女的，老的，小的，哭的哭，闹的闹，叫人心酸。要叫鬼子兵打过来，老百姓的命都保不住，还有这个家？国家，国家，有太平国才有太平家。说起上前线打鬼子，我老婆子只看见一拨一拨的中国军队往后逃。你们是头一遭往前开的队伍呀。你们拼性命，精忠报国，我们有东西，不给你们吃给谁呀？要是你们能把鬼子给挡住，我老婆子愿意把家都捐给你们。”

老爷子也认真起来：“长官，你们不是天天说：国家兴亡，匹夫有责嘛。抗日不分男女老幼，人人都要出力。我们上不了前线，管你们几顿饭总是应该吧。你们要再客气，就是看不起我老头子，见抗日的外了。”

儿子把茶几往炕上一搁，当先把黎明推上炕，靠着小妮子坐下，说：“我说长官，咱哥们儿啥也不会，就知道讲个义气。冲你们手中那几把破家伙，敢去和日本鬼子斗。没别的，哥就一个字：‘服’。你要觉得咱都是中国人，今儿就痛痛快快吃了这饭，也算哥儿的一点意思。以后打鬼子用得着哥儿，尽管说。兄弟我也是有血性的。”

老大娘淬了一口儿子："去，外边忙活去。长官不知道怎么打鬼子，要你瞎搀和。"

"不，不，不，我不是长，长官，也是当兵的。"黎明屁股如坐针毡，从炕上爬起来指着秦毅辉："他才是我们连长。"

秦毅辉横眉吊眼，哑着嗓音："瞎述说啥？连长大还是长官大？我说你就安心地坐那儿吧。"一把又把黎明摁回去，然后自己大大咧咧坐到炕边。

小妮子刚坐下还没坐稳，就"腾"地从炕上又跳起来，拍着小手尖叫道："爷爷，我要唱支曲儿。"

房东大爷连声答应："唱，唱，爷爷最知道小妮子唱得好。来段'瞧秧歌'？红火点儿。"

小妮子毫不害羞，站在炕上开口就唱，好像一只春风扑面的小黄莺：

"家住（儿）在太谷住沙（儿就）河，

北光村搭起了台唱秧歌，

咱姐（就）妹走一（就）回，

一个个红花绿袄实在美。"

还没唱完，黎明他们几个丘八大兵就忙不迭地拍手叫好。房东女儿提着酒罐准备给大家倒酒，老大爷眉头一皱："怎么倒这个？上地窖拿最好的来。"

七

房东大娘忙不迭出去一会儿，小心翼翼端来一不起眼的红土泥坛子，放在炕沿对面的一张四方木桌上，对着黎明他们说："这可是老东西的命根子，压地窖里好几年了也没舍得动。"然后从媳妇手里接过小铲，铲去坛口上厚厚的泥封，慢慢揭开坛盖。

黎明他们开始有点莫名其妙。的确，从酒坛坛口飘过来一股香味，但这点香味还远谈不上让人陶醉，虽然这些当兵的没品过什么真正的好酒。接下来，老人家的举动更让人莫名其妙，他居然让女儿给每个人碗里先倒了半碗清水。然后，房东大娘把一根擦拭得呈光瓦亮的铜吊子放进坛中，拉出一吊酒来，就着坛口蹭去沾在铜吊子外侧的黏稠液体，轻轻把酒倾在黎明的碗中。几个人看在眼里顿时惊呼起来。原来，此酒性沉，落入碗中并不马上弥散在水中，而是坐底形成一个颤巍巍的浑园球体。球体晶莹剔透，颜色呈深红褐色。配上略带青色的碧水，看上去就像一颗发着荧光的琥珀石。

"像个咸鸭蛋。"小骡子大叫。

老大爷随便用筷子在酒碗中搅和了几下，黎明顿时感到一股浓厚馥郁的异香扑面而来。黎明端起酒碗半晌，欲饮没舍得饮，转眼看见身边的秦麻子眼也直了，脸也红了，不停地抿咬自己嘴唇，哈拉子长流。他想人家到底是连长，自己的顶头上司，赶紧把碗先递过去吧。不料院中传来一阵爽朗地笑声，随即就见指导员张文清掀开门帘进到屋里："哈哈，赶得早不如赶得巧。刚路过这里，就被酒香牵着鼻子进来了。"

黎明当然顾不上挤鼻子弄眼睛的秦毅辉了，马上把酒碗递给张文清。张文清也不谦让，拿过酒碗就是一大口，用两个腮巴包着回味片刻，然后狼吞下肚，半晌才咽了一口气，喊道："好酒，早就听说山西出的上好汾酒，没想到这么带劲儿。"

“上等汾烧可喝不出这个味儿来。”老爷子哈哈大笑：“这是我几年前到平阳办货，偶然路过一个叫上流头村的小地方，用十个袁大头跟庄户人家换来的。此酒名唤‘将军红’，因为酒色如同将军战袍上的斑斑血渍。传说是李闯王路过平阳，听说当地盛产佳酿，下令制将军李岩监制军前御酒。将军夫人红娘子召集方圆几十里的能工巧匠，酿制了数百坛美酒。无奈军情紧急，时间上根本来不及。红娘子叫人把酒酿埋藏地下，以备后用。半年后，吴三桂引清军入关，李自成败退回到平阳。当时正好河南明朝旧部发生叛乱，李岩将军请求分兵前往河南平乱。红娘子特意启出窖藏酒酿，重新酿制。她精中选精，蒸煮溜滤，最后得到一坛绝品，准备为夫君壮行。没想到，李自成当面答应了李岩的请求，背后却听了宰相牛金星的谗言，将李岩和其兄弟李牟一起杀害。红娘子得悉噩耗，伤心欲绝，砸碎酒坛，不辞而别。旁人收集酒坛碎片所留残酒，和上新鲜高粱重新发酵、蒸煮。红土伴着红娘子眼中的血泪，才酿成了这绝世的‘将军红’。”

“这种故事多得很，总也讲不完。”黎明随口说道。那时，他对此还只有一些来自书本上的平面印象。

“能人呐。水往低处流，越流道越宽，人往高处走，越走道越窄。那么多能人削尖脑袋往高处挤，不就得拼个你死我活吗？”老人家长叹一声。

“这酒怎么还要和上清水一起喝呢？”小杨对酒更感兴趣，好奇地问。

“此酒性烈如火，寻常人根本招架不住。当年红娘子是用青竹嫩叶绞汁，滤除火性。咱们寻常人家，那备有那么些嫩竹叶子，不过和点清凉井水，一来去火，二来释放香味。这酒酽若糖浆，锁住所有香味没法跑掉。加点水稀释一下，香味就出来了。"

老大娘接过话碴："要说井水也不寻常，咱今儿个喝的是从城外二十里地红柳坳子古井中打来的水。听说以前还进贡给皇上呢。"

黎明就像听天方夜谭，但又不敢说话，只是瞪着眼，抿着嘴微微摇头。小妮子看见嗔怪地推了他一把。

大家都忙活上吃开了，黎明还是有点放不太开，他竭力想保持一个革命军人的应有礼貌，不住地和老爷子应酬聊天，或推或让，或敬或谢。小妮子见黎明光顾着说话，不动筷子，便一个劲给他挟菜拈饺子。黎明手忙脚乱，连声阻止："够了，够了。"

小姑娘嗔怒地："这菜里有虫，饺子有味儿？你倒是吃呀。"

因为黎明没有先把酒给自己，秦毅辉心里颇不平衡。正好揪着这个机会洗刷黎明一把："他不是怕饺子有味，他是怕小妮子你手上有味儿。"

小姑娘没反应过来，摊开肉乎乎的小手掌，对爷爷说："我刚才洗过手。"

小杨嘴里含着半个饺子，口齿囵囵地说："你洗没洗过手有啥关系，我们黎大长官怕的是你手上的香味。"

小姑娘顿时羞得满脸通红。

黎明不敢把秦毅辉怎么样，却恨不得扇小杨几下。他提起筷子往小杨嘴里戳过去，正好把他咬着的半个饺子敲下来。小杨忙去抓饺子，却忘了手中端着的酒碗，刚好把半碗酒泼在了坐在炕沿下的小骡子头上。小骡子涨红脸跳起来要打小杨，被秦毅辉拉住："注意点军民关系。"

黎明见状哈哈大笑，拿起筷子扒拉扒拉给小妮子碗里拣了几个大饺子，小姑娘咯咯笑开了花，露出红唇中的一口小白牙："不用，不用，我自己会，自己会。"

八

吃完饭，大家伙坐在炕上聊天。老爷子是见过大世面的，太原，北平，天津卫都去过。说起日本人的嚣张气焰，老爷子提着旱烟袋一个劲地摇头。张文清本就有事来找连长，正好拿出一张传单高兴地说："八路军在平型关打了大胜仗，消灭鬼子三千多人呢。"

满屋的人顿时活跃起来，争着抢着看传单。老爷子湿润着眼睛，感概地说："七七事变以来，就听到这里失守，那里撤退，都是中国人被人追着打，从来没有打过一次日本人呐。"

老大娘期盼地："要是八路军上去，真能把鬼子挡住就好了。"

全屋的人都沉默了。

秦毅辉瓮声瓮气地说："老人家，别担心。小日本要想灭亡中国，就得过八路军这道坎儿。有八路军，有老百姓的支援，就有咱中国人的希望。"

"还是八路军不怕死呀。"老人家的女儿插了一句。

小妮子高兴起来，起劲地说："我也要当八路军，上前线，打日本。"然后在炕上边跳边唱："大刀向鬼子们的头上砍去。"

老大娘吆喝一声："小妮子，红嘴白牙乱说个啥，那有姑娘当兵的？"

小骡子笑着说："是没见过八路军中有女兵。"

"谁说没有？石桥检阅那天，我看见师部站着几个剪发头的，明明是一伙女兵。"小杨反驳道，他转过头拉黎明证明："文化教员，你说说。"

其实，从抗大来部队的路上，光黎明那支队伍就带着几个女兵。但他不想在小杨和小骡子之间搅和，就和稀泥道："有，有，部队当然有女兵。但小妮子还太小，等过几年再说。"

小骡子真得了意，对着小妮子说："就是嘛。也不瞧你那样儿，没杆枪高，还敢说打日本？"

小妮子生气了，指着衣柜上的穿衣镜说："照镜子看看，我要踮起脚比你还高一头。你不是十三岁参加红军的？我现在比你那会儿还大点儿呢。"

满屋子的人也都笑了。小骡子闹了个大红脸，转过头恶狠狠地盯了黎明一眼。下来后他找黎明算账，愣说黎明和小妮子相好，把什么都告诉她。急得黎明赌咒发誓，坚持说自己在这之前根本没有注意到小妮子的存在。

那几天，凡是北上抗日的队伍都受到老百姓的盛情款待，而在侯马车站等着南撤的国民党军队，包括阎锡山的山西子弟兵却几乎无人答理。镇上时不时可见几个国民军的散兵游勇到老乡门前讨水讨饭，有时给个窝头就点头哈腰。黎明所在连队的其他班排也开足了洋荤，什么拉面，刀削面，水饺，蒸饺，大馒头，大包子不一而足，弄得炊事班的大老王很不开心，连续几天开不了伙。黎明他们深深感到作为一个抗日战士的光荣，觉得臂章上的'八路'二字闪着光彩。

九

要说阎锡山在抗战初期的国共合作中还讲点义气，给了土八路不少东西。一天，指导员带着人到附近阎锡山的军需仓库领来了一大堆东西。什么军衣，军裤，军帽，绑腿带，子弹带，水壶，褡包，雨鞋，斗笠，油布一应俱全，可惜没有武器。秦毅辉翻了翻，骂道："阎锡山真是老西作风。他的仓库眼看要给日本人了，才肯大发慈悲慰劳我们，还不肯给点武器。"

指导员忙着把领来的东西刨堆分类，通知各班排来人领取。黎明的任务是拿个小本子登记领取的单位和品种数目。这活儿的最大特权是他可以随意挑选一套合身的衣服。黎明一向注意自己的衣着外表，总是说："人要有起码的讲究，没钱也得有精神气儿。邋邋遢遢，谁看了喜欢？"

可怜的是小骡子和小杨。两人个头太小，横挑竖捡，就是找不到一件合身的。小杨太瘦，最窄的腰身套上都像道袍子，小骡子太矮，不管那件上衣，穿上都像裙子，最短的裤子也要卷几圈才到脚脖子。小杨说："没办法，阎司令长官没有这么小的兵。"

小骡子说："管他大小，有新衣服穿就行。"

　　小杨看见房东老大娘出来，故意摇头晃脑迈着大步问："你看我像不像真龙天子？"

　　老大娘笑得合不拢嘴，对屋里人叫到："快出来看，这有两个穿龙袍的人。"

　　小妮子一溜眼冲出门，看见小骡子的'狼亢'像，抿着嘴咯咯直笑。突然她抬眼看见自我感觉良好的黎明，马上收敛住笑容，跑过来一把扯住他的衣角，嘟着嘴，摇着身子对奶奶说："哎呀，难看死了。奶奶，你给他们改改罢。"

　　黎明觉得很没面子，硬着嘴皮说："走开，走开，不用你管。"

　　但架不住小妮子和老大娘死拉活扯，把几个人的衣服扒拉下来。大娘连同女儿，媳妇并两位邀约的女眷，一齐动手，一个晚上就把长的改短，宽的改窄，那端正细密的手工针线和机器扎的并无二致。第二天一早，给大家伙穿上，皮带一扎，绑腿一打，显得精精干干。黎明他们恭恭敬敬给老大娘敬了个礼。老大娘笑得合不拢嘴，替他们扯领口，卷袖子，像对待自己的亲人："出门在外，别人要夸你们这身衣服，别忘了说是大娘做的。"

十

　　临行前那天黄昏，黎明从团部办事返回，在镇外的一棵老槐树下看见小妮子坐在一块大青石上穿针引线，他忍不住悄悄走过去。小妮子非常机警，黎明刚走近两步就被发现。她敏捷地把手中的针线活藏到身后，仰起头，粉嫩的脸蛋在夕阳的映衬下泛着红光。黎明透过她长眉下弯翘的睫毛，感受到秋水映月的光亮。小妮子凹下两个红红的酒靥，晃动着小蒜瓣鼻子，挪动两片红红的嘴唇，淘气地对黎明说：“叫你一声哥哥，你得答应，我才给看。”

黎明心中突然有一种特别的感觉，他有点慌乱，停了半晌才嗫嚅地道：“好，我答应。”说完马上有些后悔，又有些如释重负的轻松和莫名的兴奋。

这回是小妮子不好意思了，她低下头，不肯说话，也不肯把背在身后的手转过来。黎明转身要离开，她才嗯了一声，把伸过一个紧紧攥着什么东西的小拳头伸过来。

黎明掰开小妮子的小拳头，发现是一个玉白色的青磁小葫芦，上面画着几叶水嫩嫩的绿竹。葫芦盖上有个小环，系着一条精巧的大红丝结，显然是小妮子的手工，尚未完成。黎明揭开葫芦盖，马上飘出一缕柔和甜润清爽的酒香。小妮子抢回葫芦，在自己手掌心上点出几滴酒液，递到黎明唇边：“青竹叶子镇酒，信不？”

黎明当即闹了个大红脸。他一辈子没忘记那几颗墨绿色，如同大理石珠子的酒滴，蠕动在小妮子粉嫩红酥的小蛮掌心，散发出绵绵飘逸的清雅醇香。

黎明没有动作，既不知道该说什么，也不知道该做什么。小妮子一摔手，嘟着嘴背过身去。

太阳慢慢地落到了山后，把几缕火烧红云留在天边。那天没有风，但黎明很快感觉到一阵寒意随着落叶从天空弥漫下来。他站在原地好一会儿，最后喃喃地说：“部队还有事儿，我先走了。”

　　他转过身重重地走了几小步，又回过头重覆一遍：“小妮子，我先走了，啊。”

　　小妮子身体都没动一下。

　　黎明只好迈开步子，刚走两步，却听到小妮子喊了一声：“明天一早，瞅着窗台。”接着，像燕子一般地飞跑得无影无踪。

十一

　　第二天，天刚麻麻亮，战士就辞别了温柔的炕头。他们在镇外静静地排队，集合。深秋料峭的寒风扑打在睡眼惺忪的脸上，提醒着每个人肩负的责任。战争，这个人类所有发明中最伟大的怪物在不远的北方奔跑，呼啸。那天，黎明根本没有想过抗战要打八年之久吗，只是感觉有点怪。那么黄澄澄的一排人，稍息，立正，向右转，齐步走，就那么走了完事？好像没在侯马呆过似的。

　　然而，侯马的老百姓没让他们简单地溜之大吉。快到火车站的时，人们把部队围得水泄不通，包子，馒头，鸡鸭蛋，核桃，红枣，沙果纷纷往战士手里，怀里塞。这是黎明在战争岁月中第一次体验“箪食壶浆”的感觉。虽然他以后多次碰见这种场面，有时场面还更大，但侯马的感觉更特别。因为后来那些慰问要么是根据地政权的有组织行为，要么是革命已经临近胜利。而在一九三七年的侯马，共产党的前途根本还是未知数，老百姓对八路军的爱戴纯粹是出于朴素的爱国热情。他们面临国破家亡，对一支敢于奋起抗击外来入侵的军队有着本能的期盼。

进了火车站，看见站台上和停靠的客车中到处挤满了逃难的人群。官宦商绅，男女老幼，个个面色苍白，目光呆滞，蓬头垢面。女的哭，小的叫，男人在沉重的大包小箱挤压下唉声叹气。黎明的腿被一个怀抱幼儿的女人抱住，哀求他行行好，给点吃的救救孩子。黎明先摸摸自己胸前的口袋，那儿藏着一个玉白色的青磁小葫芦，葫芦盖上缠着一条精巧的大红丝结。这是他出发前趁人不注意，悄悄在窗台上拿到的。然后，他好像知道该怎么做，把刚才老乡慰问的食品全部送给了脚下的那个女人，外搭上半壶宝贵的饮水。小骡子很不理解地对黎明说："文化教员，干嘛那么傻？把东西都给了人，自己饿着渴着咋办？"

黎明说："嗨，那小娃儿哭得人难受。"

小杨哧着鼻说："瞧她穿那花花绿绿样儿，肯定不是穷人。"

小骡子刺他一句："不是穷人怎么啦？不是穷人也不一定是土豪劣绅，再说小娃儿有什么错，共产党不能六亲不认。"

黎明借机讲起了大道理："红军既然是人民的军队，哪有人民有难，咱们见死不救的呢？"说得两人连连点头，把自己的干粮也送给了别人。

火车缓缓开动，黎明情不自禁，把着车框往周围张望。周围人山人海，就是没有看见那团灿烂的红影。

十二

　　部队乘坐的是一列敞车，装过煤，运过牲口，又黑又脏又臭，而且没车门。只是土八路哪里开过这洋荤？看见火车先就莫名兴奋，不管不顾，连爬带蹬滚进车厢，你推我挤，傻不愣登站在那里。你看我，我看你，每个人从上到下就像涂了层黑油彩，就看见一排排咧开的白牙一张一和。不多时，只听汽笛一声怪叫，一股黑烟笼罩下来，所有人都捂着鼻子和嘴巴狂咳乱吐。黎明抹抹脸，就见满手掌沾的是细碎煤渣。列车打破逢站停靠的常规，只要不让车就一直向前开。

　　秋天的黄土高原，草木稀疏，景色单调，大家伙最初的兴奋劲儿很快减退，开始横七竖八，或坐或躺倒在车厢内。坐在车厢中间，一不留神就就有一双大号臭脚丫赛到你的鼻子下面，再加上没有清扫干净的牛粪猪屎马尿味在人的汗热闷烘蒸捂下搅和升腾起来，直让人脑袋发胀，头痛欲裂。黎明艰难地挪动到车厢边缘，扶着木头围栏，这里的空气虽然好一点，但列车运行带起的寒风像刀子一般割在人脸上，还不时将一团满是粉尘的黑烟硬塞进口中。黎明一动不动，不禁想起了小妮子。

　　见鬼，怎么想起她？黎明挥挥手，心想这不过是小孩子过家家，当得什么真。笑话，我是去打仗，明儿个还不知道在哪里。好男儿志在四方，国难当头哪能这般没出息。他望着蜿蜒的汾河静静地向南流淌，几次都想把藏在胸口的小葫芦扔掉，但终于下不了决心。

　　黎明用手拂去小妮子的影子，让思绪回到了家乡汉中。那如处子般温存的汉水，还有儿时的玩伴。想起

了弟弟，想起了孤苦伶仃的母亲。他看不清即将面临的
未来，却明确地记住了已经消逝的原点。

第二章 嬗变

一

凌晨，黎明和弟弟在西安公寓临街二楼的小房间里睡得正香。突然窗外"砰，砰，砰"传来几声脆响，接着四面八方炒豆似炸裂声此起彼伏。哥俩儿不约而同披衣坐起，只觉得浑身漱漱发抖。弟弟悄声问："哥，出，出什么事儿了？"

"怕，怕，怕是打枪。"黎明的舌头结结巴巴，牙齿在颤抖。

二

黎明原名黎吉昌。他最初的"鸿鹄"之志是因循一条古老的攀升途径：考大学，留洋，衣锦还乡，变相的秀才举人进士之路。一九三六年夏天，他和弟弟、同学樊向贵，邵国文等人到西安报考大学。

从地图上看，汉中到西安的直线距离并不远，但中间隔着一架气势巍峨雄浑的秦岭。那时从汉中到西安没有火车，交通不便。樊向贵见过些世面，到过西安，他想到汉中西门外有一个国民党军的兵站，兵站内有运输车辆来往于西安汉中之间。当时的丘八也不是人人都坏，他们许多人对纯朴的青年学子抱有好感。一个老兵司机听说来意后很爽快地答应了他的要求，让他们几个人第二天随他的车去西安。黎明不知道那天晚上母亲什么时候才睡觉，只知道那天晚上炉火爆裂的哔叭声特别响。第二天一大早母亲把哥俩儿所有要用的衣物零碎都准备好，还有两条煮熟的腊羊肉和一大包带着热气的白面锅魁。

黎明的父亲在世时，家道称得上是宽裕。但父亲因伤寒过世后，家中便没了经济来源，日子一直过得紧巴巴的，这点白面其实是家中最后的积蓄。黎明看着母亲，茫然不知所措，不知道老人家以后该如何过日子。母亲笑着说："傻孩子，妈妈守着家还会饿死？家里的物什典当典当就够过日子了。你出门在外的可得自己当心，带好弟弟，别丢三拉四地让人笑话。"说完从胸前掏出一个小布包，里面是捂热的几十块大洋，塞到黎明的怀中。黎明和弟弟临出门时，母亲孤单地坐在黑洞洞的堂屋中，她手中的椭圆小纸扇软软地搭在膝盖上，无力从椅子上站起。黎明记得母亲试图浅淡地笑笑，却只顾得上关注哥俩儿的举手投足。这就是母亲留在黎明心目中的最后印象。

汽车在峰回路转的秦岭山道上行驶。敞篷车厢里的弟弟和同学似乎没有感觉到崇山峻岭独有的高处不胜寒，拉着薄单挤在一起睡着了。黎明却有些伤感的睁着眼睛，他没有记住那些山高谷深，重峦叠嶂，云气迷离，岩壑清幽的迷人美景，却记住了当时的汽车不是烧油而是烧的木炭。

三

陕西的省城就是西安。这座今天挣扎在生态危机边缘的灰色故都，在一九三六年写下了中国近代史上浓墨重彩的一笔。

九一八事变东北沦陷。紧接着，日本人野心不已，步步紧逼，热河沦陷，华北危急，中华民族处于生死存亡的关头。北平学生喊出了"华北虽大，已放不下一张平静的书桌"的口号。当时，陕西局势错综复杂。蒋介石和地方实力派首领张学良，杨虎城矛盾重重。张扬和中共眉来眼去，把偌大个西安搞成了红白不分的灰色地带。

黎明到西安后没有马上感受到空气中的骚动因子。樊向贵投靠了他远房叔叔。黎明带着弟弟和另外几个同学住进了古城西北角一家简陋廉价的公寓，平时基本就蹲在房间里复习功课。黎明的志愿是报考西安城外的武功农学院。武功农学院在全国颇有些名气，育成了不少作物新品种。黎明的国文和数学考试成绩在当年陕西考生中名列第一，但英语却吃了个零蛋，结果名落孙山。他很气不过，把英语考卷的第一个词 barley 硬记下来，回来查字典才知道是大麦，几十年没忘。

黎明的弟弟和樊向贵，邵国文等人也都没有考上大学，彼此同病相怜。邵国文每天很沉默，几乎不说话。樊向贵倒很活跃，他有一个远房叔叔，曾经做过杨虎城手下的高级参议，所以视野比黎明开阔，政治嗅觉也敏感得多。樊向贵的数理化外语可以说是门门懂，样样瘟，考啥啥考不上，只等着叔叔给他找份工作。恰好他叔叔又去了南京，一时半会儿没着落。他在西安的亲戚朋友多，闲着也是闲着，便成天东家跑，西家串打探消息。

当时许多学生毕业即失业。没有门子可钻的人想谋职业，只好那里招生就到那里报考。黎明和弟弟听说西北公路局培训练习生，只考数理化不考外语，就仗着数理化成绩优良前去闯关，居然双双收到录取通知。哥俩儿高兴得又蹦又跳，呆在西安就等着开年入短训班谋取生活费。黎明甚至开始盘算怎么回乡，讨那家的闺女做媳妇了。

唯一没想到：西安城内居然响起了枪声。

四

枪声一阵紧过一阵，尖锐刺耳的啸鸣划破长空，摇撼屋宇。弟弟紧靠黎明，两人望着屋外渐渐发白的夜空，提心吊胆，莫测深浅。等到枪声稍稍稀疏下来，窗下传来急促的脚步声。黎明毕竟年纪稍大，像做贼一般轻手轻脚摸到窗边，用不听使唤的双手费了很大劲才把窗户打开，缩着脑袋向外张望。天色仍然灰暗得吓人，黎明什么都还没有看清楚就觉得一道白光直射过来，吓得他目眩心跳，接着又是"巴巴"几枪。有人暴喝道："他妈的找死？关窗，不准望外看。"接着几个身穿黄军装的丘八像流火从狭窄的街道上飞速跑过。

黎明压根儿没顾得上关窗，跟跟跄跄后退几步，硬挺挺地坐在楼板上，背脊发凉，四肢僵硬，汗毛倒竖，喉咙犯紧。"我当时就像在打摆子，只等着不可预知的大祸降临。"黎明后来说得很认真。

　　"从丘八的口音可以判断他们是陕西人，但西安不是杨虎城的地盘嘛，难道是十七路军哗变？也不像抓学生，抓几个手无寸铁的学生至于这样大动干戈吗？别是红军打进城，发生了暴动。再就是东北军和十七路军火并？"黎明越想越糊涂，越糊涂越嘀咕，越嘀咕越不敢大声哼哼，最后只好大口喘粗气。

　　天光大亮后，枪声完全平息下来，街道上慢慢恢复了往日的喧闹。咯吱咯吱的开门声，稀里哗拉的浆洗声，哗哒哗哒的脚步声和咿呀咿呀的小推车声。黎明和弟弟擦了擦脸，拍打了身上的尘土，蹑手蹑脚蹭下楼来，准备到过街的小摊上要一份锅魁夹豆腐乳做早餐。他们一到公寓门口就看见面带惊恐的人们三三俩俩聚在一起，交头接耳却谁也不知道发生了什么事儿。

　　"真吓死人了。长这么大没听过这么厉害的枪响。"

　　"开始还以为是谁家放鞭炮，后来一想，不对呀，谁家这么早过年。"

　　"怕是谁把咱九娃哥（杨虎城）给惹火了。"

　　"八成是丘八和宪兵们干上了。那边住的不是中央宪兵团吗？枪响就那儿响得凶。"

　　"嗨，管他牛打死马还是马打死牛，不与咱老百姓相干，少管闲事，少惹是非。"

　　路人慢慢散开，该干什么都各自干什么去了。黎明有些不甘心，仗着胆子顺着小巷往大街上溜，想探听更多的消息，却什么也没探听到。西安的大街小巷十分平静，甚至可以说比平时冷清了不少，因为稍大的商店几乎都没有营业。好像发生强烈地震后呈现的寂静，混沌状态。

五

　　"黎吉昌，出大事了，出大事了。"

　　突然，樊向贵两眼放光，气喘吁吁跑过来。他那张细皮嫩肉，白里透红的园脸蛋腾着烟雾，让人想起白生生，泡松松的发面馒头。看见黎明，樊向贵把手中拽住的一份报纸高高举起，不停挥舞，惹得那身半新的蓝布长袍下摆飘荡，好像一面风中翻飞的大旗。

　　黎明一把抓过报纸号外，两眼死盯着大标题，却仿佛根本不认识那几个中国字。四下本已散开的人群不知从那里全部涌了过来，把手持报纸的黎明团团围住，却把空着手的樊向贵挤到一边，急得樊向贵大叫："读一下，把号外给大家读一下。"

　　立刻，所有人应和叫好。黎明很不习惯这种大场面，他退上街沿，双手微微颤抖激动地大声朗读："特大消息：张杨两将军联合兵谏，活捉蒋介石。"

　　这就是震惊世界的西安事变。

　　黎明回忆西安事变时颇为感情地形容："寒风冽冽，夜幕沉沉。炽热的岩浆砰然爆发，愤怒的江河汹涌决口，一座酣睡的古城被惊醒了。"他的藏书中有不少关于西安事变的著述。只要经济许可，他几乎是见一本就买一本。

六

　　樊向贵比黎明大两岁，平时也比较关心政治，知道上那里去寻找青萍之末。他带着黎明等人跑到西安中学，想找几个同学打探消息。一进校园，发现里面像翻了锅。操场，教室，宿舍以及各处走廊上到处是人，成群结队，七嘴八舌，议论纷纷。有的慷慨激昂发表演说，有的平心静气分析局势，有的你争我吵面红耳赤，还有的没什么事干就扯着嗓门狂呼海叫。人人脸上都露出喜悦神情。"这下好了，中国有救了。""枪毙老蒋，抗日有望。""老蒋不死，鲁难未已。""要抗日，老子第一个报名。要去就去东北军。"

　　大家纷纷写标语，画宣传画，准备上街游行。奇怪的是这次樊向贵很沉得住气，不像以前看到热闹就往前冲。他除了自言自语几句"没想到这就是张学良的保证，没想到他会用把老蒋抓起来。真是言而有信真君子，敢做敢为大丈夫。"，就只是在人丛中穿梭打听同学的下落，完全不介入任何情绪化的活动。黎明几次按捺不住想冲上去和别人辩论，都被樊向贵拉住。他对黎明说："这些人太幼稚，没法和他们辩论。杀蒋放蒋事关重大，只有张杨两将军权衡利弊才能决定。现在我们要脚踏实地地干些实事。首先就是走上街头，走入社会，宣讲抗日救国的主张，团结志同道合的朋友，为共同的目标而奋斗。"

　　不几天，樊向贵居然混进了西安社会名流慰问团，拉着黎明几个人去慰问即将开赴潼关前线的东北军西北军将士，黎明他们也开始精神亢进，跟着樊向贵东奔西跑。忘记了吃饭，忘记了喝水，忘记了冰天雪地和自身单薄的寒衣。他们参加了在革命公园举行的群众大会，看见张学良和杨虎城。

张学良时称少帅，正是风流倜傥之际。他在台上一亮相，全场欢声雷动。一个风骚少妇身穿米色锦缎丝棉旗袍，脚踏高跟鞋冲上台去，在张学良胸前别上一朵红花。转身对台下大声喊道："我是妇道人家，不会扛枪，不懂军国大计，为抗日也起不了多大作用。我只能恳求赵四替我们妇女同胞照顾好少帅的身体。少帅的健康是全国真心抗日民众的福气，是日本帝国主义和所有汉奸卖国贼的噩梦。我们就是要让这些王八蛋天天吃不好，睡不香，早日滚出东北，滚出中国。"

黎明身边的两个女师学生激动的手拉着手在原地转圈跳跃："幸亏中国还有少帅，少帅能救东北，少帅能救中国。""哎呀，你说我怎么就不能是赵四，我怎么就不是？"

张学良和杨虎城讲话口若悬河，慷慨激昂，不断被阵雷般的掌声和欢呼声打断。黎明后来说："两将军真是大义凛冽披肝沥胆，我们当时感动得热泪盈眶。"

大时代年轻人的特有激情。

七

然而，革命就像发高烧，再兴奋，再沸腾，再狂热也有个降温的时候。高烧四十度没有意识到的饥饿感，到体温下降时就再也忍受不住了。公寓已经悄悄停止供应黎明和弟弟的客饭，账房先生也来了几次，先是礼貌地提醒，渐渐地不耐烦地直接讨账，后来干脆要他们卷铺盖滚蛋。黎明和弟弟一面死皮赖脸：硬说西安事变后邮电不通，家里汇不来钱。一面节省开支。早饭能省就省，油条是早就不能吃了，馒头也改成窝头。午饭和晚餐合成一顿，也不过锅魁夹豆腐乳。涝肠刮肚不说，连维持几天都不知道。看着弟弟眼巴巴的指望目光，哥哥只好硬着头皮到西北公路局去碰碰运气。

公路局的办事员看见黎明爱搭不理："吃饱撑糊涂啦？事变了，所有公路都不通，还办什么训练班？"

"公路早晚得通，训练班将来也得要办，能不能先给点维持生活的费用。"黎明央求道。

办事员这回抬起了头，那目光就如同看见一头外星人："说什么话呐？所有的钱都要用着去打仗，局里还不知道怎么维持呢，哪有钱给你？去去去，别耽误这儿办正事儿。"

黎明垂头丧气，拖着疲乏的步伐回到公寓，看见樊向贵早已坐在屋里。黎明苦笑说："白跑一趟。唉，一文钱难倒英雄汉。这往后日子咋办嘛？"

樊向贵得意地笑了："天无绝人之路，不想闯闯这条路？"说完把一张揉搓得皱皱巴巴的油印薄纸片递给黎明。

黎明小心地慢慢用手指展开纸片，只见靠右边一竖行醒目大字跳入眼帘："中国工农红军抗日军政大学招生简章"。

这个时候，黎明极端务实的书呆子性格表露出来。他首先注意的是学校招生是否考外语：当然不考。然后研究一下其他考试科目：似乎也不难，至少对他自恃不错的国文和数理化。学期半年，学完就分配工作这一条特别诱人，至少不用担心再打饥荒了，完全符合黎明的愿望。唯一的问题就是学完后在红军部队中分配工作。这红军究竟是什么玩艺儿？别真的是"共产共妻"的土匪吧？黎明不是小孩子，听到革命二字就激动万分，他关心的是干红军究竟有没有前途。

黎明握着招生简章慢慢地坐在床上一言不发，可把樊向贵急得上窜下跳。

"你小子怎么了？给个话呀。"樊向贵催促道。

"你是咋想的？"黎明楞楞地看着樊向贵。

"嗨，这有啥好想的。从拿到招生简章那时起，我就下了决心：坚决报考。就是要去闯这一关。抗日，那个热血男儿不想干？今天只有共产党旗帜鲜明要抗日。要想轰轰烈烈干番事业，就得投红军上前线。"

几年前，陕南闹过红军。父亲上学的汉中联训中学教导主任陈浅伦当了红二十九军军长。樊向贵年纪比黎明大两岁，受过共产党的影响，他的话斩钉截铁，掷地有声。

"这简章不明不白，到那里去报考？"黎明净拿些枝节问题来搪塞。

"我早打听清楚了。去三原，红军就在那里。我们赶快收拾收拾，今天晚上就动身，明儿一早就到。"

"这么大的事儿，得考虑考虑。不好好考虑，咋走？"黎明双手抱住自己的脑袋做痛苦状。

"嗨，没想到你小子关键时刻这么婆婆妈妈。吉顺，你给你哥哥说说。"樊向贵不耐烦地站起身。

黎明的弟弟怯生生地："我没主意，还是听哥的。"

　　"算了算了，我算看透了你们这些小资产阶级的动摇性。只告诉你一句：过了这个村可就没这个店了。"樊向贵风一般地冲出屋去，重重地留下一响关门声。

　　晚上，黎明的另一个同学邵国文蹭进屋，先告诉黎明他也要去报考抗日军政大学，接着开导愁眉苦脸的黎明："这也是走投无路，逼上梁山。总不能呆在公寓里饿死吧。我们出来半年多了，碰过多少钉子还不清楚？说起来你是高才生，'学会数理化，走遍天下都不怕。'怕就怕你考得再好也没人要。好容易考上了西北公路局，事变一来，万事黄汤，人家像甩破烂一般把你甩一边不管了。眼下潼关马上就要打起来，打起仗还有什么考学校找工作的盼头。我们都是年轻人，年轻人这年头不图个抗日能有啥前途？共产党红军最主张抗日，人家办学校，彰明昭著就叫抗日大学，在中国谁敢这么干呀？不抗日，中华民族没出路，青年学生也没出路。共产党红军既然坚决抗日，我们投奔他们也没什么不对。国难当头，投笔从戎，纵然马革裹尸也是万人景仰，有什么不值得？何况人家办的是大学，又不是让我们去抗枪，当丘八。"一席话大至民族兴亡，小到个人利害，头头是道，有理有据，充满感情。说得黎明频频点头。

　　当天夜里，黎明听着弟弟轻微的鼾声翻来覆去睡不着。脑子里像有无数的乱麻缠绕：公寓的欠账，即将告夭的荷包，渺茫的个人前途，变幻莫测的时局，樊邵两同学的话，扭结一起，拧成了红军这个大问号。然而最让黎明剪不断理还乱的是母亲衰老的倦容。父亲去世后家无半点积蓄，只靠祖父留下的几亩薄田度日。母亲眼巴巴望着哥俩儿考上学校或找个差事，成家立业。自己也希望能混点子出息，孝敬母亲，眼下弄到这步田地，连口都糊不上，如何对得起她老人家。要是投靠红军，自己吉凶难测，生死难卜不说，母亲怎么办？弟弟怎么办？可要是不投红军又有什么出路。出路出路，我才在这个世上活了十八年呀。

黎明坐起身，摸着兜中的十几枚铜钱，默默祷告："皇天有灵，我若一把抓个单，主吉，投红军；若一把抓个双，主凶，回家教书种地。"于是抓出一把摊在床上，两眼望着天花板不敢下视，捻着颤抖的手指细数，竟得了个双，长出一口气，还是别冒这个险。转念一想，今天是双日，抓双该主吉才对。于是又重抓，再重抓，越抓越难做判断，越抓越糊涂。突然黎明头脑中灵光一闪，意识到自己还是有明确倾向的。他开始寻找一切理由为投红军辩护。感谢我们老祖宗的伟大发明：忠孝不能两全。黎明觉得这是最理直气壮的借口。"再说我现在回去干什么呀？一文不名，徒自增加母亲的负担。至于红军和个人的前途，先管他妈的吧。"

八

黎明一做了决定，马上叫醒弟弟，把剩余的几个钱绝大部分交给他："我先去陕北看看，你先回家。如果红军有前途，我马上去信让你过来。如果没有前途，也就我倒霉，你还可以在家照顾妈妈。"

"我听哥的。"弟弟恭谨地答。

　　天亮后，樊向贵和邵国文都来了，黎明把自己的决心告诉了他们。樊向贵故意说："这可要考虑清楚，红军成不了事怎么办？成王败寇哟。"

　　黎明一拍桌子，剑眉倒竖："老子就学曹操：大丈夫不能流芳百世，亦当遗臭万年。"

　　樊向贵高兴地一拍黎明的肩膀："好小子，不愧是民族精英，国家栋梁。"

九

　　告别西安古城只能偷偷溜走，因为黎明欠着公寓老板三十多元钱。第二天天麻麻亮，黎明和邵国文装着早起锻炼的模样，大大方方走出公寓。一转过小巷，刚才那份从容马上就变成做贼心虚，两人加快步伐赶到北门，和早已等候在那里的樊向贵汇合。松了一口气的黎明和樊向贵，邵国文一起凑了几块钱，到小摊上要了几碗羊肉泡馍饱饱地吃了一顿。几十年后黎明还清楚地记得那一顿热气腾腾，滚烫肥鲜的美味是如何解饥解馋。

　　下午到了三原县城并没有见到红军。四处打听才知道招生的地点是在城外的一所学校，他们已经走过了头。三人转回头找到那里，这才见门口贴着红军抗日军政大学报名处的字条。接待他们的是一位教师模样的中年人，很热情。他先让他们填表，然后每人发给五块大洋，嘱咐他们自己到延安报到。黎明忍不住问："在那里考试？"

"到延安就知道了。"

樊向贵疑惑地问："就我们几个去延安？"

"学校宿舍还有几个人。你们要是没地方住，今晚可以和他们住一起。上路的时候多几个人也有个照应。"

万没想到报名就这么简单，怎么连张照片都不要？这算是录取了吗？如果算，怎么连入学考试都没有？如果不算，怎么还发这么多路费，有钱没处花了吗？邪门儿。三人被弄得稀里糊涂，都怀疑这所谓的抗日军政大学是不是所野鸡大学，但谁也不敢多问，生怕到手的大洋又飞了。

他们即刻去找学生宿舍，只见门窗大开，屋里屋外空空洞洞，几张光秃秃的木板床上放着简单的行李却看不到人影。黎明心想中年教师说的大概就是这几个人了，只不知现在他们到那里逛去了。三人觉得没什么事干，又走出门在县城里转了两圈，顺便吃了顿晚饭，到掌灯时分重新回到宿舍，果然看见四五个年轻人坐在床前高谈阔论。经互相介绍知道他们也是到延安报考抗日军政大学，相约明天起身，黎明他们当然乐意和他们结伴而行。

谈了几句，黎明发现这几个人全都改了姓名。一位年纪稍大的同学也不知是恐吓还是当真严肃地说："当红军就是当共产党，被当局知道了家人肯定要遭殃。要想不连累家属，必须改名换姓。"说的黎明三人心里发毛。

　　黎明心头更多一层担心：我欠着公寓老板几十元钱，将来红军和东北军西北军成了一家，老板找到红军来讨账，说我负债潜逃可怎么办。第二天一大早，三人找到中年教师，声称昨天填的表有错误，要求重填。中年教师也不阻拦，收回原表，每人另补一份。但要改个什么名字却让黎明大费斟酌。后来想，我参加红军是为了抗日。抗日胜利就是中国的黎明，于是顺笔改成：黎明。

　　邵国文改名邵英，樊向贵最初也想改，后来想想，觉得参加红军没啥了不起，也就算了。不一会儿，大家出来。樊向贵说："告别西安了，咱们再回头看一眼古城，也留下点美好印象吧。"

　　这会儿天已大亮，太阳挂的老高，然而西安方向什么也看不清，其实也根本看不见，路途太远。但他们却隐隐约约感到有一线灰色城墙静静地盘卧在天际。不多时，原本清朗的天空旋转起漫漫黄沙，起风了。黄沙很快淹没了原野，遮天蔽日向三原方向横扫过来。

　　就在黎明揉揉眼睛的当际，突然从黄沙中冲出一骑快马，像一羽深蓝色的雕翎落到黎明他们面前。骑手勒马停下，用手掀起崭新的红星八角军帽帽沿，额前甩出几缕乌黑刘海，原来是个女兵。她身穿熨烫整齐的蓝布军装，腰间横系棕色小皮带，显得腰俏分明，英姿飒爽。看见中年教师后朗声笑问："有水吗，喝一口。"

　　中年人忙答应道："有，有。"把桌上的洋磁茶缸递过去。

　　女兵也不谦让，接过水杯一饮而尽，然后对着楞怔的黎明说："小兄弟，想当红军？"

黎明可能觉得女兵过于光彩照人，低头嗫嚅着回答："是，刚报名，今天就走。"

女兵有点怀疑："今天？下午可能会下雪。"

"下雪算得了什么。"黎明觉得她太小看人，昂着头说。

女兵爆出一串欢快爽朗的笑声："有志气，小兄弟，你算走对了路。"然后扬鞭跃马而去。

樊向贵转身问中年教师，这女兵是谁。中年人答："你们不认识她？她就是丁玲。"

丁玲。黎明当时的感觉是如雷贯顶。丁玲，那个写出了《莎菲女士的日记》，出版了《在黑暗中》文集的名作家，那个丈夫被国民党枪毙，本人几度神秘失踪的传奇人物？黎明如条件反射地追问一句："她真的是丁玲？"

"那还有假。全国有几个丁玲？"中年教师觉得黎明的问题有点不可思议。

没想到这样鼎鼎大名的人物都在红军中，看来共产党真有他邪门儿的地方。难道说我这一步真的走对了？黎明望着北方的滚滚黄沙情不自禁地喃喃自语。

丁玲的话一点不错，天空中很快飘起了稀疏的雪花。

电影马可波罗中有这样一个镜头：当马可波罗一行人历尽艰辛到达某地，突然冲来一支铁骑拦住去路，所有人都感觉吉凶未卜，马可波罗的父亲从中掏出一面成吉思汗颁赐的金牌。骑兵们看见金牌马上闪开一条道，马可波罗就此走进充满希望的神奇大草原。

　　一九三六年的除夕，黎明就这样满怀希望和同伴们踏上了一片神秘未知的土地。他后来在回忆录中写道："在一个冷风刺骨、飞雪扑面的早晨，我们一行十几个素不相识的穷学生，结伴踏上了白雪皑皑，一片荒凉的西北黄土高原。西安事变改变了中国历史的行程，也决定了我这一生的道路。"

十

　　上路的时候，同行的人已经聚集到十来人，其中以中学生居多。有两人来自张学良所办的学兵队，一人是来历不明的大学生。十多个人长袍，短褂，学生装，中山服，瓜皮帽，礼帽，鸭色帽，中式裤，西式裤，马裤一应俱全。皮，毛，单，夹，棉样样不缺。后来还来了两位女学生，半短剪发，长旗袍，裆裆鞋。真是五花八门，多姿多彩，叫人弄不清是支什么队伍。

　　出了三原北门，见路边站着一个颇有些历练的年青人，陕北农民打扮，头扎白羊肚头巾，身穿羊皮短褂背心，背上挎着条土布包袱，动作敏捷，眼藏机警，天然流露出山野村夫式的读书人潇洒。他看见黎明一行人，主动上前打招呼："去延安？做个伴行不？"

　　樊向贵抢上前几步，热情地："能问一声先生从那里来？"

　　年青人眼珠转了转："哦，刚从黄龙山逃出来，那里的土匪抓我做绑票。"

　　"黄龙山有土匪？"黎明觉得喉咙有点紧，那两个女学生更是脸都吓白了。黄龙山就在附近。

　　"不碍事儿，"年青人不当回事儿的挥挥手："红军早把他们赶跑了，所以我才跑得脱。"

　　黎明还想问什么，邵英拉拉他的袖口，悄悄说："听他胡说八道，瞧他那身整齐的衣着，像劫后余生的样儿吗？"黎明也心里犯嘀咕：别是国民党的特务吧。那人一路上也不太说话，就跟在队伍后面走。

　　过了金锁关，遭遇了一场罕见的大雪。雪停风息后重新上路，已经是银灿灿千树梨花，白茫茫万里素妆。这里是典型的黄土高原地貌，放眼望去一马平川，不见边际的晶莹闪亮雪原，走着走着就变成一条深沟凹陷在脚下。深沟的斜面倾斜度不一。坡陡之处积雪停留不住，带着表层浮土落到慢坡处，露出一道一道橙黄色的新土，如同洗涤过一般分外鲜洁。而慢坡处则形成了绵延起伏的雪堆，雪浪，雪屏和雪垫。这些白色的雪堆，雪浪，雪屏，雪垫和嫩生的黄土交错杂陈，明暗更替，煞是好看。被雪覆盖的坡路经人踏踩挤压成冰凌，变得像玻璃一样光滑，坚硬，脚踩上去不住地打滑。正所谓上坡容易下坡难，在冰上行走更是如此。黎明他们相互搀扶，撑爬并用，小心翼翼，慢慢地梭滑下溜，艰难地到达沟底。抬眼一望，四周竟成了高耸的大山。待爬上山顶，迎面而来的又是平展如海，望不见边际的皑皑雪原。樊向贵在雪后的山地上行路还是大姑娘上轿头一回。他敞开上衣，一人跑在最前方，满脑袋热气腾腾。一上山顶，这哥们儿居然豪性大发，对着无际原野大叫起来："辽阔舒畅，壮伟瑰丽的高原呀，你是中华民族的摇篮，五千年古国的发祥圣地。樊向贵呀樊向贵，你的生命要像高原一样壮丽，像瑞雪一样洁白，像黄河一样奔腾澎湃。我要在诗情画意的大好河山中驰骋，在洁白高尚的冰雪世界中飞翔。"

正好一轮普照大地的红日把金光无啬地泼撒在雪地上，激发起刺人眼目的晶亮反光，有如搅动万千璀灿的星辰在闪耀。樊向贵举着双手站在白云蓝天下，真有点遨游河汗的风光。

快到延安时，黎明几个一起跑上最后一个山头，望着夕阳辉映下的宝塔前仰后合，气喘吁吁。突然，旁边冷冰冰甩过一句话：

"你们能吃屎吗？"

所有人都愣了，转眼看见高处站着那位黄龙山土匪的"绑票"，手里还点着一支卷烟。

"我能。"出乎意料之外，只有邵英轻蔑地应了一声。邵英家境贫寒，在中学成绩一般，遇事耸头耸脑，梭边溜号，很少受人注意。没想到这会儿倒干脆地答了一句："要干一番事业，就别管什么生死荣辱。"

"好，能吃屎就能革命。要有思想准备，那天把自己拉出来的屎再吃回去。""绑票"大步走下来，紧紧握了握邵英的手，鼓励他："好好干，会有出息。"

他路过黎明面前时也停了停，问："小同志，叫什么？"

"黎明。"

"黎明？黎明前就是黑暗。今后的路可不大好走啊，但愿能再见面。"说完独自下山走了。

"他不会是红军里带兵打仗的？"有人嘀咕了一句。

"嗨，他要带我打仗，我还不如跳河。"樊向贵不以为然。

"他要真带我打仗，死也甘心。"邵英咬着牙说。

十一

抗日军政大学全称"中国人民抗日军事政治大学"，简称"抗大"，是中国共产党创办的培养军事和政治干部的学校。他的前身是在江西瑞金成立的红军大学，教育委员会主席为毛泽东，林彪任校长，刘伯承任副校长。抗大编成四个大队。一，二，三大队是红军干部。所有白区新来的人都编到四大队。四大队下面有三个中队。四大队住在延安东门外飞机场附近的一座营房。从城内到营房要过延河。这时的延河冰封雪冻，只有中间的一小溜清澈流水在两边的碎冰中开辟自己的艰难道路。延河在宝塔山下绕了个大弯，营房恰好在大弯的北面，背靠清凉山，面对延河水。

然而，抗大初期的生活实在是艰苦。营房所在的地势不错，既高又敞亮，但房屋颓败倾塌，门窗俱无，破烂不堪。营房大院内，东西两排敞房，靠北一个小院。按编队区分，樊向贵和邵英住在西厢，黎明住在东厢。靠北的小院住的是女生，有二，三十个。厢房里尘封气霉，除了长长的一排用土坯砌成的通炕，空荡荡的什么也没有。学员们自己动手，打水，铺草，洒水，安放行李，忙了一整天，总算象个人住的地方了。到了晚上，新的考验又来了。天寒地冻房屋却八面透风，遇到下雪，雪花夹着北风穿墙而入，扑打在人脸上。学员们大多衣被单薄，只好仗着人多挤在一起，你拉我扯，最大限度的利用从外边带来的有限资源：毯子，棉单衣裤，帽子，围巾。不过这些东西似乎都比不上当地的麦草，又干又厚特别保暖。

不久，黎明发现自己的毛衣里长出了一种小动物，弄得混身发痒。告诉樊向贵，樊向贵说我早发现了就是没撒儿，你有什么办法吗？。黎明说："鲁迅的王胡和阿 Q 有这耐性，翻检衣服，一个个捉来放进嘴里，比赛谁哔哔剥剥咬得响。"

樊向贵眉头皱老高："我说你怎么越来越邋遢，这话都不觉得恶心。"他们两人抱着不下于对日本帝国主义的仇恨，用力挤压，结果是越挤越多，连毛衣缝里都密密码码布满了白花花的小点。黎明当时的感觉就是头皮发麻，毛骨悚然，束手无策。他终于想起来，这东西只有用滚水烫才能断根，但问题是到那里去弄滚水？

住如此简陋，吃也别想多好。大家吃集体伙食。在大院里，每个班围着个装满饭菜的大洗脸盆就餐。没有山珍海味，只有发霉的小米，陈年的包谷，上顿萝卜棒，下顿土豆条，缺盐少油，黎明有时咽都咽不下去。更让人恶心的是，黎明他们吃饭时盛菜的家伙竟是洗脚盆。

其实就在吃饭时，这帮学生娃儿就注意到给他们盛菜的家伙是个洋瓷大脸盆。脸盆盛菜虽然少见，但大家都能理解。唯一有点别扭的是那家具也太旧太破了些，盆里盆外到处是一坨坨黑红乎乎的铁锈，用这玩意儿盛菜能干净吗？唉，革命嘛，总要吃点苦。但他万没料到当天晚上就有人用这个盆子来洗脚。黎明当时的感觉就是肠道里有条小蛇翻滚直冲胃贲门，他马上想到了到延安路上"老头"说的话：能吃屎的才能革命。

十二

"在这样的艰苦生活面前，有些人动摇了，后悔了，觉得越看前途越渺茫了。"黎明在回忆录中写道。其实他本人就是这些动摇分子中的一员。他之所以没有退出去，一个原因可以归结于人年轻和只有在资源极端匮乏时才会发扬光大的共产主义思想。黎明他们当年就是靠着互相帮助，蒙头盖脸才熬过了这个冰封雪舞的严冬。

不过，更重要的原因是黎明没有一门过硬的亲戚。

这时候，新来的同学给樊向贵带来一封信。信是他叔叔亲笔写来的，还附了十元钱。他叔叔让他赶快回来，说已经给他活动到汉中县的一个代表身份，很快可以递补到县教育厅当厅长。解放后他对黎明承认："我当时觉得就算拿不到县教育厅厅长的位置，待遇肯定也比呆在红军中强。红军要钱没钱，要枪没枪，要人没几个，根本看不到前途。"

但他当时对黎明说得可是理直气壮。"革命不能光往人少的地方跑。现在大多数人都需要我们去唤醒他们。只有大多数人都起来了，革命才会成功。我回到汉中可以利用合法身分从事革命工作，鼓动抗日救亡。革命不分红区白区，重要的是红军和白区工作相互配合。回去不是怕艰苦，也决不是动摇，其实白区的工作更危险。我是看清楚了，自己在白区可以给革命做出更大的贡献。"

这一席话如晴天霹雳震得黎明耳朵发蒙，万没想到樊向贵把他骗到这个鬼地方自己倒拔腿开溜。他的反应是樊向贵肯定是共产党，只有共产党内的人才可能给安排这么个美差。好家伙，捂得真严实。党的安排，形势的需要，真他妈的冠冕堂皇。他嘴里说拜托樊向贵回汉中后到自己家看看，给老人家讲讲这里的情况，让她放心。内心深处里那份嫉妒和恼火劲就别提了。

黎明去找邵英，邵英正坐在石头桌子边写通讯稿。黎明一五一十把樊向贵的打算给他说了。邵英半晌没出声，握着破旧钢笔的手一动不动，只有鼻子扑哧扑哧的呼吸声。黎明想和他商量一下他们今后的打算，刚说了一个词："我们……，"

邵英就双手一拍桌子，腾地站起身，暴躁地说："你听他鬼话连篇。他就是图舒服安逸。你看他从一开始就不停地抱怨，上抗大后，整天闷着个头不说话，干事能躲就躲，能偷懒就偷懒。现在好啦，找到新门道了，可以当厅长了，还革个鬼的命。你想跟他回去？他能给你找个饭碗？做梦吧。我们无依无靠，回去照样是求爷爷告奶奶鬼都不理，上那儿去找出路？我反正是铁了心，不管共产党将来是刘邦还是项羽，亦或干脆是那些默默无闻的草寇，我都要一条道走到黑。"

　　黎明的脑海中就像有两个小孩在打架，他好像明白了什么叫"分道扬镳"。我的天啦，樊向贵不光是自己的革命领路人，还是自己的革命拐杖。如今我还"瘸"着腿，这拐杖倒先没了，叫人今后如何走路？

　　几天后四大队召开全体大会，大队政委董必武讲话。董必武年约五十，留一撮八字胡，穿着一件过于长大的旧面袄，步履稳健，声调平缓。他先讲了抗大办学的宗旨，抗大的校风和眼前的困难。虽然是白开水一样平淡的话语，听的人也不能不为这批共产党人历尽艰辛，舍身忘死，矢志不渝的革命精神所感动。讲到最后，董必武说："有几位同学提出想回白区，可以回去。我们的立场是来者欢迎，去者欢送。回到白区和我们这里比一比，如果觉得还是这里好，再回来，我们同样欢迎。"

　　黎明感动得两眼湿润，觉得共产党真是仁至义尽。

　　四大队还真给开了个欢送会。在欢送会上，樊向贵可能有点自卑，没怎么说话，更没宣扬他那套白区革命的理论。

十三

　　欢送会后黎明独自回到房中，抱着头坐在床前。突然一个冷冰冰的声调响起：

　　"看见别人走，自己也动摇了？"

　　是那个神秘的"绑票"，他穿着发白的红军干部军服。

黎明不知道他什么时候进来的，只是抬起头伤感地："他有一个好叔叔，我上那儿去找这样的亲戚？"

"真这么简单？还在来延安的路上，我就感觉他呆不长。""绑票"见黎明眼中露出不相信的神色，便笑着加了句："他太罗曼蒂克。"

黎明当时不懂为什么。几十年后他在评论爱尔兰女作家伏尼契的《牛虻》时说："如果把亚瑟比做革命，把琼玛比做罗曼蒂克，那就可以肯定作者要么虚构了亚瑟，要么虚构了琼玛。因为革命和罗曼蒂克是两股道上的车，走的不是一条路。"

那天晚上，"绑票"冷着脸说的最后一句话是："一个人要革命就不能反革命，要反革命就不能革命，又革命又反革命是最危险的。"

黎明把这句话牢记了一生。

十四

"内外神州皆火，
更无平静书桌。
爱国民气连霄汉，
奔走呼号徒柰何。
长空热泪多。

西安一声枪响，
扭转内战干戈。
最是从军赴敌日，
引吭高唱救亡歌。

　　大雪漫黄河。”

　　这首破阵子“参军”是黎明一九三七年春天在延安抗大写的，反映了他当时的惬意心情。黎明没有上过正规大学，但延安抗大在他心目中胜过世间任何大学的伊甸园，也是黎明信仰共产主义的起点。

　　那一年，延安的春天好像来得特别早。延河水冰消雪融，春水初涨。清凉山柳拂鹅黄，草萌新绿，到处鸟语花香，弥漫着浓浓的春意。由于和西安勾通了汽车运输，抗大的物资供应也开始丰富起来。学校发给了统一的被褥和服装。被褥虽然单薄，但比以前有啥盖啥强得多。服装是做工粗糙，染色不匀的灰蓝色土布军装。开始发给黎明的那一套有点小，袖子连手腕都盖不住，后来和一个同学换了衣服，另一个同学换了裤子才感觉稍好些。经过学员们的共同努力，校舍也整修得像模像样，至少门窗齐全，不再八面透风。学员们还自制了些简陋桌椅，添买了些油灯什么的，读书学习也有了地方。

　　抗大的伙食也开始好转。之前，抗大伙食很少见到油腥。顿顿霉小米，陈苞谷。现在每个周末固定一次“会餐”，要么是大盆猪肉，要么是大盆羊肉，真是不折不扣的脂肪和蛋白，足以保证大家几天的精神头。黎明和另外几个同学进城后还发现城内新开了家合作社。当时抗大每月给每个学生发两角钱，大家平时攒在手里也没法用。这下好了，十天半月可以到合作社改善一下伙食，要一碗羊肉泡馍或红烧扣肉什么的。黎明感觉和

在西安顿顿锅盔夹豆腐乳，成天提心吊胆生怕被客栈老
板扫地出门的日子相比，延安简直觉就是天堂。

物质决定意识，大家吃的饱，精神头也足，各种
文体娱乐活动也逐渐活跃。红红绿绿的墙报经常出现黎
明的名字，不是他写的稿表扬别人学习认真，就是别人
赞扬他劳动积极，反正那时候人单纯，干什么都奋发向
上，你争我抢，有的是材料互相"吹捧"。有次董必武
找人刻蜡版，正好黎明在中学干过，很拿手，马上自告
奋勇站出来。黎明刻腊版，字迹清晰，漂亮，工整，很
得董老赏识，就此当了专职油印工。

抗大最风行的体育运动就是篮球。他还和朱老总
打过篮球。朱老总为人随和，既可以当裁判又可以上
场。在黎明的印象中，朱老总当裁判眼睛很尖而且非常
公正，不过一旦上了场就像个顽皮的大孩子，很有点小
动作。和黎明他们比赛时，黎明他们正戴帽子，老总队
反戴帽子以资区分。双方一来二去很快就上了火。一次
朱老总耍了个小动作，黎明居然一巴掌拍在他脑门上。
老总当时火冒三丈，过后根本无所谓。后来，黎明和陈
如风打篮球，两人一较上劲，黎明动辄就是："你个旅
长有什么了不起，我还打过总司令一巴掌。"

十五

不过，最让黎明满意的还是抗大的学习。抗大的
课程给学员们开辟了一个全新的知识天地，老师都是当
时中国共产党最著名的社会活动家和军事家。董必武本
人就是一部活的中国革命史。讲课时他联系自己的经

历，用白开水一样平淡无奇的语言把从兴中会，同盟会直到红军长征的历史讲得清清楚楚，引人入胜。朱德主讲游击战的战略战术。他从在滇军剿匪讲起，自自然然转到自己当"共匪"被国民党围剿的经历，其中列举的精彩战例数不胜数。

有意思的是张国焘也到抗大讲过课。讲授的是资本主义必然灭亡，共产主义必然胜利的客观规律。黎明对张国焘的讲课不太感冒，说他结结巴巴，虽然内容还是很新颖。黎明的结论是张国焘没什么本事。其实，张国焘之所以如此是因为他当时正在挨批判，抗大教室的墙上就贴着批判张国焘右倾机会主义的标语。但这场运动对黎明所在的四大队影响很小，因为四大队的学员都是从白区来，批也批不出个名堂，所以黎明脑子里基本没有留下什么印象。他只是觉得又要批判张国焘又让他出来讲课显得有点滑稽，完全没有意识到党内斗争的残酷。

在一个清凉的早上，从"白区"办"外交"回到延安的周恩来，马上风尘仆仆赶到抗大做形势报告，讲西安事变。几千人的大会，没有扩音器，周恩来站在那里，一手插腰，一手得体的挥舞着拳头，气概英姿飒爽，语音铿锵有力，语调抑扬顿挫，所有人都听得清清楚楚。他手上没有任何提纲和底稿，却是条理分明，言出无涩滞。他叙事松紧适度，分析抽丝剥茧，评论中肯精炼，一连四五个小时不歇气，毫无疲倦之态，真有飞流直下三千尺的气派。

黎明后来回忆："总理讲出来的话，脱口而出就是一篇用词讲究，推理严密，思想深刻的好文章。他把谈判和实力的关系讲得清清楚楚。当时的局面那么复杂，少壮派人人有枪，谁的招呼都不听，遇事就知道激动，砸了锅又没办法补。总理从中周旋调解，找出一个最大公约数，实在不容易。周总理在西安事变后为共产党争取到了最大的生存空间。"

十六

　　主席第一次来抗大讲课是在下午。四大队全体学员很早就整队来到场院中央坐下，他们个个情绪饱满，神态兴奋。黎明依旧有点紧张，手指反复揉搓口袋里那几根削尖的铅笔。不一会儿，延安城里城外的人三三两两地赶来，有人拿着自带的马扎当坐垫，有的就近拾捡些砖块，石头，或土坯塞在屁股下方，还有的干脆就站在一边。这时人越聚越多，七嘴八舌先是小声嗡嗡，然后揉然夹错，分贝逐渐升高，很快就听到你来我去的大声喧哗，就像是赶春节庙会。四大队当时已经有三百多人，然而周围的人却有上千。场院边很快就人挤人，后面的不住向前拱，不时拱倒几个前排站着的人。摔倒的人跳起来，转身嬉笑着和后面的人打闹。抗大校长，年轻英俊的林彪进来看见这个混乱场面，脸一沉，低声说："整队，集合。"全场顿时安静下来。林彪亲自指点安排座次，很快使场院显得整整齐齐。之后，他不时向院门外探望，所有人也随着他转头，就像林彪头上装着一台遥控器。

　　主席到会场后，林彪亲自迎上前，把他领到木条桌边。

　　毛泽东进门后，显然有点意外，他的第一句话是："哪来这么多人呐？"他的湖南腔把"来"字拉得很长，把"这"字绷得老高。林彪向他耳语了几句，毛泽东指着外围的人说："原来你们是游兵散勇呐。"说得满场的人都笑了。毛泽东接着说了几句开场白："你们的教育长要让我来讲哲学。题目哪，大得吓人，叫做辨证唯物论。我说你这是强人所难。我是山沟沟里的马克思主义者，莫有读过几么子多马列主义的书，实在是勉为其难呀。强人所难，勉为其难，强勉，勉强。我，不好推辞，就只好勉强给大家讲几课了。"

　　毛泽东讲课时态度从容，谈吐随意，语言平缓而风趣，人人凝神倾听，全场静悄悄的。黎明后来回忆："主席的声音也不算大，可是，除了听到有趣的地方，发出阵阵笑声而外，从头到尾都是静悄悄的，一个字、一句话，都清清亮亮的传到每一个人的耳朵里，象是再现了老残游记中白妞说书的场景，不过，那里是掉下一颗针都能听到，这里是铅笔在纸上速写的声音。"

　　在黎明的印象中，毛泽东不是想象中的叱咤风云人物。他清瞿的面孔，高瘦的身材掩盖了天生的强健体魄，展示出一种文弱书生的风度。那天毛泽东穿着一件又旧又宽的蓝布棉大衣，下摆留着大片的油渍污迹，但他炯炯有神的眼光却让人很难联系到"邋遢"二字。黎明感觉他讲的内容起始淡泊，不怎么吸引人。但越听越有味道，仿佛是吃橄榄，刚放到嘴里隔着一层皮，尝不到味道，越嚼越觉得清香回味，越让人不住地反复咀嚼。毛泽东善于运用一些具体事例来阐述深奥的哲理。他的拿手好戏就是把中国革命的经验，古今中外的典籍，"三国""水浒""红楼""西厢"的故事揉合在一起任意驱驰。他的推理如同剥笋，一层一层露出素洁白嫩的核心。他的比喻，幽默诙谐，寓哲理于谈笑之中，引得听众不时地发出笑声。

就这样，毛泽东和共产党的领袖们征服了无数青年知识精英。黎明拼命记录，如同饥饿的幼崽试图吸干每一滴乳汁。他从博大精深中看到了未来的光明前途。

毛主席的每次讲课被黎明他们速记下来，加以整理，然后刻在蜡纸上，油印成册，以后经过修改，便是收入毛选的《实践论》和《矛盾论》。不过，讲课时许多风趣的实例，已经删去了一些。经过多年之后，黎明到北京的军事博物馆参观，看见陈列品中有当时的一份油印底稿，面上的一张竟是他刻的。自己的笔迹，就是相隔二三十年，也不陌生。它立刻把黎明的记忆引回到当时的延安。黎明站在那里看得出了神，久久舍不得离开。

黎明在总结"抗大"不到半年的学习收获时这样写到："首先，我被共产主义的真理完全征服了。这是一个令人心驰神往具有丰富宝藏的领域，是继承了人类思想的精华，总结出来的无比正确的理论体系，决不是什么异端邪说。对于党的抗日民族统一战线，也从理论上获得令人信服的论据，并非像一些人所说的那样，是共产党日暮途穷，想出来的权宜之计。其次，我被共产党、红军的民主、平等、自由的生活，完全吸引住了。毛泽东、周恩来，朱德等许多叱咤风云的传奇式英雄是那样和蔼可亲、平易近人，而且一个个都是很有学问、很有本领、令人佩服得五体投地的人物。"

　　这是上一辈青年对共产主义的认识，不管今天的青年喜欢与否。

十七

　　在那些难忘的炎夏夜晚，黎明和邵英经常到延河中游泳。游完泳后，两人总是坐在清凉山上畅谈革命理想。如果运气好，他们会看见几个漂亮的女学员在河里洗漱，打闹。女孩们时而爆发出的银玲笑声搅碎了倒映在河面上的一轮园月，也搅乱了黎明和邵英的心绪。这时，两人会不约而同地想起了母亲的期盼，想到了成家，于是开始谈论女人。当然，他们的谈话远没有我们今天那么直接了当和庸俗。他们从神话和旧戏谈起，什么牛郎织女，七仙女和董永，王宝钏独守寒窑，崔莺莺和张生。然而，真正让他们神往的还是李靖和红拂的故事：欣逢明主，立功绝域，琴瑟美人，千古风流。

第三章 初战

一

　　黎明参加的第一次战斗是著名的夜袭阳明堡飞机场。这也是谢富治搞鬼的结果。

　　八路军一二九师由原红四方面军部队组成。红四方面军的主力西路军在河西走廊覆灭，留在河东的剩余部队编成了援西军。抗战爆发后，援西军改编成八路军一二九师。一二九师师长刘伯承性格温和，待人诚恳，善于捏和不同山头的干部。

　　东渡黄河后，他让陈如风的六五八团做全师的先遣队。当时，国民党军集中主力保卫太原，必须守住忻口、娘子关两处要冲。日本人从雁门关向忻口沿同浦路南下，中间是滹沱河，两面都是大山，其后勤补给线不易掩护。刘伯承让六五八团孤军深入，插到原平东北，就是因为此地便于发挥八路军善于近战夜战的特长，蕴含丰富战机。刘伯承用兵真可谓胆大心细，见缝插针，专挑对方节骨眼儿。

　　刘伯承给陈如风布置完任务后，问他还有什么要求。陈如风说："部队在石桥整编时补充了一些新兵，能不能给点干部？"

　　刘伯承很干脆："就到随营学校调些吧。"随营学校实际是西路军失散人员的收容队，有很多老资格，连秦毅辉这样的角色都只能当连长。

　　陈如风出门后，碰上谢富治。谢富治热心建议他乘此机会挑上几个知识分子，以后建设根据地，制定政策，开展抗日宣传都用得着。也不知这老兄是真糊涂还是想给陈如风开个玩笑："随营学校二连秦麻子有个大知识分子，文化水平很高，把龙文枝都赶跑了。他好像懂点鬼子话，你去把他挖过来。"

　　真是活天冤枉，黎明要懂鬼子话，还会参加这伙与土匪无异的红军？当时的陕西汉中确实偏僻了点儿。想学习鬼子话？不管东洋西洋，压根儿就找不到一个外语教师，还别说合格不合格。兴许，谢富治把他的陕南口音当成了日本话？黎明后来这么想。

二

　　这会儿，黎明还跟着秦毅辉在火车上晃荡。

　　快到太原时，二连乘坐的列车在一个小站停住。前面传过话来：日本飞机炸坏了一座桥梁，正在抢修，列车得多半天才能继续向前走。部队通知大家可以自由活动，只要不跑太远就成。大多数人躺在车上懒得动弹，黎明闲不住，在空荡荡的站台走了两圈。小站候车厅是一座青砖平瓦房，和车站外面的十来间褐黄土坯房形成鲜明对照，只是粉墙上嵌着几个弹孔。车站站台也留下了战争创伤，靠铁轨的一侧被炸弹削去一角。

　　晚饭就是吃干粮：凉水就大饼子。晚饭后，黎明看见秦毅辉独自蹲在车站外的空地上，叭叽叭叽吸着一支卷烟，望着远方的山坳出神。他走过去喊了一声："连长。"

秦毅辉很高兴，招手让黎明过去："来来来，聊聊天。"他的两根手指取下嘴里刁着的烟卷，笑眯眯地说："红炮台，味道不错，房东大爷还有点舍不得呢。吸一口？"

黎明摇摇头："不会。"

"要打仗了，哪来的穷讲究？"他满脸不屑，又把烟卷放回嘴里抿咂起来。"大知识分子，你见多识广。我来问问你，世界上有多少国家？"掰着自己的指头算："我知道除中国，日本外，还有苏联，美国，英国，德国，法国。好像马克思就是英国人。"

"我也闹不明白，这世上到底有几个国家，大概百把十个。不过马克思是德国人，后来住在英国。"

"你家是哪里？"

"汉中。"

"啊，陕南，好地方。水多，树多，冬天不冷，我从那儿路过，比河西走廊强多了。"

黄土山坳中有一间小木屋，屋顶笼罩着棕色的烟雾。小屋不远的草地上有几只散漫的山羊在啃草。一个老农赶着老牛在半山坡上翻耕，拉开一道道新开的黄土。白云飘过，清风送过凉爽的寒意，把半截呕哑高亢，舒展嘹亮的"解心宽"山曲慢悠悠地传过来。黎明不禁想起古老的《击壤歌》："日出而作，日入而息，凿井而饮，耕田而食，帝力于我何有哉。"

"连长，你跑过很多地方？"黎明面带敬佩。

"嗨，还不是打仗跟着队伍跑，尽走些穷山恶水的地方。西路军失败后，我是一路讨饭回来的。"

“马上要打仗了，我心头发虚，不知道该怎么打？打仗有窍门吗？”

“打仗又不是读书，有啥窍门？只要不怕死，打来打去打多了就有经验了。战场上子弹长着眼睛，你越害怕，它越要往你那儿去。”说完，他对黎明眨眨眼，温和地笑笑。

远处的老农已经犁完地，正在收拾家什准备回家。黎明指着老农，很浅薄地说：“他知道日本鬼子要来了吗？”

秦毅辉却有点答非所问，羡慕地说：“是啊，要是不打仗，弄几亩地种该多好。讨个老婆，生几个孩子，舒舒服服过日子。”

“将来革命胜利了，你不会到北平，上海看看？”黎明觉得秦毅辉真没理想：“那里才是真正的花花世界。”

“我就希望，有一天能送小骡子上学。”

黎明没再言语，他知道小骡子的过去。说起来，这算得上黎明做的第一次思想政治工作呢。

三

事情的原委是红军整编成国民革命军第八路军，小骡子想不通。

　　指导员张文清劝慰他："怎么回事？思想到现在还不通？上级讲过多少遍了，换帽子是抗日的需要，一切要服从抗日的大局。"

　　小骡子突然失去控制，暴躁地大嚷："抗日，抗日，什么都是抗日需要，阶级仇恨还讲不讲了？把红军都取消了，你和地主老财一起去抗日呀？"

　　黎明觉得小骡子简直不可理喻。上次他给龙文枝挑错字，被小骡子揭发是特务，心头一直憋着口气，这会儿忍不住冲了一句："罗志远同志，改编换帽子是中央的路线，你这么抵触，小心出问题哟。"

　　小骡子"哇"地一声大哭，边哭边叫："啥子路线？打蒋介石，俺们死了多少人呀。现在要俺们拥护蒋委员长，红五星换成了青天白日。俺就是想不通，这辈子想不通，下辈子也想不通。"他把头上的新帽子揭下来往地下一惯："俺就不戴这顶亡国奴帽子。"说完一把鼻涕一把泪，摔手向门外跑，把黎明吓了一跳。

　　之后，张文清告诉黎明：小骡子的妈妈在地主家当奶妈，被地主逼得上吊自杀。他父亲是老实疙瘩的农民，气不过，上地主家要人，被狗腿子打成残废，赶出本乡。红军到川北后，他爹参加了贫农团，哥哥参加了赤卫队。白军围剿时，两人都被反水的地主武装杀害，剩下小骡子孤苦伶仃，红军把他收留下当了勤务员。

　　"黎教员，不是我多嘴，你太不了解小骡子，太不了解红军。人要没到走头无路，谁会提着脑袋干革命？红军中有好多小鬼都是烈士遗留下的孤儿。"

　　在这之前，黎明对这种极度扭曲的阶级仇恨完全没有概念。后来，每提到此事他都会感叹："太让人吃惊了，一个活泼好动的孩子会突然精神崩溃？没见过，没法用文字语言来形容。唉，旧中国的社会呐。"

黎明闷坐了几分钟，走出房门到野外散心。他很后悔，没想到这孩子个性这么倔强，真不该冒冒失失伤他的心。

九月的陕北，秋高气爽。殊星几点，凉风习习。在单调的蝉鸣声中，黎明惊悚地听到几丝抽泣随风飘过。那音调幽远凄怆，时断时续，细微得若隐若现，让人感觉有一只蝎子在胸口爬上爬下。黎明试图循着声音找过去，好几次都差点弄错方向，最后才发现在一垛麦草堆下卷缩着一个矮小的人影。俯身细看，正是小骡子。

黎明赶紧靠在小骡子身边坐下，搂着他的肩膀，抓住他的手，悄声说道："小同志，今天是我不好，不该那么说，惹你生气。你打我骂我都行，不要再哭了，好吗？"

小骡子听了这几句话，一下栽倒到黎明怀里，哭得更加伤心。黎明感觉小家伙幼小的身体不停地抽搐，顿时有点茫然失措，不知该再说些啥，只好不住地用手抚摸小骡子的头发，希望对他有点安慰。时间一分一秒的过去。月亮慢慢地躲进一片云彩，再从昏暗而且镶着桔黄粉红色边缘的薄云尾部钻出来，把一把银粉和着微风抛撒在杏黄的原野上。夜更深，更凉，更加安静，静得你不敢稍稍加重喘息。四周如同柔丝薄纸搭就的舞台布景，飘逸的雾气仿佛就在你身边，又仿佛根本不存在。突然，一只乌鸦'呱哒'一声怪叫，如同随意泼洒的浓墨从黎明头顶一笔划过，缓缓栖落在不远处的一颗老槐树上。老槐树已经开始发黄落叶，暴露出清晰可辨的粗枝细干。透过树枝，黎明看见乌鸦机警地转着头，好像发现了远方的危险。远方有两点绿荧荧光亮向山顶移动，很快在透明的深蓝色天幕上浮现出一匹孤狼的高傲剪影。黎明没有害怕，因为身边那个悲伤欲绝的弱小者使他不能放弃，他的内心油然诞生了一种天然的责任感。

过了很长时间，小骡子的哭泣声才渐渐停下，露出一对天真无邪的明亮眼睛，在月光下咕嘟咕嘟闪动。黎明小心翼翼地劝他回去就寝。小骡子这时才说："文化教员，俺不是生你的气，俺是想起了俺爹，俺娘，俺哥，都叫白狗子，地主老财，蒋介石，国民党杀的杀，逼的逼死了。俺怕这个仇今生今世是报不成了。"说着说着，他的眼圈又红了。

黎明连忙安慰他："小同志，千万不能这么想。没听师首长说过吗？换帽子只不过是个形式，关键是我们的心永远是红的。你懂得这句话的深刻含义吗？"

小骡子目光茫然，显然不明白什么叫深刻。

黎明捉摸了一下，又说："想想我们每天吃的土豆，好多地方又叫它洋芋。"

"俺们还叫它山药蛋。"

"对，土豆，山药蛋是老百姓叫的土名字，洋芋大概是外国人先叫起来的。但不管名字怎么叫法，土豆还是土豆，我们只能煮着、抄着、烧着当饭菜吃，不能拿来当衣服穿。我在抗大听中央同志讲过，我们这支军队，只要还是共产党领导，就永远是穷人的军队，他的目标永远是解放天下的劳苦大众。你想想，劳苦大众指的是什么人？就是像你一样的工人和农民。白狗子，地主老财那么嚣张，还不就因为他们有军队，有枪。我们要报仇，也得靠枪杆子。今天的中国，这军阀那军阀，只有共产党的军队才是真心实意为老百姓打天下，我们不靠这支军队还能靠谁？大丈夫报仇，十年不晚，你才十几岁，路还长着呢，用不着悲观。"

就这样，在天苍苍，野茫茫的黄土地上，没有粗俗的搞笑噱头，没有艳丽的旋转灯光，黎明就用一个不伦不类的比喻和几句注定会被人遗忘的干瘪语言，解开了一个孩子的扭曲心灵。小骡子擦干眼泪，站起身，依偎着黎明的身体往回走，从此他再也没有对改编讲过一句怪话。

四

列车直到深夜才重新启动，这回大家伙不再有新鲜感，纷纷在单调的车轮滚动声中鼾然入睡。凌晨时分，黎明被阵阵雷鸣般的声音惊醒。他刚一抬头，鼻子就贴在一只粗糙的臭鞋底上。黎明看清楚是小骡子，心想这小家伙个头不大，腿倒挺够份量。他使劲想把小骡子的大腿从自己肚子上推开。小骡子眼睛都赖得睁开，只是咕噜咕噜叫道："打炮呢，离这儿还远。"倒头又睡着了。

突然，火车开始刹车，所有人全醒了。缓慢移动的列车使得每个人都看见铁路沿线三五成群，散布着长长的难民队伍，就像是暴雨前迁徙的蚁群。这些难民和黎明在候马车站看见的难民大不相同，很少有几个衣着光鲜。他们风餐露宿，历经艰辛在路上跋涉了很长时间，个个都是筋疲力竭。他们穿着灰尘扑扑的单薄衣衫，背着沉重的行李包袱，也有少许人推着独轮车，扶老携幼，沿着铁路线往太原方向挪动脚步，好像闪亮的铁轨就是他们的扶手或拐杖。还有不少人家不顾黎明前的极度寒冷，或躺或坐，倒在路边的黄泥地上休息。老人哭，孩子叫，四面八方远远近近挤满了此起彼伏的哀嚎抽泣声。看着乘车经过的部队，他们或者停住脚步，目光呆滞地看一眼，或者干脆头也不抬继续走，好像对周围的一切都不抱希望。

五

　　火车喘着粗气缓缓驶进阳泉车站。阳泉是正太路上的枢纽，也是有名的煤矿产地，本应该是热闹繁华的市镇，现在却是一片慌乱凄惨景象。黎明看见站台内外挤满了国民党军队的伤兵。他们中间没有医生，也没有什么看护，个个蓬头垢面，血污班班，有的头上缠着绷带，有的手上腿上带着夹板，有的支着拐棍一瘸一跛。有的躺在担架上呼天抢地，还有的像无头苍蝇四处乱串。喧嚷，鬼嚎，扯嗓子骂娘，甚至相互唾骂，斗殴，乱成一团。

　　"咚，咚"，沉闷的炮声在远处响起。麇集在站台上的丧家犬更加慌了神，他们没等列车停下就开始往前挤，想尽快爬上车厢逃命。好几个伤兵干脆被挤落站台。车轮下方传来阵阵凄厉的惨叫。

列车停住，还没等黎明他们下车，伤兵们已经如同海潮般向车厢上爬，黎明看见第一排伤兵站在车厢护栏上，瞪着血红的眼睛，就像一张雪花豹子皮贴在墙上。秦毅辉，张文清和其他班排干部连打带抢，把几个当头的家伙甩下车去，然后指挥全连战士下车。车厢一誊空，伤兵们争先恐后，连爬带滚往上挤。这回是从车厢前后左右，全方位一起上。不时有人还没爬上去就被搡了下来，跌在站台上，枕木上，"啪，啪，啪，啪"，一摊血又是一摊血，真正的头破血流，到处是没命的惨叫声。最可怜的就是那些腿折脚断的重伤号，躺在站台上无人理睬，无人过问，听天由命。

秦毅辉皱着眉头，厌恶地带领全连挤出车站。他看见一个身穿破旧蓝军服，满脸胡须，邋里邋遢的国军少校站在那儿抽烟，便凑上去对火："兄弟，刚打前方下来？"

"保定。" 国军少校心不在焉地回答："唉，队伍全垮啦。"

"小鬼子厉害吗？"

"当然厉害。光听着人家咚咚打炮，咱还没瞅见人毛就稀里哗啦了。"

秦毅辉满脸狐疑地望望对方。

"你不信？狗日的小日本，武器太凶了。大炮尽往人堆里砸；坦克刀枪不入，跑得飞快，边跑还边开炮；还有天上的飞机，追着你的屁股打。没法子，谁也没法子对付。二十九军在南苑就吃了大亏。"国军少校神经质地摇晃着脑袋。

这席话猛然提醒了秦毅辉，他瞟了瞟烟熏火燎的残破车站，对张文清喊："老张，快带队伍走，找空旷点儿的地儿。"他扔下手中的烟卷，骂骂咧咧："老子的馆子还没开张，小心叫人掀了灶台。"

队伍马上加快脚步往镇外跑。国军少校刚来了点谈兴，忽然听众全跑光了。他追着秦毅辉，在后面连声喊："哎，小子，你干嘛？真想上去和日本人打？凭你们这几杆破枪？给人塞牙缝都不够。别犯傻了，瞅瞅那些当官的，他们见世面见得多，一个个跑得比兔子还利落。"

六

二连刚跑到南面一带的山地，就听到几声清脆的枪响，接着到处响起了嘀嘀哒哒的防空哨音。秦毅辉指挥部队迅速疏散开。黎明心里发慌，跟着跑了一阵，半天不见动静。他傻呼呼地抬头往上看，就见一片蓝天，洁净如洗，仅有几朵白云轻轻飘浮，没有半点飞机影子。正在纳闷，只听小骡子一声大喊："文化教员，快卧倒。"

说是迟，那是快，只听到一阵狂风横扫过来，扫得树木哗哗响，树叶飕飕散落，尘土腾空而起，遮天蔽日。黎明慌了手脚，既不知道飞机在那里，也不知道小骡子他们藏在何处，只是本能的就地爬下，匍伏在一块野地里。他的心脏扑通扑通乱跳，好像要蹦出自己的胸膛。接下来黎明脑海里的有形图像消失了，取而代之的是一片混沌，伴随着轰轰隆隆的炸弹爆炸声和飕飕飕的机枪扫射声，感觉就如同周围有一道铁门来回开合，要把他和这个世界永远隔绝，而且永无休止。在嘈杂的混沌中，黎明突然看见一丝闪耀着白光的惊喜掠过眼前：这土皮如此柔软，像堆泥浆，难道不能挖出个窟窿？遗憾的是他全然忘记自己的手脚搁在哪里。黎明终于意识到自己的肌肉已经彻底失去控制，浑身不住地抽搐颤抖，上下牙巴骨也磕磕碰碰响个不停，脑子里只剩下一个念头滴溜乱转："这下完了，这下完了。"

过了很长时间，他隐隐约约听到有人厉声高喊："那是谁？顾头不顾屁股，还不起来归队。"

黎明怯生生地抬起头来，还觉得天旋地转，什么也看不见。过了好一会儿，他才发现身边站着个人，是连长秦毅辉。

"原来是文化教员，快起来，飞机早飞远了。"秦毅辉放缓了语气，若无其事，大大咧咧离开了。

黎明再望望天空，还是跟刚才一样，蓝蓝的天，几朵白云在空中轻轻飘浮，哪里看得见丝毫飞机的影子。这时部队已经在一块空地上集合，秦毅辉像平时出操演习一样，发号施令，整顿好队伍，然后望着刚才离开的阳泉车站，嘘了一声道："大家看看吧，这就是国民党，他们根本不把当兵的当人看。"

顺着连长的目光，大家看见阳泉车站真是惨不忍睹。那些国民党军的伤兵依旧是乱七八糟，但你推我搡的活泛劲儿不见了，到处是呜乎哀哉的叫喊声。几节敞篷车厢就像胡乱践踏后的水稻秧田。环护栏一圈，堆砌着数十具包裹土黄色或灰白色军装的尸体，如同连根拔出地面的秧苗。一节闷罐车顶篷上撕开一个大洞，车门和车窗的挂钩或铁刺黏挂着胳膊，大腿甚至五脏六腑各式零件，血汩浪铛。站台上恶臭难闻的黑烟，夹杂着尚未熄灭的火焰从血肉模糊，酱茸茸的黏浆中升腾起来。断裂的水管喷出漫无目的的的水雾，冲上天空，又落到地面，把血污和淤泥搅和在一起。几个垂死的丘八在污垢中不停地挪动，翻滚，无助地摸摸爬爬，鬼哭狼嚎。

张文清激愤地说："同志们，鬼子已经占领了大半个华北，遍地狼烟，可是国民党当局干了些什么？。运送北上的将士，南撤的伤员，只有这些破旧肮脏的运煤车，运牲口车。然而在侯马车站，你们亲眼看见那么多漂亮的客车，全部装的是官商土豪劣绅、他们的婆姨、细软和金银财宝。那些国民党官老爷们，想的就是如何舒舒服服的逃命，哪有一点国家兴亡的责任感？诺大一个阳泉车站，南北交通要点，日本飞机随时可能轰炸，他们一不认真组织防空，二不派人疏导车站秩序，以烂为烂，其势必乱。国民党腐败透顶，不可救药，抗战的前途决不能依靠他们，只有依靠共产党和我们的红军，八路军。"

然而，黎明却提不起精神。想想刚才惊慌失措，天旋地转的情形真不是泄气两字所能形容。

部队整顿好以后就上路行军。一路上大家纷纷议论刚才的空袭。

"哇，小鬼子是厉害。飞机飞得那叫个低呀，俺抬起头连机腹上的红膏药都能看清。"

"看清红膏药算什么？我就觉得飞机是蹭俺头皮擦过去的。"

"可怜车站上那些伤兵，炸弹全落他们那儿了，真是当兵也不能给国民党干。瞧咱们，人毛都没碰一下。"

"还是连长脑子快，赶紧带队伍上了南山。不然，咱们没准儿也给撂倒几个。"

"就你那熊样，光知道跑啊躲的，上了南山也得叫人追屁股蛋子。不是老子照他来了几枪，他会乖乖地撒丫子跑掉？"

"吹吧，反正吹牛也不犯法。就你手上那杆老套筒子，打两枪卡一次壳，还能把飞机打跑？"

"哎，真的，信不信由你。我还拿机枪干了他一下。可惜子弹太少，不够劲儿。"

说着说着，让黎明极度难堪的场面出现了。司号员小杨突然跳出队列，大声嚷道："你们都别吹自己能耐。要我说还是文化教员有本事，他这么屁股一蹶，就把飞机顶跑啦。"说完双手抱住脑袋，一头扎到地面的石头缝中，屁股故意朝天翘起有二三尺高，还浑身发抖。小骡子犹嫌意味不足，学做连长的神气腔调，扯开嗓门喊道："那是谁呀？顾头不顾屁股。"俩人一唱一和，逗得众人鼓掌跳脚哈哈大笑。黎明脸上火烧火辣，真恨不得一头撞死在路边的大树上。

指导员张文清黑起个脸，照小杨屁股上踢了一脚："小心老子拿针把你的臭嘴缝上。黎教员上战场是大姑娘上轿头一回，有啥好笑？"

秦毅辉狠狠瞪了一眼小骡子："开玩笑，也不看个时间地点。你小骡子能耐，第一次上战场，又是屎又是尿，拉了满裤裆，都不记得了？"

虽然连长和指导员给自己解了围，但黎明心里还像欠了债似的，惭愧，追悔，懊丧，脑子里翻江倒海。没想到自己抛弃家乡，丢下老母，下定决心，慷慨激昂奔赴抗日战场，第一幕居然闹出这么大个洋相。真是没出息，连飞机从哪儿来的都搞不清楚，光知道发抖，往地缝子里钻。平时熟记的什么"马革裹尸"；"痛饮黄龙"；"人生自古谁无死，留取丹心照汗青"，到节骨眼上全被发自内心的恐惧吓到爪洼国外了。我还文化教员呢，现在连小骡子，小杨都笑话自己，今后可怎么给干部、战士上课？怎么在部队里做人？部队最瞧不上的就是胆小鬼。以后决不能这样。遇事必须沉着冷静，不慌不乱。我可以退出革命队伍，但只能是被敌人打死，决不能被自己的恐惧和胆怯所淘汰。

七

就在黎明灰头土脸的时候，他看见了精神抖擞的邵英。

邵英和几个干部奉命从师政治部抽调出来支援战斗部队。黄昏时分，他们正好和秦毅辉的随营学校二连碰上，准备一起到雁北找陈如风的六五八团。邵英因为和师政治部一起行动，早到几天，有时间休整，所以军容显得比较整齐，容光焕发，眉宇间透出一股英气，黎明还从来没有注意到邵英是如此精神。

　　邵英把从师部带来的情况通报交给张文清。张文清看完后对秦毅辉说："看来这一带比较安全，小鬼子一时半会儿到不了这儿。不过，据群众报告，有一些土匪到处骚扰，他们进村就杀猪宰羊，抢东西，侮辱妇女，师首长让我们特别小心。"

　　秦毅辉伸了个懒腰，打了个哈欠，满不在乎地说："天不早了，我看还是先找个地方住下来。"

　　部队到一个小村子住下来。秦毅辉把黎明叫来，干脆地说："今晚下半夜你负责查哨带班。"

　　黎明先是有点意外，接着马上明白了秦麻子的用心。他是想让自己锻炼一下，改变改变形象，所以心中很是感激，马上爽快地答应下来。

　　秦毅辉拍拍黎明的肩膀说："放心，这里离敌人很远，晚上不会出什么事。你只要在哨位上来回走动走动，小心新兵站哨打瞌睡、睡觉就行了。"

　　黎明接受任务后非常兴奋，前半夜翻来覆去根本睡不着。交班时，张文清悄悄进屋，走到铺前还没出声叫他，他就一咕噜爬起来，抓过长枪，踮着脚尖冲出屋外。

　　真是一个寂静，清凉的夜晚。黎明背着枪，神气活现地从村东走到村西，从村南走到村北。虽然几处哨兵都是新兵，但个个昂首挺胸，端着枪，目视前方，根本没有打瞌睡的。转了几圈，黎明心想村西头是通往雁北的大路，最有可能发生情况，于是就在那儿多呆了一会儿。他和哨兵拉着家常混时间，只等着启明星升起后回屋交班。

不料就在这一刻，村外的大路上传来了杂乱急促的脚步声。

黎明和哨兵上前几步，乘着月色向脚步声响起的地方张望，只看见模模糊糊一团黑影快速向村口移动过来。这时，月亮已经升到中天，分外皎洁，把村前的平地照射得亮堂堂的，看上去像一川白茫茫的流沙。平地周围几个凸立的山头如同旁观的巨人，一声不吭，沉默寂静得使人压抑。一条蜿蜒大道从黑暗中延伸过来直到村口。路两旁稀稀拉拉长着些树木，树木枝叶在风中哗哗作响，投射到路面的斑驳黑影也跟着迷离摇拽，和来人黑乎乎的身影交织起来，更显得如同鬼魂显灵。

黎明再仔细一看，妈呀，来人手里还挥舞着大刀。

大刀在月光的映照下，闪烁刺眼，令人感到一股寒气。这些人什么来头？是敌是友？黎明脑子飞速旋转却不带刹车，一时竟不知所措。他条件反射般地要找寻帮助，于是转头看看身边的哨兵，没想到那小子早已跑得不见踪影。黎明这才反应过来：哨兵是刚招来的新兵，什么场面都没见过，见对面来人越走越近，肯定慌了手脚，索性躲到月光照不见的墙角里去了。此时，黎明进也不是，退也不是，躲起来更不是。他突然想起在阳泉敌机空袭时出洋相的事，咬紧牙根说：不就一个死嘛，老子再不能胆小怕事丢人现眼。于是不知从哪里冒出一股勇气，大喊一声："什么人？"

黎明自己觉得在寂静的夜晚，这一声似乎有震天动地的威力。不料，对面的人不但不搭腔，反而拍打着明晃晃的大刀背，加快步伐气势汹汹地扑向前来。他急得全身汗毛倒竖，鼓起劲又吼一声："是什么人？"

喊声还没落地，黎明就感觉尾音撕拉破裂，连自己都觉得软弱得可怕。对面的人更不在乎，索性放开手脚欺近身来。黎明现在连对方的军服军帽都看得清清楚楚了。蓝布军装，白五星帽徽，显然不是自己的兄弟部队。他整个人，从头到脚，就像周围的山头，全僵硬了。

千钧一发之际，只听一人从黎明身后"咚"地弹跳出来，先把驳壳枪一举，乒乒乓乓拉动枪栓，然后用炸雷般的声音喝令对方："立即停止！不停住，老子要开枪了！"

在这寂静的夜晚，枪栓磕碰的声音并不大，但冷冰冰地震慑魂魄，对面那几个家伙立即乖乖地站住，不敢挪动半步。黎明转过头，发现是连长秦毅辉站在自己身后，心头立即像吃了碗定心汤圆。

秦毅辉接着厉声喝道："你们是哪部分的？"

"我，我们是孙司令的人。"对方小心翼翼地答道。

秦毅辉粗喉大嗓地叫道："么子个孙司令？有名子有姓没有？"

"是孙殿英，孙军长的人。"

"有什么事？派一个人过来，别的人不准动！"秦毅辉眼珠转了转，放缓语气，但依旧斩钉截铁。

"老大，敢问一声，你们是哪一部分的？"对方犹豫了一会儿，才怯生生地问。

"是抗日的队伍。"秦毅辉威风凛凛地回答。

"是打平型关的八路军吧？"

　　“知道了你还罗唆什么？”秦毅辉放下枪，乜里卡嚓两下把自己的裤带勒好。感情这哥们儿刚从床上爬起来。

　　又等了片刻，对方果然有一个人朝这边走来。这时，躲进墙角的哨兵也挺身站了出来，学着秦毅辉的样，把手里的汉阳造托起，乒乓一声，拉动枪栓吓唬人。正在往这边走来的人赶忙喊到：“不要开枪，不要开枪，我是空手。”说着把两手举得高高的，像是要来投降的样子。

　　这时，张文清过来，对秦毅辉悄悄说：“部队已经摆开，控制了周围所有的制高点。”

　　来人并不特别壮健但精神气十足，他歪带着一顶破旧军帽，用手把帽沿压低，试图遮掩自己狡黠的目光。黎明觉得此人不是一般当兵出身，他肯定上过学，但刻意装得流里流气，好像社会上的混混儿。只见他走到秦毅辉面前，膝盖微弯，涎皮搭脸，满脸堆着谄媚的笑容。：“久仰，久仰，兄弟就在捉摸，眼底下这光景，谁还敢往北开？也就是你们老八了。”

　　秦毅辉沉下脸说：“少费话，你们到底想干什么？”

　　“呃，呃，兄弟就想知道，你们到底是不是八路？”

　　“你他妈的装什么蒜，老子是在问你。”秦毅辉干锅暴黄豆，甩出一句话，然后哗哗拉动枪栓。

　　“哦，哦，我们是捉逃兵，捉逃兵。”来人点头哈腰：“望老大借光，借个光。”

"放屁，黑灯瞎火后半夜，就你们几个，捉什么逃兵？"秦毅辉恶狠狠地道。

张文清打个园场："村里都是我们的队伍，没有逃兵，你们走别地儿去吧。"

"呃，呃，就走，就走。"来人滴溜着眼睛，四处打量一番，然后转身往回走。没走两步，他突然回过头来，满面狐疑地重复询问："你们真是由红军改编的八路？"

张文清语调平和地答道："刚才不是告诉你了嘛，我们是八路军，就是以前的红军。"

来人不再说话，快走几步，然后和不远处的其他几个兵一起离开。

八

看着几个国民党兵离开，秦毅辉突然问张文清："师部通报说的什么？这周围有土匪？"

张文清一愣。

"我们何不收拾了这帮家伙？"秦毅辉眼睛滴溜转，咧开一口烂牙齿："就算打土匪。"

"嘿，麻子，小心点，现在孙殿英的队伍好歹算友军，别违反了统一战线的政策。"张文清迟疑地说。

"什么统一战线，老子不信收拾了这伙散兵游勇，违反个什么屁政策。叫部队跟上来。"说着提枪弯腰尾随几个国民党兵跟了上去。

九

到了下庄头就听见村庄里火光闪闪，人声喧哗并夹杂着断断续续的哭喊声。四面山影绰绰，万籁俱寂，秦毅辉当即决定进行包围，把一个连分成两摊，一个排绕到村南占领阵地，其余部队占据村北的山头。一切安排就绪，指导员张文清叫黎明喊话。黎明大声喊叫："村子里的官兵弟兄们听着！"

顿时，沉沉黑夜突然苏醒过来，方圆几十里好像都带回响。

"我们是八路军，把你们包围了，愿意打日本的，欢迎加入；不愿意的，交出武器，我们保证安全，发给路费遣送回家。"

村子里开始响起狗吠声，接着便有人高喊："中国人不打中国人。看在抗日的份上，你们要有诚意，请派传出代表进村谈判。"

接着，黎明看见密密麻麻的黑影上房的上房，出村的出村，纷纷摆开架势准备大打出手。秦毅辉和张文清面面相觑，我的个妈呀，这得多少人，多少枪呐。不谈判吧，自己就一个连，百把来人，还有不少是新兵，虽然占据一点地利，但架不住对方人多。谈判吧，谁知道这是些什么人，若是碰上一帮兵痞只想拖延时间，天一亮就更麻烦了。秦毅辉真被将了一军。

"谈什么？怎么谈？"张文清扯开嗓子问。

"我们长官想联合抗日，你们派个代表过来。"

沉默，秦毅辉和张文清像石头雕像般一动不动。怎么办？派谁去？谁在这节骨眼上敢去走一遭儿。

"我去看看。"说话的是邵英。

　　黎明没想到邵英就站在自己身后，更没想到他一句话没说完，人已经冲向了村口。气得秦毅辉大骂："这家伙疯了吗？他是不是想叛变？"

　　张文清只有目瞪口呆。

　　部队现在既不能撤，又不能打。黎明看见秦毅辉两眼冒火，双手掰着指关节咯蹦脆响。

　　天蒙蒙亮了，秦毅辉断然决定："管不了那么多，赶快走。再不走，只怕要出大事。"

　　部队正要转身，突然看见邵英脚步轻快从村口跑出来，苍白的脸带着舒畅的微笑。他边跑边挥手，兴奋地喊道："成功了，成功了，他们同意改编成八路军。"在他身后，还跟着那位半夜前来探询的来人。

　　邵英跑到秦毅辉和张文清面前，上气不接下气，但微笑依旧没有消失。

　　"谈判很，很顺利。村里的部队是孙殿英的一个团。团长和三个营长都跑了，只留下一个团副在几个北平学生的帮助下维持部队。团副是北平地下党的，得知平型关大捷的消息后，他们就带着部队在阳泉以北转悠，希望找到共产党八路军。这位是团部副官…，"

　　来人激动地抢上前握住秦毅辉的手说："我叫白丁，燕京大学的学生。七七事变后为了抗日才参加了国民党军。我们早就知道红军，就盼着跟着共产党打他狗日的小日本。"

　　奇迹。一个连收编一个团，居然就靠着一个初出茅庐的青年动动嘴。

　　黎明看见老同学站在连长和指导员对面，额前一缕黑发在晨风中飞扬，满面红光托着初升的朝霞，精神抖擞，神态飘逸，颇有点指点江山，激扬文字的风采。瞧人家那能干劲儿，黎明当时真有点酸溜溜的。

不过，团副和那些学生都不是行伍出身，根本控制不了下面部队。黎明他们进村后，最突出的印象就是这支部队的纪律坏得惊人。杀猪、宰羊、捉鸡，不用说了。他们住过的人家，象遭强盗抢劫过一样，箱箱柜柜全被彻底翻腾过，遍地都是丢弃的衣被杂物，家具器皿，撒抛的核桃、板栗、柿饼等干果和一堆一摊的粮食。村子里看不见一个中年妇女的影子，更不用说年轻的姑娘了。黎明当时就很担心，能不能把这批人改造好。

十

黎明的担心还没来得及说出来，就爆发了新的危机。

中午的大休息后，收编部队人数最多的三营不走了。他们裹挟了副团长，拉开部队，占据了村外的山头，架起轻重机枪，随时准备朝二连开火。

秦毅辉、张文清已经带着部队走出村子一大截，只得命令大家就地停止，回过头向对方喊话，问发生了什么情况？对方一个老兵痞语带嘲弄地大声说："就你们这几条破枪，还想收编老子抗日？他妈的，老子看在抗日的份上，不缴你们的械了。从现在起，咱们井水不犯河水，各走各的道儿。"

邵英气得火冒三丈，想马上过去拉部队。白丁一把把他抓住说："喊话的家伙是三营的代理营长，当过土匪，老油条了，一贯翻脸不认人，平时连团副都镇不住他，现在人还在他手上。你要这会儿过去，他非打死你不可。"

邵英不听，壮着胆子又往前走了几步，对方马上发出威胁："不准过来。再走一步，老子就开枪了。"

排在山坡上的十几挺机枪，在明晃晃的阳光下显得格外阴森。秦毅辉，张文清估量了一下当时的形势，敌人是整整一个营，约四百人左右，单是重机枪就有三挺，轻机枪每个排至少一挺；我们原来只有百把人，一挺轻机枪。就算加上尚未叛变，但眼下肯定靠不住的一、二营，人数也不比对方多多少。何况对方已经展开，占领了制高点，我们还是行军队形，一条线摆在大路上，要是打，肯定会吃亏。于是，当机立断，撤。

秦毅辉站在路边一块石头上向对面高喊："好吧。抗日关头，中国人不打中国人。人各有志，不能勉强。你把我们的人放回来。咱们好聚好散，后会有期。"

"少废话，赶紧走你们的路，再说老子就不客气了。"三营代理营长吊着眼睛，凶神恶煞。

十一

双方分手后，秦毅辉对张文清说："这样不行。拉上这么个部队别说打仗，连咱们的安全都保证不了。必须找个地方整顿整顿。我看你带一些人先去找主力，我就留在这里设法收容整顿扩大部队。"

张文清同意秦毅辉的意见，准备带一排继续上路。因为陈如风传过话，所以让黎明和他们一道走。白丁不愿意呆在原来那支国民党军队中，死乞白赖跟着黎明。而邵英则被秦毅辉点名留下，说方便改造收编部队。

十二

一连串的变故让黎明着实佩服秦毅辉和张文清等人的魄力、胆量和经验。这些斗大的字识不了几升的大老粗，在关键时刻的进退掌握真是炉火纯青。

临别时，秦毅辉过来对黎明说："大知识分子，昨晚表现不错嘛。"

张文清点头道："放哨的，带班的都是两个新兵，要是真碰上敌人，昨晚可糟了。"

秦毅辉说："亏得文化教员喊的声音大，把我惊醒了。我翻身起来，提起驳壳枪往外跑，总算赶上了。"

张文清又说："文化教员锻炼出来了，比在阳泉躲飞机沉着得多。"

"好，黎明同志，"秦毅辉拍拍黎明的肩膀说："我们也是后会有期。"

"后……，"黎明只来得及说了个半截，就忙不迭地打了个再见的手势。他听了连长和指导员的话，心里虽然平衡一点，但依旧感觉窝囊。

十三

　　黎明最后和小骡子告别。

　　小骡子坐在村头，低着头，咬牙切齿拿着秃头铅笔在小本子上使劲划拉。见到黎明，他马上跳起来，从小本上撕下那张纸，笑嘻嘻地说："黎教员，再给俺看看，都写得对不？"

　　黎明看见字条上写着八个字："革命胜利，共同进步。"鼻子一酸，赶紧抱住小骡子，连声说："写得很好，真的，小骡子进步真快。"

十四

　　黎明他们到达六五八团时，团长陈如风正在给部队做动员。他看见黎明很高兴："哈哈，来了个大知识分子，欢迎欢迎，我们就要打小狗日的了。你懂鬼子话，以后用处大着呢，先呆在团部吧。"

　　黎明一直对自己在阳泉出洋相耿耿于怀，这时听说要打日本人的飞机，哪里还按耐得住。他对陈如风一个立正敬礼："报告团长，我坚决要求参加战斗。"

　　陈如风笑了："想打飞机，好啊，以后有的是机会。现在你先歇歇，我不能拿宝贝去拼刺刀。"

　　黎明急赤白脸："我懂日本话，也知道飞机什么地方脆弱，什么地方要紧，可以帮上忙。"

　　后来陈如风一直对黎明说，"知识分子都是大骗子"，根子就在这儿。当时他上了当，觉得黎明说得有点道理，他手下这伙战士都是最偏僻农村里的放牛娃出身，只挨过飞机的炸弹，谁真用手摸过飞机？没准儿这

大高个真能帮点忙。于是他转身问张文清："他打过仗
吗？"

黎明赶紧给张文清挤眉弄眼，张文清就给陈如风
打哈哈："来这儿路上，我们和国民党溃兵交过几次
手。"

陈如风马上叫来营长赵崇德："我把黎明同志交
给你。他是我们全团的宝贝，可不能把他丢了。"

赵崇德老油条了，立正，大喝一声："团长放
心，我就是丢了团长的老婆，也决不丢掉团长的宝
贝。"

十五

大话说了，保票也打了，可黎明开始感觉赵崇德
混没把他当会事儿，他回到营里，赵崇德随随便便将他
交代给十一连。十一连连长叫赵保田，嘴里缺一颗大
牙，一开口，不管说什么，都让人感觉他在笑。赵保田
问都没问黎明是何方神圣，就当他做老兵使唤了。当
晚，部队一律轻装，把棉衣、背包统统放下，把刺刀、
铁铲等容易出响声的装具都紧紧捆绑住，还给每人多发
了两个手榴弹。赵保田来到黎明跟前，检查了一下，很
满意，就命令部队跟在十连后方出发了。

阳明堡机场座落在滹沱河边。东面是峰峦重叠的
五台山，北面，内长城线上矗立着巍峨的雁门关；极目
西眺，管岑山在雾气笼罩中忽隐忽现，土地肥沃，江山
壮丽。部队从山谷中出来天已经全黑，他们在月光下涉
水过了滹沱河，很快来到机场外边，哪儿隔着一道铁丝

网。正在猫腰前进的十一连战士全体匍匐在地，等待前卫剪开铁丝网。自打七七事变以来，日本军队在华北几乎就没有遇到过像样的抵抗，阳明堡机场的位置又是在其深远后方，所以守卫非常麻痹大意，机场周围连个哨兵也没有，只有一支人数极少的巡逻队来回查看。黎明走在路上还不觉得什么，到了跟前停下反而开始有点紧张。越紧张心还越蹦蹦跳，以至于赵保田滑溜到他身旁他也没有注意到。赵保田在他手腕上狠劲捏了一把，低声道："别怕，谁都有第一次。我们的任务只是打飞机，和小鬼子见不了面。"

别说，捏这一把还真有点用，黎明马上感觉呼吸顺畅些了，他只是纳闷这赵保田怎么就看出我心里发慌，还知道我是第一次参加战斗的新兵？

不多时，部队继续运动，他们钻过铁丝网进入了飞机场。赵崇德带着十连向机场西北角运动，准备袭击鬼子守卫队的掩蔽部。黎明则跟着十一连直向机场中央的机群扑去。

突然，一声震耳的枪声响起，把黎明吓了一跳，原来是日军哨兵发现了赵崇德和十连的战士。紧接着，各种枪弹和手榴弹的爆炸声像爆炒豆似的响成一片。夜暗中，黎明看见流弹的萤光在空中飕飕乱飞。然而，这些满无目标的威胁对赵保田手下那些老兵却如同是兴奋剂，他们挺直身体，加快步伐向停机坪跑。

"跳弹。"黎明猛然听到赵保田在几步开外大喊，低头一看，一粒弹头如毒蛇吐信冒着火花鼠窜过来，扎在小土坑上又旋转着弹跳到黎明身后。这时日军的巡逻队赶来了，双方在空荡荡的机场上拼上刺刀。黎明眼看着一个张牙舞爪的家伙向他奔来。几秒钟之前这家伙还是蚂蚁大小，一眨眼就犹如两层楼高的怪物。黎明记得自己能清晰地看见他脸上抽搐的肌肉和大张开的汗毛孔。就在黎明愣怔着不知如何是好时，三班长从侧面给了那日本兵一枪托，将他打倒在地，接着赵保田和另外一个战士冲上去，和三班长一起把刺刀插进了对方身体。很快，这支小股的巡逻队就被十一连全部消灭。

但是，冲到飞机下方后，黎明他们却傻了眼。哇，这飞机这么老大个儿啊，该从那儿下手呀？用枪托砸，不过砸一个坑；用刺刀戳，步枪打，机枪扫，除了多添几个窟窿，飞机似乎完好无损。扔手榴弹吧，这些庞然大物浑身光秃秃，滑不溜秋的，哪儿搁得住铁疙瘩。那时手榴弹威力不大，扔上去滚落到地面爆炸，就当是给飞机搔痒痒。

更严重的是日本人的机场守备队从他们的住处冲出来了。这群骨子里都浸泡着武士道精神的战争狂人光着屁股提着手里的枪炮像发了疯。要说抗战初期日本人的战斗力确实强悍，火力也猛。赵崇德的六五八团三营在红军时期也算了得，能攻善守，以夜战见长，曾得过"以一胜百"的奖旗，这次虽然没有摸着敌人的夜螺丝，但好歹把他们堵在了被窝里。不曾想真到摆开阵势，人数居优的一个老红军连愣压不住对方二流的守备部队。赵崇德心急火燎从前边跑回，却发现十一连的战士像鬼魂一样在飞机群中四处游荡。这位素以"打仗如虎，爱兵如母"的优秀指挥员也忍不住火冒三丈，破口大骂："你们干什么吃的，快打呀，用手榴弹炸呀。"

　　赵保田倒沉得住气，跑过去报告："报告营长，怎么打？往那里打？"

　　赵崇德看看那些庞然大物，也不觉倒吸一口凉气。正没抓拿处，突然看见黎明傻傻地站着看风景，马上嚎叫起来："黎明，你不懂飞机吗？快说，那儿是要害，要不老子当汉奸崩了你。"

　　本来，黎明就想出出在阳泉受的窝囊气，不料仗打起来完全不是自己想的哪回事儿，心里正不受用，恰好是营长的暴骂给他清脑提神。他打个激凌，正好看见一架飞机机舱盖被打开，从里面獐头鼠脑爬出一个值班的日本飞行员。黎明抬枪一搂火，把那家伙打得飞了起来。嘿嘿，飞机没见过，汽车咱还坐过，汽车要没驾驶盘该怎么开？飞机八成也一样，驾驶舱肯定是要害。于是，黎明大声嚷嚷："飞机舱，往机舱里扔手榴弹。"

　　接下来就是日本飞机的仪表，电线，各种零部件满天飞。

　　黎明乐了，这才偷眼看到赵崇德以及其他营连排干部都尽可能活动在枪声最密集的地方，而连长赵保田始终站在他身边，就像一堵墙塞住子弹飞来的方向。不多会儿，赵崇德接到消息说阳明堡镇上的日本装甲车突破了我军的阻击线，必须赶快撤退。他一面安排人带着伤员先走，一面带主力继续在机场转悠。他看着被炸得遍体鳞伤的飞机，总觉得什么地方不过瘾，还想多干两下。

　　赵保田让黎明跟着三班长，三班长一支胳膊骨头断了，需要照看。但就三班长那活蹦乱跳劲儿，与其说是黎明照看他，还不如说他照看黎明。黎明他们退到铁丝网边，突然看到一股耀眼的红光从敌人机场腾空而起，接着是散发出汽油分子的浓烈黑烟，所有人都愣了一下，也都明白谁无意中点燃了飞机油箱。紧接着，第二架，第三架飞机燃起了大火。短短几分钟，阳明堡飞机场架起了二十四团巨型火炬。

十六

赵崇德却满意了，带着队伍像地老鼠一溜烟快步撤出。敌人吃了大亏，当然不肯善罢甘休，死命着往外追，机关枪，迫击炮全用上了。黎明和先撤下来的部队过了滹沱河，爬在河岸上担负掩护。他看见三营那些兵也不吃素，个个都是老油条，七跳八拐，三窜两窜就到了河边，然后涉水过河。尽管日本人的机枪子弹越来越密集，在他们身边溅起点点火花，还就没有伤着几个人。赵崇德提枪走在最后，看见大家伙基本过了河，估计是舒了口气，动作稍微缓慢了些，不幸马上被一颗子弹撂倒。大家一愣，全都不相信自己的眼睛，怎么营长还会被打倒？只有赵崇德的通讯员反应快，就听他一声狂叫，哭喊着："营长，营长"跳回滹沱河中，向营长跑过去。教导员扑过去想摁住他，可惜晚了一步。通讯员三步两步来到河对岸，背起赵崇德就往回跑。

不过到这光景，大家也都明白了通讯员是凶多吉少，因为日本人的援军已经开到。机枪子弹打得跟流水一般，连个缝隙都没有。黎明很久都忘不了小通讯员背着赵崇德最后倒在河中央的场景：四溅的大团水花在机枪子弹中粉状迸裂，在飞机的熊熊烈焰下透出细细的虹彩。

第四章 入党前后

一

　　太阳懒洋洋地从黄澄澄的山梁子边升起来。山梁上挂着几笔天公随意挥洒留下的残雪，在泛白的阳光下显得格外刺眼。光秃秃的山脊上只有稀稀拉拉几棵酱褐色的小灌木，就像癞子头上的几撮毛发。细嫩的小草顽强地从坚硬的土疙瘩中冒出头来，贪婪地呼吸着春天的气息，也给饱经沧桑的土地抹上一层薄薄的绿妆。黎明一觉醒来，看见层峦迭嶂，峥嵘起伏的山峦如同凝固的长河波涛，在天际边舒展开一幅时钟停滞的画卷。他长舒一口白气，转动转动手脚，然后登上山顶。远方谷口间缠绕的浓重雾气像慢火煎熬的猪油缓缓化开，消失在寒冷的空气中。一大块白云投下的巨大阴影顺着峡谷中蜿蜒流淌的小河慢慢扫描，扫过田野，河滩，荒地，树林，小桥，村落以及沿河的土质公路。黎明情不自禁地双手卷成喇叭状，卯足中气，对着山谷对面高声大叫一声："哇， 太行山。"

　　"混蛋，"黎明中气还未吐尽，就听支队长赵保田低声怪嚎："这是什么地方？你敢大喊大叫？惊动了敌人，老子一枪毙了你。"

　　黎明吓了一跳，马上意识到这儿是响堂铺。眼下正有数千人静静地埋伏在这些荒瘠的山梁上，准备袭击日本鬼子的运输队。

二

　　阳明堡战斗结束后，六五八团进入太行山。团长陈如风带着百把号人沿着太行山东麓发动群众，收容散兵，扩大队伍。黎明当时就跟着这只部队活动。太原失守后，平汉线上敌骑进逼漳河。国民党军已经溃不成军，四乡八野到处是散兵，或三五成群，或七八结伙，也有整连整排溃逃到山区。这些兵们有些携带武器，有些徒手，所到之处，要吃要喝，抢劫财物，骚扰百姓，甚至奸污妇女，搞得地方鸡犬不宁。黎明所在的部队收编了一些。但他们大多是些流氓痞子，收编后不习惯八路军的纪律约束，跑了很多。不过在磁县附近，黎明他们交了好运，当地的地下党动员了一千多矿工参加部队，再加上沿路招收的农民，陈如风带的一个不满员连队膨胀成一只两千来人的大队伍。可惜部队人数虽多，但武器有限，别说重武器，连枪支都不齐。

　　这样一来，黎明就忙得团团转。因为他参加过红军，比其他文化人早参加部队，理所当然最受信任，也由此变成了陈如风的大秘书，包揽了大部分文字工作。如登记人员，统计枪支弹药，起草命令，通知，处理上下来往信函，分发传单，印刷品，收集书报杂志，有时还得帮助后勤部门征集粮食。陈如风如果外出，他还得代理接受下面的请示汇报，并解决一些次要问题。人越忙，思想越简单，整天想的都是工作工作，也没时间想想他这个文化教员在军队中究竟是个什么身份。

　　新部队经过短期政治军事训练，奉命把一部分干部和新兵交给师随营学校青年队，然后编成一个独立支队划归六五八团指挥，支队长是原来的十连连长赵保田。白丁就分配到他手下。同在一起的还有位白丁的老同学，叫徐步。他们是在磁县碰上的。徐步人很聪明，写得一手好字，就是有点吊儿郎当。

响堂铺战斗前夕，陈如风把黎明分派到赵保田支队。任务下达后，几个新战士听说黎明参加过阳明堡战斗，还打死过一个日本鬼子，都跑来找黎明取经，要他谈谈战斗经验。黎明心说真是活见鬼，我在阳明堡那是打仗吗？怎么觉得连魂头都没摸着仗就打完了。这回要面对面和敌人拼刺刀了，自己还得放下架子，忙不迭地想找老战士问长问短，请他们给自己传授些战斗经验，那有什么东西教别人？不过，打发了别人，却打发不了白丁。白丁一听说打仗，浑身发痒，兴奋得坐立不安。见黎明自己送上门来，当然要死缠着不放。

白丁凑到黎明耳边，悄声说："老子小瞧你这个骗子了。我好赖是燕京大学的学生，都不敢冒充懂日语，你从那个矶角旮旯出来的穷中学生，居然敢装洋蒜。好好把你在阳明堡蒙来的经验给我传授传授。只要战场上子弹拐了弯，一切好说。否则，我告你个欺上瞒下，蒙蔽革命不可。"

"你告，你告，你现在就去告。就你这号人，还配我传授经验？我巴不得你光膀子上阵，吃上两颗花生米。"黎明也不吃素，恶狠狠地回答。

"好歹也算革命同志，有啥好保密的？"徐步腰间扎着条红布带，正在旁边一招一式练武术。他听到这里随口应了一句，然后哼唱道："守るも攻むるも黒鉄（くろがね）の，浮かべる城ぞ頼みなる。"

　　黎明大吃一惊："你唱些什么乱七八糟的东西？"

　　"日本歌，调子挺雄壮。"徐步架马步，"呼"地挥出一拳，然后收腹吁气道："唱日本歌曲打鬼子，那才真过瘾。"

　　"你小心点。这是军队，是不讲理的地方。胡乱哼唧，搞不好把命白白送掉。"黎明想起邵英说过的话，警告他说。

　　"哪有那么严重？"徐步裂嘴笑笑："开个玩笑，你还认真了。"

　　"老徐，黎明说得有道理，小心无大错。"白丁瞪了徐步一样，其实心里也没完全当回事："还是说正经的。我身上就这三个木柄手榴弹，一个是炸不响的训练弹，另外两个保不齐也是哑弹。反正你打过仗了，有点经验，不指望靠那支破枪防身，不如把枪借给我，咱拿着它壮胆儿。"

　　"去去去，呆一边儿凉快，我一大堆事儿还没干完，瞎折腾啥？什么借枪？这枪还有借的一说吗？有本事叫你妈早生你两年。早点参加革命，什么枪弄不到？说你小子也精精干干，正经捉摸捉摸怎么打小日本那儿弄枪好不好？干嘛非干些坑蒙拐骗的缺德事儿，说出来让人寒碜。"

　　"对。枪杆子里面出政权；党指挥枪。枪是共产党的命根子。我们可以共产共妻，但绝不能共用一把枪。"徐步调侃道。

　　黎明心里咯噔一下，白了他一眼。他和徐步不熟，不好多说。

白丁摸着腰间的教练弹，自言自语地说："我训练时能把这铁疙瘩扔出去三四十米，还投过一次实弹，真的爆炸了。就不知道见了小鬼子害不害怕。管他，不就把两个家伙扔出去吗？不信做不到。新兵还有只拿红缨枪，大刀的呢。"

黎明认真地说："其实，我的经验就一条：上了战场要沉住气，就想着敌人，自己的事儿千万别想。什么受伤啦，打死啦，想也没用。子弹不长眼睛，打着谁谁活该，腿脚越利索，危险越小。"

部队出发后，白丁一路上嘟嘟囔囔说个不停，黎明有一搭没一搭地回他两句，自己心里也有点紧张。到了战地，出乎意外，一不让挖战壕，二不布置火力，赵保田把部队带到一个山凹子里放下，说是休息待命。大家伙就挤在那里，黑灯吓火，你看看我我看看你，然后小声议论这个仗该怎么个打法，就赵保田跟谁都一言不发，闷着头蹲在山崖边。士兵们也许是累，也许是环境单调沉闷，所以尽管天气很冷，很多人还是打起了鼾声。黎明强撑了一回儿，也忍不住耷拉起眼皮。

三

黎明被赵保田吓得大气不敢出，溜回了山凹中。这时大家伙都醒了，开始静静地喝水，吃干粮。吃完干粮，还不见动静。等呀，等，就不见人下个命令。大家又开始议论：什么时候进入阵地？敌人有多少，距离多远？从哪里过来？这仗究竟在哪里打？谁也猜不透。白丁这人闲不住，用树枝在地上画了几道线，捡来几根棍子，兴致勃勃和徐步下棋"捉猴子"。黎明开始不屑一顾，后来也耐不住寂寞上去参谋。白丁嫌他多事，他嫌白丁水平差，几次要把他推开自己上阵。无奈受纪律约束，始终不敢高声用力扭打，只好欺软怕硬，把徐步赶到一边。徐步起身拍拍手，走到山崖边小声唱："我们都是神经病，每一个鸡蛋消灭一张烙饼……，"

赵保田眉头皱了起来，想说还没说，就听一声巨响从山谷中爆裂开来，接着霹雳扒拉如同炒豆般的枪声夹杂着咚咚咚的炮声和手榴弹爆炸声，震动山谷。所有人都不约而同地站起来，朝山背后的方向张望。黎明看见赵保田带着几个人正往山顶跑，自己也跟了上去。

从山顶往下看，黎明简直不敢相信自己的眼睛。刚才那一幅恬静祥和的画面消失了，整个山谷一二十里地面滚滚尘土卷地而起，飞扬起来，一刹时便填满沟壑，充塞崖坎，覆盖了村庄，河流，道路。尘土黄澄澄，雾蒙蒙，忽起忽落，左右摇摆，像一条逶迤蜿蜒的莽蛇在山谷中奔突冲撞。从莽蛇扭曲盘绕的身体上，一团团黑色的硝烟带着点点火光飞腾起来，由黑而灰，由灰而白，和黄土尘埃搅和在一起，不断膨胀，沿公路两旁的山坡弥漫向山顶。

"汽车，汽车，"赵保田举起望远镜朝山下张望，激动地大喊大叫："我的个妈呀，全都是汽车，全挤成疙瘩了。"

正在这时，军号响起。赵保田继续嚷嚷："出击，咱们的队伍出击了。"他突然想起什么，把望远镜随手朝地上一扔，叫道："通讯员，小郑，"见没有回答，这才想起他早就打发小郑到团部等着了。于是改口叫：“吴参谋，命令你跑步火速去团部。你告诉陈叫驴，狗日的打汽车不叫老子沾光，老子撅了他的驴蹄子。”

白丁眼急手快，抢到赵保田扔下的望远镜美滋滋地朝山谷中观看。黎明又急又气，不管三七二十一，先虎口夺食，抓过望远镜，然后把白丁一咕噜推倒山坡背后。白丁屁股坐在地上，半天没回过味来。黎明从望远镜里看得清楚，只见硝烟尘土的缝隙间，疙里疙瘩，无数卡车像黄绿色的蛆虫在公路上蠕动。有头朝东的，有头朝西的，有在公路上打横陈的，间或有几辆车还在行进中就燃起了冲天大火，滚下路面，头冲下方栽倒在河中。在成堆成团的车辆中，隐约可以看见一些头戴钢盔，身着黄色军服的鬼子兵从车上往下跳。他们或者钻藏到汽车底盘下，或者在坡坎地中匍伏行进，搜寻掩蔽处。真是狼奔豚突，混乱不堪。而山谷两侧高地上的八路军健儿正以排山倒海之势向公路扑将下去。接着，黎明看见了和阳明堡相似的一幕：一团桔黄色的火球从汽车上爆开，刹时四散膨涨，发出耀眼的红光。红光之中是几条金蛇狂舞，“嗖嗖嗖”地乱飞乱窜。黎明大喊：“汽车着了，汽车爆炸了。”

赵保田又抓过望远镜，额头冒汗，双手颤抖，声音弹跳着嘟囔：“好家伙，真是汽车着了。汽油在爆炸，又是一辆，又是一辆。”他转过头，疯狂地朝团部方向跑了几步，一屁股坐在地上，抱着头因失望而哽咽地叫道：“叫驴，叫驴，老子哪点对不住你？你这么整老子。再不来任务，老子连汤都喝不上了。”

这时，冲锋号，迫击炮，手榴弹和机关枪的噪音开始减弱。徐步也不知趣，抢过望远镜，一边看一边现场解说："哇，队伍全上去了，上公路了。拼刺刀，好像，对，就是拼刺刀。我们几个扎一个，扎倒一个，又一个，全是些正牌皇军。妈呀，简直太过瘾了。怎么回事儿？哪来这么多烟？满山谷都是，留个缝隙，留点空儿，他妈的一团糟，遮天蔽日，什么都看不清了。可惜，真可惜，太可惜了。"

接着，他摇头晃脑，闪着腿，又开始焕发音乐天赋："五月的鲜花开遍了原野，鲜花掩盖了日寇的鲜血。为了消灭这垂危的鬼子，我们在顽强的战斗不歇。"

大约过了个把小时，命令终于来了。命令他们带着几百民夫前去搬运伤员，打扫战场。教导员让赵保田集合队伍。出乎意料，一直闷着头的赵保田爆发出惊天动地的哭嚎："要去你去，老子不逑干了。什么支队长？带这个破部队还打什么仗，尽等着喝人家的刷锅汤。陈叫驴，我X你妈。"

所有人都楞神了，大家都不知道该怎么办。教导员悻悻地说："都是些新兵蛋子，先喝点汤也好嘛。打日本也不是一天两天的事儿，以后有机会啃骨头吃肉的。"说完，叫集合队伍下山。

部队上公路时，战斗差不多已经结束。公路上横七竖八到处是燃烧着的汽车，有的四轮朝天，有的侧卧在路边和小河当间。玻璃四散破碎，满地都是。车窗扭曲烧焦，车厢支架崩散，到处漆黑一团。皇军的尸体穿陈其间，有搭在车上，有躲在车下，有摆在公路上，一个个血迹班班，焦眉烂脸，令人感到恶心。黎明的主要任务是收集战利品，间或帮忙包扎搬运伤员。当时的战场就像洪水过后的百货商场。车上车下，路边，沟坎到处抛撒的是枪支弹药，服装食品。黎明手脚不停，忙得不亦乐乎。待通知部队撤离时，黎明在一辆军车下面看到一个皇军军官的尸体，尸体脚上套着一双长筒牛皮靴，便冲将过去扒拉下来套在自己脚上，很觉得有点威风凛凛。白丁看了羡慕得不得了。

参战部队和民夫刚离开公路，就听见一阵低沉的马达轰鸣声。一队日本飞机好像擦着头皮飞过来。这次飞机的气势远比空袭阳泉车站凶猛，就马达的轰鸣声就震耳欲聋。飞机上下飞舞，朝着公路上的汽车，皇军尸体狂轰烂炸，整个山谷又重新笼罩在火光硝烟中。黎明他们不禁咂咂舌头，感叹上级把撤退时间掌握得真是准确。

四

黄昏，月白风清，部队回到驻扎的村庄。大家兴高采烈，收拾各自的缴获。徐步扛着一支三八大盖，神气地来回走正步："枪口对外，齐步向前。不伤老百姓，不打自己人…，"然后转身："立定，向后转。枪口对内，齐步后退。不伤老大爷，不踹寡妇门…，"

正好赵保田过来，一声大吼："徐步，你狗日的唱啥？"

徐步"啪"地一个立正："报告支队长，庆祝响堂铺大捷，活跃部队气氛，我在唱改编的抗日歌曲。"

然后嬉皮笑脸，用手掌对着赵保田的脖子做了一个劈砍动作："大刀向支队长的头上砍去。"

赵保田二话不说，狠狠一拳将他打倒在地。

"绑起来，押到团部去。狗日的肯定是反革命。"

几个战士一拥而上，不由分说把徐步捆了个结结实实。徐步想喊冤枉，又被狠揍了几拳，打得满脸是血，眼珠子往外吊。

周围没人动弹，也没人敢说话，只看见徐步扭曲的身体在徒劳挣扎。不久上级通知：徐步和一个叫李达的知识分子一块儿被定为托派分子枪毙了。

五

响堂铺战斗后，黎明想到了入党。

二六二旅的老底子是原红四方面军部队。红军改编后辖六五八团、六五九两个团。开赴抗日前线时，旅直及六五九团留守陕北，六五八团在刘伯承师长和张浩政委率领下，东渡黄河，进军太行。随着抗战形势的发展，部队迅速壮大，后来成立新的二六二旅，辖九、十、十一三个团，是太行山一支有名的主力部队。

一个阳光明媚的下午，黎明兴冲冲赶到旅部，也就是原来的六五八团团部。他是从赵保田支队调回来的。旅部设在一所平房内，黎明进屋后响亮地喊了一声"报告"，却半天不见回音。他调整视觉，终于看见长桌后面坐着一位面无表情的首长。首长咳咳嗓子，慢条斯理地说："黎明同志，我们认识。我想问问你，怎么没写入党申请书？"

首长竟是谢富治，他是新任二六二旅政委。

正好二六二旅旅长陈如风从外面回来，一边解开腰间的皮带一面说："我说你这个臭知识分子，你在八路军里中干事，不想加入共产党，想当特务呀？"

谢富治站起来，挥挥手不让陈如风说下去："这不能怪他。师政治部新接收了一批从延安来的新同志，他们大部分在抗大或陕北公学就已经入党。我们部队有很多早就参加革命的知识分子，到现在还没有被吸收入党，这是典型的"左倾"关门主义错误，必需立即纠正。"

陈如风大大咧咧地说："我就说，像黎明这样的同志，按知识分子的标准，早就该入党了。"

谢富治皱皱眉头，拉长脸对陈如风说："你这个同志。入党就是入党，够条件谁都可以进来。哪儿又冒出个知识分子标准？难道还有个工农标准不成？这么说话，小心犯关门主义错误。"

"卵子个错误主义。这一向忙昏了头，顾不上关门开门。黎明这家伙工作积极肯干，我赞成发展。他就是有点文吊吊的，不像个军人。"

谢富治又咳了一声："如风呀如风，我说你是找挨批。才说了入党不能有工农标准，知识分子标准，你又发明个军人标准。"

"发明就发明，我怕个屁。"陈如风一屁股坐到板凳上，拿起一缸子水喝起来。

　　谢富治转过头来，严肃地问黎明："黎明同志，请你考虑清楚再回答。我现在代表支部郑重征求你的意见：愿不愿意加入中国共产党？"

六

　　其实，黎明在抗大就有机会入党，不过被他拒绝了。

　　鉴于黎明在抗大的出色表现，中队长边章武决定找他个别谈话，开门见山就是："你愿不愿意加入中国共产党，做一名党员？"

　　"为，为什么要加入共产党？"黎明惊愕得像痴呆了似的，半晌才反问一句。

　　"入党为了坚决抗日，终身为共产主义而奋斗。"

　　"不加入共产党就不能坚决抗日，终身为共产主义而奋斗？"

　　"当然可以。"

　　"那为什么一定要入党？"

　　边章武颇为尴尬，知道找错了对象，当即转移了话题。

　　当时的抗大公开宣扬共产党的主张，但共产党的组织却没有公开。黎明原以为参加红军自然就是参加共产党，哪里想到红军里面另外还有秘密组织，这不是"结党营私"嘛。难道红军内部也有"党同伐异"？他以前和樊向贵多次讨论：国民党镇压抗日救亡，贪污腐化，搜刮民脂民膏，无恶不做，坏就坏在他们拉帮结派，成立了一个见不得人的秘密组织：党。他们认为结党是万恶之源。黎明天真地认为，自己既然投身抗日救国，投身共产主义运动，就决不能只和少数人沆瀣一气。自己不仅不能拉帮结派，反而应该以模范行动抵制它。黎明后来把这个故事当笑话来讲。其实一个人青年时代的朴素信念如同他的初恋，他可以在日后平凡平庸，琐碎繁杂的生存竞争中忽略她，但决不肯把这份纯真从自己记忆的底层中真正清除掉。

七

现在，面对谢富治提出的同样问题，黎明的回答当然是肯定的。

黎明后来回忆说："其实，当时心里还是有个小九九。很多从延安新分配来的知识分子，一到部队马上就当了政治教员，参谋，干事，甚至副指导员。在部队里，党完全公开，是不是党员谁都一清二楚。老同学邵英就因为是党员，现在已经是支队教导员，管着好几百号人。只有自己依旧是个不伦不类的文化教员，一开党支部会就得靠边站。在抗大本来有机会，却被一个傻瓜给拒绝了，幼稚，太幼稚了。"

不过更深层次的原因是：当时的共产党员的确是冲锋在前，退却在后，吃苦在前，享受在后，根本没有一点结党营私的影子。黎明周围的党员，特别是陈如风，谢富治这些旅级干部，在生活上和普通战士基本没有什么区别。成为一个共产党员，不光体现了个人的革命坚定性，而且也很光荣。

　　所以，当时的黎明简直是喜出望外。

　　接下来，谢富治把黎明拉到里屋内单独问话。

　　"你是什么成分？"

　　"我爷爷手里有几十亩地出租。"

　　"到底多少？三十亩以上要算地主了。"

　　"我那时小，不清楚。恐怕到不了三十亩。在城里还开过铺子。"

　　"啥铺子？有多少资本？"

　　"买布的。资本不清楚。"

　　"有没有绸缎？有绸缎就算资本家了。"

　　"不清楚。"

　　"你爸爸干什么的？"

　　"中学教员。"

　　"就算个小资产阶级罢。地主，资本家上边不好批。"

　　接着填表。谢富治对着门外喊了声："如风，你看就我们俩做黎明同志的入党介绍人吧？"

　　"老子从来不介绍臭知识分子入党。"陈如风笑哈哈地走进来，一眼看见了黎明脚上那双日本牛皮靴，眼珠一转："不过嘛。嗯，黎明同志，你这穿双靴子真不错，看上去很威风。能不能脱下来给我看看。"

　　黎明那时小毛头一个，旅长的话真让他受宠若惊。他马上把靴子扒拉下来。陈如风把脚伸进去后，连说几声："很合适，很合适嘛。"眼睛一挤巴，说："谢谢你，黎明同志。既然你送给我，我也就不客气了。"

　　黎明愣了半晌，天下竟有这么"无耻"的旅长。顿时扑上前去，一把抓住陈如风的脚就往下扒拉靴子，恨恨地说："哪个同意送给你的？亏你还是堂堂旅长，明目张胆抢人靴子。"

　　陈如风干这勾当也不是一回两回儿了，哪里肯放。边说边嘻皮笑脸地说："我答应给你做入党介绍人。"

　　"老子不需要你介绍。共产党都像你这种人，早没人理会了。"黎明已经气急败坏。

　　谢富治在旁边洒脱地笑笑："我看还是讲点经济学原理：等价交换吧。"

　　"对，对，等价交换。"陈如风从上衣口袋上摘下一支钢笔，递给黎明道："你看我搞的战利品，听政委说还是美国货呢。我大字不识几个，别这儿也是个浪费。你们文化人拿去正好用得着。这双鞋你穿上威风是威风，但太笨重，行军也不方便。我骑马上上下下多得劲儿，你送给我，公平交易，该行了吧？"

　　黎明看见那支派克钢笔，早已心痒痒得不行，连忙一把抓过来。嘴里还直嘟囔："算了，小人不见大人怪，当兵的不跟旅长争，就算我做个人情。不过入党介绍人可是你答应了的。"

八

　　按党章规定：小资产阶级出身的人有三个月候补期，但黎明参加宣誓后，没过几天就提前转正。当时他是以极虔诚的心情和极严肃的态度履行入党手续和仪式的。特别是入党宣誓的时候，内心充满了庄严神圣的感觉，满腔热情，决心要为共产主义抛头颅洒热血。入党之后，黎明马上由文化教员提升为政治教员。

不想，刚开始上政治课就被狠劲地忽悠"了一把。

第一堂课的讲授提纲是"一切经过统一战线，一切服从统一战线"。不遵守这个原则，就会影响民族团结，影响抗日战争的胜利。黎明在课堂上讲得唾沫横飞，头头是道。没几天，旅部找党员去开会，忽然说：一切经过统一战线，一切服从统一战线，是错误的，要进行批判，可把黎明弄懵了。这不都是上级的指示吗？上课的提纲是旅部印发的，准备课是教育科召集的，怎么说错就错了？别说黎明那时的政治水平绝不可能有辨别这样大事的能力，就是经过多年政治风浪考验，明白很多政策是错误的，他也不敢公然唱反调。党员会议开过后，教育科又召集黎明他们开会，布置改变讲法。提纲也改变了，改成统一战线中的独立自主政策，批判两个"一切经过"的提法。

由于照旧让黎明上政治课，他思想上倒没有什么顾虑和害怕。不过为了备课，黎明还是仔细阅读了列宁的两个策略。那时他是越读越觉得有味道。觉得列宁不仅写的精辟、深刻，而且简直象是针对着"一切经过统一战线，一切服从统一战线"的错误讲的，他那会儿还不知道这个政策和王明有什么关系。黎明一遍又一遍地反复琢磨大革命失败的教训，越琢磨越感到陈独秀丧失无产阶级领导权的后果严重。同时，对照太行山的情况，他感觉一切经过统一战线就是一切要经过国民党的许可，一切服从统一战线就是一切要得到阎锡山的批准，真要这样办，那就什么事情也办不成了。怎么能坚持抗战，争取抗战的胜利？有了这一次波折，自己着实用了点功夫去掌握批判的武器，用了点脑子去提高辨别的能力，似乎真正找到了理论和实践的充分根据。所以，按新精神讲课的时候，觉得更加头头是道。学员也都通情达理，听了黎明讲自己的理论水平低，没有辨别能力，他们在讨论时也说自己的文化低，没理论，需要好好学习，提高觉悟，没有一人怪罪黎明。黎明也就心安理得了。

九

很快，黎明就被提拔为旅宣传科长。他第一次独立负责是参加破击平汉线的战斗。这是几个军区主力配合作战，要拔掉敌人设在铁路两侧的数十个碉堡。黎明自己参加过阳明堡，响堂铺等多次战斗，受到一些锻炼，有了一点利用地形地物，躲避飞机、炮弹，分辨危险枪声等感性知识，很有点自得，觉得上级肯定会给自己一个艰巨任务。不想谢富治给科长们分工时，让有的人随战斗部队去作战场鼓动工作；有的人带民兵去破坏铁路、公路；有的人准备收容俘虏；有的协助卫生队抢救伤员。连敌工科长白丁都弄了个"负责敌占区群众工作"的任务。而分配给黎明的任务居然是带民夫，接运物资。黎明感觉这个任务显然要轻松些，心里老大不高兴。他觉得"负责敌占区群众工作"的任务又光鲜又刺激，应该交给宣传科，怎么给了敌工科。谢富治似乎看透了黎明的心事，把他单独留下，认真地说："黎明同志。你别小看这个事儿，你要带一千多民夫，他们是老百姓，虽然有些训练，但比不上部队的纪律严明。要带这么些人往返穿过敌人的碉堡群，保证接运物资的安全很不容易。这些物资非常宝贵，都是根据地急需的，担子不轻呀。有些人（黎明觉得是指白丁）办事咋咋呼呼，没有你那个认真劲儿，所以我考虑了一下，还是把这个任务交给你放心些。"

黎明那时从未单独负过责任，听谢富治这么一说，马上紧张起来，担心这些贵重物资在接运途中有个闪失。心理压力挺大。

谢富治转头对政治部主任山路说："山路同志，宣传科就那么几个人，都没什么战斗经验，能不能从政治部找几个人帮帮他们？"

山路挺爽快："我已经指派三个干事协助他们，三个人都有点战斗经验。黎明同志，具体事项你去找地委曹书记联系，他们有安排。组织上信任你们，你一定要保证完成任务。不得丢失贵重物资。"

黎明出来，找到地委的曹书记。曹书记有点重伤风，鼻涕口水满脸污黑，瓮声瓮气，但很干脆地说："我们组织了一千五百人，全是各村的基干民兵，还有不少老基干民兵。我们把他们按班，排，连，营编组，各级都有地方干部带队。他们大多有支前经验。队伍的总负责人是赵专员。你们的任务就是指挥队伍行进，休息；指导利用地形，地物隐蔽飞机；战斗打响后帮助稳定情绪；交接物资时防止混乱；保证迅速通过封锁线；安全把物资送到根据地。"

　　黎明悬吊吊的心放下不少。曹书记抬头看看黎明，在他肩膀上拍了一巴掌："怎么样？小伙子，有点紧张吧？"

　　黎明瞟一眼肩上那块新起的污垢，咧咧嘴说："曹书记，我的衣服刚洗干净哟。"

　　"真对不起，"曹书记回答："不过，一边干净一边脏的确难看，不如我再来一巴掌，两朵花对称。"

　　于是黎明另一只肩膀也染上一块污垢。

十

　　赵专员叫赵志一，年纪和黎明差不多。中等身材，瘦长马脸，头上一顶灰色军帽，身着兰布短衫，脚蹬草鞋，腰挎短枪，一付文不文，武不武，军不军，民不民的派头。黎明和他打过招呼后，两人各自拿出一张地图。赵志一的地图是油印的，质量低劣，花里呼哨看不清楚。黎明的一张行进路线图，是他从作战室抄来的，比例既不准确，标记也不规范。黑点代表碉堡，曲线代表封锁沟，叉代表封锁墙。如果没有其他解释，简直就是一部天书。两人对照地图细心研究，基本弄清楚了，他们要从冀西的浆水附近出发，沿着沙河向东偏南，直驱平汉铁路，行程约一百二十余里。敌人在铁路两侧设置有封锁沟、封锁墙，而且碉堡林立。沿着沙河两岸，每隔三里五里，便有一个碉堡，要从它们中间插进去，再穿回来。赵志一看见地图上黑点起疙瘩就有点发愁："黎明同志，我是真人面前不说假话。这一千多人，说是民兵，其实都是老百姓，要从这么些碉堡中来回穿插，还不得放了羊？"

黎明答："不要紧。我们部队这次出击，打的就是这些碉堡，沿路都有部队掩护。关键是我们自己沉住气，只要干部不乱，民兵就乱不了。不知道各级带队的地方干部有多少打过仗？"

话到最后，黎明有点后悔。别人会不会以为自己小瞧了地方干部？

赵志一低着头，若无其事地在地图上比划了一阵，抬起头面无表情地望望黎明。黎明误以为他不高兴，感觉会听到一些斩钉截铁的答话，比如"抗日的地方干部也不是孬种"什么的。不想赵志一出口就让人扫兴："你说得对。地方干部大多缺少战斗经验，关键时刻还得靠你们军队干部撑腰。"

谁给谁撑腰？听了曹书记的话，黎明以为这些民兵个个训练有素，自己的胆气也壮了不少，没想到赵志一又说这个，不是泄气拔塞子吗？黎明暗暗佩服谢富治经验丰富，同时意识到他对自己的充分信任，心里不禁有些骄傲起来。这个时候我不出头谁出头？他对赵志一说："一家人不说两家话。我们二六二旅是太行山的绝对主力。有情况，部队的同志先顶着，掩护你们安全转移。当然，地方干部摸得透民兵的脾气，掌握队伍还得依靠你们。"

随后，黎明把带来的几个干部分散开来，各自跟着一支队伍走。

十一

又值初秋季节，天高云淡，燕舞蝉鸣。似乎一切大的战役行动，都喜欢硕果累累的丰收季节。

大约下午五时左右，部队从驻地各村陆续出发。

这是冀西一带山区，山上长满柿子树，酸枣树，核桃树。各种果实，红的像灯笼，绿的像翠玉，园漉漉，光生生，掩映其间，真个色彩斑斓，物华冉冉。刚刚翻过西边高山的太阳，露着半圆的脸庞，又大又红，沉浸在一片薄薄的云层中，从参差不齐的山脊边喷射出万道金光。猩红的太阳，绯红的天空，把茂密的树林染成深红色，把黄土山地映成赭红色，仿佛是位画师，用一支粗笔，蘸着红色颜料，把这一带的天地山川给涂抹了一遍。队伍从各个山坳里冒出来，像无数溪流，曲折蜿蜒的朝一个方向汇合。黎明和赵志一带的民兵队伍，早已准备就绪。他们扛着准备抬东西的棍子，棍子上缠着准备捆绑用的绳索。少数老基干民兵肩上扛着杆长枪，即使是支"单打一"，也显得颇为神气。和战士们臂缠白布一样，民兵们人人头裹白巾，便于夜暗中相互识别。这支队伍在夕阳辉照下行进。远远望去，分不清哪是土枪，哪是棍棒，宛如一支装备颇佳的正规部队。赵志一和黎明走在一起，带着队伍跟在主力部队的后面行进。

天渐渐黑了。人马在无边的夜幕中，静悄悄的前进，只有离得很近，才能听见脚步的沙沙声。黎明骑着马前后观察照应。让黎明意外的是：这支队伍虽然是些老百姓，夜行军的速度却不慢，没人大声说话，没人咳嗽，没人打火抽烟，前后联络也颇为紧密。当进入敌占区，从据点的中间通过时，连脚步也走得很轻。好在封锁沟、墙已经被前面的部队填平、推倒，民兵队伍只是随队跟进，所以，一切都很顺利。从敌人的碉堡丛中，穿行五、六十里，除了零星的枪声、狗吠声而外，竟没有任何响动。黎明对赵志一说："看来敌人的封锁也不过如此。"

赵志一答："平汉线两侧是敌人防御的重点，不可大意。"

到达平汉路附近，已是深夜两、三点左右。月亮从云层中渐渐露出，用它柔和的光影，抚摸着整个部队。不久战斗打响，全线红光闪闪，流星飞雨，照得铁轨闪闪发亮，树木、房屋清晰可辨。枪炮啸鸣，钢铁碰撞，加上喊杀声，爆炸声，人呼马叫声，掀翻铁轨的吼喝声，把一个万籁俱寂的夜晚，变成了天摇地动的世界。

黎明顾不得去观赏这雄伟壮丽的场面，他和赵志一忙着和冀南送物资的同志联系。黑灯瞎火，双方的接头地点错了好几里地，忙活了好一阵才相互碰上。黎明布置警戒，赵志一指挥民兵迅速交接。冀南的物资全是用麻袋装好了的，每袋都很沉重，要捆绑结实，才不致在路上丢失。好在两边的人一齐动手，没过好久就交接停当。眼见天光泛白，黎明对赵志一说："战斗情况，千变万化。要赶快走，天亮前离开铁路越远越好。"

赵志一赶紧下命令，民兵们扛的扛，抬的抬，连和冀南的同志告别都来不及就往回走。走了一阵儿，黎明才想起他们连物资的名称，种类，数目都没弄明白，要派人转回去问。赵志一急喉喉地说："不管了，不管了，反正我们不会贪污。"

　　这时队伍再也用不着保持肃静了，大家吵吵嚷嚷，你催我喊，恨不得用尽全身力气，加快步伐，趁天明前越过敌人的碉堡、据点。

　　然而，走过二、三十里路程，每个人肩上的沉重负担，毫不容情的压低了行进的速度。太阳升起来了，敌人的枪弹从运输队伍的两侧不断的射来。民兵们有点心慌意乱，焦躁不安，前后开始推撞拥挤。黎明赶紧派人到各分队向民兵们解释：枪声有两种：'巴，巴'响的，子弹是从距离较远的碉堡中射出来的，弹道较高，伤不了人，要赶快走。发射距离近的子弹，声音是'嗖，飕'作响，要赶快卧倒或寻找隐蔽地点。黎明走在队伍前方，判断周围敌情地形，选择路线，尽量利用死角通过危险地带。部队其他战士安排民兵选择地形隐蔽，躲开危险。遇到有的民兵疲困加害怕拖不动了，他们也会上前帮助扛一阵行李。

　　快到最后一段封锁线时，周围的爆炸声更加震耳欲聋，然而运输队伍却停了下来。所有人都筋疲力竭，再加上有几位民兵负了伤，需要包扎、抢救和找担架抬运。这时，有的麻袋经过长途搬运或者松了口或者戳破了，黎明这才发现所运物资居然是银元和印书报的铅字。

　　"我的个老子，上级是不是疯了？弄这些笨重玩意儿干啥？又不是武器，打不了敌人。"黎明心头火起。

　　"银元还差不多，可以买东西。这些铅字简直莫名其妙，眼下这个样子还能讲究文化？"赵志一气喘吁吁地答。

　　炮声隆隆，枪弹交错，狼烟滚滚，各路部队匆匆从运输队伍的两侧向根据地撤退。接二连三，几个骑兵通讯员跑过来，催促他们："赶快，赶快，部队开始撤退了，你们要尽快通过封锁线。"

"动作快点，后面敌人大队全压上来了。"

"敌人出动装甲列车，平汉线（的防御）快顶不住了。"

一颗炮弹在附近爆炸，民兵队伍更加混乱，有的人干脆扔下行李，四散躲避。

"没出息。赶紧出来，把你的麻袋扎好上路。"赵志一见一个民兵躲在树兜下面，用脚使劲踢他屁股。

那边厢伤员哭喊起来："赵专员，别丢下我们不管呀。"

赵志一真是手忙脚乱，顾了伤员，顾不了物资，顾了物资又顾不了整顿队伍。他从这里跑到那里，声嘶力竭地嚷嚷："不能丢下一个伤员。""不能丢下一块银元。""不能丢下一个铅字。"

然而，不少人经过连续十七、八个小时的负重行军再也拖不动了。

"谁负责？谁负责？这里谁负责？"又是一位通讯员，满脸通红，额头冒汗，坐骑吐着白沫赶上来。他边用马鞭抽马屁股边急切地问人："你们的负责人在哪里？"

民兵把黎明指给他，战士跳下马，话都吐不圆了："快快快，首，首长命令你们，半，半小时内必须穿过封锁线。敌人骑兵绕过我军防线，正向这里赶来，再晚就，就要被切断了。"

谁都明白，日本骑兵非常灵活，战斗力也很强，一旦插到这支乌合之众的面前，后果不堪设想。

　　不过，情况一紧张，黎明头脑反而清醒了。事情明摆着：八九个伤员，要三四十人抬，这三四十人留下的物资又叫谁扛？他马上对赵志一说："管不了那么多了。第一是伤员，你带人抬上，连同那些还能走的人赶紧走。至于散落的物资，我来安排。先照应散了架的银元。铅字带不动，就全部扔掉。"

　　没想到赵志一认了真，铁青着脸喝道："上级的指示是死命令，丢人不能丢物资。扔掉铅字，银元，你敢负这个责吗？"

　　黎明也知道命令，只是刚才一紧张就忽略了。赵志一提起来，他内心一沉，知道说错了话。然而，眼下错才是对，对反而是错。他心中突然冒出一种难以压抑的自傲，涨红脸大叫："负责就负责。就算这些物资比人命值钱，该枪毙该杀头我一人担当。"

　　赵志一沉默片刻，过来紧紧握握住黎明的手，低声说："谢谢，我替这些伤员感谢你。要受处分，算我一份。"

　　"少废话，快走你的。"黎明来不及动感情，挥挥手让赵志一带上人先走。

　　"关键是找人帮忙。"赵志一握握黎明的手，转身要走。

　　黎明还没等对方离开，就恶狠狠地对身边的小干事说："子弹上膛。进村找维持会长，叫他找人。不找？你就开枪打死他。"

　　黎明也是没有办法的办法。他知道这儿是敌占区，没有党组织，上哪儿找人？就算霸王硬上弓弄到几个人，也很难保证他们不偷懒，捣乱。所以，他当时想的就是和少数人留下来掩护，万一敌人扑上来，就用随身携带的手榴弹跟他们拼死了帐。这样，至少赵志一的人马可以把大部分物资运回去。

没想到，在这节骨眼上，突然冒出黑压压的好几百人，不少人还提着棍棒，大步流星冲这边跑来。

十二

黎明的第一个念头就是碰上哄抢物资的土匪了。虽然他明知手下那几条破枪根本无法抵抗，还是命令战士：枪上膛，准备射击。

"别开枪，"领头的汉子大声喊："我们也是共产党。"

黎明从来没有感到"共产党"三个字竟然如此亲切。

说话间，这些人到了跟前，二话不说，马上帮助黎明他们补换破烂的麻袋，收拾散乱的物资，重新包扎捆绑好。接着一些身强力壮的小伙子替换了累垮的民兵，还抬来几块门板，做成临时担架，把几个伤员抬了上去。黎明队伍中的其他人看见这支地下冒出来的生力军，也都情绪大振，纷纷加快脚步，像飞一样朝最后一道封锁线冲去。

黎明把枪倒背在背上，站上高坡，大大松了一口气。

这时，大道边落下几颗炮弹。紧跟着，一架涂着"红膏药"的飞机飞了过来。黎明赶快指挥大家往路边隐蔽。一眨眼工夫，路面上就只剩下大包小包的麻袋，几乎所有人都躲到了路边的沟坎中，只有一个小矮个儿站在道路中央发愣。黎明顾不了那么多，狂奔过去，一把将小矮个儿拖出路面，两人连滚带爬下了坡，接着就是惊天动地的爆炸声。

十三

"小妮子？"黎明不敢相信自己的眼睛，有些犹豫地叫道。

小矮个开始把脑袋死死钻进黎明怀里，双手紧紧握着他的的腰，浑身如同筛糠似地颤抖。这时她抬起头来，理理散乱的鬓角，双眼有些迷茫。

黎明一把扯开衣襟，从胸前的衬衣口袋中取出一个玉白色的青磁小葫芦，上面画着几叶水嫩嫩的绿竹。他把葫芦在小妮子眼前幌了幌："看，青竹叶子镇酒，信不？"

小妮子的双眸园瞪，欣喜的眼光如同汽车缓慢启动，加速，越来越快，最后奔泻而出。她抢过青瓷小葫芦，飞速塞进自己的怀中。然后，欢快地用手摇着黎明的肩头，晃着脑袋顽皮地说："大哥哥，信不信，我也是八路，八路军了。"

"小妮子真当兵了？"

"我早知道你们小瞧人。"小妮子嘟着嘴，却挡不住高兴："信不信由你：你们走后，我们全家跑到外婆乡下。后来八路军宣传队从那儿路过，看我活蹦乱跳，就让我就跟着他们走啦。"

"真没想到。"

　　小妮满脸自豪，接着关心地问："小骡子和秦连长呢？"

　　"秦连长现在当司令了，在路北活动。小骡子先前还在随营学校。上个月有人告诉我，他去了战斗部队，具体在那里我就不知道了。"黎明回答完，马上好奇地问小妮子："你怎么到了这儿？"

　　"破击平汉线呀。我们还在碉堡前面给伪军唱戏呢。"

　　"真的？唱的什么？"

　　"唱'松花江上'；'大刀向鬼子们的头上砍去'；'我们在太行山上'。好多好多，有两个炮楼子还是我们给唱下来的呢。上半夜我们撤退到这儿，刚要在村里歇息歇息，就有人报信说八路的运输队跑不动了，叫大家伙快去帮忙，我们就都来了。没想到碰上大哥哥你。"

　　"这儿不是敌占区吗？"

　　"敌占区怎么啦？不都是中国人吗？何况村里的维持会长都是咱们的人，他们只是应付应付日本人。这不宣传队就大大方方住在村里。"

　　黎明突然发现自己的双手还抱着小妮子的腰，他不好意思地把手缩到身后。小妮子一把推开黎明，低下头，红着脸朝四周看看，盘腿端坐，不住地用手指在地面划拉。黎明轻轻伸出手，用两根指头叼住小妮子的小手指。小妮子摇晃摇晃手掌就不再动弹。黎明感到一股暖流从小妮子的指尖传到自己的掌心，然后顺着手臂蒸发起来，激荡心房，温暖周身血液。黎明听到四周围飞机的引擎声，炸弹的爆炸声和机枪的扫射声，但他没有丝毫恐惧和害怕，因为他希望飞机不会离去，炸弹不停爆炸，机枪永远"达达达"响个不停。他知道这一切不过是小妮子灿烂笑靥的背景，就如同黑白对比，只有永恒的深渊才能烘托纯真的晶莹。

"小妮子。"黎明喃喃自语。

"人家有大名了。"小妮子扭动腰俏，咯咯地笑。

"大名？"

小妮子又低下头，声音几乎听不见："竺青。"

"竺青？真好听。"

"大哥哥以前叫什么？是不是黎吉昌？"

"是啊？我参军后改了名字。"黎明莫名其妙，不知道小妮子从那儿知道自己的原名。

竺青从随身带着的碎花兰布小包中掏出一封信，扔给黎明，轻轻说："我在总部一看到信，就知道就你的。他们都不知道收信人。我拿到手上，心想反正还能和你见一面。"

黎明一看，原来是妈妈写的，日期是一年前的，不知辗转了多少路程，经历过多少曲折。信封的边沿，有不少地方磨破了，仅仅没有把信纸漏掉，还经过雨水侵蚀过，模糊的字迹仿佛水墨画的印渍；经过仔细辨认才能看出"八路军一二九师"几个字。至于黎明的名字，字体较大，还比较清楚。多亏小妮子有心，否则黎明也许永远收不到。

黎明拆开信一看，只有薄薄的一张纸，竟是妈妈的亲笔。信纸上的红格框虽然被水浸得有些散开，把纸的边沿染成了淡红色，写在上面的字却还清楚。信写得很简单，看那歪歪扭扭生涩的笔划，可以想见写时的困难，不知费了多少遍的功夫才写成的。

信是这样写的：

昌儿：

自你走后，我和顺儿已搬到乡下老家来住。接到你的信后，顺儿也和他的几个同学到延安去了，家里只留下我一人。

你们两弟兄都离开我，娘是舍不得的，国家成了这个样子，不离开也不行。你们两弟兄都能上前方，村里的人，亲戚朋友没有不夸奖的；娘的脸上光彩。

听说北方很冷，晚上睡觉要把肚脐盖好，不要受凉。在前方，遇到合适的姑娘，要早订终身，成了家，有人照顾，娘就放心了。

母字
民国　　　年十月

廿日

看了这封信，黎明的眼泪止不住象泉水一样涌了出来。他把信塞回竺青手中，站起身跑到一边，竟嚎啕大哭起来。

赵志一不知发生了什么，快步跑过来，从竺青手上接过信扫了一眼，表情淡淡地说："这不是一封信，是全中国母亲们的心。"

十四

枪炮炸弹声停止了，所有人都回到了大道上，整理好散乱的包裹，踏上了回家的路程。越走枪声越远，他们很快进入根据地。到达目的地后，太阳也到了他们昨天出发时的位置，从西面高山上又放射出万道霞光，大地一片绯红，像在迎接完成了这一趟任务的人们胜利归来。

第五章 百团大战

一

　　太行山，阳光明媚得有些刺眼。

　　陈如风搂着谢富治的腰，谢富治扶着陈如风的肩站在村口眺望远方，他们身后跟着一群下属。远方的山梁子上下来一支整齐的队伍，队伍前方有十多匹快马向村口奔来。

　　"嘿，秦麻子。"陈如风挥手招呼。

　　秦毅辉飞速跳下马，将手中的缰绳交给身后的通讯员，一声不吭，到陈如风面前突然出手。黎明大吃一惊，他看出这根本不是打招呼，而是一个极危险的摔跤动作。说是迟，那是快，就在他的手指沾到陈如风身体的一刹那，陈如风已经敏捷地侧身。陈如风一手挡开对方的手臂的冲力，一手劈胸给了对方一拳："麻子，你还不服输。"

　　秦毅辉闪开对方的拳，抓住对方的手，两人马上滚在一起，摔起跤来。陈如风气喘吁吁，边摔边叫："秦麻子，今天我叫你知道点厉害。"

　　眼看牛高马大的陈如风就要把秦毅辉压倒在地，不料秦毅辉反掰对方的手腕，拿脚把陈如风的腿弯一勾。只听啪嗒一声，陈如风仰面朝天倒在地上，秦麻子顺势骑在他的肚子上，一手摁住对方的胸膛，一手握拳在空中挥舞，得意地大嚷："叫驴，我看你还乱喊乱叫不？"

　　不想这一喊松了口气，陈如风趁机鼓足劲儿来了个咸鱼翻身，反而把秦毅辉压倒在地。陈如风揪着秦毅辉的衣领嘿嘿笑道："十麻九怪，别怪我厉害。想搬倒我？你还得再练几天。"

　　黎明等知识分子干部看得目瞪口呆，谢富治等工农干部却见怪不怪，没有丝毫惊讶表情。秦毅辉的副政委吴梦迟拉着容光焕发的邵英走过来，对谢富治说："谢老财，看看我们的新干部，正牌的知识分子出身，不像那些老粗。"

　　谢富治一拳砸在邵英肩上，说："好小子，我没看走眼。打过仗吗？"

　　邵英明是谦虚，暗是得意，微笑着回答："打过几次，刚开始学。"

　　"刚开始学？孤胆英雄，说降一个团，不简单呐。"

　　"谢政委，这可不是我的功劳，全靠团里的地下党，还包括白丁同志。"邵英上前拍了拍白丁的肩膀。白丁嘿嘿干笑几声，没有说话。

　　吴梦迟哈哈大笑："看我瞎胡闹吧，胆敢在你谢老财面前卖弄。没想到你们早就认识。"

　　"吴政委，我那几刷子还是谢政委教的呢。"邵英微笑着，语音流露出掩盖不住的得意，却让黎明感到说不出的别扭。

　　谢富治听到恭维，眉头一皱，警惕而又严肃地说："邵英同志，这就翘尾巴了？还没到最艰苦的时候呢。"

　　吴梦迟拍着邵英的肩膀，笑着说："明白了吗？这才是谢老财，说出的话像砸榔头。你越高兴，他砸得越狠。"

　　谢富治转头问黎明："会场布置好了吗？两军会合，一定要好好庆祝。"

　　黎明愣过神来，干巴巴地回答："布置好了，师里还送了一支宣传队过来。"

　　谢富治满意地说："很好。"转头对吴梦迟说："梦迟同志，这次保证你们吃好，玩好，睡好。我把榔头统统收起来了。"

　　除了谢富治，大家全笑了。一行人簇拥着谢富治和吴梦迟往旅部走去。

　　黎明没有跟上，他想独自一人往村后布置的会场方向走。不想走了几步，就听白丁在身后阴恻恻地说："瞧，人家是大首长了，还记得你这个老同学吗？"

　　黎明没有兴趣回答，因为他眼睛一亮，看见了竺青。

二

　　"师宣传队进村"，在这个穷乡僻壤的小山村简直就是爆炸性新闻。别看宣传队只有几十个人，却有多个抢眼的女兵。这些女兵虽比不上嫦娥下凡，但个个眼若秋水，面皮白净，剪短发，布军装，秀而不娇，柔而不弱，朴素大方，逗人喜爱。宣传队刚到村口，村里的孩子就闹腾起来，然后欢跳着四散奔跑，扯开嗓音叫嚷："看娇娃，看细妹子哪，惹亲的细妹子呢。"

　　村里的干部战士和全村的一两千男女老幼闻讯蜂拥而出，把宣传队围了个里三层外三层，比皇帝出巡还热闹。黎明是宣传科长，当然负责接待宣传队。他用力推开人群，挤到中间。正好宣传队队长面对这个状况有些没抓拿，看见黎明就像捞着一根稻草："黎科长，想想办法吧。我们的人、服装、道具，乱了就没法收拾了。"

　　黎明赶紧叫来宣传科的干事们，先把看热闹的老乡赶到边上，然后帮助宣传队搬东西。一个叫刘行淹的小干事对黎明说："黎科长，这里的事儿我们来办，该搬，该运什么我们有数。你赶快带人去后台，安顿好宣传队是正经。"

　　黎明排开一条道往前走。不想竺青挤到他身边，把一个服装箱子塞过来。黎明就像三伏天吃了一口冰激凌，浑身舒畅，他高兴地说："没想到你能过来。"

　　竺青抿嘴一笑。宣传队长扶着黑框眼镜，乐哈哈地说："别看竺青同志年纪不大，她可是我们的小花旦了。"

　　竺青瞟了宣传队长一眼，笑道："队长，我们都是革命同志，不是跑江湖的戏班子，还分个啥的青衣，小旦？"

　　会场布置在村头一所破庙前面，后台就设在破庙中。破庙实际是二六二旅旅直属部队的俱乐部。谢富治不惜工本，拿出部分伙食尾子支持俱乐部建设。要纸有纸，要颜料有颜料。墙上并排挂着大胡子马克思、光头列宁的石印黑白像，周围是各种颜色纸张写的标语。还有一大版墙报，都是战士们写的小短文，绘画和顺口溜或曰"诗"，展示各连各单位政治，文化和军事学习的成绩。各单位文化教员也在这里教战士们唱歌，排练一些小节目。俱乐部实际成了各单位文化成绩评比的重要场所。谢富治几乎每天都到俱乐部来，看墙报、打打牌、下下棋，和战士们聊聊天。这个时候谢富治不会绷着个脸，间或还会开几句玩笑。

人群就像蜜蜂黏着蜂巢，簇拥着宣传队到了后台。黎明和宣传科的几个人拉了根绳子，把人群和宣传队隔离开，还给宣传队弄来十几缸子热水。宣传队顾不上休息，马上整理道具，摆弄服装，化妆打扮。一个老大娘送来几笼窝头。她放下东西后，挤到竺青面前，先仔细端详，然后忍不住伸出手指在她脸上摸了一把。竺青羞红了脸，嗔怪地轻声叫道："大娘。"

大娘大刺喇喇地笑道："好闺女，俺见你长得水灵灵的，忍不住就想模一把，看你这皮肉是咋长的。"

周围的人全笑起来，竺青双手捻着粗长辫子忍不住低下头去。

大庭广众下，黎明不敢放肆。好在他是宣传科长，可以名正言顺在后台忙前忙后。他一会儿给竺青递水，一会儿给她递窝头，自以为无人知晓其中隐情。每次过去，竺青都瞟黎明一眼，然后蓦然低头，再把目光转向其他方向。

三

演出会场也是黎明他们平时上课的课堂，出操的操场和打蓝球的球场。上课时放一张桌子，桌子背后支一块木板，木板用锅烟染得黑黑的做黑板。战士们屁股下垫个马扎子，坐在空坝上就开始上课。早晨或下午不上课时，部队在空坝上出操，搞军事训练。黄昏时，干部战士又在这里打篮球。篮球架就是操场两边竖着的两根木头桩子，上边缠个铁丝圈。为了搞好演出，黎明他们在破庙前临时搭了个土台子，竖起两根立柱，上架几块木板。立柱外侧贴上了标语：建立抗日民族统一战线，打倒日本帝国主义。部队杀了两头猪，放倒几口羊，就着当地土酿的玉米酒美美地吃了一顿。会餐以后，夜幕降临，黎明他们在土台四周放上一圈汽灯，马灯，配上天然的夜空背景，看上去煞是灯火辉煌。黎明得意地对宣传队长说："你们就是去上海百老汇也没这么阔气。"

演出时，大家伙就如同过节，兴高彩烈，黑压压地坐了一坝子人。第一个节目是合唱"我们在太行山上"：

"我们在太行山上，

我们在太行山上，

山高林又密，兵强马又壮。"

台上歌声响起，台下齐声呼应，分不清谁是演员谁是观众，谁是士兵谁是老百姓。

竺青的节目是独唱周旋的"四季歌"。"春季里来柳丝长，大姑娘窗前绣鸳鸯。"歌声甜丽婉转，台下鸦雀无声。黎明突然感觉有点空虚，他漫步走到场外，远离人群，站在一个小土堆上，感觉回到了静谧如处子的汉水边。他仿佛看见玻璃般明亮的露珠从翡翠般的树叶上滴落，啪地一声碎开，润入黑黝黝的泥土中。泥土很细很滑，男孩子白生生的赤足踏在上面，轻轻一杵溜，整个人就浸泡在碧绿柔软的水中，只剩下一个头发乱蓬蓬的黑脑袋和一对闪亮的黑眼珠子。他看见弟弟在岸边跳脚，知道是喊他往回游，因为家里人不准他下河游泳。他知道自己应该听话，但不想听，也不害怕父亲责罚。他舒展手臂，蹬腿，很快游到汉水对岸边上，想要逆水而上。他知道逆水而上要用巧劲儿，不能呆在水流最急的河中央，要到靠近河岸边的地方，利用回水向上走。就这样，他像一条白鳞鲤鱼往上游，夹在云遮雾罩的秦岭和大巴山之间。

四

忽然，黎明听到一个冷冰冰的声音："原来她就是小妮子。好，嗓子好，人也长得好。"

原来是邵英，他的语调虽然冰冷，但嘴角依旧挂着一丝微笑。

黎明没有回答，准确地说：他不愿意回答。想到两军会师的一幕，黎明心里还有些不舒服，于是不无讽刺地说："没想到，共产党竟然让你如鱼得水。能介绍下经验吗？"

会餐时，邵英显然喝多了酒。他的手腕有些颤抖，但还是划着火柴，点燃了一支劣质土烟，然后递给黎明。

黎明拒绝了。

　　邵英并不勉强，拿回土烟用力吸上一口，冷笑道："还是这个臭脾气，改不了的一根筋。党的干部大多是老粗，抽烟、喝酒、骂娘是家常便饭。你不习惯将就他们，介绍再多经验也屁用没有。"

　　"你什么时候入的党？"

　　"抗大。"邵英长长地吐了一口烟，灰白色的烟雾在空中绕成一个圈。

　　"你倒挺有眼光，觉悟那么早。"

　　"我和你不同。你要追求理想，遇事疑神疑鬼，想半天才做决定。我没有那些框框，想干就干，义无反顾，管述他什么后果。"

　　"原来如此，"黎明冷冷答道，然后"咄"地冲地面吐口唾沫："我学不来。做事情，太简单、草率了也不好。"

　　"咔，咔，"邵英呛了口烟，嘴角咧出点笑意："我一参加红军就没想过退路。樊向贵走的时候，我就对你说过，不管共产党将来是刘邦还是项羽，我都要一条道走到黑。"

　　"这点上，我确实不如你。"黎明沉默片刻，只得承认。

　　邵英有点得意，舌头也就随之加长："老同学，有些话就直说吧。你中学就学习好，文化水平高；黎老伯又是南郑有头有脸的人，就算不参加革命，好歹也能过日子，有本钱遇事先寻摸。而我，没根基，没背景，混了几天学校，也就认识几个字罢，别说考学校，混饭吃都够呛。幸亏有了共产党。共产党在打江山，就需要对党忠心；对敌狠心。那些根基背景，文化讲究全他妈的用不着。所以，一进抗大，我就确立了目标：找到党，靠拢党，加入党，管述他什么拉帮结派、结党营私。”

“你是投机。”父亲鄙夷地说。

“哈，你总算明白了。我是投机，投革命的机。”邵英激动地说：“革命是共产党领导，不靠近党，谁会上杆子相信你？革命失败，算我看走眼；革命胜利，我就是目光远大。我把一生的荣辱都系于共产党的成败。”

“真没想到，你是这么个进步法。”黎明倒吸一口冷气，他感觉好像从来不认识眼前这个人。

“不过，”邵英暂停住话语，木呆呆地看着竺青在掌声和欢呼中款款下台，然后咽了口口水：“刚开始，我也想得太简单。没想到仗一打起来，真的是要人命。”他又狠狠吸了几口烟，继续道：“上次我去劝降，走到村口，腿都在发抖。不过，有了那次经历，我算明白了啥叫舍不得孩子套不住狼。”

黎明看见邵英的眼睛在黑暗中褶褶生辉，心说我看你才是野地里的狼。他不想说刺激的话，只是平静地对邵英说：“我没你想得那么多，也没你那么大的雄心，凡事还是顺其自然。”

邵英长吐了一口浓浓的烟雾，遮挡住他脸上的笑意：“狗屁，什么顺其自然？肉放在锅里，胆小鬼不敢去抢，傻瓜没本事去抢，只好自我安慰，说说顺其自然。”

“我宁愿当胆小鬼和傻瓜。”黎明觉得和这种人真没法说，他站起身准备离开。

邵英不知趣，反而蛮劲儿上来。他抓住黎明的衣领，指着舞台的方向，面目扭曲，压低嗓音说："黎明，别猪鼻子眼里插大葱装象。我们打个赌，就赌小妮子。"

黎明心头火起，但还是忍住没有发作，只是感觉邵英其实很可怜。他拉开对方的手，整理了一下军装，岔开话题："宣传队的演出要结束了，我得去帮忙收拾。"

没想到邵英扯开衣襟，狂呼乱叫："别跑。我就想看看，你小子究竟有啥了不起？事事抢在我的前面。小妮子凭什么看得上你，一个臭宣传科长？老子今天和你赌定了：只要是女人都喜欢英雄好汉。凭我这个政委，不信争不过你。"

黎明不搭理他，只想独自走开，就听邵英在后面嘿嘿笑："你他妈的说话呀。不敢说？害怕了？别担心，我只是先把小妮子弄到手。这以后吗？她还会是你的，只要你不嫌弃。"

黎明终于忍无可忍。他回过身，抬起手，对着那张始终微笑的脸狠狠扇了一记耳光，然后揪住对方衣领厉声喝道："才灌了两口黄汤，就这副德性，好意思吹狗屁，向大老粗看齐。你不就一小团的政委吗？搁主力部队，顶破天是个营长、教导员，算得上老几？瞧你神气活现的，好像连谢富治都不如你。知道姓甚名谁吗？我告诉你：你可以小瞧我黎明，小瞧我这个没本事的宣传科长，但最好睁大眼睛，瞧瞧另外一个老红军。他的名字叫黄克功。"

几天后，名震中外的百团大战拉开了帷幕。

五

一九四零年，日本军队为了消灭敌后抗日根据地，在华北加紧推行所谓"肃正建设计划"和以"铁路为柱，公路为链，碉堡为锁"的"囚笼政策"。八路军总部针锋相对，决心向华北日军占领的交通线和据点，发动大规模进攻战役，打破日本侵略者的"囚笼政策"，争取华北战局更有利的发展，并影响全国的抗战局势。这一战役最初叫正太战役，目的是破坏横越太行山，连接平汉、同蒲两铁路的正太铁路。当时，正太铁路是日军在华北的重要战略运输线之一。战役发起后，规模逐渐扩大，发展成百团大战。

陈如风和谢富治到师部接受任务后，马上给部队传达动员。不想刚说了几句，赵保田就跳起来，气哼哼地说："上次打朱怀冰，也是刘师长说：日本人是老虎，国民党摩擦专家是狼。狼不敢惹老虎，可是它敢吃人。我们是夹在虎狼中间。不狠狠教训它一下不行。没想到枪一响，狼跑得比兔子还快，真他妈泄气。"

谢富治笑起来："这回真的要大干了，目标是正太铁路。"

陈如风拉着脸地对赵保田说："正太铁路，还不够你赵闷灯儿啃吗？"接着他指着桌上摊开的地图，左手像砍柴禾，先往正太铁路靠太原一端劈下去，接着用右手往石家庄方向砍了一下，然后两手往中间挤拢，最后摊开手掌。

　　所有人都明白了陈如风的意思，赵保田高兴得抓耳挠腮，屁股在板凳上扭过去扭过来。谢富治说："赵闷灯儿，你不是老想吃肉嘛，这回给你吃够。你的任务是攻击敌人的任各庄据点。要预先组织干部到现地去侦察。哦，把你的三个连长统统带上。你亲自带队，化装，到敌人碉堡跟前看地形，然后制定作战计划。"

　　赵保田乐得屁颠屁颠的，应了一声："是"，抓起桌上的帽子，跨出门跳上马就跑。他甚至忘了给两位旅首长敬礼。

　　各级主管干部的任务分配结束后，谢富治找到黎明，让他去秦赖支队独立团："攻击任各庄的部队除了赵保田支队，还有秦赖支队的独立团配合。你到独立团去，负责两支部队的联络。他们是新部队，要注意照顾。'以老带新'是我们的传统，就像肉末烧豆腐，肉烧熟了，豆腐也香了。"

　　大战在即，黎明没有说二话，他马上动身去找邵英。

<h2 style="text-align:center">六</h2>

　　"欢迎欢迎。我们是新部队，应该多向老部队学习。这次和主力配合啃骨头，机会难得，希望黎科长多介绍些经验。"见到黎明，邵英没有丝毫尴尬。他微笑着握握黎明的手，热情地说。

　　黎明心说你脸皮厚，咱也不能太薄，于是也半寒暄半认真地回答："哪里的话。按照谢政委的指示，我这个宣传科长只管沟通两边的联络。至于唱戏，谁搭戏台谁去唱，生旦净丑不管我的事儿。"

满屋的人都笑起来。邵英亲切地拉着黎明向其他人介绍："黎科长和我是老同学。他在阳明堡打过日本飞机，战斗经验丰富，人精明着呢。大家要好好向他学习。"

独立团团长马克坚走过来，乐哈哈地对黎明说："政委的老同学就是我们的老同学。我们不把你当外人，你在我们这里也别见外。"

黎明回答："既然都不见外，你叫我黎明就行了。什么科长科长的，好像比你团长的官还大。"

七

八月中旬的天气，已经没有盛夏那种燥热感觉。赵保田带着七八个人和马克坚，邵英以及黎明等人会合后，向正太线上的任各庄进发。太行山的秋天，满山遍野的红果，野枣，星星点点。半山坡的田地里，玉米包穗爆裂，露出黄澄澄的棒子。行不多远，还可以看见一块块苹果园。片青，片红，片黄并带着少量麻点褐斑的苹果悬挂在半空，让人馋涎欲滴。走在山背上，太阳暖洋洋的，让人有一种畅快的陶醉感。走着走着，忽然一阵凉风扑面，马上又觉得清爽宜人。黎明他们都是年轻人，十几个人一连两天走在根据地里，人不伪装，马不惊鸣，吃喝住睡，都有人安排，颇有点今天时兴郊游的味道。大家说说笑笑，嚷嚷闹闹，分外精神。

　　这帮光棍们说笑一会儿，就开始拿女人做话题、寻开心，很快谈起了前两天师部宣传队的演出。

　　"最水灵的要数那个唱'春季里来柳丝长'的小姑娘了，白膀子好像捏得出水。"

　　"还是黎科长运气好，可以在宣传队里忙前跑后。"

　　"黎明，老实说，有没有碰碰小姑娘？"

　　"坦白从宽，我都看见了。"

　　"快交代，快交代。沾没有沾光？"好几个人同时喊起来。

　　黎明笑着打哈哈："这种事儿还能当众宣扬？做没做天地良心。"

　　看见所有人集中火力对付黎明，邵英淡淡微笑，打了个岔："小姑娘唱的是首电影歌曲，我在西安看过那电影。小姑娘唱得比人家差远了。等革命胜利，我们去太原、西安、南京、上海，满大街数电影明星。还在乎一个小姑娘？"

　　"就怕别人看不上咱泥腿子，想吊膀子都不成。"

　　赵保田拿旅长陈如风开玩笑："要说吊膀子，还得数陈叫驴，人不丁点儿大，心眼儿坏着呢。在四川的时候，有一次打下通江县城，徐总指挥让我们到城外警戒。一找人发现团长不见了。这还了得，赶紧找人吧。政委说了：不用上别处去，就上城里的济源药房。叫驴看上药房老板的二丫头了。"

　　"你们是打仗经过那里，和药房有啥关系？旅长怎么就看上人家丫头了？"

　　"叫驴就这德性儿，走那儿都觉得了不起。人家二丫头就给他包扎了下伤口，捎带说了几句软话，叫驴就不得了啦，要上天了。他也不摸着脑门儿想想，那天打得那么凶，那女娃子包扎过伤口的人，往少说也有一个班，谁就看上他了？黑不溜秋，跟地瓜似的。"

　　"后来呢？后来怎么样了？"大家都喜欢结果。

　　"后来？后来我去药铺找他，看见叫驴还在可怜巴巴跟老板泡蘑菇，要见见二丫头。那老板也不是东西，光笑眯呵乐，打哈哈，就不让女娃子出来。叫驴又不敢犯纪律，结果什么也没捞到，还被徐总指挥一顿好'剋'。算他运气好，碰上的是徐总指挥，'剋'过就算了。要是碰上张总政委，保准够他喝一壶的。"

　　后来黎明小心翼翼地向陈如风求证此事，陈如风扯开嗓门破口大骂："你听他赵闷灯儿瞎说八道。老子不受女娃子欢迎，难道他赵闷灯儿受欢迎？不是我吹，只要我陈如风看得上眼，天下就没有搞不到手的女娃儿。什么药房老板的丫头？我怎么丁点儿都不记得？是他赵闷灯儿看上了那个胖嘟嘟的川妹子，这么多年了还忘不了。"

八

　　第二天下午，太阳还没落山，他们就到了宿营地，美美地休息了一通。次日一大早，由地方干部带队，一行人往任各庄而来。任各庄在正太路以南，敌人在此修了一座碉堡，是伸向根据地的一个触角，驻有三十多个鬼子。距离任各庄还有二十里地，来了个民兵，把他们带到村后的晒坝上，脱下军服，换上便衣。一个个头裹毛巾，腰藏短枪，或肩挑柴担，或身背褡裢，赵保田扮成赶毛驴的脚夫。改扮停当，大家你看我，我看你，互相问，像不像农民？有说像的，有说不像的。

邵英微微一笑，指着街对面一个毫不起眼的普通中年农民说："你们看看他是什么人？"

"不知道，"大家没明白邵英想说什么。"这谁猜得出来？"

"我说他是这里的乡干部，很可能还是乡长。"邵英答。

"胡说，怎么看出来的？"没几个人相信。

带队的民兵笑着说："他是乡党委的王书记。"

大家闷着头不吭声。正好王书记走过来，和他们招呼，却没人答话，被弄得莫名其妙。

一阵闹嚷之后，大家问邵英怎么看出来的？邵英微笑着回答："认人，关键是混个眼熟。士农工商，贩夫走卒，各有各的习惯。凡是你熟悉的行当，他们的走路姿势很难改变。无论怎样装扮，你都可以很快把他们认出来。但要是陌生的行当，说不定换身衣服你都花了眼。比如这位王书记，他成天和老百姓扎堆，又是本地人，一般人看就是地道的北方农民。因为我搞新部队，经常和地方干部打交道，所以单凭感觉就能看出他和别人的不同。"

王书记笑起来："没想到这位同志挺有心眼。"

邵英矜持含笑："刚才有人担心，我们这身打扮四不像。以我看，骗老百姓当然骗不了，但要哄哄日本鬼子还是绰绰有余。他们恐怕连中国人谁是谁都弄不明白。"

独立团团长马克坚说："狗日的，真够拐弯肠子的，不做政委做什么？"

"哟，这位同志，年纪轻轻就当了政委？了不起。" 王书记连忙说："不过，他的话确实在理儿。小鬼子要能认出各位是八路，那他也就不是小鬼子了。大家尽管放心，这挡子事儿我们干的也不是一回儿两回儿了。"

赵保田哼了哼，有点不服气地说："照邵政委的说法，我们当兵几年，还都沾上丘八味了？"

马克坚哈哈笑起来："对，是革命的丘八味儿，而不是国民党丘八的兵痞味儿。"

赵保田还有点担心："据点里有没有伪军或汉奸？尤其是当地人。"

王书记说："不要紧，这个据点是敌人新扎的钉子，只有鬼子和一个外地人翻译，没有伪军。据点的军事防御很严密，但对老百姓搞欺骗宣传，叫良民统统回家，所以村里的检查比较松懈。"

"王书记，在那里观察比较清楚？"赵保田问。

"还是进村，混在老百姓里面。既安全，离碉堡也最近。"

屋里突然没了声。赵保田把腰间别着的手枪掏了出来，又放了回去。

邵英脸色有些苍白，他勉强微笑着说："不入虎穴，焉得虎子。王书记，你就领我们进村吧。"

　　"别带枪。"王书记解释："距离敌人那么近，几把短枪解决不了问题，带着反而累赘，容易暴露。"

　　谁都知道王书记说得有道理，但谁都在犹豫把枪掏出来。最后，赵保田一咬牙一躲脚："好，豁出去了。""啪"地一声把手枪放在桌上。

　　"别太紧张，"王书记见他们这个阵势，反而乐了："你们想死，我老王还想活呢。村里的老百姓都明白着呢，有他们掩护，出不了事。"

九

　　这群心怀鬼胎的家伙，三三两两由王书记和几个当地民兵带领，硬着头皮往任各庄来。他们提心吊胆，心扑腾扑腾地跳。没想到，进村后果然无人盘查。老百姓见到这群陌生人面无表情，甚至都懒得注意他们。

　　赵保田他们心中的石头落了地，开始按预先安排，分头观察。敌人据点设在村南头，分主碉堡和就近的一所平房。据点周围是铁丝网，但还没有完工，南北各开了个大口子，可能是小日本嫌进出麻烦故意留下的。黎明学过一些粗浅的丈量知识，他把碉堡周围的地形，地物，附近的建筑，通往外面的道路，敌人哨兵的位置以及敌人的活动规律尽可能记下来，回去后和其他人凑凑情况，绘制了一张比较精确的地图，赵保田看了连连叫好。看过一阵儿，赵保田突然指着地图上靠近据点的一个院落说："咦，这儿不对，小横线是啥意思？"

"哦，是这样，"黎明回答说："这个院子的后墙倒塌了一段。从这里穿过去，很快可以从村里的主道插到村南大路上。"

战斗打响后，正是这条不引人注目的小横线救了黎明一命。

晚上十点过后，大家上床休息，却翻来覆去睡不着。在黑暗中，身体滚过去你瞪我的眼，滚过来他瞪你的眼。黎明最后忍不住对着赵保田嘿嘿一笑，赵保田气呼呼地爬起来："既然睡不了就都起来吧。"

于是大家一跃而起，围着赵保田七嘴八舌，说个没完没了。黎明就着地图，把大家伙的主意逐一写下来，再经过你添我改，到后半夜就整理出一个初步的战斗方案。

第二天黄昏，赵保田的支队政委于嘉林和独立团副团长刘伟率主力先后赶到集结地，开始封锁消息。攻击行动由赵保田为总指挥，马克坚为副指挥。指挥部连夜召集连以上干部会议，作战斗部署。这一次的中心人物是赵保田。在几个负责人对作战方案提出意见后，赵保田黑着脸正式下达战斗命令：

"赵于支队一，二连配属独立团二营由赵保田指挥，附迫击炮一门，包围歼灭任各庄据点之敌，力求迅速干脆解决战斗。

赵于支队四连，独立团一营由马克坚指挥，在任各庄南北两隘口设阻击阵地，准备迎击可能来援之敌。

赵于支队三连为预备队，置于任各庄北。"

命令还规定了各部队的出发时间，行进路线以及指挥所，救护站的位置。

　　连以上干部会结束后，赵保田把攻击部队的干部全部留下来，按前一天晚上制定的作战方案布置具体任务。

　　决定由一连附二连一个排担任主攻，背靠村庄，由北向南占领阵地，向碉堡突击。以一个排负责消灭主堡附近平房驻地之敌，独立团二营由碉堡西南方向，二连（欠一个排）由东南方向包围进击，牵制敌人火力，相机占领主堡。迫击炮一门，重机枪三挺，均配合主攻一连。工兵分队准备炸药，跟在一连后方待命。

　　接着所有干部进行分工。赵保田负责主攻方向指挥，邵英负责助功方向指挥。黎明一方面协助邵英沟通各连队之间的联络，另外也负责带领担架队进行战场救护。赵保田最后严肃地说：“这次作战不比以往，我们没有攻坚武器，只能在碉堡下打冲锋，是真正的强打硬攻，啃骨头。不管你是工农干部还是知识分子干部，那个环节出问题我找谁。谁给我赵闷灯儿丢人，别怪我叫谁下不了台。平时大家可以嘻嘻哈哈，明天必须经受住考验。”

十

　　晚霞如同即将燃尽的炭火，弥散开半个天空，把一片片桔红色的光芒投在黄澄澄的山路上。太阳一落山，天色渐渐暗下来，部队趁着昏黄的光线开始向任各庄进发。黎明和邵英并肩行动，走了一会儿，邵英突然问黎明：“带烟了吗？”

　　黎明摇摇头：“什么时候了，还敢抽烟？”

邵英微笑地承认："唉，有点紧张。"

"你在谢富治面前，不是挺能吹嘛。"黎明有点尖酸刻薄。

"过去打的都是些伪军、土匪。这次和日本人硬碰硬，怕指挥不好。"

"天塌下来有大个子撑着。关键是看赵闷灯儿的主攻，我们只是侧面照应一下。"

"任各庄，"邵英站在一道山坎上，停下脚步，望着夜幕中隐约可见的村子，嘘了一口气："老子死活要换张皮。"

"什么？"黎明没听清楚。

邵英微微一笑，甩开手，大步流星往前赶。

十一

夜幕降临后，一轮满月从云层中钻出来，用它柔和的光线勾画出群山起伏的轮廓。在幽暗深邃的村庄附近，特别显现出一堵黑糊糊，方棱棱，高耸蓝天的庞然大物。赵保田和两位向导走在所有队伍的最前列，掌握情况，发号施令，指挥部队。每逢有什么动静，他总是回转身，把右手往下一按，后边的人像"多米诺"骨牌一样，一个接一个蹲下，或卧倒。他有时把耳朵贴在地下倾听，有时派随身的侦察人员到前边搜索。等到弄清情况后，他手一扬，大家又一个接一个从地上弹起来，整个部队如同一条滑溜的蛇，静悄悄地随着指挥起伏前行。到了能看见敌人碉堡轮廓的地方，邵英和黎明所带的策应部队与主攻部队分手，绕到敌人据点南面，设立阵地，架好机枪，等待主攻部队动手。

赵保田先选择好一块能够隐蔽的地形，进行观察。然后，他把迫击炮安排在土坎下面，布置好重机枪的射击方位和各分队的进攻位置。部队说是有一门迫击炮支援，其实只有一发炮弹，只能用来吊顶，必须准确无误的打中目标才行。

月光把敌人游动哨兵的身影清晰地投射过来。哨兵穿着牛皮靴，踏在地上发出的单调沉闷声音在寂静的四野回荡。赵保田手掌轻轻往前一扇，就看见一连连长带着几个战士如同猛虎下山，向敌人哨兵扑过去，还没容对方吭声就结果了性命。接着一排战士端着枪从铁丝网的空隙处杀进去，直扑平房，堵住门窗纵横扫射，酣睡在房中的敌人来不及还手就全部报销。一连战士分几路，或从突破口，或砍开铁丝网向主碉堡冲去。

邵英和黎明看到攻击信号，马上命令向碉堡开火，同时展开部队向前运动。邵英这个营，其实就两个连，三百来号人。因为大多是新兵，所以只有一个多连直接参加战斗，剩下的人充当救护队。部队冲到铁丝网前，还有七八十米的开阔地，是敌人修筑碉堡时，为了扫清射界，拆掉房屋开辟出的空地。这时，敌人已经从突然袭击中清醒过来，开始从碉堡的各个射孔喷射出炽烈的火力，子弹如同撒豆子一般抛撒在地面。黎明他们被敌人火力压倒在一道约尺把长的地坎后面，身体紧贴地面，连头都抬不起来。战士们有的被打死了，有的被打伤，散兵线忽的一下就在空地的中央停了下来。

危险。那道地坎与其说是屏障，不如说是欺骗，因为它根本无法遮蔽由碉堡上方飞过来的子弹。部队如果不能运动，就只有呆在原地被敌人通通打死。

在这千钧一发的关头，只听迫击炮一声闷响，那颗唯一的炮弹在空中划出一道优美的弧线，准确无误地落在碉堡顶部。敌人的碉堡顶部塌了半截。接着各种轻重机枪开始压制射击。就在敌人的机枪扫射出现停顿的瞬间间歇，只见赵保田挥动手中的大刀，用惊天动地的声音喊着："同志们！跟我来！杀呀！"

大刀在月光下闪闪发光，赵保田的身躯在平地上疾速奔驰，又高又大，真像天神一般。于是，爬下的起来了，停止的前进了，后续的跟上了，一时，四面八方都是喊杀声。

黎明他们快冲到碉堡跟前时，碉堡门突然打开，十多个鬼子端着明晃晃，亮森森的刺刀杀了出来。

应该说敌人很狡猾，竟然在混乱中找准了攻击部队的弱点。二营的许多新兵看见这些浸透武士道精神，哇哇乱叫的亡命之徒顿时吓得调头就跑，日本鬼子如同切菜砍瓜一般掩杀过来。一眨眼工夫，邵英和黎明身边就只剩下七八个人。邵英瞪着血红的眼睛，好像自己的部队根本没有溃散，嗷嗷怪叫，迎向当头冲过来的敌人。黎明心一横说：他妈的，不就是报销嘛，也提枪跟了上去。说是迟，那是快，邵英的胳膊已经被戳了一下，身体软棉棉地往下倒，幸亏黎明及时赶到，架住了对方的刺刀。

不过，黎明的生存希望也很渺茫。他已经扛上了一个鬼子，眼角的余光又瞟见另外一个鬼子冲过来，根本无法分身应付。要说真打实干的拼刺刀，实在没有多少武侠工夫可言，靠的就是胆量和人多。只要几把刺刀往你一个人身上招呼，就是铁人也没戏。

千钧一发之际，黎明身后突然冒出几十条彪型大汉，张牙舞爪地冲了过来。鬼子兵的阵势顿时大乱，各自为阵，自顾不暇，当然也就再也顾不上黎明。二营的其他战士看见，也纷纷找回勇气，端着枪回转头来，战况立马变成了几十上百名八路对十多个小鬼子的围攻和屠杀。

这是赵保田预先布置的奇兵。

赵保田布置好一连的进攻阵形后，突然想起黎明在地图上画的那条小横线，心说既然从村北到村南有这么条近道，何不把预备队三连的一个排放在这里，没准到时候用得上。这个排由三连连长带队，看见别人打得火热，自己什么也捞不着，心头正窝囊着，突然看见一队鬼子兵从碉堡里杀出来，冲乱了二营的阵形，便不等命令马上抄近道杀将过来，刚好救了黎明一命。

黎明只记得在这之后，白刃战变得毫无悬念。此时，威力巨大的不是先进武器，就连机枪都没法开火，只能当棍棒使。大家就是刺刀捅，枪托砸，手榴弹捶，甚至拳打脚踢，牙齿咬。金属碰撞和嘶拼喊叫的声音搅和在一起。大家胡砍乱戳，也不知谁扎死了几个鬼子。

小日本终于服软了，在大部分人倒地之后，剩下几人惊恐地抱着脑袋逃回了碉堡。

部队进入碉堡射孔的死角，开始了近乎为所欲为的战斗。可笑的是，战士们开枪，扔手榴弹，十八般武艺用尽，直炸得碉堡碎屑横飞，烟雾迷漫，就是拿它没办法。这种砖木碉堡胡仑一块，真没个下手的地方。不过仗打到这份儿上，小鬼子也焉了气，只能零零星星放几枪。黎明开始组织担架队跟进，抢救伤员。他把担架队的人员分成两拨儿，一拨儿直接到伤亡较大的几处开阔地。先给伤员简单包扎一下，然后背的背，抬的抬，拖的拖，把伤员弄到铁丝网外，交给另一拨人送到村里的救护站处理。救护站也没什么药，就一些酒精，紫药水什么的，也不多，主要还靠伤员硬挺。

邵英的胳膊包扎好后，坐在地上死活不肯下去。黎明正要劝，突然跑来几个人大喊："卧倒，赶快爬下"。

大家不明白怎么回事儿，但都条件反射般就地爬下。接着听到一声巨响，犹如天崩地裂，把压在身下的泥土都震动了。一股黑色风暴似的烟柱腾空而起，笼罩了整个碉堡。顿时皓月无光，天昏地暗，砖石横飞，尘土飞扬，一股浓烈的火药硫磺味呛得人喉焦舌燥。爆炸过后，只见赵保田站在一边，揉着手，咧着嘴笑道："狗日的，我叫你不投降，尝尝老子的土飞机，味道不错吧？"

原来他命令工兵在碉堡墙根儿堆放炸药，把碉堡炸了个透明大窟窿，上面两层建筑好像半悬在空中。战士们一涌而入，发现下层的敌人全部炸死，震死，但上层还有几个敌人企图负隅顽抗。这当然是徒劳的，没几分钟战斗全部结束。

黎明搀扶着邵英站起身。眼前的枪炮声已经停息，碉堡内燃起了熊熊大火。他们回头朝任各庄以北望去，只见沿着天边地平线一溜红光，绵延几十里地面。

红光映照了半个天空，连天边的云朵乳白色都可以清楚看见。隆隆的炮声夹杂着密集的枪声在地平线上来回滚动，伟大的百团大战开始了。

十二

任各庄战斗从打响到撤走，仅仅用了两个多小时，歼灭敌人一个小队，约三十余人。但我军伤亡一百余人，牺牲了两个排长，四个班长，一连指导员重伤不愈，后来也牺牲了。赵保田听说后，沉默了好一会儿后说："我们一个营打他一个小队（排），付出这么大代价，狗日的武士道精神。"

不过，黎明的运气不错，居然抓到了一名俘虏。在当时，能抓到一名日本俘虏可是件了不起的大事。即便是后来的太平洋战争，盟军可以动辄消灭数万日军，却很少俘虏。黎明跟随大家打扫战场时，从碉堡废墟下面拖出一个日本兵。这个日本兵的脸和上半身被砖石泥土埋住，只剩两条腿露在外面。拖出来时，大家都以为他死了，不想有人发现他身体还有点热气儿。看领章和肩章，确认是皇军的一名普通士兵。他手里死死抱着一杆枪，头上有一个寸把长的口子，血流满面，大腿被弹片打伤，淤血把划破的裤子和伤口黏成一大坨。仔细检查后，看见他上下嘴唇微微张合，有呼吸迹象。显然，这家伙还没死。不知是谁大喊一声："抓住个活鬼子。"

顿时，参战部队沸腾起来。赵保田，于嘉林，邵英等人全跑过来。于嘉林亲自检查，发现日本兵果然没有断气。赵保田高兴地说："他妈的，捞着个鬼子俘虏，大收获，大收获。"

于嘉林对黎明说："黎明同志，赶快叫人给他包扎好，用担架抬上，好好保护，别叫他死了。"

赵保田说："这可是我们的宝贝，死了找你算账。"

黎明那里顾得上谁和谁算账，他赶紧找人给这家伙处理伤口，然后随部队撤离。

第二天，天麻麻亮。这位俘虏渐渐醒转过来，黎明叫人到附近村庄给他找了碗热开水灌进去。到天大亮时，这家伙居然前前后后，四处张望起来。走在担架旁边的一个战士手里拿着把缴获的日本战刀，正在得意地摆弄。俘虏突然从担架上滚下来，像头出笼的野兽，抢过战刀，疯狂地朝人乱挥乱舞。吓得抬担架的人哇地一声，丢下担架往路边狂奔。那位玩刀的战士早吃了一记，捂着手腕子的伤口躲在一边。其他人还没反应过来，一时居然手足失措。过了几分钟，大家才端起刺刀把他围起来，都想一刺刀把他捅死。

黎明沉得住气，赶紧叫大家别动手。他看出俘虏体力衰竭，虽然疯狂，但刀挥舞得没头没脑，肯定支持不了多久。果然，俘虏转了几圈，自己的身体就重重地摔倒在地面。几个战士冲上去，七捆八缚把这家伙绑成了个棕子。

处理完俘虏，黎明有了闲工夫，回想起刚才的战斗。他觉得在接敌运动时，自己还是有点紧张，战斗开始后也担心过自己的安危。但当战斗激烈，血肉横飞时，自己脑子里除了要把敌人压倒，什么都没想，真是一片空白。后来在抢救伤员时，碉堡里敌人的子弹还在往外飞，自己却好像如履平地，把近在咫尺的死亡视若无物。伴随着战争的恐惧幽灵竟在和武士道精神的残忍较量中悄悄遁逃了。黎明望着山边，露出半边笑脸的冉冉旭日，欣慰地舒了一口长气。

十三

　　任各庄战斗后，黎明写了一篇通讯，题目是"知识分子的勇敢"。文章开门见山："在国家危亡，民族危难的紧急关头，大批青年知识分子投身到抗日民族解放战争的洪流中。有人怀疑，这些知识分子能不能和革命队伍中的工农干部战士打成一片，能不能和他们一起冲锋陷阵？有的人甚至提出在入党问题上设立工农标准和知识分子标准。知识分子和工农干部之间果真有一条不可逾越的鸿沟吗？某独立团政委邵英的经历给了我们一个很好的回答。"

　　文章写好后，谢富治做了一点修改。他把文章题目改为"杀敌英雄和知识分子。"把第一段中的"有的人甚至提出在入党问题上设立工农标准和知识分子标准。"改成了"战场上有没有工农标准和知识分子标准？"然后发表在太行军区的"战士报"上，受到了各方面的好评。刘伯承接见了邵英，并送给他一把精致的白朗宁小手枪。邓小平说："没有文化的军队是愚蠢的军队。我们就是要树立有文化的杀敌英雄典型，邵英同志是新的太行英雄。"

十四

清漳河的水清澈照人，太行山的妹子纯朴可人。

黎明和宣传科的同事们唱着歌，咀嚼着酸甜的野枣，端着装满脏衣服的洗脸盆，兴高采烈走下山坡，来到清漳河边。

任各庄战斗结束后，周围几个伪军碉堡慑于八路军的强大攻势纷纷投降，黎明所在部队打得一直很顺利。黎明听说邵英还亲自指挥了一场漂亮的伏击战，消灭了敌人的一支巡逻分队，打死八个鬼子，俘虏三十多个伪军，自己无一伤亡。所以，黎明他们心情很愉快。

刚下山坡还没到河边，一阵劲风从山谷口吹过来，只见树动枝摇，卷起漫天黄叶如同千万条金蛇狂舞。风像过路的淘气孩子，搅乱了山谷中的宁静便一溜烟跑掉，留下曳动的残叶纷纷坠落。叶落之后，视野似乎开阔了一些，正好可以看见河对岸水花飞溅，几个小姑娘在河边洗涮。她们不时爆发出的银铃笑声震得掠鸟惊飞，秋虫屏息。

当时，黎明等人都是些年青小伙子，他们最抑制不住的兴奋就是看见小姑娘。不知是谁，抢先吹了一声锐利的口哨，然后就见几个人争先恐后往河边奔跑。河对岸的姑娘看见他们，指着下游方向，挥动手势连喊带叫："下去，下去。"

黎明最初有点愣住，他认出了这些宣传队的姑娘，也认出了其中的竺青。他觉得这群天真烂漫的女孩子肯定在下游发现了什么有趣的东西，于是挪动脚步想去看个究竟。不想干事刘行淹好像受到了莫大的侮辱，突然大叫："黎明同志别上当。这些女娃儿坏得很，要咱们喝她们的洗脚水。"

"河面那么宽，彼此又在对岸，我们还能影响到她们？不讲情理。"黎明感觉被人作弄，所以赌气也得到姑娘们的上游去。

女孩子们显然生气了。一个叫小何的姑娘对着竺青等人叫嚷："他们简直不要脸"。

竺青坐在岸边，红扑扑的脸上带着乐，用征询的目光望着几个情绪激动的同伴，半吞半吐地说："何必呢？反正我们也快洗完了。"

"不行，不能让他们占了便宜就算了。"小何甩手踩脚，把自己的衣服往脸盆里一扔，端着脸盆冲河滩后面的堤岸跑去。竺青犹豫了一下，不愿意落单，就跟着同伴们的后面跑开。

宣传科的小伙子起初还以为她们要离开，不禁有点后悔。

"这就受不了啦？真是些小心眼儿。"小陈摇摇头，然后瞅瞅刘行淹。意思是说：就你小刘多事，把女孩子们气跑了。

"她们不是要离开，而是绕个弯，还想占住我们的上游。"小刘心头有点"犯罪感"，把女孩跑动的方向盯得死死的，期待有万分之一的转机。所以，当他发现女孩没有离开，而是沿对面堤岸往上流头飞奔时，马上兴奋地大喊起来。

到了男同胞的上游，小何一马当先，冲到河水中央，"哗"地一声，把手中的脏衣物全部倒入水中。然后提着裤脚使劲踩踏，搅动河底泥沙，连着皂角肥皂泡沫一起漂流下来。把宣传科的几个大小伙子气得吹胡子瞪眼。

"老子不信跑不过几个小娘们儿。"干事小陈沉不住气了，从河中抓起自己的衣物，提着鞋，光着脚往上游跑。

黎明几个人也不示弱，跟着跑上去。两边嘻嘻哈哈比试了两三个回合，女孩子们跑累了，到一个河湾子，便一个个坐在偏下游的河滩上。竺青笑着对小何说："你再跑吧，我没劲儿了。"

小何无奈，转过身，用指头刮着脸蛋，对河湾这头的黎明叫喊："黎科长，不害臊，欺负女同志。"

黎明嬉皮笑脸地回答："哪个欺负你们？本来嘛，小河弯弯，各占一边。你们洗你们的，我们洗我们的，互不干扰。你们几个偏要穷讲究，小资产阶级情调。"

说归说，做归做。几个大小伙子害怕真把女孩子们吓跑了，都不敢站在河中央。

竺青站起来，大声说："要充无产阶级，先过来帮我们洗衣服，干不干呀？"说得几个姑娘拍手大笑。小何还加了一句："对，男女平等。女同志干得了的，黎科长当然不在话下。"

宣传科几个干事看着黎明都笑起来，刘行淹居然半开起玩笑半怂恿："科长，男子汉大丈夫，走过去又有啥了不起，看她们敢干啥？"

黎明当然想过去，可怎么也不能在这种场合，所以显得狼狈不堪。他下意识地嘀咕了一句："腊月还没到，就想喝腊八粥。做饭、洗衣服、带孩子，不都是你们的事儿吗？”

女孩子们顿时火了，纷纷嚷嚷起来："男的怎么不能做家务？黎科长歧视妇女，算什么共产党员？打倒大男子主义，封建残余，剥削思想。"捡起石头朝黎明扔过来。

黎明慌慌张张往后退，他赤脚站在浅滩的鹅卵石堆上，本来就不太稳，这一晃荡当即把手中的脸盆扔了出去，所有衣服都落入水中。几个小伙子手忙脚乱抓抢不及，其中一件外套摇摇晃晃漂到了姑娘们的面前。小何咬牙切齿地说："别管，让他自己到下面去捡。"

竺青静静地蹲在那里，眼珠顺着漂流而下的衣服转动。就在那件衣服将要漂远的一瞬间，她突然伸出手一把抓住，然后飞快地在水中淘洗了几把，拧干，红了脸，停住手脚一动不动。

大家愣了愣。其他女孩们开始交头接耳，叽叽喳喳，最后忍不住地噗哧笑。宣传科的干事们也看着黎明傻乐。黎明恨不得挖个地洞藏起来。

竺青稳住情绪，大大方方地站起来，对姑娘们说："不开玩笑，说正经的。你们平时不是老抱怨：黎科长不关心我们宣传队吗？趁着这个机会，我们当面向他提要求。"说着拿着黎明衣服走过来，一帮小姐妹也跟上来。

"黎科长，八路军实行政治民主，战士可以给干部提意见。"竺青来到黎明面前，把衣服递给他，然后说："你作为旅宣传科长，有严重的本位主义思想。我们原来是师属宣传队，你对待我们就像对待外人。无事不登三宝殿，有事也就三句半。从来不关心我们的政治文化学习。"

黎明愣不矶地，半响才吞吞吐吐地说："这个，嗯，有点客观原因。我主要是管好基层干部战士的政治思想教育。宣传队的工作涉及文艺，我不太懂，最多在演出时给大家当当后勤。"

"我们知道黎科长是大忙人，不会给你提太高要求。只希望你每周到宣传队讲一次课。怎样收集素材？怎样组织、编节目？怎样让我们的演出更生动活泼、更贴近时事、更贴近生活？大家说好不好？"

姑娘们一致赞同。小何尖着嗓音说："对，对。我们只要求黎科长讲文化，讲写作技巧，不要他讲文件，讲政治。"

"文化和政治密不可分哟。不讲政治，文化课也没法子上。"黎明当时是随口而出。

"黎科长，恭敬不如从命。谁不知道你笔头快，会写东西？上次写邵政委的那篇通讯，不是上下都说好嘛。"刘行淹又将了黎明一军。

十五

"谁在背后说我怪话？"半中拦腰，有人从远处横插一句。

"哟，"小何乍乍呼呼一声叫喊："看看谁来了？我们的太行英雄。"

邵英骑着一匹毛色闪亮的褐色蒙古马，沿着河岸踢踢踏踏奔过来，手臂还吊着绷带。他走到近前，单手扶缰，松镫，下马，动作洒脱自如。他先微笑着对黎明说："老同学，我们又要在一起了。"

"你不回独立团了？"黎明问。

"谢政委把我扣下了，和赵闷灯儿搭伙儿。"邵英显得格外亲切，而且带着居高临下的姿态。

"哎呀，邵政委，这匹马真漂亮。"小何拍着手说。

"想骑一下？它很老实。"

小何上前一步。马头一摇，"咏"地一声长啸，吓得小何退后几步，躲进竺青身后。

"怕个啥？邵政委能吓唬日本鬼子，还能吓唬女同志？"竺青开着玩笑说。

邵英两眼直盯着竺青，音调极度柔软温和："你来试试，不碍事儿。"他把马缰递过去。

"行，你同意就好。"竺青犹豫片刻，接过马缰，咬咬牙跨上马镫。

邵英从后一使劲把她托上马背。竺青一声惊呼，马开始跳跃闪动，邵英飞身而上，坐在竺青身后，一夹马肚，马蹄溅开水花，朔河飞奔而上，很快不见了踪影。

黎明感觉有点怪，他狠劲地把手中的衣物放到河水中淘洗。也许这就是身外之物让人感觉到的尊卑贵贱。

十六

太阳挂在了后山，晚霞把流潺的清漳河染成了一条活蹦乱跳的大金鱼。当竺青重新站在金鱼的尾巴尖上，引来了一阵欢呼。她挥舞着手臂，额前的青丝随风飘舞，粉红扑扑的鸭蛋脸晶莹剔透，随缀一对飞魂的笑靥。她的身体挺直，后腰悠然弯弧，如同修竹娥娜，在太阳的余晖下光采照人。邵英跟在竺青身后，牵着马，虽然依旧想保持嘴角的微笑，但面色发青，显得略微有些尴尬。两人好像都在水中滚过，浑身湿透了。

"哎呀，跑了多远？没害怕吧？"等竺青走到近前，小何急切地问。

"哪能呀，"竺青不以为然地笑道："我以前不知道，邵政委还挺爱开玩笑。我说得对吧？黎科长。"

"他不开就不开，一开就是大玩笑。"黎明冷冷地答。

邵英接着嘿嘿两声："这个嘛，黎明同志很清楚。"

几个姑娘簇拥着竺青，兴奋地问长问短，然后蹦蹦跳跳，一起往宿营地走。黎明把宣传科的几个干事也打发开，单独和邵英留下来。

十七

黎明和邵英的目光对峙了很长时间，彼此没有说话。

"你怕啥？"黎明冷不丁地问。

"我怕？我怕你个逑。"邵英有点莫名其妙。

“你成天揣着个小九九，就怕别人瞧不起你。”黎明戳了一句。

“黎明同志，我是你的上级。”邵英收敛了自己的微笑，尖刻地喊道。

“男女之事，人之常情，革命队伍也不例外。”黎明说：“搞对象不是赌气。竺青同志有自己的主见，谁也左右不了，你那套英雄美人的哲学行不通。看在我们同过学，多说你几句。首先，不要把其他同志想得太操蛋。其次，别动辄装出一副可怜相。”

“可怜？我可怜什么？我有什么可怜？老子是赫赫有名的太行英雄，在军区首长面前都出够了风头。”邵英扯着嗓子嚷嚷，但明显有些气馁。

黎明鄙夷地说：“你可怜，因为你什么都想装。装老土；装工农干部；装进步；装勇敢；装英雄。你装什么装？难道革命队伍中就不能保持一点个人本色？多点知识也不丢人。”

“你、你，你再胡言乱语，老子毙了你。” 邵英憋得说不出话，他暴躁地跳起来，掏出手枪，对着着黎明一动不动的身体。然后丢掉枪，像泄了气的皮球，抱着脑袋，蹲在地上。

清漳河水在缓缓流淌。黎明转身离开，把邵英一个人留在了黑暗中。

第六章 突围

一

　　百团大战打了日本人一个措手不及，所以刚开始战斗进行得比较顺利。但等日本人反应过来，形势便急转直下。十月初，日军调动数万兵力向太行山抗日根据地进行残酷的报复性"扫荡"，杀人、放火、烧屋、抢牲口、抢粮食、封埋水井、或在水井中下毒，就连农民日常家用的锅碗瓢盆也被砸碎、砸烂。日军在作战中也极其疯狂。每次吃亏以后，必然加倍报复，失败得越惨，报复得越凶，经常是这边刚打了败仗，那边就扑过来一支大队人马，甚至叫你来不及打扫战场。八路军虽然打了不少好仗，但部队损失得不到及时补充，人员越打越少。

　　任各庄战斗后，黎明又回到了旅部，继续当他的宣传科长，很快赶上了他从军以来的第一场硬仗：关家垴攻坚战。

　　十月下旬，日军冈崎大队孤军深入八路军总部所在地辽县、武乡、黎城的交界地区。为了打击日军的气焰，八路军副总司令彭德怀命令一二九师组织部队，在关家垴围歼该敌。

　　作战部署很好，但打起来才发现问题。冈崎大队在关家垴预先构筑了坚固的防御体系。日军阵地控制着两个互为犄角的山岗，地势较为平坦的一侧由山岗上的机枪控制，其它方面坡度较陡，有一面还是断崖陡壁，下隔一条深沟，地势险要，实属易守难攻。日军装备较好，战斗意志远非内战时期的国民党军所能比。八路军缺少攻坚手段，根本压不住对方的火力，战斗很快就打成了胶着状态。黎明从旅部的紧张气氛中感受到战斗的残酷。

旅部设在一道一人多高的土坎背后。敌人的机关枪子弹和迫击炮炮弹不时落在土坎前后，扬起阵阵黄沙，把人搞得灰头土脸。陈如风爬在土坎上，用望远镜观察敌人阵地。谢富治盘腿坐在地上，看着面前的简易沙盘。其实就是撮土为山，再放上几个石头子代表双方的兵力部署。

"怎么搞的，又是煮苞米碴子。"陈如风放下望远镜，拍拍手上的灰尘，然后蹲在地上，从一个瓦罐中捞起一把烂熟的碎玉米塞进嘴里，嚼了嚼。"黎明同志，你的黄油还有没有埋伏？拿出来共产，炸几块馒头吃。"

"哪年的老黄历？现在拿出来翻。"黎明嘀咕道："都是响堂铺的缴获，早吃光了。"

黄油的故事很简单。响堂铺战斗后，部队缴获了很多战利品，大多是食品和被服。大家最感兴趣的是米面、肉蛋、军服、鞋帽、背包、水壶等等，人人都要，个个都抢。唯独一堆黄油罐头无人问津。八路多是老土，谁也不知道这些摸起来粘乎乎，闻起来臭哄哄的东西是干什么用的。白丁是燕京大学的学生，当然知道，但他就是不吭声。分完其它东西后，他把黎明拉到一边，打开一听罐头，悄悄问："瞧，这是啥玩意儿？"

"没见过，啥好东西？"

“黄油。”

“啊，光听说，没见过。”黎明用手指挖了一小块，放到口里，抿抿嘴：“味道不咋样？”

“土包子，这东西要烤热了吃。”白丁闭上眼睛，好像真的闻到一股香味：“咱们成天吃的硬面饼子，玉米面窝头，涝肠寡肚，缺少油水。有了这个东西，往上一抹。呀，那个香啦。”

于是，黎明、白丁和几个知识分子干部把黄油罐头收藏起来，悄悄躲在房间里炸馒头，炸饼子。有一天，陈如风正在开作战会议，突然闻到一股奇香传来。他扔下手中的铅笔，骂了一声：“无组织无纪律，搞逑啥子名堂。”真奔旅政治部所在房屋，一脚把门踹开，大骂道：“你们这群臭知识分子，好大胆子，居然敢在老子的司令部打埋伏。”

唬得黎明一干人魂飞魄散。

旅长一句话骂完，再不吭声，就蹲在火炉边守着。你炸出一块儿馒头，他就抓起来塞自己嘴里，一点儿也不客气。

白丁嬉皮笑脸地说：“旅长大人，你不是在开作战会议嘛？打鬼子要紧还是吃饭要紧？”

“不吃好，饿着肚子怎么打鬼子？”陈如风眼睛一瞪，哼哼说：“白丁白丁，你少给老子耍鬼板眼。老子天天打土豪，打的就是你们这群王八蛋。”

很快，他手下的团营长们全都气势汹汹闯进来，个个嘴里骂骂咧咧，好像谁欠了他们二百钱。陈如风一看架式不对，虎口夺食，抓起两块馒头塞到黎明手里：

“赶快给政委送过去，这群蝗虫来了，还剩得下什么？”

黎明挤出房间，来到作战室。作战室里静悄悄的，只有谢富治独自坐在那里看电报。他看见黎明，轻声问了句：“什么东西这么香？”

“油炸馒头。”黎明把馒头片放到桌上。

谢富治拿手拈起一片，尝了尝，嗯了声：“味道不错。”又继续看他的电报。

二

一发迫击炮弹突然在旅部后方不远处爆炸，强烈的气浪把黎明推了一个趔趄。谢富治咕噜着说：“怪了，赵闷灯儿今天上那儿去了？怎么到现在还不见人影儿？”

“邵英同志已经两次打发人来过。”黎明简单地回答。

“马上把他们两个找来。”陈如风放下望远镜，坚决干脆地对黎明说。

黎明连忙赶到后山赵邵支队的支队部。在一间破篷子里，他只看见邵英和一些参谋，通讯员呆在一起，却不见赵保田。邵英明显呆得无聊，手中不住把玩一个绘有青竹嫩叶的玉瓷酒葫芦。

黎明心里很不是滋味。自从上次在小河滩闹翻后，他瞅着这位老同乡、老同学总觉得别扭。好在谢富治让他回旅部，他也就乐得服从命令。偏巧这会儿又看见邵英这副模样儿。

　　"嗯，有任务？"邵英马上把葫芦收起来，半尴尬地对黎明笑笑。

　　"保田同志呢？陈旅长让你们俩赶快去旅部。"黎明没有多说其它，他知道有话也不能这会儿讲。

　　邵英更感觉尴尬。他一个堂堂的支队政委，居然不知道支队长跑哪里去了。

　　一个小通讯员跳出来，对黎明说："赵闷灯儿在西头，我去找他。"一溜烟跑了出去。

　　很快，黎明就和赵保田，邵英急匆匆赶到旅部。陈如风一见他俩，劈头就问："你们躲哪儿去了？光等着分缴获吧？"

　　邵英立正，敬礼说："支队已经作好战斗准备。"

　　赵保田瞟了邵英一眼，咧开难看的大嘴叫道："准备好个火铲。不就上级命令，我们坚决执行吗？"转头对着陈如风，嘿嘿奸笑："叫驴，轮到我们送死了？"

　　"咦，你这是啥态度？哪个叫你去送死？"陈如风愤愤地说："你赵闷灯儿要怕死，我另找别人。"

　　"老子怕死？"赵保田涨红了脸，急赤白脸地辩解："老子怕死还轮不到你叫驴嚼舌头。谢政委，你说，我姓赵的打仗含糊过吗？"

　　谢富治慢腾腾地站起来："保田同志，有什么意见，尽管提出来。"

　　"人死风过草，死要死得值当。看看眼前这个仗，小鬼子的机枪子跟下冰雹，连个缝隙都没有。你们就知道让部队往上冲，打完一个换一个。当兵就一条小命，填多少是个头？"赵保田急突突地说。

"狗日的，和着你今天叫劲儿来了。"陈如风气呼呼地道。

赵保田索性一不做，二不休，来个竹筒倒豆子："你们当官的要上报真实情况。能打不能打，难道都没长眼睛？打仗是要死人的，不是找个媳妇回去过日子。光对着我们小屁蛋子吼，逞得上啥英雄？你们要对部队负责，对当兵的负责。底裤输光了，靠个鸡巴去抗日？"

陈如风、谢富治都黑起个脸，一声不吭。

正在这时，电话铃响了。陈如风拿起电话，神态肃然地答："是我，陈如风。"他拿着话筒，半对着大家。话筒内传来刘师长急促的声音："有什么办法接近敌人？"

谢富治对着陈如风点点头。陈如风马上对着话筒大声说："我们仔细观察过，敌人阵地侧面有道斜坡，坡度很陡，不利于他们发扬火力。壕坎间土质松软，可以挖暗道。"

话筒沉寂了一会儿，然后刘师长干脆地说："好，可以试一试。马上组织部队挖暗道，要炸药，师里给拨。"

"不怕输光底裤了？"谢富治笑了："我们的同志，越是到紧要关头越要保持头脑清醒。一个好的指挥员要做到有勇有谋。"转身对陈如风说："怎么样，同意保田同志的请求吧？"

陈如风爽快地道："本来是要给他的，哪晓得他刚来就乱放炮。"

赵保田有些发急："陈叫驴，当官的说了话，就得算数。"

大家都笑起来。

"保田同志看问题很尖锐。我们就是需要这种指挥员。那种两面抹光的人不是真正的共产党员。"谢富治刚表扬完，又黑着脸说："赵保田，任务是给你了，但我得和你算笔账。"看到赵保田还是嘻皮笑脸，他紧接着大吼一声："立正。"

顿时鸦雀无声，只听到四周单调的枪炮爆裂声。

"我问你，你和邵英同志是怎么回事？"

"我，我，我…，"赵保田大汗直冒，说不出话来。

"你不过多打过几回仗，就老子天下第一，看不起别人，看不起知识分子，尾巴翘到天上去了。听说，你在支队部居然敢孤立政委。好大的胆子。知道你所做所为的严重性吗？这是明目张胆地破坏党的知识分子政策，是藐视党的领导。往重里说，就是反党。整个八路军都是共产党领导，支队不是你赵保田的后院子。你究竟是共产党？还是是国民党军阀、土匪山大王？"

"我，我…，"赵保田后脊背直冒冷汗。

谢富治背着手，继续冷冰冰地说："你们两人，一个队长，出身工农，是红四方面军赫赫有名的夜老虎，是将；一个政委，是从知识分子成长起来的太行英雄，是相。尺有所长，寸有所短，既是新老搭配，又是文武搭配，要相互学习，搞好团结。只有团结好，将相和，才能真正搞出点儿名堂。”他说着话，顺手拍拍邵英的手臂。邵英疼得一哆嗦。

谢富治有些诧异：“伤还没好？”

邵英态度坚决地：“不碍事儿。保证完成任务。”

暗道挖好后，八路军总部统一指挥发起总攻。四面八方枪声大作，吸引了日军火力。赵保田用炸药炸开坑道后，亲率突击队冲上崖顶，不用枪，就一个接一个用手榴弹砸。日军队形开始混乱，大部就歼，大队长冈崎歉受也被打死。

三

关家垴战斗给黎明留下的印象很深，感情八路军内部可以这么提意见，这不是骂娘嘛。打完仗，赵保田屁事没有。不过，由于部队减员太大，赵邵支队被并入了主力团，赵保田当上了九团团长，邵英调到新编的十五团担任团政治部代主任。

后来，黎明问赵保田提意见时害不害怕，因为弄不好就会军法从事。赵保田一噘嘴说：“屁的个军法从事。只有命令下达了，你拒不执行，才可能军法从事。我是抢在叫驴下命令前提意见，他能怎么样？”

“那就不怕他以后打击报复？”

“嘿，老黎，想到哪里去了？打仗和种田一样，都得上心‘经佑’。老想着杂七杂八的东西，不上心，分神，关键时候反而会卡壳。你想想，就算叫驴要打击报复，也比我糊里糊涂被打死好。再说今天下来，以后保不准谁死谁活呢。谁个迷的去报复？报复个迷的谁？"

黎明听得频频点头。

赵保田意犹未尽，继续说："瞅着你的老同学吧。不是老子咒他。别看他现在洋洋得意，以后保不准怎样。鬼心眼太多了。"

黎明半信半疑，他没想到邵英很快又有惊人之举。

四

太行山深处有一座白灰围墙的雅致小院落，里面有几间当地罕见的红砖青瓦平房，大家管它叫白屋。白屋的屋主是生意人，在外面发了点财，回家乡修了这个院子，意图在此安度晚年。不曾想抗战爆发，日本的飞机可能觉得这儿太显眼，像个军事目标，扔了两个小炸弹，炸塌了正房的一个屋角，吓得物主全家收拾细软，赶紧逃难。正好便宜了二六二旅旅部，他们可以舒舒服服在里面开会。

然而，开会的议题却不轻松。谢富治站在房间中央，眉头紧锁，神态严峻地说："形势大家都很清楚，小鬼子这次卯足了劲儿要掀我们的灶，我们就老老实实，伸长脖子挨宰吗？共产党打娘胎里出来就被人追着跑，偏就不吃他这一套。你不叫我正经过日子，我也不能让你松快。中央指示我们：要把根据地的党政军民拧成一股绳，齐心协力，开展最广泛的游击战争，和敌人针锋相对，反扫荡，反"蚕食"。我们要内外线作战相结合，敌进我进，到冀南，到平原，到敌人的大后方去开辟新的根据地。”

谢富治喝了一口水，放缓语气说：“下面请如风同志介绍外线出击的设想。”

陈如风用两只拳头撑住铺在桌面的地图，头也不抬地说：“我和谢政委商量决定：先派出一只精干支队越过平汉线，在邢台，邯郸以东，发动群众，打开局面。然后用主力加强新区根据地的建设。”

问题的关键是谁撑这个头？谢富治的话很有煽动性，但在座的团营干部个个经验丰富，目光都很现实。表面上，出击邢邯以东的有利条件很多，如冀中、冀南都有根据地，可以相互策应；群众条件不错，部队可以得到整补；部队在平汉线两侧作过战，了解平原的地理条件等等。但实际情况却很复杂。日军在加强对太行山根据地扫荡的同时，对平原地区的清剿也没有放松。冀南根据地一直在缩小，分区主力损失极大，不时传来熟悉的干部牺牲的消息。特别是平原地区交通便利，有利于日军机械化部队行动。八路军一一五师前往山东途中，师部就曾经在平原地区被包围，险些吃大亏。所以陈谢首长的话说完后，屋里竟然一时哑场，只听到有人使劲咀吸烟管的声音。

陈如风和谢富治倒没着急，他们要给手下的大将们一点时间，反正一切都还是个设想，没到最后拍板的时候。谢富治喝完一大茶缸子水，起身走到炉子边，提起水壶要往茶缸里倒，就听到从屋子角落传出一嗓，声音因紧张而尖细而沙哑：“谢政委，我去。”

说话的是邵英，他站了起来。

　　"好啊，太行英雄，翅膀硬了，该放飞了。"陈如风一拍桌子，也高兴地站起来。然而，等他习惯地瞟了一眼谢富治，顿时没了声音。

　　所有人都盯着谢富治。

　　谢富治的身体纹丝不动，手中提着的水壶中既不放回火炉上，又不冲自己茶缸里倒水。一般来说，谢富治不是那种拖泥带水的人。一旦做出决定，他的行动敏捷得像只黑豹。现在这个样子，只能说他另有考虑。

　　"我考虑过了，"邵英涨红着脸，爆炒豆似地说："平原地区开展游击战争涉及到军事和政治两个方面。我的优势主要在政治。特别是建设根据地，首要任务是争取群众的支持。有了群众的支持，没有山会有群众做我们的靠山，没有水，会有群众做我们的源泉，群众就是我们的天然屏障。平原地区的老百姓，受教育程度比较高，需要一定的知识文化才能更好地团结和组织群众。至于说到打仗，虽然我参军较晚，但大仗小仗也打了些，多少懂得一点，而且有独立负责的经验。如果上级能够再调配几位会打仗的指挥员，我们共同…，"

　　邵英的话还没说完，谢富治就皱着眉头匆忙打断："不要说了。这个事，还需要更多考虑。今天的会就先开到这儿，散会。"

五

　　"他是瞧不起人。"邵英气呼呼地在屋子里来回窜，好像一只关在笼子里的猴子。当然，听众只有黎明和竺青。

　　"我告诉你们，"他指点着黎明叫喊道："别看他谢富治平时装得正儿八经，背地里的城府深得很。他大字不识几个，就信任手下的几个大老粗。你知识分子吗？我重视你，关心你，爱护你。说得多好听，可惜只是把你当花瓶供起。知识分子是他工作的花边，装璜，点缀，叫上级看着舒服，顺眼。真到了用人的时候，他才不会撂你，先把你搁一边儿凉快。在他眼里，我们统统都是外人。"

　　"也不能那么说。一顿饭吃不成个胖子，学打仗也不例外。何况打仗不比别的，出了错一没法补救，二要死人，当然需要谨慎从事。"黎明不以为然地回答："大老粗红军时期就参加革命，经验肯定多些，关键时刻先想到他们很正常，多几个保险系数嘛。我看谢富治是小心无大错。"

　　"小心无大错？我偏不信这个邪。韩信登台拜将，打过多少仗？，诸葛亮初出茅庐，打过多少仗？他们都是知识分子，那一个水平比大老粗差？再看共产党自己。远的如毛主席、周副主席，我们在延安抗大听过他们做报告；近的有刘师长、邓政委，也是大知识分子出身。谁个不比他谢富治高明？谁敢说他们不会打仗？就他谢富治了不起，架子大。"

　　"谢富治为人比较严肃，不如陈如风随和，但他听得进不同意见。说他架子大，恐怕不符合实际。"黎明说。

　　"二六二旅就是老谢的一言堂，他是一手遮天，想怎么样就怎么样。陈叫驴都得听他的。"

　　"哪里的话？谢富治不民主，谁民主？上次赵保田发脾气，谢富治说什么了？你不都看见了嘛。说话要讲良心。"黎明觉得邵英简直就是一根筋，不可理喻，于是刺了一句："当然，我不是太行英雄，和你看问题的立场不同。"

　　"你，你，你，说的是些什么话？"邵英好像鸡冠倒竖，拳头都攥了起来。他急得在屋里转了一圈，又挥挥手说："好了，不和你一般见识。你要拍谢富治的马屁，我没意见。我去找刘师长，调出他二六二旅。不信天下之大，还没个我邵英打鬼子的地方。"

　　"要打鬼子尽管去打，但话得说清楚。哪个想拍谢富治的马屁？拍他马屁有什么好处？谢富治三句话不离革命，见过他和谁称兄道弟，嘻嘻哈哈吗？"黎明也有点急了。

　　竺青咯咯笑起来："好啦，好啦，争来争去不就谢政委没让余太君挂帅吗？看你们东拉西扯说哪儿去了。"她拍着手，向窗外大声喊道："炊事班蒸香饽饽了，大家快来看，这二位争得都快打起来了。"

　　邵英也觉得有点过份，缓下劲来，坐在小板凳上喘粗气。

　　竺青对邵英说："以我看呐，谢政委不是那种小肚鸡肠的人。你就知道坐在屋里瞎琢磨，以小人之心度君子之腹。多等几天，看看再说呗，憋不死人。"

　　邵英站起来，抓起自己的军帽戴在头顶上，又露出那副经典的微笑："说得对，竺青同志，我是想太多了。十句废话顶不上一件实事。我马上出去。过几天，最多一个礼拜，我叫他们看看，姓邵的究竟比谁差？"说完已经走到屋外。

黎明也准备离开。他刚到门口，就看见白丁走进院子。

白丁斜着看了眼正往出走的邵英，没和他打招呼，当然也没搭理黎明，径直就往屋里闯。边闯边大声舞气地说："怎么啦？老同学，老同乡，不打鬼子倒自己吵上啦？有意见往上边提，有本事到外边使，别在女孩子面前跳脚，逞英雄，算怎么回事儿？"

邵英早走得没人影了。

"叫我看，这哥俩儿今儿是呛锅碰上干辣椒，噼啪上火。你就回去给他们做做工作，别在这儿瞎磨叽。"竺青顺手推开白丁，然后"砰"地关上门。

"怎么回事儿？他们都是香饽饽，合着我是癞蛤蟆？竺青同志，你得一碗水端平。"白丁油腔滑调地说："有人想当英雄没当成，你拿他当回事儿。现在我成了真英雄，站在你面前，倒给吃闭门羹。世上有这个道理吗？"

"谁个成了真英雄？"黎明吓了一跳，连忙拉住白丁问："出什么事了？"

"什么意思？你不明白？"白丁忿忿地说："组织决定：老子要出击冀南啦。"

六

"谁叫咱是共产党员呢。"白丁撇着嘴说："哟，你们没看见谢大政委和我谈话的样子。正气凛然，童叟无欺。这是党的信任，组织的决定，服从也得服从，不服从也得服从，根本不让提意见。共产党员就是要哪里危险上哪里去，不准讨价还价。他怎么不叫你这位大红人去呢？说穿了，还是嫌咱平日里吊儿郎当，爱说个二话，瞅个机会打发了事。”

黎明默然，心说你二位对谢富治不满意，却拿自己做夹心饼干，干脆也不安慰白丁了。

解放后，一本名叫《敌后武工队》的小说风靡全国，勾起了多少人对现代豪侠生活的向往。然而，刚开始组建抗日武装工作队时，被抽调的干部战士大多迷恋大部队，害怕孤零落单，不愿意到危险地区工作。他们发牢骚，吊二话，闹情绪，感觉自己是大妈生的，后娘养的，被部队抛弃了。部队做了很多工作，最后杀了一口猪，欢送他们。

欢送会上，白丁喝着酒，醉熏熏地当着大家伙嚷嚷：“过去的死囚犯人，临行前都要吃断头饭，喝断头酒。咱今天吃饱喝足了，不也就图的这个痛快？”他端着酒碗来，晃晃悠悠来到谢富治身边，结结巴巴地说：“谢，谢政委。我白丁感，感谢组织对咱的信，信任。干，干了这一碗，就算为革命光荣了，咱也没说的。就是以后，别像老牛护犊子似地护着某些小白脸。”

谢富治“砰”地放下酒碗，低声说了声：“没出息。”铁青着脸，背着手离开。

“这饭吃得像报丧。”陈如风狠狠地说：“晦气。”

七

邵英要做的露脸事儿也没别的，就是带部队伏击日本人的车队。他搞了好些战利品拿回来显摆。

那天黎明出任务，刚回到旅部，就看见谢富治扎好腰间的皮带朝外走。他看见黎明，很生气地说："你们宣传队搞的什么名堂？杀鸡杀鸭的，也不怕暴露目标。"

黎明一愣，这才注意到从宣传队的驻地方向传来咿哩呀啦的琴声，间或还抽风似地跑出几节喇叭叫。吹喇叭的显然是生手，起调突兀刺耳，然后瘪拉拉地断了气，好像竹子劈叉破开一般难听。黎明不明白是怎么回事儿，只好小心翼翼跟在谢富治的后面。两人进了宣传队住的小院，就见小何高兴地对他们喊叫道："谢政委，黎科长，快来看，邵政委给我们弄来些什么？"

地上落落杂杂堆着一些西洋乐器，什么巴松，黑管，长号，短号，锣钹，架子鼓，大、中、小提琴，最可笑的是还有一台笨重的钢琴，真不知道邵英是怎么弄到这里来的。宣传队的人从来没见过这些家什，个个喜笑颜开，试试这个，弄弄那个，就是整不出个正经调子。干事刘行淹笑嘻嘻地对黎明说："没想到小日本挺讲究，打着仗还要拨弄这些洋玩意儿。倒是便宜了邵政委，全给它们弄来了。"

邵英坐在屋门前，矜持地笑道："这也算新式武器。你们宣传队赶紧排练，叫大家都开开洋荤。"

"胡闹——，"谢富治脸黑得吓人："姓邵的，你马上找人，从哪儿搬来的给我搬回哪儿去。你还嫌宣传队不够闹腾，不够累赘吗？你是不是想把旅部的位置暴露给鬼子？"

邵英吓得站起来，垂头丧气，一声不吭。谢富治指着他继续狗血喷头："你才打了几个仗，就骄傲的不行，二六二旅盛不下你了，八路军也容不了你啦，你要跳到月球上去了。我老实跟你说，抗战最艰苦的时候还没到呢，你得小心着点儿。日本人不是《杨家将》、《精忠传》里的土得龙，土得彪。他们也有脑子，不比我们蠢。他们的囚笼政策、三光政策、强化治安、剔抉扫荡，哪个不是冲着游击战的腰眼子上戳。我们就是十二万分小心，也保不了万一。像你这样，马马虎虎，大而化之，什么都满不在乎，早晚有一天要吃大亏。"说完转身就走。

"乐器既然弄来了，何必全都弄走？"黎明追上谢富治问："有些小号，提琴什么的，带起来也不费事，是不是可以考虑留下？"

谢富治顿了一下："这个事就交给你处理。另外，"他放低声音对黎明说："通知邵英，叫他晚上来旅部。"

八

谢富治，陈如风终于下定决心，组建冀南挺进支队。团级单位，营级建制，从各部队抽调最好的干部战士。连排以上骨干必须是参加过长征的老红军，班长战士全部是有丰富战斗经验的老兵。主力十团参谋长马家兴担任支队司令员，邵英任政委。邵英是唯一一位没有参加过长征的连以上干部。

任命宣布后，邵英愣着站了半晌没挪窝，他简直不敢相信自己的耳朵。那么多老红军干部归自己领导，老谢发疯了吗？

作战会议结束后，邵英把黎明硬拉到山沟里，不停地唠叨："是我不对，小肚鸡肠。老觉得工农干部是水，知识分子是油。油只能漂在上面，根本和水打不成一片。知识分子就是革命队伍中的异数，哪怕脱掉一层皮也没人理解，没有人真心向我们敞开胸怀。"他从兜里掏出一张烟叶，卷巴卷巴，点火，半天点不燃，干脆一条一条地撕成丝。

黎明抬头望了邵英一眼，他想说："你太在意他人的看法了。"但终于没说。

邵英继续问："说说你的心得吧。看你和谁都嘻嘻哈哈，怎样才和赵保田这种老粗搅和在一起？"

"什么心得？当上政治课呢。不过是以前说过的顺其自然吧。月有阴晴圆缺，人有优劣短长，是什么样的人，吃什么样的饭，干什么样的事，何苦要削足适履，事事强求。知识又不是分割人与人的楚河汉界。大家都在同一条船上，还是彼此随意点好。"

"随意点？不，我不想窝窝囊囊了此一生，那还不如让我去死。我要比别人强；要做出头鸟；要一鸣冲天；要让别人去评说：当年有一个从陕南汉中出来的青年，他做了一番了不起的事业。"黑暗中，邵英的两个眼睛炯炯有神。

"这次谢政委批准你去冀南，该满意了吧？"

“我确实没想到，老谢有肚量。” 他从兜里掏出另一张烟叶，再撕成丝：“跟着他将来准能干出名堂。”

“光靠一个谢富治顶个屁用，还得看共产党这棵大树倒不倒。”

“说得对，有道理。” 邵英撕碎的烟丝扔掉，伸手向黎明要：“还有烟吗？给我一支。”

“你不抽，糟践东西干什么？” 黎明干脆地拒绝：“我们这个部队，上到陈谢首长，下到连营干部，谁个不是老烟枪？跟他们抢，简直比登天还难。在这个问题上，你还是早点抛弃幻想，别指望我共产主义。”

黎明本人不怎么抽烟，但经常下部队做调查。那些五大三粗的战士面对文化人，大多比较拘谨，一般就是简单应付几句。这时，如果他能够从口袋里掏出几支烟，和大家一起吞云吐雾，战士们往往会扯开话匣子，毫无遮拦地向黎明坦露胸中的一切。所以，每次战斗缴获，只要有烟卷，黎明都要向谢富治申请一包，当然每次都得费不少唾沫星子。

邵英无奈，对着空山谷长吼一声：“有人吗？我去了。”

九

几天后，黎明到宣传队帮忙排练，收拾东西。竺青瞅着没人的空儿，走近黎明悄悄问：“明儿午后，我去后山窝子踏青，你去不？”

这可是破天荒第一回。以前黎明从来没有和她单独外出过，所以心绪有点乱，慌忙中也没多想就点头答应了。

第二天中午，下了一场暴雨，道路有点泥泞。黎明犹豫了一会儿，还是决定到后山窝子看看。翻过山，顺着一条松柏林子覆盖的小路下去。快到林子边缘时，黎明停下脚步，站在一棵大柏树的阴影中。他看见竺青坐在下方山崖的青石上，背对自己，周围是满山遍野，杏黄艳丽的迎春花。在竺青对面，邵英如同松鼠般地窜来跳去，唾沫横飞，手舞足蹈。然而竺青的身体始终保持一个姿势，纹丝不动。邵英忍无可忍，咆哮起来，一转身，向对面不远的悬崖顶奔去。

悬崖顶上，团状的白云从天空弥散开，露出如洗的蓝天。耀眼的金光射在山前的湿气中，激起一道绚丽的彩虹。邵英英俊潇洒的背影笼罩在彩虹中央，如玄如幻。

起风了，风吹散他的头发，撩起他的衣袂。在黎明的印象中，这是最后一次看见这位抗日英雄的飞扬神采。

黎明知道了竺青叫自己出来的意思，但没有上前打搅的勇气。他调转头悄悄回到驻地。在路过宣传队后院外的菜地时，意外地看见一只杂毛小兔子偷吃地里刚冒尖的青菜。小兔子机灵，敏捷，黎明觉得很好玩，就退后几步，站在那里看。小兔子警觉地望望黎明，确定没有危险，又继续她的收获。这时，一曲呜咽婉转的二胡调从院中流溢出来，音质如琥珀，音色如水晶，柔如飘带，兀如松玉。黎明知道这是小何的工夫，宣传队只有小何有一手二胡绝技。

夜幕渐渐落下，黎明蹲在地上，闭上眼睛，随着乐曲的起伏心驰神往。

十

三个月后，冀南挺进支队在邢台以东全军覆灭。这是二六二旅在整个抗日战争中的最大失败。

十一

谢富治出身贫苦。参加革命前，当雇工，跑乡场，作木工；参加革命后，是从战士、班、排、连、营，一级一级打出来的。他在部队中，有很高的威信。平时，严肃郑重，不苟言笑，原则性很强，干部有了毛病，不管是思想上的，工作上的毛病，都有点怕他。谢富治给人的印象是：思想纯正和以身作则。就这一条，使他批评干部的毛病时，谁也不得不服服帖帖。他不仅是一个原则性很强的政治干部，而且是一员久经战阵，能够指挥部队打仗的将领。在二六二旅作党的工作，政治工作的人，不会打仗，就没有威信，也不可能长期留在那样的岗位上。黎明对谢富治的评价是：精明强干，有本事，有水平。"

给黎明印象最深的，要算一九四一年秋季反"扫荡"。

十二

一九四一年夏秋，各种阴郁的消息在太行山游荡。由近到远：二六二旅冀南挺进支队在敌机械化部队围攻下全军覆灭；支持了十年之久的东北抗日联军被日本关东军的打得土崩瓦解；苏联红军在纳粹德国的突然袭击下节节败退。其中，苏军的惨败对黎明他们影响最大。因为苏联是世界上第一个社会主义国家。对尚处弱小状态的中国共产党来说，她是最大的精神支撑。每个人都明白，如果苏联不垮，中国共产党也不会垮，如果苏联完了蛋，那中共的前途就难说了。大敌当前，很多人动摇了，部队出现大量非战斗减员，一些本地兵干脆扔下武器溜之大吉。

阴郁的局势中也有令人高兴的事儿：白丁从冀南回来汇报工作。

冀南挺进支队失败后，黎明和太行山的很多人把冀南想成了人间地狱。他无论如何也不能把眼前站着的这位和白丁的名字联系起来。白丁不仅变得坦然自信，挥洒自如，而且养得面皮白净，吃得肥头大耳。看见黎明，白丁哈哈大笑："唉呀，老黎，你可瘦多了。你们在太行山都吃些啥玩意儿？看看这些黑呼呼的干饼子，搁冀南喂牲口都没人要。可笑谢政委还说请我吃饭呢，我倒是把自己带回来的一条酱牛肉给了他，可惜你没口福啦。"

"冀南境况有这么好？听说那儿所有的根据地都在和敌人拉锯。"黎明根本就不相信。

“老实说我开始也没想到，还以为谢富治整我呢。”白丁说得兴致勃勃：“到了那里才知道冀南的党组织有多能耐。不错，敌人是占领了每一个大小城镇，我们拿他们没办法，但每个小村庄全在我们手里。到处是两面政权，明里应付日本人，暗地里全是帮八路军做事，他们拿我们也没办法。我们走那里，乡亲们都是热情招待，吃得好，睡得舒服，一天一天尽长膘啦。”

“那冀南挺进支队怎么回事？”黎明问。

“啊哈，还惦记着你的老同学？”白丁撇撇嘴：“明人不说暗话，别抱幻想了。”

“师部通报说他是失踪。”

“瞧瞧，死心眼儿不是？你打没打过仗？啥叫失踪？有失踪几个月还活不见人，死不见尸的吗？咱们都是唯物主义者，做判断要有事实依据。坐在冷炕沿上热屁股，那是主观主义、唯心论。”

白丁的话戳到了黎明的痛处。黎明感觉有些恼火，讥刺地说：“真希望小日本也把你包了饺子。”

“哈哈，改不了的主观主义。我们是敌后武工队，一支队伍就那么十来个人，目标小，谁注意得过来？挺进支队好几百号人，有枪有炮，浩浩荡荡，日本人不打他们打谁去？这就叫大有大的难处，小有小的方便。”

“你们成天究竟干些啥？总不成尽吃好的不干事。”

“干不了大事，干小事。打冷枪，发传单，除汉奸，摸哨兵，进城搞些破坏。反正哪，什么事儿小鬼子觉得缺德，我们就干什么。前不久我们还进南宫县城，炸了日本人一个军火库呢。这不到秋天啦，青纱帐倒了，我们活动不太方便，谢政委就叫回来汇报工作。"

可能这家伙对日本人的缺德事干得实在太多，刚回到太行山就碰上了日军空前规模的秋季大"扫荡"。黎明心说：真是你小子的"报应"。

十三

这年秋天，旅部驻在涉县以南清漳河畔安城一带的村子里，各团分散在外。一般地讲，敌人每次大扫荡以前，都有一些蛛丝马迹可寻。最明显的征兆莫过于周围日军各据点开始堆集粮草。另外，敌人飞机的活动也比以往频繁。当时，八路军的情报工作做得很到位。老百姓一旦发现异常情况，马上就会报告给地方各基层组织，然后迅速传递到旅部，师部，乃至总部汇总。所以，每次扫荡八路军都会预先做些准备。但这次和以往不同，日军的情报封锁极其严密，等部队发觉，合围的大网已经拉开。黎明前一天还带着宣传科的几个人到十团搞调查，第二天就接到命令赶回旅部。一路上看见敌人飞机在天上飞，一度竟有十来架之多。飞机对集镇、村庄，甚至路上的行人投弹、扫射、撒传单。黎明他们一大早出来，躲躲闪闪，快到中午才走完十多里山路，灰头土脸回到旅部宣传科驻地。进屋后，脸都没来得及擦一把，又马上出门，安排骡马、包裹大行李、清点人员、整顿队伍。下午，接到旅部命令，准备跟随旅直突围。这时，村庄里是人来人往、车水马龙。黄昏，老百姓推着车、挑着担子、扶老携幼，在村干部和民兵的组织掩护下向北山方向走。部队向涉县西南的一座大山上转移。

在黎明的记忆中，那天的天空是褐色的。挂在山脊线上的太阳没有固定的形状，看上去稀糊浆似一团，就像咕嘟咕嘟向外喷涌岩浆的火山口。山、土地、河沟、树、道路、村庄、房屋，到处涂抹着一层厚厚的铁锈色。空气中充斥着落叶的甜腐味，生土的碱辛味和硝烟的酸涩味。在南清漳河对面的平阳地上，远近不等升起数道滚滚黑烟，让人不禁想到天方夜谭中渔夫放出的魔鬼。四周的枪声起落不定，时紧时密。间歇，有一发炮弹带着尖锐的哨音破空而来，落在近处，发出短促的闪光和震慑的爆裂声。数十只惊悚的乌鸦，扑腾翅膀，呱噪着在头顶盘旋。远方的田间地头，一头无主的耕牛拉着半截犁具漫无目的的狂奔，吓得附近的几头山羊四散逃窜。通往县城的大路上倒卧着一匹老马，腿已炸断，头还昂在空中，悲愤地嘶鸣。在它身边不远，有一辆散了架的大车，车辕还辟叭辟叭燃着火苗，卷着青烟。

出得村庄，黎明的心都收紧了。只见旅部司、政、供、卫的庞大机关，抗大分校的部分学员和一个营的战斗部队，一两千人员，数百匹骡马，还有大车，从邻近几个村庄出来，然后在南清漳河边汇成长列，沿着一条分支小河沟缓慢向晦暗的山区蠕动。队伍的脚步踏起的黄红色尘土满天飞扬，遮挡住人的视线。后面枪炮声紧紧跟随。队伍走了十几里地，前面传来枪声，上级命令就地停止。过了一阵，先头部队折向西边一条小路，后续部队随后跟着转弯折向。刚离开河沟，西边传来密集的枪声，很明显发现敌情，于是又传令向回走。黑灯瞎火中，大队伍可没这么好掉头。这样一走一停，一转一折，人马立刻开始拥挤混乱。黎明他们还在往前走，前方却开始往后退，你推我攮，拥挤着在山谷道中乱了套。正在不可开交，就见人们纷纷往两边闪避，挤得靠近岩壁的人马嗷嗷直叫。原来是特务连连长钟伟元带着一连人匆匆地拨开人群，往来路方向去。钟伟元锁着脸，一路嚷叫："闪开，快闪开。"

"牵紧马缰。"

"拉住骡子。"

"他妈的，怎么还带大车？搬家啦？"

部队稀哩哗啦退回河沟，走不动。司、政、供、卫和抗大分校的人员相互交叉，各部骡马乱蹦乱窜，叫声、喊声、诅咒声混成一团。白丁看见黎明，跑过来喊道："你们宣传科怎么搞的？西边的掩护部队都撤下来了，还有几个人在那边呆着。"

黎明赶快叫人去找，原来是刘行淹几个。他们半道上迷了路，幸亏碰见白丁才没走散。白丁在河滩上转了两圈，见不是个头，干脆就呆在了宣传科的队伍中。黎明想赶他走："去找你的敌工科，呆我这儿干嘛？别是黄鼠狼给鸡拜年，看上我那几个女兵了。"

"唉，还真叫你说准了。"白丁嘻皮笑脸地说："没听说过？宁在花下死，做鬼也风流。到了危急关头，就咱俩谁也别管，带上几个中意的女同志突围，又刺激又罗曼蒂克。没准儿还顺带着留下一段千古佳话呢。"

“去你的千古佳话，真是狗蹶尾巴不知羞耻。”黎明骂了一声。然后问：“陈谢首长在哪儿？”

“陈如风去了九团。谢富治到师部开会，不知道现在回来没有。”白丁简短地回答。

黎明走到竺青身边，轻声问了句：“怎么样，吃得消吗？”

竺青抿嘴笑笑，还没回答。就见她身边的小何挽挽额前的秀发，一扬头：“没问题，忙你的去吧。别瞧不起妇女同志。”

黎明讪讪走开，赶快清点队伍，把交叉混杂的人员和骡马分开。一时，队伍整齐了许多。白丁闲不住，拉着十来个人聊上大天。

白丁点着一支烟，大咧咧地说：“叫我说，今儿个晚上悬。如风同志和老谢不在家，靠杨胡子那几刷子，吃得住劲儿？”

杨胡子是副旅长，从苏联回来不久，还没有得到部队的信任。

刘行淹崴了脚，脚腕子肿得像个大馒头，柱着一根棍子说：“看样子，前后左右都有敌情，以前没见过。”

“敌人兵力肯定不少。”小郑说。

“刚才老郭庄方向打得紧，我寻摸着是九团那边出问题了。”白丁悠哉悠哉地吐了口烟圈。

“九团？旅长不是在那边吗？”小郑惊慌地说：“九团都顶不住，咱这边可咋办呀？”

“我们二六二旅，数九团的老红军多，武器也最好。”伙房的大老王面无表情地说。

　　"战斗部队都在外面，就旅部这一摊子，打打不得，碰碰不得，叫人包了饺子，咋办？"

　　"陈谢首长怎么还不回来？靠杨胡子和参谋处那几爷子，非出事不可。"

　　"唉，胡子啊胡子，你别叫部队呆在河滩地里吓转悠呀？"

　　"敌情不明，往哪儿走？换你指挥就能成？"

　　"少放你娘的臭屁。再多说，老子告你扰乱军心。"黎明对白丁破口大骂。

　　"得，这儿是你的地盘，咱听你的，不搞宫廷政变。"白丁依旧嘻皮笑脸。

　　"怪不得老谢让你滚蛋，真是狗嘴里吐不出象牙。"黎明恨恨地道。

　　"你有本事，倒是吐一根给大家看看？"白丁翻着白眼，斜着眼。

　　聚集的人群散开了。刘行淹一瘸一拐走到黎明面前，脸色凝重地说："黎科长，一会儿部队放了羊，我腿瘸跑不动，你就把我一枪崩了，宣传科就你有枪。我宁死不当鬼子的俘虏。"

　　"我现在就想崩了你，叫你胡思乱想。什么乱七八糟的。"黎明叫了一声，然后拍拍刘行淹的肩膀，平心静气地说："沉住气，相信上级有办法。"

　　真是那壶不开提那壶。正在这节骨眼上，一支战斗部队匆匆忙忙从旁边跑步过去，惊得宣传科的一匹大骡马嘶鸣着跳跃起来。骡马背上的行李散了架，哗啦地掉下几面铜锣，铿锵的声音震得脚下的河滩地直打颤。

“狗日的，吊丧啦？弄这么大声响？”一个连长凶神恶煞地喊。

牵马的宣传科战士嘟囔道：“你们就不能跑轻点？打不过小鬼子，到这儿逞能。”

连长瞪着眼珠骂道：“胡嚼个啥？再说，老子一枪毙了你。”

小郑有些慌，居然搬起一块石头去砸铜锣，结果是更加惊天动地的声响。

连长大怒，拎着小郑的脖子领吼叫：“狗日的别是特务？说什么，偏要干什么？来人呀，先把他抓起来。”

黎明赶紧过去劝解：“同志，你们的任务急，赶路要紧。这儿的事儿，我们自己可以处理。”

连长歪斜着眼睛，刺了黎明一眼，哼唧骂道：“都这个时候了，带这些家伙，不嫌累赘得慌？”

黎明顾了这头，顾不了那头，心里直打鼓。就旅政治部这一摊子，光骡马编一个骑兵连就绰绰有余。更别说电台、卫生队、宣传队，后勤分队带着文件箱、油印机、医疗用品、器械弹药、服装粮秣，真是应有尽有。各单位的给养更是超载满员，庞大的机构、累赘的行装，没有更多的战斗部队掩护，如果碰上日本人的扫荡部队，后果不堪设想。无奈之下，他站在河滩边的一块大石头上，望着蚂蚁一般来回蠕动的人群，自言自语地说：“所谓军心浮动，大概就是这样子。”转头看见满不在乎的白丁，顿时气不打一出来：“姓白的，你心里就不急？”

"急？急管个啥用？我掰着手指头掐算过了，咱共产党命不该绝，"白丁边遛达边说："马克思在天之灵会保佑我们。"

十四

突然，一阵清脆的马蹄声传来。十几匹坐骑沿着河滩，从骚动不安的部队旁疾驰而过，不知谁喊了声："好了，旅首长回来了。"

这话像电流一般刹时间传透整个部队，部队突然变得鸦雀无声。议论纷纷的嗡嗡声消失了；蹲坐在地上的人站直身体，整理行装，归还本队；黑压压，乱糟糟的河滩也清爽了，露出了一溜洁白的沙石地。人们虽然依旧来回走动，但看上去不再像无头苍蝇，每个人都有明确的目标。连一贯吊儿郎当的白丁也自觉地站到了队伍中间。甚至于骡马好像都变得懂事了，不再撩蹶子，乱蹦乱跳。

黎明望着沙石地中间恣意淌过，明净涓细的流水，心中有一种奇特的感觉。由于四周突然变得不同寻常的安宁，远处爆炒豆似的枪声突然变得如此贴近，如此清晰，如此揪人心肺，但整个部队却没有一个人惊慌。军心的微妙变化，让所有人都受到感染，好像在伸手不见五指的黑夜看见了一丝亮光。

很快上级下达了简短的命令：扔掉大车和笨重行李。不久，部队再次向前移动，这次是向东，沿着一条崎岖险陡的羊肠小道向上攀登。轻装带来的一个明显好处是黎明可以把刘行淹及几个伤病号架在牲口上走。他问宣传队的几个女同志要不要坐牲口？小何跳着脚，高兴地拍着手说："好啊，好啊。黎科长，你给我找头小毛驴。马呀，骡子呀，我骑着害怕。"

竺青笑笑说："是呀，眼看要走山道，骑上牲口怪吓人的，还是自己走吧。"

"怕什么呀，竺姐。让黎科长给咱们牵着缰绳。"小何笨拙地爬上一头小毛驴。

白丁跑过来拉住那头毛驴的缰绳，贼笑着说："还是让我来吧。黎科长也就一双手，顾不了那么多人。"

"唉，唉，慢点儿，慢点儿。我要掉下来了。"小何弯着腰，简直想抱住毛驴的脖子。

羊肠小道又细又窄又险，而且荆棘丛生。黎明他们手割破了，没人理会，脚踏空了，旁边人拉起来就是。大家一个劲往上爬，累得人全身发热，满头大汗，但没有一个人拉开距离，掉队。午夜过后，这支恐龙级别的庞大队伍终于翻上了垭口。

上了垭口，上级传令休息。大家靠在路边的坡坎上垫着背包闭目养神，有的人倒下就打鼾。白丁闲不住，又拉上人吹牛，吹他在冀南的战斗经历："我们一行四人，我、老郭、小张、小李在集市前一天晚上混进李家桥，"

"混进去，住哪儿呀？"小郑问。

"别打岔，听白科长讲。"小何赶忙制止小郑。

"住哪？镇里有我们的堡垒户呀。第二天赶大集，人来人往，我们就一直蹲路边儿等。到中午时，其他几个队员在镇外的小树林子里打了几枪，镇内的人炸了营，挤着往外跑，炮楼上的敌人注意力也被吸引过去。我们赶紧站起来，顺着人群往炮搂下面的检查岗走。小张，小李跟后边儿。要是我和老郭的活儿干得不利索，他俩儿负责打扫卫生。"

"就不害怕呀？"竺青小声问。

"怕也得干呀。"白丁又比又划，给人一种身临其境的感觉："我和老郭，一人胳膊底下塞只枪，藏外套里面。然后挤到俩鬼子哨兵身边，对着他们的胸口就搂火。这俩鬼子还在张罗让人排队呢，扑通就倒下了。我和老郭趁着乱，赶紧出了镇。等炮楼上的鬼子明白过来，早没人影啦。"

大家不敢高声，但还是都压低嗓音笑了。

不过抗战结束后，白丁讲的故事远没有这么轻松："我所在的平原中心县委，整个抗战中牺牲的干部，从县委书记到通讯员，正好可以搭成一个县委班子。最初一块儿下山的十七个同志，完完整整活到胜利的只有六个。"他的话头停了片刻，好像是怀念，接着是满脸自豪："但我们每个人的手上，都少说带着一个小鬼子的命。"

十五

然而，这个时候每个人的心头像灌着铅。所以白丁的故事讲完，一时竟没人找出新的话题。突然，小郑冒出一句不和时宜的话："你们说，莫斯科能守住吗？"

没有回答，只有大家伙沉重的呼吸声。

"别信小鬼子胡说八道。"刘行淹中气不足地说。其实，多数人都看到过日本飞机撒的传单。

　　"真要守不住，那该怎么好？"好一会儿，听到竺青叹息一声。

　　"守得住，守得住，别担心。苏联垮不了，共产党垮不了。"白丁信心百倍地说。

　　"看你说的，你又不在莫斯科，怎么知道守得住？"黎明不屑地说："空头支票，谁不会开？"

　　"哎，这可不是我开空头支票，"白丁急得站起来："斯大林说：希特勒想占领莫斯科，就像他要看见自己的耳朵。你想想，谁能看见自己的耳朵？古时候的皇帝尚且一言九鼎，斯大林是世界革命的领袖，他的话能随便说吗？"

　　这话多少给人一点安慰，黎明也不敢吭气了。

　　正在这时，有人站在山崖边子，压低嗓音喊："快过来，看看下边是什么？"

　　所有人都跑了过去。黎明刚要挪动脚步，回头见竺青安静地坐在石头上，光亮亮的大眼睛在黑暗中闪烁。黎明想她可能是累了，笑笑，说了半句话："真没想到，"

　　竺青抿着嘴，也是笑笑，没有答话。

　　黎明转身要走，听到一声轻语："邵英同志，有消息吗？"

　　黎明停住脚，不知道该怎样回答。当时，冀南挺进支队失败的消息只在旅部和少数团营级干部中流传，没有正式传达到部队。所以，黎明含糊地说了句："那边情况不太好，挺困难。"

　　"其实，我都知道。"竺青的笑容有点晦涩。

黎明想了半天，又不知道该说什么，就问："那个玉磁葫芦？怎么，"话没说完就后悔了。

竺青"噗嗤"一笑，缕缕头发："瞧你，就一玩意儿，那么上心？"

这时就听白丁嚷嚷开了："老黎，快过来看看，这是不是传说中吕四娘的血滴子。"

十六

黎明来到山崖边，朝下张望，果然吓了一跳。黑黝黝的山脚下有一长串红珠子，点点滴滴，圆润光亮，蜿蜒数十里。初看，煞是可爱，如同美人脖子上的红宝石项链；细细捉摸，不禁毛骨悚然，好像火云洞中爬出的蜈蚣精。

"难道鬼子要烧山？"黎明头脑中浮现出晋文公和介子推，屁股也感觉像是坐在了殷纣王的炮烙铜柱子上。

"我担心，"刘行淹声音有些颤抖："小鬼子不会鼓捣什么新鲜玩意儿来对付我们？"

"新武器总得有个响动，"小郑不以为然："会不会是探照灯？不对，颜色也不对。"

"他们该不是想弄条烧红的铁链子把山锁住吧？"这是白丁的解释。

正没个开交，就见旅部通讯员跑过来问："宣传科吗？黎明同志在哪儿？"

白丁指着黎明说："在这儿，没跑丢。"

"噢，白科长，你也在这儿。正好，旅首长让你们俩一块过去。"

"旅首长？哪个旅首长？"白丁问。

"是谢政委呀，怎么啦？"通讯员觉得白丁问得奇怪。

"真是谢政委？你亲眼见谢政委在旅部？"白丁提着气，追问了一句。

"嘿，白科长，怎么说话？你是姓白吗？"通讯员噘着个嘴。

"这回好了，有办法了。黎明，我们赶快走。"白丁好像长舒了一口气，高兴地拉着黎明往旅部方向跑。黎明对刘行淹交代一声，刘行淹也较前轻松不少："赶快去吧，谢政委的事儿，耽误不得，这摊子有我们照看着呢。"

一路上，白丁摇头晃脑，居然哼起诗来："看名王宵猎，骑火一川明，笳鼓悲鸣，遣人惊。"指着下方的红光链条，对黎明说："嘿嘿，触景生情，有没有点儿'骑火一川明'的味道。"

"那是鬼子烧的火堆。"通讯员突然说。

"什么？火堆？"黎明有些不明白。

"开始，我们也不知道是嘛玩意儿。后来特务连派侦察员下去，才知道是敌人点的篝火。"

原来敌人在武涉公路沿线，清漳河两岸一带村庄，都燃起熊熊大火，好像给这些村庄套上了一个明晃晃的火圈。这是敌人怕八路军夜间袭击，所以每进一个村庄，都要拆掉老百姓的房屋，把木头用来在村庄周围点篝火。凡有篝火的地方，就说明敌人已在这些村庄里宿营。

听到这儿，黎明咕噜了一声："得多少人，才摆得出这个场面？还挺壮观。"

"应该把'骑火一川明'改成'敌火一川明'，这样更恰当。"白丁依然沉浸在诗词中："唉，我怎么忘了，这是谁的词？"

"啥时候了，还记得这些？"话虽这么说，其实，黎明自己也来了兴趣："反正不像陆游，是辛弃疾？我还记得开头几句：长淮望断，关塞莽然平。征尘暗，霜风劲，悄边声，黯销凝。对了，是张孝祥，没错。"

十七

两人说着话，已经看到谢富治孤独的身影站在穹窿般的夜色中。他手托着下巴，眉头紧锁，黑沉着脸但没有丝毫惊慌表情。在他身旁是所谓的旅司令部：就几个人围着一盏马灯查看地图。谢富治看见黎明和白丁，严肃地说："你们两个来得正好。现在，情况非常严重。看看山脚下那条红线，我们被敌人包围了，如果天亮了还跳不出去就要吃大亏。我们必需从敌人占据的两个村子中间往外插。黑灯瞎火没有向导不行。你们两个大知识分子，能说会道，分头跟上特务连，马上出发，碰上老乡，务必说服他们给部队带路。"

　　黎明和白丁答应一声"是"，二话不说，转身就跟着特务连的同志出发。虽然他们心里直嘀咕：这黑的天，荒郊野岭的地方，上哪儿找人？

　　也是土八路命不该绝。走一走，黎明他们真在前方山脊上发现俩黑影。开始，大家还不相信，跑过去一看，原来是一对老俩口。

　　黎明请他们带路，老大爷站在原地不吭声。老大娘连声说："同志呀，不是我们不去，是咱这口子老骨头不成了呀。他今儿一大早就出了门，挑一担柴禾下山卖，想换点油盐钱。不想正碰上鬼子扫荡，只好往回赶，我们刚把粮食'坚壁'好，赶紧往外逃。便碰上你们同志了。"

　　黎明温和地说："老人家，实话告诉你，敌人把我们包围在这山上了。我们要乘黑夜冲出去。冲不出去，天一亮就危险了。只是黑灯瞎火没人带路怎么个走法，还是请您辛苦一趟吧。"

　　老大爷就是不开口。还是老大娘说："同志呀，您看他这把年纪，眼睛也不好，怎么走夜路呀。"

　　特务连的王排长拉着枪栓，焦躁地说："老大爷，我们几千人的命呀。大黑天的，叫俺们上哪儿再找人？老人家，你是去也得去，不去也得去。"

　　老大爷依旧面无表情。老大娘可吓慌了，拉着王排长的手说："同志呀，你就枪毙他吧，他实在是走不动，这年月，到那里不积点德啊。"

　　黎明喝住王排长，耐着性子左说右说，老大爷就是闷着脑袋不开口。时间在一分一秒中过去，部队在山顶多呆一分钟就多一分危险。正在没奈何之际，就见谢富治大步流星走过来，径直到老大爷面前，抓住他的手，猛烈抖动着恳求道："老人家，你要相信我们。看看吧，我们是二六二旅的，有多少太行山的子弟呀，你就忍心看见他们被日本鬼子屠杀吗？我求求您，救救他们吧。"

接着，谢富治的一个动作震惊了在场的所有人。谁也没想到，在旷野怒嚎的山风中，头顶着满天星斗，共产党太行分区的最高军政首长，当着一个普通老百姓的面，突然双膝弯曲，"噗通"一声，跪倒在地上。

第七章 邵英之死

一

　　一句话，所有人都懵了。

　　男儿膝下有黄金。更何况，黎明他们平时已经习惯了，对跪倒在地的这个人多少有些仰视心理。爱因斯坦的相对论在这个时刻得到了超乎科学证据的验证。时间凝固了，空间消失了。如同夜暗中闪光灯瞬间耀眼之后，虽然一切都重归混沌，但视觉还残留着清晰的周边图象。黎明知道张良'孺子可教'的故事，知道韩信'胯下之辱'的故事。然而，中国有几个人心甘情愿给外人下跪。那是臣子对皇上的大礼，儿子对父亲的孝顺，奴才对主人的谄媚。就算是张良韩信，他们两人在忍气吞声时还都是不起眼的小人物，可谢富治已经是堂堂二六二旅政委，共产党在太行分区的最高军政首长。

　　"老人家，如果您还不相信我们，我就一直跪在这里。"

　　老大爷眼里流出了泪水，他颤巍巍地把谢富治拉起来，语不成调地咕哝："这位首长，这位首长？"

　　黎明也不管什么保密规定了，赶紧说："这就是我们谢政委，二六二旅的谢富治政委。"

　　"谢政委，二六二旅？"老人家当然知道谢富治的大名，他感动地说："我老头子什么东西，敢当这一跪吗？没说的，谢政委，这个路我带，我在山里转了几十年，就是你说一棵草也知道它的地儿。今晚拼掉这把老骨头也把你们带出去。”

老大娘担心地说：“老头子，快别吓死人了，枪枪炮炮往外冲，你行吗？”

老大爷把褡裢往肩头一摔，袒露出燕赵悲歌般的天然豪气，对老伴喝道：“妇道人家，啰嗦个啥？走你的路，告诉黑蛋娘把粮食藏好，逃荒去吧。”

谢富治安慰老大娘说：“大娘，就让大爷和我走一块儿吧。我保证枪子儿过来，伤不了我，也绝不会伤着大爷。”

说完谢富治拉着老人家，指点着山下两堆较大的火光，问：“在那两个村子之间，有没有路穿过？”

老大爷判断了一下方位，肯定地：“有。”

“不能离村子太近。”

“最少有三里。”

“好，我们就从那里穿过去。老人家，真不怕？”

“我这把老骨头跟谢政委在一块，就是死了也值得。怕什么？”

“老英雄，宝刀不老呀。”谢富治拍着老人家的肩膀说。

“老了，不中用了。要倒退三四十年，俺也跟你们打鬼子。不过俺两个儿子都在给八路军做事，大孙子还在你们部队呢，是陈赓的部队。”老大爷显得很自豪。

二

　　紧接着，谢富治给部队下了死命令，立即轻装，扔掉一切多余累赘的东西。急行军时，不许出声、不许点火，从武涉公路敌人占据的两个村庄之间插过去，跳出合围圈。这是一个大胆的决定，因为敌人驻扎的村庄，最大间距也不过十华里，万一被发觉，便有遭受两面夹攻的危险。

　　启明星升起来了，灿烂的的天河繁星闪烁。部队沿着弯曲的小道，悄没声息地下了山。刚开始，谢富治想让黎明搀扶着老人家一点儿，但老人家觉得受到了莫大的侮辱，用拳头拍拍自己的胸部，大声说："谢政委，别在老汉我面前充小年青。我这把老骨头还硬朗着呢。不信，你往这儿打一拳试试？"

　　谢富治低着头，用拳头轻轻在老人家胸口拍了拍，没奈何地说："信，我当然相信。太行山的人，谁个的骨头不比太行山的石头硬？"

　　谢富治牵着自己的马，和老人家一块儿走在队伍最前面。黎明和钟伟元的特务连紧跟在后面。一路上就听谢富治有一句没一句的和老人家唠咯。老人家住哪儿？哦，住后山的下桃花峪，离这儿十多里地。今儿个过来，是照看一下半山腰子上的几垧地。也不指望多收成，就是别叫地荒了的意思。谢富治自小在农村长大，对农家琐事儿很熟悉。麦子哪、包谷哪，还有翻耕、下种、培土、除草、上肥、灌水、收割，一套一套的。

　　黎明心说都啥时候了，还有心管这些婆婆妈妈的事儿。他跟在后边心情越来越紧张。因为越靠近山脚，敌人点燃的篝火就越亮堂。起初，几步远就看不到对面人影，渐渐地你可以看见他脸上的轮廓，最后连他身上穿着的灰暗军装都可以看得清清楚楚。钟伟元是红军时期的老兵，这时也忍不住用手擦拭额前的汗水。黎明清晰地听到身后战士不时地拉动枪栓的"卡嗒"声，惹得钟伟元几次恶狠狠地回头瞪眼睛。

老人家对道路非常熟悉。选择的小道很不显眼，而且恰恰在两个村庄的中间穿过。临近封锁线的最后一个叉口，谢富治放慢了脚步。没有任何命令，钟伟元立即带着特务连冲了过去，迅速在道路两侧展开，占据所有可能的障碍物和掩蔽点，掩护部队通过。

这时篝火已经照得周围的房屋、树木亮堂堂的。黎明感觉部队就像被人拔光了毛的一群鸭子裸露在周围的狼群中。要是突然冒出一支鬼子的巡逻队该怎么办？黎明连想都不敢想，简直就想闭上眼睛。他偷眼看看身旁的谢富治，发现他牵着马笼头，神情自若、步履稳健，只有衣领和肩头被汗水湿透。这让黎明紧张的心情稍有放松。走到火光最亮的地方，谢富治带着马离开队伍，平静地站到一边，让后续部队先走。老人家发现了，转头一看顿时明白，马上就要过去。黎明想拉住他，老人家二话不说，摔开黎明毅然站到了谢富治的身边。谢富治看看下巴高昂地老人，先是略带责备的诧异，接着是一点感激，然后难得地笑了笑，没有吭声。当然，在这节骨眼儿上，大家连大口呼吸都怕惊动敌人，也确实没人敢言语。

拉拉杂杂的部队从并肩站立着的谢富治和老人身边通过，漫长的队列好像永远也看不到尽头。谢富治的手紧紧扣着坐骑的笼头，和老人钉立在那里。每个路过战士，看见他们都会露出惊奇的目光。接着这些战士紧张的表情就会放松下来，步履也会轻快许多。黎明内心突然有一种奇特的感觉，谢富治，老人；老人，谢富治。这鱼水交融的景象，不正是军队和人民坦诚相对的真实写照吗？

等过了公路，火光渐渐被抛到身后，黎明才突然想起，怎么过村子时没有听到老百姓的狗叫。按说日本人的扫荡，不可能每个村庄都去跑反呀。看着黎明莫名其妙的表情，谢富治得意地拍了拍他的肩膀，说："你呀，吃了狗肉，连打狗运动都忘了？"

原来太行山开展过一次打狗运动，动员根据地的老百姓把养的狗统统杀光，目的就是为了八路军，游击队夜间行动方便。黎明不得不佩服八路军高层领导的先见之明。快到武涉公路，谢富治和老人告别。他让人拿来几块大洋和一些干粮交给老人。老人留下了干粮，大洋坚决不要。天快亮了，谢富治也没有时间多说，他必须带领部队迅速穿过公路。公路便于敌机械化部队运动，也是八路军最危险的地方。过了公路，黎明意外地发现自己的肩头血迹班班。他不经意地瞟了眼谢富治坐骑的马笼头，注意到上面的铁环带着些许很不起眼的小毛刺，而且也带着血渍。

谢富治回头望望远去的山峦，长长地舒了一口气。

三

　　谢富治长舒的一口气还没吐干净，部队就落入了敌人的第二个包围圈。

　　过了武涉公路，满以为跳到了外线，谁知道这次敌人的"扫荡"和以往大不相同，公路以北也是合围的形势。西边，沿着清漳河向北，所有村庄都密密麻麻驻满了敌人，东边同样是枪声、炮声不断。事后知道敌人合击的重点，正是清漳河上流的麻城地区，那里是总部所在地。

　　旅部穿越公路后，稍事休息，向十四团活动的永和镇方向前进。没走几步，前方的侦察员火急火燎跑过来，说有大队日军迎头开来。很明显部队无法再往前走。但也不能后退。现在已经大天白亮，武涉公路上日军的汽车往来不绝。不过这没什么关系，土八路啥都不行，就是滑溜得像泥鳅，混的是人熟地熟会钻山沟。谢富治马上命令部队转入路旁的小山坳子，从那儿有小路可以绕过去。不想，刚进到山坳子里面，一大早撒出去的侦察员全回来了，报告的消息大同小异：前方村庄有敌人驻守，此路不通。谢富治当即傻了眼：好嘛，前后左右，四面八方全是敌人。旅部这一大摊子脆弱的"电灯泡"，没有强有力的战斗部队掩护，一旦被敌人发现，简直就是死路一条。谢富治皱着眉头说："这次敌人扫荡，没有五万人的兵力摆不出这个阵势。"

　　这时，山头警戒部队报告：看见敌人钢盔闪光。敌军大队已经接近小山坳子。

　　所有人的目光齐唰唰地盯着谢富治。局势真是"泰山崩于前"，但谢富治并非"而色不变"。他脸色大变，变得更青、更黑、更如刀劈斧削般冷峻。

　　解放后很多文艺作品都爱用这么一句话：共产党员是特殊材料制成的，具有钢铁意志。不管是否如此，反正用这句话形容眼下的谢富治真是再恰当不过了。谢富治需要承受的是超乎寻常的高强环境压力，是整个部队，近两千人命悬于一线的生死关头。在这种情况下，按一般小说电影的俗套，主人公最好热血沸腾，每人发上一手榴弹，然后振臂高呼：和敌人拼了。要真这么做也就不是谢富治了。

　　谢富治的最大特点就是在越困难、越危险、越千钧一发的时候，他的头脑越沉着、越冷静、越清醒，就如同一块透明的冰晶凸透镜，摈弃所有的情感和杂念，把全部思维的阳光聚焦在一个点：出路，如何把部队毫发无损地带出困境？简单地说，战争中的谢富治就像当年棋盘前的'石佛'李昌镐，面无表情、全神贯注，总能在众人晕头转向的复杂局面中找出一条半目险胜的诡道。

　　谢富治干脆下令："加强警戒，封锁消息，不许生火冒烟，就地宿营。"

　　小山坳子长不过两三里地，近两千人，数百匹骡马挤在里面，伸伸腿都难，就靠着旁边一个小山包遮挡住大路上通行的敌军视线。而这个所谓的小山包坡度平缓，光秃秃的，根本就无险可守。万一敌人的骑兵侦察队突发奇想，离开大道往山包上一遛哒，那本书也就不用写了，因为主要人物大多会牺牲了。但谢富治的判断很简单：这里已经是敌人后方，又经过反覆扫荡，所以反而不容易引起敌人的注意。

　　黎明和特务连在山头潜伏，监视迎面过来的敌军大队。只见日军首先过来的是一小队骑兵，接着是清一色的七、八门小钢炮，驮在马背上。炮队后面是大队步兵，整齐的三八大盖，钢盔，背包，大皮鞋，走起路来卡喳卡喳响。步兵大队中间，各色轻重机枪，迫击炮，掷弹筒，密密麻麻，好像堆集在一大块黄酱病猪肉上的瘤子。黎明真觉得头皮发麻、手脚发麻、心乱如麻。

　　敌人大队伍过完，谢富治又派出便衣人员四下去摸敌情，打探消息。过了几个小时，敌情依然如故，四周围枪炮声不断。只是旅部所在的小山坳却依旧很安静。事实证明谢富治的判断正确。谢富治变得神态轻松，甩甩胳膊说："正好，跑了一晚上，大家都累了，休息休息。"

　　他让人找到山坳子里的一间小房子做旅部，然后命令部队节约干粮，饮水，准备过日子了。黎明没想到，这一呆就是五天五夜。这五天是敌人扫荡最疯狂时期，而旅部却在小山坳中过着世外桃源的生活，平平安安。

　　不过，呆在笼子里的世外桃源也没有那么舒适。九、十月天的太行山，白昼还行，到了晚上气温骤降，黎明他们的单薄衣服根本抗不住霜寒，冻得人直打哆嗦。几天下来，部队的病号数量直线上升。病号千奇百怪，就是不包括泄肚子。到了第四天，熟干粮吃光了，只好就凉水啃生面疙瘩，生苞米、生土豆、生豆子，所以人人都泄肚子。泄肚子是正常人，不泄反而有问题。黎明发明了一个办法，把生玉米粒用水泡软，和着生土豆包在一块包袱皮里，放在地上用石头砸，木棍碾。最后用手使劲揉，利用摩擦生热，把食物弄得有点'熟味'。就这样，部队始终没有怨言，因为谢富治以身作则，自己坚持和大家吃一样的东西。副旅长杨胡子刚从苏联回来，不知道谢富治的脾气，弄来几个荞麦面饼子给谢富治吃。谢富治挥挥手，叫他赶快拿走。杨胡子也是烦人，拿起一块，使劲咬了一口，想香香老谢："你不吃，我吃。唉，真香呐。"

谢富治抢上一步，从他嘴里把饼子扯下来，拍在桌子上，厉声道："吃，我叫你吃。现在什么时候？想扰乱军心吗？少吃一口死不了人。"然后对黎明说："把饼子统统交给卫生队。"

看看可怜的杨胡子，一口饼还含在嘴里，吞也不是，吐也不是，搁嘴里转一圈也怕出声。黎明只好硬着头皮说："卫生队还剩得有干粮。"

谢富治又对特务连连长钟伟元说："那就给你们特务连。"

钟伟元啪地一个立正："报告首长，特务连吃饱喝足了。"

谢富治双手撑在桌上，面带威胁地说："我命令：你们俩立即处理这些干粮，卫生队、女同志、战斗部队的战士，都行。就是不准搁在旅部。不执行命令，纪律处分。明白吗？"

四

　　五天后，等到弄清黎城以北确实是敌人的空隙以后，谢富治便率部由涉县以北又一次冒险穿过清漳河，向黎城以南南委泉方向转移。

　　过了清漳河，进入一道山口，只见对面远远的山顶上，有一堆雪白的东西闪闪发光。不像庙宇，也不像庄户人家的房屋。白丁油嘴滑舌地对黎明说："奇怪，白花花那么耀眼，莫非是仙女下凡来接咱们？"

　　黎明啐了他一口："想仙女想疯了。也不看啥时候，还穷开心。那上面包不准是敌人。"

　　白丁大大咧咧地说："神经衰弱，我看你吓出恐日病了。敌人？敌人跑大山顶上干什么？"

　　他看见谢富治正在用望远镜观察，便嘻皮笑脸地凑上去："政委，看清楚了吗？是不是仙女下凡？"

　　谢富治铁青着脸。厉声喝道："白丁，好大胆子，再胡说八道老子毙了你。那是敌人在山头搭的哨棚。"

　　山顶上的确是敌人的临时哨所。皇军这次扫荡真是花样百出。前有据点封锁，后有大部队合击。铁壁合围，反复剔抉不说，最外围还要在高山顶上设置哨所，封锁道路，通道，像捕鱼一般设下重重大网，层层拦截，妄图把八路军一网打尽。部队好不容易才从敌人的缝隙中钻出来，跳过了清漳河，决不能折回原路。但眼下这些哨棚怎么办？现在旅部的情况就是：前有封锁，后有追兵。四周险山恶水，道路狭隘。指挥员只要稍微犹豫，旅直属队仍有覆没的危险。

　　谢富治放下望远镜，咬着嘴唇，冷冰冰地，好像是自言自语："敌人既然在高山顶上搭哨棚，兵力不会太大，要乘着敌人还没有判断准确我们是什么部队，有什么意图以前，从山角下冲过去。"他瞪着眼把特务连连长叫来，命令道："立即抢占对面山腰的阵地，监视山顶敌人。敌人有什么动静，不惜一切代价坚决顶住，掩护旅直通过。"然后带领大队人马浩浩荡荡朝大山脚下冲去。

再次证明，谢富治的判断非常准确。敌人也许是吓呆了，也许把八路当成了他们的大部队，很长时间竟没有反应。等到旅部的队伍已经过完，只剩下后边一些骡马辎重的时候，敌人才突然意识过来，开始用机枪扫射。子弹打得满沟火星乱蹦，土石飞扬，但是，部队的后尾都已进入大山下的死角一带。沿着死角，部队跑步前进。风声紧、枪声急，人们不顾一切加快脚步，一口气跑了十多里地。跑出敌人的机枪射界，大家才发现竟没有遭受任何伤亡。

还没喘口气，对面山梁上劈拍劈拍飞来几颗子弹，从骑在马上的谢富治耳边嚓过。谢富治吓出一身冷汗，喊了一声："好家伙，瞄着骑马的打。"他跳下马，还没下命令，尖刀班就玩命似地冲了上去。他们清楚前面山梁对旅部是生死攸关。上得山梁一看，什么也没有。事后才知道是几个民兵，错把二六二旅旅部当成日本鬼子了。弄明白后，谢富治说："真是好样的，差点要了我的命。"

渡过险关，到了南委泉，查清这一带确实是敌人的空隙。同时，旅直和活动在这一带的十四团，地方工作队都取得了联系，于是组织力量立即向大山上敌人设置的临时据点展开攻击。白丁和部队一起去，可惜没有攻下来。白丁回来对黎明说："倒霉，哨棚的敌人就十来个人，但地势太险，他们又有机枪，很顽强，我们伤亡不小，吃了亏。"

五

这时敌情又发生变化。敌人进攻黄烟洞的主力，正沿着这条路向黎城撤退。谢富治便带着一个多团的战斗部队，连夜冒着大雨，转到黎城北面三十亩一带山地设伏。他判断这是敌人的必经之地。第二天上午敌人的大队人马果然蜂拥而来。要说谢富治确实会选地方，敌人恰好到了设伏的地点就开始大休息，黄澄澄的人马成堆成堆的挤在一起。日军从扫荡开始以来，一直处在顺风头，没吃什么亏，这会儿完全松懈下来。八路设伏的机枪阵地离公路只有五十米，敌人却一点也没察觉。官兵们有说有笑，打打闹闹，有的拿着水壶喝水，有的端上碗吃饭，有的放下背包打盹，还有一群人居然并肩跳起了浪人舞，唱起了皇军的军歌。

谢富治一声号令，八路的各种火器从两面山上同时开火，打得敌人满沟乱窜，人喊马叫，死的死、伤的伤，血肉横飞，足有二十多分钟不能还手。谢富治一直都是端端正正的立在半山腰里来回走动，指挥部队。正打得起劲，谢富治突然下令吹号后撤。黎明莫名其妙问为什么，谢富治略微得意地答："打仗要动脑子，不能光图痛快。敌人这么多，少说也有个把联队，我们一口啃不动。你没看见敌人把炮都架好了吗？这说明他们已经回过神来，马上要展开火力反扑，我们人少、武器差，再打要吃亏的。"

果然，部队撤退下来，刚翻过山梁，敌人的炮弹就轰隆轰隆的朝山头飞来。事后老乡说，敌人光抬运死伤人员的担架就用了二、三百副，而我军只牺牲一人，伤两人而已，可以说赚了大钱。像这样的巧仗谢富治和旅长陈如风还指挥了好几次，他们好像有天生的本领，专找敌人的节骨眼打。同时二六二旅还向白晋线上的日军后方据点出击，打得敌人顾头不顾屁股，终于粉碎了敌人前所未有的大扫荡。

六

敌人的扫荡结束后，部队转回老根据地。路上黎明提出想到附近的下桃花峪村，看看那位给部队带过路的老人家。谢富治骑在马上没有回头。黎明也没再说第二遍，他知道谢富治听觉很灵敏。过了好一阵，谢富治下马，停下脚步，等落在后面的黎明跟上来才慢慢说："黎明同志，你说得对。任何时候都不能忘记帮助过我们的老乡。这样吧，我们都过去看看，让旅政治部的人一道去。"

去下桃花峪村的路上要经过上桃花峪村。

临近上桃花峪村，黎明他们的心突然沉下来，只见村庄四周全是鹿柴焚烧过后遗留的灰烬，足有一丈多宽，两、三寸厚。残灰被风刮去的地方，露出焦糊的泥土，似乎那呼呼的火势还在耳边啸鸣。从没有烧尽的木料看，被焚烧的不光是树丫禾杆，还有盖房的梁、柱、门、窗以及各类家具。黎明他们进村后，看到家家户户墙倒屋塌，门窗如同扒光了牙齿的嘴巴，黑洞洞的吓人。遍地瓦砾，地窖被撬开，坛瓮、锅灶被砸烂，粮食成饼成坨被抛撒践踏。鹑衣败絮，迎风飘拽。这就是日本鬼子在抗日根据地实行的三光政策，所到之处，挖地三尺、抢掠一空。

黎明他们在村里找不到人，谢富治青着脸，咬着牙说："怕是到后山收尸去了。"

谢富治说得一点不错。黎明他们去了后山，果然看见人们在几孔地道前忙活。那时节，太行山根据地的许多村庄附近都有地道，日本人一来，全村人都躲进去。这些地道有出入口，顶上还开着天窗，但大多狭窄矮小。日本人到上桃花峪村后，发现了地道口，喊话让老百姓出来，老百姓不肯。日本人就在洞口堆上柴草，点燃后用鼓风机往地道内灌烟。地道里人多，来不及逃跑，很多人被滚滚而来的烈焰浓烟烧死或窒息而死。黎明他们看见一具又一具尸体从地道口抬出来，有的烧成了木炭状，焦黑一团，面目全非，只有躯体手脚依稀可辩。还有几具是窒息而死，身体奇形怪状弯曲着，眼珠爆出眼眶，呲牙咧嘴恐怖万状。男女老幼哭的哭，叫的叫，一片愁云，遍地哀声。谢富治带领大家帮忙搬运尸体、起新坟。所有干部战士恨得牙齿直痒痒。黎明始终记得那几棵老槐树，几片衰草残花，以及朔风凛厉，纸灰飞扬中的惊天动地哀哭声。

七

　　第二天，部队到了下桃花峪村。和上桃花峪村不同，下桃花峪村周围没有鹿柴烧过的痕迹，说明日本人没有在村里驻扎。但进村后依旧是房到屋塌，到处是烧得肠肚爆裂的牲畜残骸，发出阵阵恶心的臭味。走了几家，发现家家带孝，奇怪的是活着的都是妇女。全村不论老幼，一个男性都没有。黎明想老百姓逃难都是全家在一块儿，总不成日本人光杀男人吧。

　　亏了谢富治手下特务连的那帮本乡本土战士，他们很快就弄明白了事情的原委。

　　原来，村里有几家人在敌占区有亲戚。大扫荡前几天，来了两个走亲戚的，说日本人对良民不抢不杀，敌占区那边什么都能买到，不像根据地这边缺油少盐。这些话传到村干部耳朵里，他们都相信了。大扫荡一开始，这两个走亲戚的人给村干部们出主意：只要大家整整齐齐列队欢迎皇军，日本人一定会保护全村人不受伤害。听到"皇军"快来的风声时，村长黑蛋，就是那位向导老大爷的大儿子，召集全村人商议。这时老爷子已经回村，他坚决反对欢迎日本人，但架不住大家害怕。村里搞了个折衷方案：所有男人前去欢迎，所有妇女都躲到后山的地道中，等到没事再出来。结果日本人到达后二话不说，把全村男人围起来就用机枪扫，然后进村放火抢劫。幸亏他们没有停留，也没有搜山，全村妇女儿童得以保全。妇女们回家后光收尸就收了好几天。

谢富治听说后，忿恨的心头像堵了块东西。他好容易找到到老爷子的家，老大娘坐在门坎上，头裹白布，面如死灰，痴呆呆，无神的眼珠直瞪瞪地盯着面前的一块纸做的牌位。黎明上前问她话，她就如泥塑木雕一般，一言不发。离她不远，坐着另一位年轻一些的女子，麻衰被肩，眼泪汪汪，手上拿着几纸牌位，地上燃着一柱香。问她话，同样是一声不吭。场院中有几块木料，似乎是在打棺材。谢富治觉得憋屈得慌，冲上去拿着斧头狠砍了几下，然后拍掉手上的木屑，对黎明说："你留在这里，把上下桃花峪村惨案的材料整理整理。我要上报师部，总部。这里发生的事对我们革命军人，对根据地的老百姓都是最好的教材。要当汉奸还是要拿起枪来抵抗？关系到抗日军民的生死存亡。"

他来回急促地走了几步，恶狠狠地骂道："这里有没有党组织？有没有民兵？管他有没有，这个村的工作都遭透了。你要认真查一下，村里的大权是不是掌握在地主富农坏分子和他们的狗腿子手里。他妈的，那两个走亲戚的家伙肯定是特务汉奸。愚蠢的村干部，只可怜那帮老百姓了。"

黎明要求谢富治给他配一个本地出身的战士，谢富治把通讯员王二秋交给他。两个人跑了几天，很快把所有情况都弄清楚了。统计出的两村死亡人数：上桃花峪村一百五十三人，下桃花峪村二百零六人。两个村庄因为处地偏僻，在过去日本人的历次扫荡中都没有受到大的影响，所以村干部对敌斗争的经验也比较欠缺。这次大扫荡开始后，周围村庄相继遭到日本人的蹂躏，而这两个村庄就像处在风暴眼中，过着一种外紧内松的虚假安定日子。外面的空气越来越紧张，八路军又无影无踪，村里就剩下些没有武器，没有经验的民兵，放放哨还凑合，真打起来根本不顶用。村干部个个紧张害怕，成天捉摸日本人什么时候来，来了该怎么办。大扫荡临近尾声，果然来了一股日本人，上桃花峪村干部惊慌失措，刚听到一点风声就带着全体村民往后山地道躲藏，地道内人多空气差，又没吃的，呆久了老人哼，小孩叫，便派人回村察看动静，不幸正好碰上搜山的日本人。他们顺藤摸瓜找到地道口，造成惨案。

下桃花峪村倒霉在两个回村走亲戚的人家。黎明重点调查了这两家的情况，发现他们不大可能是汉奸。虽然两人出头欢迎皇军，但后来也都被日本人杀害，属于受害者之列。两村的村干部也大同小异，都来自贫苦农民家庭。黎明心里嘀咕：这穷乡僻壤的鬼地方顶多不过几家富裕中农，哪儿去找富农？更别说地主了。党组织也是抗日根据地建立后成立的。下桃花峪村村长黑蛋的父亲还是那位给二六二旅旅部带路的老人家，根本不可能是坏分子。

八

黎明把材料写好后交给谢富治，谢富治却没了下文。

九

敌人扫荡结束后，白丁也该回冀南了。但他死皮赖脸不走，说要等等旅长陈如风，多日不见怪想念的，得和他告个别。黎明鼻子里哼哼两声："太阳真打西边出来了。"

陈如风回来那天，白丁正在屋里睡觉。听黎明说旅长回来了，一骨碌从床上爬起来，问："他的警卫员小孙呢？"

"你不是想念陈如风吗？"黎明奇怪地问："怎么问起警卫员？"

"这你别管，你只管告诉我他现在在那里？"

"他的警卫员换人了，现在是小王。他这会儿正好在旅部，闲得无聊。"

"旅首长都不在家？"白丁屏住气问。

"谢政委去了师部，陈旅长临时到供应科了。"

"太好了，真是天从人愿呐。"白丁双手合十，闭上眼睛装模作样祈祷片刻。然后拉着黎明往门外走："你带我去找小王，马上去。"

小王就一个人，正坐在旅部房门外的台阶上擦拭枪支。白丁打着哈哈凑上去："小王哪，枪擦这么亮，挺在行嘛？"

小王得意地把枪举起来，在太阳光下晃了晃说："别的不敢吹，摆弄这家伙什，还真没的说。"

"你倒提醒我了，我真有个事儿得请教请教，"白丁猛地一拍脑门儿，做得跟真的一样："看我这记性，差点子给忘了。"

"白科长，开玩笑吧。俺有啥可请教的？"小王以前是在部队，没在旅部呆过。他认识白丁，但不知道此人是个无赖。

"唉，孔老夫子都说了，三人行，必有我师。"白丁一本正经地说："何况，摆弄枪你是行家里手。"

"不是说你去了武工队吗？干武工队还能不会摆弄枪啊？"小王有点不相信。

"要不说人和人不一样呢。"白丁敞开衣襟，从腰间掏出一枝手枪："你看，谢政委刚奖励我一枝新枪，我还不会用呢。"

小王嗜枪成瘾，看见新枪就眼睛发亮。他一把把枪从白丁手上抓过来，左看右看，啧啧赞叹："哇，真正的王八盒子，看着就叫人眼馋。"他把枪塞入自己腰间，悬皮搭脸地说："白科长，咱俩把枪换换吧？我把这根腰带一块儿赔你。"说着就要解开他那条崭新的日本军用皮带。

黎明看见白丁眉头一皱，好像吞了只苍蝇，心里暗自好笑。他早知道白丁是黄鼠狼给鸡拜年，没想到小偷遇见了强盗。咱好歹也是人民军队，怎么尽出这号人？黎明咳嗽一声，清清嗓子说："我看这生意挺公平。白丁，就答应他吧。"

白丁连瞟都没瞟黎明，对小王说："你这个同志这么说可就不对了。咱们是正儿八经的八路军，凡事儿得讲个纪律。要不别人还不得说咱是土匪呀。实话告诉你，这枪是谢政委奖励我们全体武工队的，不是给我个人的。我要这么就送了人，两头都没法交待呀。"

　　小王想想是这个理，恋恋不舍地把枪拿出来："那，白科长，你要我帮什么忙呀？"

　　"你先看看这枪有没有问题？别到时候搂不燃火。"

　　小王熟练地拉动枪拴，退出弹夹，拨弄几下后说："好的，没问题。"要把枪还给白丁。

　　"听说这枪不太好上子弹。"白丁并不着急接枪。

　　黎明突然明白这家伙想干什么了，心说白丁哪，白丁，你真是吃了豹子胆，跑老虎嘴边去拔毛。小王身上是背着几十发子弹，但粒粒都是陈如风的命根子。陈如风这个人，你要他什么都好商量，就别要他的武器。谁要打这个主意，他非生吞了那家伙不可。

　　"谁说的？这枪忒好上子弹。"小王说着从身上取出几粒亮闪闪的手枪子弹，三下五除二，塞了进去。估计他做梦也没想到，这世上居然有人敢对旅长起了打猫儿心肠。

　　"一次装一颗，岂不是单打一了？"

　　"啥，单打一？"小王被这个菜鸟级问题撩得有点烦："你摆弄没摆弄过枪呀？"

　　"这不正向你请教吗？你就别图省事儿，送佛送到西天。多装几粒，叫我囫囵看个全过程。"

　　"好，好，给你看，看清楚了啊。"小王继续解开几个小口袋，往枪里塞子弹。

　　白丁故做好奇地走到小王身边，指着他身上的那些小口袋说："这里面都是子弹呀？别是些小木头棍，吓唬人的吧。"

当时，部队子弹奇缺，连队战士一般只配发三、五颗。为了欺骗敌人，让他们误以为土八路弹药充足，大家只好削些小木棍把子弹带塞得鼓鼓囊囊。看过电影《董存瑞》的人相信对此会有印象。

"说啥呀，小木棍？看来，俺要不显山显水，你不知道哪儿是灵霄宝殿。"小王感觉受到了莫大侮辱，马上把腰间剩下的几个口袋全解开，露出了一排黄澄澄的子弹。

白丁瞳孔放大，蛤喇子往外流。他贴近小王身体，左手掌对着几个小口袋底部轻轻一弹，五、七粒子弹飞跳到空中，接着右手一扫，将其统统抓住，腾出来的左手再顺手牵羊，叼住枪把，把那支驳壳枪从小王手中抽回来。最后，一拱手说了声："得罪。"脚一蹬一点，"嗖"地一声，如同兔子般向院落门口跑去。一连串动作敏捷迅速，配合得酣畅淋漓，天衣无缝，直看得黎明眼花缭乱。

小王愣了一秒，也许就半秒，才反应过来，嚎叫着扑了上去，但已经为时过晚。这一秒或半秒时间差，给了白丁足够的时间来保证计划的百分之九十九获得成功。剩下的百分之一，是他万万没有想到，正好这个时候旅长陈如风带着几个通讯员从外回来。

于是，两人正好撞个满怀。

十

陈如风也是万万没有想到，居然有一个人像炮弹般从院子里射出来。他双脚已经跨进门槛儿，避闪不及，被白丁一撞，身体平坦坦地飞起来，四脚朝天仰摔在硬地上。他手下几个参谋、通讯员不由分说，一拥而上把白丁给扭住。警卫员小王冲上来，左右开弓，"啪啪"两耳光。白丁的两边脸上顿时浮现出十个红胀胀的手指印。小王嘴里还不停地骂骂咧咧："狗日的，眼睛都长哪儿了？哈迷蚩耍心眼，你耍岳大人头上了。真瞧自个儿是个人哪。"

黎明上前拉住小王，虽然他发自内心希望看见白丁再挨几下子。陈如风揉揉后脑勺，从地上爬起来。小王翻开白丁的口袋，掏出那些子弹，和着枪一起递给旅长，红着脸，扯着喉咙对旅长嚷："旅长，你看看，这小子骗吃骗喝，居然骗到旅部来了。"

白丁对陈如风嘻皮笑脸地："陈旅长，谢政委不在家？"

陈如风勃然大怒："就是谢政委在家，我也一样法办你。带进来，把嘴堵上，先抽这家伙三十马鞭子。"一头冲进房中。

黎明赶紧劝解："如风同志，说实话，姓白的是不像话，该抽他几下。不过，三大纪律，八项注意明文规定不打人骂人，他这也就是人民内部矛盾。你看是不是…，"

"啊，你管这叫人民内部矛盾？"黎明话还没说完，陈如风猛地一拍桌子，指着桌上一堆物证，对黎明嚎叫起来；"看清楚了，这是明明白白的'哄、拿、欺骗'，图谋革命军人武器财物。就算是不打仗，这罪名也够得上进班房，吃花生米，懂吗？"

　　白丁嘿嘿笑起来，脸上的手指印随着面部肌肉运动而运动，好像几条红毛虫在白面馒头上爬："旅长，咱们都是老交情，别说得太严重。"

　　陈如风指着他的鼻子骂道："哪个和你卵子的'老交情'？耍到老子的名下了。来人哪，把他给我拉出去毙了。"

　　其他人忍住笑，只好干答应着。还是白丁精通厚黑之术，擅长应对之道。他摔开众人的手，一把扯开衣服，露出白光光的胸脯，冷冷地说："好啊，姓陈的，你是大旅长，这儿你当家，你说了算。来，冲这儿开枪。看你敢不敢打死一个抗日英雄？"

　　这话真叫厉害，把人逼墙角落里了。大家都看着陈如风，不知道这幕闹剧如何收场。

　　陈如风愣了半晌，突然哈哈大笑，坐下，拿出一支烟点燃："好你个吊熊样子的抗日英雄。我倒要看你是俩鼻子仨眼儿，还是仨脑袋一个窟窿。"

　　黎明见气氛缓和了，对陈如风说："老白也是病急乱投医。他在敌后提着脑袋干革命，紧张时间长了有点拧不过筋。其实他直接找你不就得了。不就要几颗子弹嘛。"

　　"是借。"白丁打断黎明的话头。

　　"借？啥子叫借？刘备借荆州，有借无还。"陈如风翻着白眼，给白丁打起了官腔。

　　白丁又变得油腔滑调："旅长，实话给你说吧。咱武工队在敌后搞得不错，谢政委挺高兴，说让他在邓政委面前露了脸，特意奖给我一支新枪。唉，就没给子弹。枪没子弹还不跟一块废铁差不多。我想你们一个旅长，一个政委，他给枪，您给几颗子弹，这样才公平合理，也是对我们武工队的最大支持。当然啦，老黎说得对，我应该给你先打个招呼。这个算我错了。我在这儿给你跪下，唉，就叩个头吧。"说着双膝跪下，给陈如风叩了个响头。

黎明趁热打铁，劝陈如风："你现在好歹是旅长，打仗也不用你亲自冲锋陷阵，子弹嘛，跟钱差不多，生不带来，死不带走，看那么紧干什么，没得别人背后说你小气。还不如送人一些，在抗日战场上发挥一点作用。"

"你胡说八道些什么，我冲不冲锋陷阵管你么子事？"陈如风转头，指点着白丁："你老实说，别给我打马虎眼。谢富治这个人我清楚得很，那有光给你枪，不给子弹的道理。"

"嘿嘿，要不说你是旅长，咱只能当科长。果然是明察秋毫。"白丁装得无可奈何，双手一摊："谢政委是给了子弹，但就五颗，顶个屁用呀。您想，我们在敌后，那天不和鬼子擦肩而过，这五颗子弹，还不够一顿打呢。我求求您，您就发发善心吧。说不定到时候就这几颗子弹能救我一条命。"

"旅长，看他说得可怜兮兮的，就给他几颗吧。"黎明说。

"呸，算我碰上你们这帮无赖认倒霉。"陈如风用手从桌上剔出几颗子弹，像喂狗似地："拿去吧。"

"谢主龙恩。"白丁喜不自禁，上前一个熊抱，把桌上的枪和十几发子弹统统扫进自己怀中。

"嘿，你小子是人心不足蛇吞象啊。"陈如风站起身，走过来："老子今天饶了你，但刚才你下的跪我没看清，再来一个才准走。"

"没问题，等我回来定跪不误。"白丁趁陈如风还远，转头拔腿就跑。

陈如风早有防备，切上前，一把抓住白丁的后脖领子："老子就知道你个臭知识分子不老实，跪不跪？不跪把东西全留下。"

"那你说话可得算话，跪一下，东西全给我。"

"废话，老子堂堂旅长，那像你那么下三烂的，当然说话算话。"

"好，好，这就叫一颗子弹难到英雄汉。远看韩信，近看老谢，连孔老夫子都要过饭。自古英雄出裤裆，能忍的才能干大事。射人先射马，治人先垫脚。"白丁上撩衣服，下提马步，一拱手："旅长同志大人，白丁这边厢有礼啦。"

众人早已忍不住，哈哈大笑起来。陈如风伸手要撕白丁的嘴："不要你下跪，就让我把你这两片嘴唇撕下来，省得以后再油嘴滑舌，祸害别人。"

正在这时，一个通讯员从门外进来，交给陈如风一封信。陈如风拆开一看，马上叫道："集合队伍，去傅集镇。谢政委回来了，说要开公审大会。"

十一

那一天阳光灿烂，几千人的部队汇集在傅集镇外的平坝子地上。黎明和白丁说说笑笑到了会场。白丁指点着宣传队的女孩子，悄悄对黎明说："你小子那辈子修来的福气，不用上前线，还可以成天泡女孩子。"

"你来试试？成天泡女孩，还不能犯错误。这是另一种意义上的'生在福中不知福'。"黎明调侃道。

"不行，老子也得沐浴点儿春风，不能让你们这帮家伙占尽了便宜。"白丁忍不住，跑到前排，一屁股坐在了小何旁边。

公审大会的主席台很简陋，是临时用木头架子搭建的。台子两边竖起两根立柱，顶头绑上一根横梁做门面。立柱上挂着大幅标语，分别是：'打倒日本帝国主义；'惩办汉奸卖国贼'，既不对仗，也不工整。横梁上的横幅写着四个大字："公审大会"。主席台上没有桌椅，所有人都站着。谢富治和师部军法处长卜盛光在主席台中央，其他人站在一侧，包括陈如风。

正在热闹，就听得一阵短促的军号声，部队马上安静下来。谢富治上前简短说了一句："公审大会现在开始。"然后指指卜盛光："现在请八路军一二九师军法处长卜盛光同志主持公审大会"。

卜盛光上前一步，开口就是杀气腾腾："把日本帝国主义的走狗，托派，汉奸，卖国贼，国民党特务邵英押上来。"

黎明的脑袋好像挨了一棒子，脸色顿时变得煞白。他想站起身往前探头，立马被身后的一双有力大手摁住了肩膀。接着听到赵保田低沉地声音："坐着，别动。"

这时只见一个五花大绑的家伙踉踉跄跄，被几个全副武装的战士推搡着进入会场，像赖皮狗似地瘫倒主席台前方的地面上。领头的特务连长钟伟元抓住他的头发，将他提起来面对全体观众。

黎明这次看清楚了。但，这根本不是那位红光满面，生气勃勃，嘴角总是带着一丝笑意的太行英雄。此时的邵英脸皮呈灰蒙蒙的惨白色，头发蓬乱、眼眶深陷，低着头、弓着腰，膝盖以下好像没了骨头。他好像想说话，但嘴巴被一块布死死塞住，只能手脚无助地徒劳挣扎。

谢富治走到前台讲话："同志们，在这国难当头，民族危亡的紧要关头，我们必须时刻提高警惕，保持清醒的头脑。日本帝国主义想要从军事上消灭我们，国民党反动派想要从经济上困死我们。他们豢养的汉奸走狗，托派特务处心积虑要打入我们内部，破坏共产党领导下的抗日游击战争。列宁同志说过：'堡垒最容易从内部攻破'。这些混入我们内部的汉奸走狗，托派特务是革命最危险的敌人。我们必须揭露他们，清除他们，把他们彻底消灭干净。

台下站着的这个人，相信很多人认识，他就是国民党特务，一个地地道道的托派，日本帝国主义的走狗。平时，他伪装进步，欺骗党、欺骗组织、欺骗群众，但是一到关键时刻就暴露出自己的阶级本性，勾结日寇、背叛革命、投靠敌人，打击破坏我抗日民主根据地。最终成为不齿于全体抗日军民的狗屎堆。

同志们，这就是教训，深刻的教训。事实清楚地告诉我们：我们的敌人是何等的狡猾、何等的无耻、何等的疯狂。我们必须擦亮眼睛，警惕、警惕、再警惕。坚决粉碎敌人的一切阴谋诡计。"

接着卜盛光摊开一张布告，大声念道：

"布告

为了保卫共产党领导下的抗日根据地建设，保卫军队和人民用鲜血和生命换来的胜利成果，打击日本帝国主义及其汉奸走狗的嚣张气焰。国民革命军第十八集团军最高军事法庭特此宣判：

犯罪人，邵英，男。二十三岁，汉族，陕西南郑人，出身：大资本家，原八路军一二九师二六二旅团政治部主任，冀南挺进支队政委。民国二十六年四月，在延安抗日军政大学秘密加入'托派'组织。民国二十七年二月，伙同'托派'骨干徐步，李达，括号，已被我镇压，括号完，等组织成立'托派'太行山支部，刺探情报，破坏根据地建设。民国三十年六月，勾结日军围剿二六二旅冀南挺进支队，致使我军蒙受重大损失。同月背叛革命，投靠国民党匪军孙殿英部，并指使其袭击我冀南抗日根据地，杀害我基层工作人员。

此案事实清楚，证据确凿，犯罪人本人对此也供认不讳。鉴于犯罪人上述罪行性质恶劣，情节严重，危害重大，不杀不足以平民愤。经报国民革命军第十八集团军最高军事法庭批准，对犯罪人判处死刑，立即执行。

此布。

国民革命军第十八集团军一二九师军事法庭

民国三十年月日"

接着有人高呼："打倒日本帝国主义"；"打倒汉奸卖国贼"等口号，一时群情激愤，山呼海啸。在群众的咆哮声中，几个人又推着邵英往会场外面跌跌跄跄的走去。走着走着，钟伟元抽出一把明晃晃的日本战刀，双手攥紧，朝邵英的后脑勺和后颈背用力砍去，只见一股鲜血红彤彤的像喷泉一般，朝上迸射出来，邵英一个趔趄，向前匍匐下去，接着扑上去几个人，有拿大刀砍的，有拿刺刀捅的，邵英连呼吸都没来得及，就象一条狗似地摊在血泊中了，被刀砍开的头皮一层白一层红的重叠着，撑张着，白融融的脑浆混着网络一般红红的血丝，一堆挨着一堆，令人眼悸心寒。

黎明没有看见这一幕，他抱着头坐在地上，浑身抽搐，好像杀的不是邵英而是他自己。他的脑子不停地旋转：邵英是托派？绝对不会。他从参加革命到离开太行山，都和自己在一起。说他是托派，证据是什么？有些什么具体破坏活动，一切细节都不清楚。当然，他是打了败仗，但那最多不过是指挥失误，怎么和勾结日寇扯得到一起？你谢富治就没有指挥失误的时候吗？说他是叛徒，好像更没谱儿。他对太行山根据地那么熟悉，要投降干嘛不直接带日本人来找二六二旅主力，何必袭击什么基层组织，地方工作人员？问题是：如果邵英真是个好人吗？真的被冤屈了？上级何必这么兴师动众大动干戈呢？黎明不敢这样想。这种事，既不能向别人请教，更不能向上级反映，只能闷在肚子里，自己做自己的工作。管他妈的，人已经死了，上级说他是托派，是叛徒，肯定有充分根据的。千万不能让别人发觉我有思想问题，给我加上一顶和托派、叛徒划不清界限的帽子。想想对邵英动手的几个同志当时的神情，一个个的确愤怒到了极点，仇恨到了极点，特别是钟伟元，老红军，老革命，一双双圆鼓鼓的眼睛，像要爆出来似的，像要喷出火焰似的。邵英要不是个凶恶的反革命，怎么会引起这些同志如此仇恨？唉，也许是我的小资产阶级意识在作怪，认不清敌人，有温情主义。既然宣布了他的罪行，组织上肯定是掌握了充分证据。

赵保田等部队散场后，把黎明从地上提起来，揪着他的耳朵吼叫："黎明，别跟丢了魂儿似的。不就一个邵英吗？以后这种事儿多的是，犯不着较劲儿。"

黎明强迫自己松弛肌肉："怎么开、开会前我，我没看见你，从、从哪儿冒出来的？"

"从哪儿冒出来的？要不说谢老财，他妈的吊聪明，把他的东西盘得紧巴巴的，生怕你出问题。是他特意让我来的，盯着你。还好，正赶上你小子不顾死活地要出头。"赵保田接着说："赶快去旅部，老谢有话给你说。"

十二

黎明走进旅政治部的房间，看到只有谢富治一个人，感觉很冷。

谢富治咳了一声，低着头说："你很难过，我理解。其实我自己也很难过。现在是战争时期，过去的就算过去了。我们还有更重要的事，不能被这些鸡毛蒜皮的小事儿绊住脚，还得打起精神往前走。"他指指桌上的东西，又说："这些是邵英的遗物，你拿去处理掉吧。"

　　黎明看见桌上放着一套学生装，一个笔记本，一支破旧钢笔和竺青的那个玉磁小酒葫芦。他拿过笔记本，随便翻了翻，发现上面字迹潦草，写着一首绝命诗：

冷月如钩，
晓风残送，
关山几度春秋。
铁马冰河追李陵，
青冢不见芳草留。
顿足撕发悔悔悔，
无奈水长流。

囚室漏夜风寒，
霜轻雾淡晨炊烟。
一腔热血挥手去，
孤愤说难笑共产。
长恨长剑悲长歌，
黄沙尽头处，
尘埃落定汉江南。

　　黎明无言，他捧着邵英的遗物，想马上离开房间。但终于忍不住，回转头，哽咽地大声叫喊："谢政委，你知道他是冤枉的呀。"

　　谢富治脸色骤变，来回跨了几步，然后厉声对黎明喝道："黎明同志，革命不是请客吃饭，不是绘画绣花做文章。革命是暴动，是一个阶级推翻一个阶级的暴烈行动。我们今天冤枉一个人，这不是残忍，而是为了明天的胜利，为了明天不再冤枉更多人。无产阶级不是天生的铁石心肠，我们也是人，也懂得起码的感情。但我们更应该明白，只有无产阶级的最后胜利，才能铲除所有社会悲剧的根源。黎明同志，你要记住：一个真正的革命者，绝不能让感情左右自己的理智。"

他怒气冲冲走到门口，身体好像晃了晃，连忙伸手扶着门框，低声哀嚎："我是有机会派他执行别的任务，如果他不参加那次白屋会议，该多好。二六二旅知识分子本来就不多，红军时期加入的更少，军政双全，军政双全呐。"

这是唯一的一次，黎明看见谢富治的眼睛落下了泪水。

<h2 style="text-align:center">十三</h2>

村东头有一眼窑洞，正对操场，是宣传科用来堆放器材，白天开展活动的地方。靠窗的房间放着一张书桌，书桌旁边放着一张单人木头床。主要是方便晚上有人在这里写点东西，一般大家都不住这儿。

这天晚上，黎明一直呆在这儿。天很冷，但没有风。他想写点日记，刚写了'年月日，天气：晴'几个字就再写不下去。

突然，他听到轻轻的敲门声，有些诧异，便被衣来到门口，打开门。黑暗中辩不清是谁，就听到嘤咛一声："能进屋坐坐吗？"

原来是竺青。

黎明默默地让开道，竺青径直走到床前坐下。黎明把门带上，但没有关死，然后也坐到床前，坐在竺青旁边。两人很长时间都没有说话，就闷闷地坐在那里，看着油灯旁边放着的邵英遗物。油灯火苗直直的，没有一丝颤动，照在成片剥落的粉墙上，映出一个诺大的暗橙色椭圆，看上去像一面年代久远的锈蚀铜镜。铜镜上面有一只黑色的壁虎正慢慢往上爬。

"是他参军前穿的吗？"竺青身体一动不动，也没有任何表情。

"是。我们去西安考学校的前几天，他妈妈连夜挑灯赶出来的。"黎明知道竺青说的是那套学生装。邵英对母亲感情极深，所有一直把这套衣服保存得很好。

"不是说，他家很有钱？"

"胡说八道，"黎明声音低得来只有蚊子才听得到："他爸是个走村串巷的小货郎，整天在外奔波，家里就邵英和母亲相依为命。平时街坊邻居都不大瞧得上她俩娘母。"

又是长时间的沉默。

半晌黎明才说："眼下乱纷纷的，我也不知道，怎么才能把东西送回他家？那个小葫芦，"黎明顿了顿，又说："原来就是你的，你拿回去吧。"

"还这么在意？"竺青好像笑了笑："就是个玩意儿。喜欢，你就留下。"

黎明没有回答。

"他比你强。"竺青转过头，看看黎明，嘴角依旧好像带着笑意："积极，奋发，不服输，有追求，有向上的目标。当然，还爱开点儿玩笑。"

油灯的火苗依然笔直的，纤尘不动。只有墙上的壁虎停一停，继续往上爬。

“我有点冷。”竺青低下头。

黎明把肩上被着的衣服取下来，搭在竺青身上。竺青身体突然一倒，扑进黎明怀抱，叫了声：“抱着我，我冷，我害怕。”开始失声痛哭。

黎明就像被电流击打，吓了一跳。竺青的身体如同溺水般虚弱，在自己怀中漱漱颤抖。黎明是想像个英雄那样出手保护，却不知道出手何方。周围如此的空虚，何处是个抓拿。他唯一能做的就是把姑娘的身体紧紧抱住，但越抱得紧越感觉四肢无力，怎么也使不出劲道。他好像要把两个手臂如铁钳般嵌进对方挣扎的肌肤中，才能克服内心无法克服的恐惧。

“别怕，他特殊，太直，有点太冲。是的，也许是，有点冲。我们不同，完全不同。”黎明说话时，觉得自己的上下牙齿也在打架。他越说声音越小，越哽咽：“我要是他，也不会甘心，不会呐。”

这是火红的共产主义烙铁在黎明心中留下的第一道烙印。

竺青咬住黎明的手臂，竭尽全力要堵住自己的哭泣。她想压抑自己，得到的却是更猛烈的爆发。她那剧烈震动的身体，好像摁住了几世仇人的复仇女神，直要把黎明整个儿地摇散架。

“别再说他。不许说，”竺青攒着小拳头在黎明背上绝望地捶打：“我要你，你不是在意我吗？你偏不说，要叫我说？我是女人，说这样的话，还怎么见人？”

　　黎明猛然用双手抱住竺青的脸蛋，凶巴巴地注视着任人摆布的女孩。他的头突然往下一扎，嘴唇狠狠地贴在对方嘴唇上。

　　就在那一刻，黎明和竺青意识到，在他们中间横亘着的一堵高墙消失了，以前所有的自卑突然失去了现实基础。他们不过是普通人，普通得再普通不过的常人。那个奋发向上，高不可攀的榜样不应该，也不是他们梦寐以求超越的目标。他们需要的是常人的生活，常人的情感，常人的安宁和常人的平庸。

十四

　　黎明和竺青走出房门时，发现白丁独自蹲在门外抽烟。黎明这才想起，白丁回来后一直住在这间窑洞里，顿时感到十分尴尬。

　　白丁好像没什么，把手中的烟蒂扔掉，提着外套站起来，似乎满不在乎地说："邵英的故事我问清楚了。他老兄也不算太冤枉。当然，冀南失败不是他的责任。部队被包围时，支队司令员慌了神，处置错误导致全军覆没。可惜邵英当时没有牺牲。他突围出来，误闯入国民党军的地盘，被人家缴了械。记得抗战刚开始，我们和秦麻子收编的那支部队吗？后来有一个营叛变。那个营长现在当了团长，正好认识邵英。其实，那家伙挺喜欢邵英，没叫他干什么坏事，就把他留在团部当了文书。我们把这个部队解决后，意外发现堂堂太行英雄，居然干上了国民党的文书。这事情就闹大了。邵英是不死也得死。”

“那托派是怎么回事儿？”黎明问。

“徐步的事你清楚。还有一位李达，和我一道都是北平来的学生。李达和徐步差不多同时出的事儿，哥俩一起定了个托派枪毙了。其实他们那会儿也就刚参军，只怕连托洛茨基是谁都不清楚。何况邵英根本不认识这二位，成立个鬼的支部。”

“好在--” 黎明唏嘘道：“以后不会有人想起他们的名字。”

白丁用奇怪的眼神看看黎明，然后冷冷地说：“当然，除非是当笑话。”

十五

一九四一年的冬天异常寒冷。太行山根据地粮食奇缺，物资供应极端匮乏。黎明他们面临的主要问题已经不是如何打击敌人，而是如何生存下去。在日本人的残酷进攻下，许多人都在担心游击战争还能不能坚持下去，八路军会不会走上东北抗日联军的老路。

中国的时钟好像停滞了，然而世界的局势却在飞速改变。十二月七日，日本联合舰队偷袭珍珠港，美国和英国同时对日宣战，太平洋战争爆发。从此日军再不可能集中全力对付中国共产党的敌后抗日根据地了。几乎与此同时，在地球的另一端，苏联红军对兵临莫斯科城下的德军发起了期盼已久的大反攻。只要苏联不垮台，

中国共产党就不会失败。对于黎明和他的战友们来说，
这无疑是黑暗中初现的一抹曙光。

第八章 生存和转折

一

一九四二年的夏季大扫荡是日本侵略者在中国敌后抗日战场上的最后疯狂。在这场军国主义恐龙和共产主义地拨鼠之间的生死搏斗中，八路军损失惨重。参谋长左权将军和数十位团以上干部牺牲；上万官兵伤亡；唯一的兵工作坊黄烟洞兵工厂被破坏殆尽；大片根据地沦陷为敌占区或游击区。表面上看恐龙大获全胜，但已经精疲力尽，终究没能逃过最后的审判，而地拨鼠则生存下来，一直坚持到胜利。

二

地拨鼠要生存，就得有钻地洞的办法。就黎明的体验而言，一九四二年的中国共产党绝对称得上是伟大。中共中央把下边的困难看得清清楚楚，对部队的状况也了如指掌，采取了一系列度过难关的措施，其中最重要的就是"精兵简政"。"精兵简政"是一年前李鼎铭先生在陕北边区参议会上提出的议案，此时在敌人的残酷扫荡下得到了全军上下认同。

二六二旅一分为二，与分区合并。旅长陈如风兼四分区司令员，政委谢富治兼七分区政委。九团、十四团驻四分区；十三团驻七分区。司、政、供、卫机关也分开与四、七分区合并。黎明被合并到四分区。合并后的分区机关大为精简。旅政治部原有八个科级组织，其中的宣传科，教育科合并成一个宣教科，原来统共十七、八个干事只留下四、五人。原来每个科长都配了一匹马，政治部主任，副主任一人两匹；司令部的马更多。行起军来，政治部接司令部，简直象个骑兵连。与分区合并后，把科长的马统统取消了，分区首长包括政治部主任的马也从两匹减为一匹。当时黎明刚分到一匹马，没想到屁股还没坐热，就从四条腿又回到了两条腿。这可是涉及自己切身利益的大事了，不压于今天取消某人的宾利专车，但黎明没有任何抵触情绪。道理很简单，机关臃肿害处是明摆着的：到底是自己的一匹马重要？还是部队的生存更重要？部队没了，别说个人的前途，就是死活都说不清楚。所以，在某种意义上说，是敌人的凶恶残忍帮助了土八路的精简。另外，那次精简是当官的带头，真正的"阳光政策"，人人都可以看见。连司令员、政委的"特权"都减少了，小小的科长还有什么可说。

三

旅的宣传队也精简了，只留下几个身强力壮的，行起军来能自己携带道具、服装、背包、标语筒和宣传品。其余的男女老少几十号人都交给地方，分散安置在根据地的各个村庄内。原来的道具服装，鞍、马、箱、笼也全部处理掉。

安置人员时，黎明颇费了一番脑筋。当时日本人在根据地内部安插了很多钉子，小规模的袭击，骚扰不断，到处都不安全。想来想去，还是选择距离敌伪大据点不远的村落比较好，利用利用敌人的麻痹心理。黎明特意把竺青安排在太行山东麓，因为附近有一支刚从冀南过来的战斗部队，情况紧急时可以依靠。

竺青临走那天，黎明瞅着房间里没人，想把从陈如风手里弄来的那支钢笔送给她，那是黎明身上唯一值俩钱的东西。竺青看都没看，嘴一撇："谁稀罕那玩艺儿。"随手搁摆桌上。她坐回炕头，双手并拢，放在膝盖上，匀匀气儿；接着，掏出一条小手绢，很明显是家里带出来的，把钢笔仔细擦了擦，重新别回到黎明胸前的口袋上，嗔怪地说："好歹你也是抄抄写写的，别有事没事儿拿自个儿的东西送人。"

"小心叫人看见。"黎明连连躲闪。

"看见怎么啦，共产党时兴的就是自由恋爱。"

"看你说的，部队嘛，还不得讲个纪律。"

"就你讲纪律，那你进屋来干什么？要注意影响呆外边去。"竺青生气地说，转身开设整理炕上的背包。

"看你打的那个背包，松松垮垮。当了多少年兵，还这样。"黎明推开竺青，自己上前把背包捆了个结结实实。

<h2 style="text-align:center">四</h2>

部队精简后，依旧存在吃饭的问题。没有粮食，再坚强的队伍也得散伙。

最初，旅部机关还有点白面馍馍。白面吃光了，就是一顿接一顿的小米干饭。不久，小米干饭变成了半干半稀。再后来就得掺和些野菜煮成糊糊，每人几大碗下去，肚皮倒是溜溜圆，撒泡尿就没了。最后，连这种半干糊糊也不管饱了，开始了真正的原始共产主义：定量配给。

这天，旅部开完会，大家一窝蜂去食堂，其实就一农家小院。进了门，所有人都奇了怪，以往炊事班到了开饭的时间，就会把几桶饭放在院子中央，任谁吃多少舀多少，吃光了事。今天新鲜，司务长亲自把勺，旁边还放着一架秤，每人一碗，先过过秤，多了还得倒回去。稀饭粘稠度还挺高，只是里面多是不顶事儿的土豆块，外加少量小米和玉米，和着一团团千穗谷叶子。千穗谷是一种野菜，可以喂牲口作饲料。不知今天吃多了油大的新生代会不会拿这尝鲜，反正当年缺油少盐的黎明觉得涩牙。陈如风首先不乐意了，对司务长叫道："嘿，大老王，你搞的是啥名堂呀？稀饭都不让人吃饱，还打不打仗了？"

司务长翻翻白眼，哼哼着说："俺说大旅长，要尥蹶子别冲着俺。供应科的规矩是你们上头定的：先保证战斗部队。俺大老王跑遍了四乡八村，也搞不到额外的粮食。旅直是后娘生的，就这么点儿东西，谁也不能饿死，你叫俺变戏法呀？俺得会呀。没法子，克服克服吧。"

黎明看着秤，用筷子叮叮当当敲着碗底，笑着说："这办法好，管吃不管饱，提前进入共产主义，绝对公平。最好大家的胃口也能平均一下。"

"这还不好办？谁觉得自个儿肚子大，拿刀削去一块儿不就行了。"九团一营长马克坚乐哈哈地说，他原来是独立团团长。前段时间脸上挨了一枪，破了相。现在刚养好伤，要回部队，暂时呆在旅部。

"还是留着点空地儿好。冒冒酸水，少吃点子醋，见了大姑娘也不会两眼发直。"黎明说得嘻嘻哈哈。

"是啊，我们黎明同志才算得上正人君子，见了大姑娘连眼睛都不眨一下。"政治部主任山路挤眉弄眼地说："就别看见木头，竹子什么的。一看见，那玩意就得翘起来。"

"噗，"陈如风蹲在地上，抱着碗呼噜呼噜正吃得高兴。一听这话，忍不住把口中的饭全喷了出来。他用筷子指点着山路骂道："你小子缺德不缺德？政治部主任怎么当的？还教不教育战士了？"

"政治部主任算个啥？整天就是干巴巴说教，说教，唾沫星子不当饭吃。山路同志在乎的只有妇联主任，而且是个梦把。那才真是飞流直下三千尺，疑是银河落九天。"黎明回敬山路道。

"啥叫飞流直下三千尺？驴撒尿还差不多。人干那事儿嘛，还是水滴石穿说得恰当。"山路不愧是老革命，见过世面，说起话来脸不红筋不涨。

"嘿，说你吊，你越装出个吊熊样。还鸡巴个共产党员呢，说出这种话，害不害臊？"陈如风起身，捶了山路一拳，拿着空碗走到司务长面前，说："还剩多少，都给我添上，省得便宜这帮臭知识分子。"

所有人一拥而上，高呼："要共产就彻底共产，打倒土豪劣绅。"

接下来，大老王可是找到了好东西：把喂牲口的黑豆煮熟了给人吃，管饱。夸张点儿地说几天都不饿，唯一的问题是拉不出屎。每个人都呲牙咧嘴，拿着根木棍儿往自个儿的屁眼里捅。

五

　　一脸菜色的黎明终于下定决心，到连队去改善伙食。理由嘛，很充分：了解基层干部战士的思想状况和生活情况。正好，冀南过来的那支部队刚编入二六二旅，自己一直想去却没来得及，不如借此跑一趟。何况还可以顺便看看竺青，真是一举多得。

　　黎明先公后私，来到新编二营四连连部，迎头碰见一位高大英俊的青年指挥员。他见了黎明一愣，接着高兴地喊道："黎教员，认识我吗？"

　　"哟，这，这不是小骡子吗？"黎明简直不敢相信自己的眼睛，忍不住喊了起来："你怎么会在这里？"

　　"不光俺，你看还有谁？"小骡子转头对里屋喊道："竺青同志，看看谁来了？"接着，几个人从房内跑出来。果然竺青也在中间。

　　竺青见了黎明，脸蛋微微泛红，嗔怪地对黎明说："你来了，也不事先打个招呼。罗志远同志现在当指导员了，管着百十号人呢，还小骡子小骡子地大呼小叫，不怕人寒碜。"

　　罗志远高兴地揉揉手，满不在乎地说："啥寒碜？老同志、老熟人、老战友，叫啥都行。先进屋坐，说说话。"然后对通讯员喊道："小张，弄点子热水，给黎教员喝。哦，不，应该是黎科长了。"

　　原来罗志远后来上了随营学校，出来被分配到冀南开辟根据地。大扫荡后部队缩编，他这个连就被调到太行山补充主力部队了。

　　"你们的连长呢？"

　　"你也认识，就是原来二连那个号兵。同俺一块儿出来的那个连长牺牲后，上级就把他派给了我。"罗志远说。

　　"小杨？"

　　"还小羊，人家早就成大羊了。"竺青说："不记得他大名叫杨永年？"

　　"记得，记得。唉，几年不见，小骡子都成了大骡子，小羊还不得成了大领头羊。"黎明接着问："那他人呢？"

　　"住后方医院了。" 罗志远显得很不高兴。

　　"受伤了？"

　　"他是没事儿找事儿。上月上级命令俺们护送中央首长过路，任务完成后，首长表扬了俺们几句。他姓杨的可就得了意，觉得哪儿都盛不下了。提出要大白天往回走。俺说不行，这里到处是敌人据点，密探也多，太张扬容易出事，还是夜间行动比较安全。老黎你听他说什么？'指导员，你啥时候变这么胆小？俺们是疙瘩战斗部队，想打就打，想跑就跑。老子就怕他小鬼子不来找俺，还会怕了他？'"

　　"都是叫小鬼子憋的。"竺青插了一句："这一阵子，打不能打，跑没处跑，搁谁都觉着窝囊。"

"他还有理呢，说什么：'闹腾闹腾，把小鬼子的肚皮戳个稀巴烂，免得他跟踪首长找麻烦。俺就不信，小鬼子能把老子的逑咬了？'"

说到这里，罗志远停下来，不好意思地看看竺青。竺青的脸微微泛红，抬起手指指点着他，笑着说："好啦，好啦。你是大指导员，想说什么还不得叫你说什么。"

"好，好，不说了。"罗志远拍拍头，对黎明说："黎科长，你知道俺肚里有几根蛔虫。小妮子是俺上门请来的文化教员，说啥都得听呢。"

"没关系。话是小杨说的，你只是转述，犯不着检讨。"黎明觉得挺好玩。

"对，对，是小杨说的。我保证是小杨的原话。"罗志远好像被解了套，开始接着往下讲："叫他这么一说，俺还能说个啥？那就大白天地走呗。一路上倒也痛快，见电线就割，见火车就炸，见伪军就缴枪，见日本人就打，打不过就跑。不想最后一天，碰上了二三十个鬼子，打得苦了点儿。小杨的大腿骨嵌了一颗子弹，还牺牲了好几个战士。"

通讯员小张提着壶热水进来，给黎明倒上一茶缸水，接过话头说："还得说指导员脑子快，他瞅连长被鬼子缠得死死的，就带着俺几个绕到敌人屁股后边，打了几个手榴弹才解决问题。再晚一会儿，让鬼子骑兵赶来，可就要闹大笑话了。"

"部队的情况怎么样？还有多少人，多少子弹和手榴弹？"黎明掏出钢笔，小本子就要做调查。

"刚从冀南过来时，俺们连齐装满员，有一百三十多号人，三挺机关枪，后来坏了一挺没舍得扔。到了山里和鬼子伪军又打了几仗，损失不小，再没补充。眼下子弹还行，每人七八颗，够打一阵的。手榴弹也勉强凑合，算每人摊一颗罢。"

"子弹，手榴弹恐怕要节约点用。黄烟洞兵工厂被破坏后，一时半会儿也恢复不了。前两天，我听陈旅长说：旅部炮兵连的迫击炮只剩下五、六发炮弹，快跟废铁筒子一样了。"

"那就只能靠缴获，俺们打打伪军还行。"罗志远叹了口气，问黎明："上级能不能给补充些人，俺们连眼下只剩下五十多人，即使把正在养伤的伤员全算上，也不过七、八十号人。"

好嘛，才两三个月，一个连报销了一半。虽然，竺青后来悄悄告诉黎明：这一半的损失不全是战斗伤亡，有一些是不愿意离开平原，进山前开了小差。但是黎明心里还是直打嘀咕：抗战五年，根据地是民穷财尽，何时是个尽头。

"部队的情绪怎么样？眼下困难多了些，有没有悲观厌战的？"

"悲啥观，厌啥战呀？俺们连全是基本群众，成分好，阶级觉悟高，个顶个都能吃苦，不怕死，再困难也不怕。不像小资产阶级，动摇性大。"罗志远有些急了，说话速度就像打机关枪。

黎明顿住笔，抬眼看看罗志远。他听这话觉得得别扭。然而，罗志远一点没有察觉，继续辟哩啪啦："黎科长，你也是过来人。那话怎么说的来着：'留得青山在，不怕没劈材'。当年过黄河才几个人呀，到了太行山，就跟发面馒头，呼呼呼，拉起多少队伍？俺剩下的这些老兵疙瘩啊，就是青山种子，形势一好转，全都是拉队伍的骨干。"

黎明有些吃惊。面前这位侃侃而谈的青年对他来说是那么熟悉，又好像那么陌生。这还是那位哭着喊着不愿意换帽子的小骡子吗？黎明端起茶缸，呷了一口烫水，仔细端详着这间既是连部，又是罗志远寝室的房间。房间虽然破烂，但光线挺好，而且打扫得干干净净。床头规规矩矩放着简单的行李，一床布棉被折叠得四楞见方。墙上整整齐齐挂着水壶，褂包，干粮袋，跟列兵似的。桌上放置的文件，书籍有条不紊。黎明随手抽出一本'论持久战'，见上面用铅笔勾勒得一道一道的，间或还插写着几个字的简短心得。

"俺是瞎描划描划，那比得上你们大知识份子。"罗志远从黎明手中把书抽回来，放回原处，说："黎科长，要是旅部连人员补充都有难处，能不能让上级先给派个连长。俺寻摸着杨连长怎么着也得再呆俩月。"

"派个新连长，那小杨可就回不来了？连长还能跟走马灯似地换来换去？"黎明笑着问。

罗志远不再吭气儿。

竺青说："他呀，就是怕小杨回不来才这么问。"

"我就说嘛。小骡子现在指挥部队，安排工作，哪样不是井井有条，信心十足？这点担子就驮不动了？"

"黎科长，俺们还是去看看部队吧。"罗志远站起身，不想让黎明继续说下去。

　　"各班今天没出操，都上外边挖野菜了。"小张提醒罗志远。

　　"怎么，你们也吃野菜？"黎明有些诧异，心想这顿打尖怕要黄花菜。

　　"啊，帮衬帮衬伙食。"罗志远当然不会注意黎明的面部表情变化："黎科长，你今天来得正好，俺们刚好弄到一头羊，准备煮锅羊肉野菜烩饭，给大家会会餐。原来俺想用小米换点子白面包饺子。没法子，上哪儿都换不到。"

　　我的个老子，这也太过了。黎明本意是蹭顿饱饭，没想到要蹭当兵的羊肉吃，他当即感觉自己是个贼。

　　"不，不用了，我，我还是去赵保田那儿吃吧。"黎明吱吱唔唔地回答。

　　"啥？赵闷灯儿那儿？他有嘛玩意儿给你吃。上个月俺去团部办事儿，吃顿饭连油星子都见不着，害得俺半夜三更回到连里，还找炊事班要了块猪油舔舔。"

　　"不，不，不。我的意思是，是，"黎明是了半天也没说出是什么。

　　"是嫌小骡子不成心。说你就别装清高了，叫化子要饭都不嫌丢人，你怕个啥？"竺青奚落地说。

　　"那你们怎么还吃野菜？"黎明真没想通，有羊肉吃怎么还吃野菜。

　　小骡子哈哈大笑："黎科长，这你就不在行了。俺们是农村里出来的孩子，自打小就吃野菜。吃野菜就怕没油，没油'夹'口。要是用油一裹，可哧溜着呢。像马齿菡，苕芽子，荠荠菜，榆钱儿都挺好吃。尤其是荠荠菜。俺们小时候谁不会唱？'荠荠菜，包包子，老娘吃了耍刀子'。苕芽子也不赖，榆钱不当时令。可惜北方没有'哲儿根'。今儿个不正好有羊肉吗？俺叫炊事班把羊油全放上，叫大家伙吃个饱。哎，听说旅部的伙食也不好，你们吃野菜吗？"

"吃，吃千穗谷。"

"啥？千穗谷，千穗谷还叫野菜？"

"我们是粮食少，拿千穗谷叶子顶饭。"

罗志远天真地笑了："饭不够，米汤凑，那有拿千穗谷叶子顶饭的。"

黎明把旅部的困难告诉了罗志远，罗志远感叹道："真想不到，上面会这么难。"

六

二营四连的羊肉野菜萝卜烩饭色鲜味美。黎明也不客气，连干三大海碗。罗志远问他够不够，他说再吃就撑死了。这时周围的战士都放碗抹嘴了，炊事班长还挥舞着大木勺高声叫喊："不够的来添，羊肉绘饭，管饱呢。"

七

吃完饭，罗志远带着黎明去了连队的文教室。一进屋，黎明就看见墙上挂这一张苏德战争形势图，很明显是从报纸上的简图临摹下来的，图上还用铅笔画了些点线。竺青就着这张图正在给战士们作讲解。她看见黎明进来，马上说："同志们，黎明同志是旅部的宣传科长，了解情况多，我们请他给大家讲讲当前的抗战形势，好不好？”

嗨，小菜一碟。宣传科长干什么吃的?不就这时候耍耍嘴皮子嘛。黎明满脑子装的都是上级的文件指示和适时的新闻报道，随便调出一两件存档就够讲一阵子的。反正是局势严峻；敌人残暴；上级英明；我军英勇；军民团结；同仇敌忾；战绩辉煌；前途光明。不想他摆开架势刚要开口，就见一个小个子战士站起来，大声说："黎科长，别说那么多捞什子的时事，　就讲讲苏德战争吧，这个得劲儿。"

"对对，就说说斯大林格勒。守得住，还是守不住？"接着几个战士齐声喊道。

黎明有点狼狈不堪。他想起去年秋季反扫荡，白丁说的那席话，暗说这次斯大林最好还是不要看见自己的耳朵。

"嗯，依我看，斯大林格勒当然守得住。"黎明语气坚定地说了头一句。

战士们的脸上顿时露出喜悦的神色。

黎明接着哼哼："要再守不住，也没地方可退罗。"

所有人大失所望，'噗'地一声泄了气。

这时罗志远站起身，语调平稳却坚定不移地说："俺看斯大林格勒没问题，能守住。"他走到地图前，对着战士们疑惑的目光，在顿河弯曲部做了一个狐形手势，然后说："你们看，希特勒七月份就拱到了这里，以后再没往前动弹。不是他不想，他想得发疯，肯定是苏联红军给堵住了。以前，俺们在川北打土围子，要是围住它十天半月打不下来，准保要出鬼。你们算算，斯大林格勒到现在有多少天了？俺寻摸着希特勒不光拿不下斯大林格勒，没准儿还得吃大亏。"

"对对，说得在理儿。斯大林格勒一定能守住，一定能。"所有人都欣喜若狂地叫喊起来。

这回黎明对小骡子真是另眼相看了。

八

上完课黎明送竺青回住宿地，她住在半山腰一个庄户人家的窑洞里。

路上竺青对黎明直埋怨："瞧你说的都是些啥？尽让人泄气。就不能给大家鼓鼓劲儿？"

"你说怎么个鼓劲法？去年说莫斯科一反攻，希特勒就得垮台。没想到今年红军还是节节败退。总不能编些东西骗他们吧？"

"我也不知道该怎样？眼下的形势这么困难，说好了当兵的不爱听，说坏了又让人泄气。只好讲点国际形势。"

"抗战打了这么些年，好像越打局势越坏，怎么也看不到头。再这么坚持下去，铁人也受不了。"

"都说人病时间长了，连江湖郎中卖的打药都想试试。苏德战争对他们来说，好歹是个希望。你们做政治思想工作的，也不能太迂腐了，有时候说大实话，效果未必好。"

快上坡坎时，竺青脚下绊了一下，黎明连忙伸手把她扶住。突然，他们身后响起了几声悠长的熄灯号声，那份祥宁就像是久违了的天籁之音。竺青醒悟过来地说："是小罗。刚才他说要送我们一件特别礼物。"接着停下脚步，深深地吸了一口临近中夜的凉风，轻轻地吐了一句："真好，多长时间了没听过熄灯号了。"

黎明略显焦虑的心情也平息下来。他停下脚步，回过头望望，只看见小村庄完全湮没在老树憧影后面的漆黑中。

"这次过来，也没给你带点东西，旅部实在太困难了。"黎明略带歉意地说。

"有啥好带的，人过来就好。"接着，竺青好像想起什么，扑哧一笑："想吃小零食，我还不如到小何那儿去找。"

"小何？她能上那儿弄东西？"

"哪用得着她动手？有人就琢磨着给她进贡呗。"竺青咯咯笑出了声："吃的有小饼干，瓜子，小枣，芝麻糕，凤尾鱼罐头；打扮的有小镜子，小梳子，粉饼，雪花膏，还有一支美国口红呢。"

"嗬，谁这么厉害？上哪儿弄这么些东西？"

"还能有谁？想想谁会那么死皮赖脸。"

"白丁？"

"好啦，好啦，啥事儿都清楚。自己的事儿一点也不上心。"竺青有点撒娇了。

"天地良心，我要不想着你，干嘛大老远跑这儿来。"黎明赌咒发誓。

"那你坐我边上。"竺青掏出一张手绢，在山坎子边的一块大青石头上扫了扫，然后坐上去。黎明讪讪着挤她旁边，手却感觉没处放。竺青一把抓过黎明的手，狠劲甩搭在自己腰沿上。

云很厚，天上看不见一颗星星，四周如同泼墨般的黑沉。黎明和竺青就好像脱离了整个世界，游离在真空中。那是中国共产党的白银时代，个人的信念纯洁得如同山颠的冰雪。然而，也许就在那一刻，黎明已经隐隐约约看到了上与下，理想与现实之间的细微裂痕。

九

回到旅部，正好谢富治也在，当时的四、七分区指挥机关还没有完全分家。黎明向旅首长汇报了部队的情况。他先讲了基层指战员中潜藏的焦虑情绪，然后强调了眼下部队的教育困境。听完后，陈如风不说话。山路吊儿浪当地说："啥是事实真相？对革命有利的就是真相，反革命的就是谎言。"

谢富治沉着脸说："山路同志说得对。我们不能简单片面地，狭隘地去理解事实真相。现在是战争时期，过多地宣传负面消息，部队的情绪会受到什么样的影响？群众的积极性会受到怎样的打击？共产党当然不会搞国民党那套愚民政策。但宣传的标准还是看怎样对革命，对抗日战争的大局有利。只要大政方针正确，加强正面宣传就不是掩盖事实真相。"接着，他话锋一转："不过，我们也要转变方针，不能再和鬼子死打硬拼，干拿鸡蛋碰石头的蠢事。党中央指示我们收拢部队，开荒种地，开展大生产运动，先吃饱饭再说。"

陈如风说："要做就抓紧做。现今已是初冬季节，土地马上要封冻，不把部队拉上山开荒，明春就下不了种，秋天吃个火铲。"

十

部队除留少数部队担任警戒任务，全部上到大山顶子上。

太行山和别处山脉不同，弯曲的峡谷两侧，耸立着高墙般的石壁，绵延数公里到数十公里，或灰白或火红，放眼望去，真有点"谁持彩练当空舞"的味道。不知道的人，呆在山沟昂首仰望，峭壁千仞，危崖接天，以为山顶一定是群峰屹立，争高直指，如同插屏一般。殊不知上得山顶，看见的却是一块略带倾斜的平台地，如同大起大落，雄浑铿锵的山峦交响曲中插进的一段慢板。这地方说大不大，说小可也不算小，方圆十来里，构筑一座万人县城是绰绰有余。虽然没有大江大河，也找不到大的塘堰潭泊，但雨量充沛，还有从附近更高山头融化下来的雪水，所以土地湿润，各色植物郁郁葱葱，生机勃勃。

开荒部队到了这里，但见灌木丛丛、灰兔出没、蔓草萋萋、蓝鹊翩翩；遍地榛莽，山鸡野獾，蒙络胶葛，长虫蜥蜴；飞霜凋叶，红艳夺目；残雪乱草，青黄相间。偶尔还有一只胆怯的赤狐会从错落其间的几棵松、杉、枫、槐后面探出一个三角形的头来，打量人一眼，然后"飕"地一声，飞快消失在旷野中，如同一点无影水笔在墨绿色的大理石上飘落滑过，留下半抹断红残痕。

“真是块宝地呀。”二六二旅的老人都记得旅长爬上山头后发出的贪婪长叹。

陈如风抢上几步，查看先头人员翻起的土地。他抓起一拳泥土，用粗大的手指捏把捏把，然后，拍拍手站起身，透着禁不住的兴奋喊叫道：“好一块生荒，真是肥得溜油呀。种粮食一亩能收四五百斤，种洋芋不搞它几千斤才怪呢。”

他转头对参谋长说：“命令部队：马上砍木头，搭架子，铺上干草蓬被子。咱们在这里安营扎寨，大干一场。”

黎明说：“这地方四面透风，怎么住呀？”

“四面透风？有你住的就不错了，我的大知识分子。再说搭个架子也是为了白天挡挡风沙，夜晚抗抗霜寒，总比露天宿营好不少。凑合凑合吧。”

“要碰上下雨呢？”参谋长问。

“诸葛亮草船借箭，靠的是懂得天时。北方地区，这个季节雨水本来不多。我们又不是要在这里扎老营，三蹶头两锹，开完荒就走。老天爷非要下雨？小雨，咱挺挺就过去了。大雨全线收兵，下山回营，来日再战。”

部队先进行了简短的政治动员，然后，各单位一波一波在台地上撒开，奔向各自的指定地段，插上红旗，架好枪支武器，拿起锄、镐、锹、铲还有些斧头，热火朝天地干起来。

十一

　　分给宣传科的是一块荆棘交错，长满厚厚杂草的老生荒。杂草看看挺软，踏几步像走在一块高级毡毛绒毯上。黎明不知道厉害，"啃哧"一锄头下去，感觉就像砍在了铜丝盘绕的弹簧床上。草皮没伤着什么，锄头把却震开手掌虎口，跳将起来，在空中飞舞半圈，将那二斤实心生铁块冲黎明脑门砸过来。幸亏黎明躲闪得快，没有开瓜见红，但也楞生生吓出一身冷汗。宣传科干事刘行淹运神功，使劲道，七拐八弯终于用手中的大铁锹掀起一块草皮，大家看着真是倒抽一口冷气，这草皮下面的粗壮根须纵横交错，致密如蛛网，连土带泥将整个地面板结成铁板一块。黎明说："看来没有别的办法，只有大家齐心协力，同时从几个方向掀挖。来来来，都站好，一二三，起。"

　　几个回合下来，黎明感觉手掌火辣辣的，早磨出了几个透亮的大血泡。谁叫他是科长，这个时候只能装得若无其事，还跟大家开开玩笑。好容易熬到中午，听见大老王吆喝着开饭，大家来到临时搭就的灶台前，看见炊事班煮的小米饭，一粒粒硬得像钢珠子。

　　"大老王，煮小米饭要多加水。这么硬的米碴子，咋咽得下去？"大家嚷嚷。

　　"你们不懂。"大老王笑着说："开荒种地不比平常训练，是出大力的力气活。人是铁，饭是钢，重活儿就得吃硬米饭。我寻摸着，这架势一拉开，每人每天都得二斤小米。"

　　果然，黎明连吃满满三大碗还像还没饱，又添了半碗，边吃边满意地说："没想到，这么硬的米碴子都吃不坏肚子。"

十二

　　吃完饭，陈如风命令旅直属队集合。然后他走到每一个知识分子面前，叫把手伸开。检查完一个，点点头，再检查完一个，又点点头。最后回到队列前方，伸出自己长满老茧的手掌，摇晃着脑袋，得意的大声说："大老粗和你们这帮肚子里面灌满墨水的家伙不一样吧。才劳动半天，你们的手掌就全都打出了泡，我这老茧厚皮，屁事儿没有。茧巴是打泡磨出来的，有了茧巴，就再磨不出泡了。不过，对你们这些细皮嫩肉的家伙，我们统统优待。怎么样？下午还干不干？"

　　这不明摆着小瞧人嘛。

　　黎明和所有人都吼叫起来："干。"

　　"就是嘛，轻伤不下火线，重伤不进医院，死了不要棺材。"陈如风哈哈大笑。接着他拿过一把锄头，亲自给大家示范："看，拿锄头把得这样，用力攥紧，力气要贯在锄头尖上。有泡不用怕，就疼两天，以后茧子出来就好了。部队的开荒任务是每人三亩地。你们嘛，主要是锻炼锻炼，任务不硬性规定。好，大家抓紧时间休息。立正，稍息，解散。"

　　黎明刚要走开，被陈如风一把抓住："小黎，你不能休息，跟我到各部队走走。你是宣传科长，必须随时随地收集部队的材料。"

　　走到路上，黎明跟陈如风抱怨："旅部分派我们开挖的，简直是万年草荒地。筋筋串串，成片成砣，没几个人一道干，根本是纹丝不动。"

　　陈如风笑笑，没说话。两人看见前面地里有十几个战士吆三喝四，便走了过去，发现这些战士正围成一圈掏大树根子。陈如风眉头皱起，大声问：“你们是那个连的？”

　　“二营四连。”

　　“把你们连长指导员叫来。”

　　指导员罗志远连忙跑过来。叫了声旅长，又给黎明打个招呼。黎明忙给陈如风解释：连长小杨养伤未归。

　　“你是咋样带的兵？”陈如风生气地问：“为啥刚吃完饭就干上了？”

　　“战士们积极性高，是自动提前上工。”罗志远大声回答。

　　“旅长，是俺们自愿，不管指导员的事儿。”一个战士赶紧解释。

　　“胡闹。又是积极性，又是自觉自愿，自愿你个述啊。把肠子挣断了，叫你给我赔人。”

　　“旅长，说些啥呀？俺们庄户人家，那个在家没下过力？大忙时节，把饭挑到地里，大太阳晒着，谁不是丢下饭碗就干活，没见把肠子挣断过，就那么娇气？”罗志远不以为然。

　　“那是收谷割麦，这是开生荒；那是老百姓，这是军队，我的大指导员。军队就得统一号令，规定几点上工，就得几点上工。你是连队的带头人，一不爱惜战士，二不严格纪律，以后怎么指挥部队打仗？。”

　　罗志远不敢再辩解，马上转身命令战士：“放下工具，执行旅长命令，立即休息。”

陈如风拉着黎明，指着这块地对黎明说："你来看看，这地里的草，石头颗子，还有老树干子，老树根子。光这就得七八个壮小伙子才掀得动。最大的得十来个人一起动手，跟掀鬼子铁轨差不多。比较你们的地头，那个难？那个容易？要我说，旅部够照顾你们了。"接着，他觉得手痒样，往手掌吐了两口口水，拿起一把锄头，对黎明说："挖草地嘛，这是最简单的了。你看看这块地，草长得密不密？我这一锄头下去，哎哟…，"

就听"叭叽"一声，陈如风一个倒栽葱摔下去。原来他的锄头正好挖在了一坑烂泥洼子中。烂泥洼子上面覆盖着乱草，单从外表很难看出来。黎明和罗志远最初挺有同情心，两人上前扶着旅长站起身来。不想一瞅他老人家的头，这哥俩儿居然忍不住哈哈大笑：陈如风额头上齐整整地圈着一箍黄泥，看上去就像戴了一顶东北翻毛大皮帽。

后来，部队索性放火烧荒。先在地头点燃一排桔红色火苗，火苗如同精灵妖妖起舞，顺着风势缓缓移动，风助火势，火借风威，越烧越快，越烧越大，形成一堵火墙向台地边缘呼啸而去。

十三

烧了荒，直属队的人又按照陈如风和其他农村战士教的窍门干了几天，果然觉得凡事顺手多了，于是互相鼓励，开始了劳动竞赛。要说人年青就是劲头十足，谁也不服谁，你开一分地，他就得开两分，最后甚至跳着闹着要和连队战士比赛，结果当然很悲惨。那几天老天爷也挺配合，只遣"风伯"抚慰催促了一阵，没遣"雨师"冲刷驱赶。开荒结束，直属队每个人都超额完成任务：多的开了两亩挂零，少的也有一亩半。连队战士更牛，有的能开到四五亩。把个陈如风乐得嘴都合不拢了。回家的路上，他一个劲儿地掰着指头算："就算每人平均三亩地。肥料不用愁，我们烧掉的草木灰可以做天然肥料。水源也不是问题，山上有雪水、泉水，我们把它引过来就成。一人三亩，亩产最低不下四五百斤。一亩保证一个人吃，一亩做储备，另一亩还可以喂猪，不把你们吃个嘴上流油才怪呢。"

回到营地，他又集合旅直部队，一个一个检查手掌，见每个人上上都长了老茧，高兴地说："不要小看这老茧，长起这家伙，说明你们真正地和大老粗打成了一片，彻底实现了工农化。"

十四

苏联红军在斯大林格勒的反攻和美军在南太平洋的胜利从根本上扭转了世界反法西斯战争的格局。不久日军开始收缩兵力，撤退次要据点，使原有的抗日根据地逐步得到恢复。由于精兵简政，主力分散游击化，八路军得以采取"敌进我进"的灵活作战方针：以小部队出击配合武工队活动，贴标语，撒传单，炸火车，掀铁路，烧汽车，割电线，抢仓库，偷据点，杀汉奸，捕特务。各地伪政权眼见日军败象已露，也见风使舵，表面上敷衍日本人，实际替八路军办事，把大批紧缺物资从敌占区转运到根据地，极大地改善了根据地的日常供应。

　　由于日军的扫荡规模一次不如一次，黎明他们有了相对稳定的环境进行休养生息。部队在开荒种地的同时，也恢复了正常的教育和训练，还开展了一些文体活动。

　　二六二旅的体育活动主要是打篮球。因为陈如风喜欢打，旅部所有人也就跟着他打。平心而论，陈如风篮球打得不错，球风也好，很少耍赖，只是别让白丁当裁判。

　　白丁时不时回旅部汇报工作。每次回来，都要黎明炒几个鸡蛋招待他。黎明很不耐烦："你在敌后，那儿是平原地区，要吃啥没有？我这儿就这几个鸡蛋，要管个把月呢。好歹你得进贡些什么。"

　　白丁嘻皮笑脸地回答："天地良心，我每次带的东西都给了你们宣传科。"

　　"还宣传科呢，早精简了。你给了谁，找谁要鸡蛋吃，跟我屁毛关系没有，别上我这儿打哈哈。"黎明知道他的花花肠子。

　　"原来是你宣传科的人，以后也说不准儿。手心不说手背凉，你啥时候给人，我啥时候给你进贡。"

　　吃完晚饭，陈如风嚷嚷着打球。黎明是当然的首发队员，白丁也耐不住寂寞，闹着要当裁判。

　　"去去去，瞧你那吊熊样儿，尽瞎鸡巴吹，当啥裁判？"陈如风一把把白丁推开。

　　"呃，老陈，这就是你的不对了。白丁同志现在干地方，部队的同志要顾全大局，不能瞧不起人家。何况，他刚从敌后回来，跟旅部谁都没啥关系，做裁判最合适，也最公平。"这种时候就看出山路同志的作用。

其实，他老兄很清楚裁判白丁是如何个公正法：只吹旅长犯规，从不吹别人的错。

这样的比赛，当然只能以全武行的打斗收场。

蓝球之外，旅部还时兴打棒球。教练是黎明在任各庄俘虏的那个鬼子兵：小野君。小野伤愈后加入了反战同盟，留在师部工作。他偶尔来一次旅部就教大家打棒球。小野的翻译是个中文半吊子的韩国人。小野说一句，大家不明白，翻译翻一句，大家瞪眼睛。于是陈如风让黎明加入翻译队伍。黎明推辞说："我懂什么日语？"

陈如风眼一瞪，凶神恶煞地说："这会儿知道自己不懂日语了？当年你怎么吹得跟花一样？老老实实给我翻。否则定你个欺诈罪。"

黎明对小野很不感冒。这家伙狗眼看人低，见着陈如风，谢富治点头哈腰；见着黎明正眼也不瞅一下。"他妈的，是我解放的他，他还瞧不起我？"

十五

环境改善的副作用就是部队的警惕性下降。虽然陈如风再三强调："现在还不是脱裤子睡觉的时候。"但他旅长大人都脱了裤子大睡特睡，谁还把命令当回事儿。没想到就这当口儿，还真就出了事。

那天旅直到了刚从游击区恢复的武安西井村，离敌人的几个大据点只有五六十里。这儿人员混杂，敌特众多，但旅直仗着周围都是战斗部队，并没有特别在意。大家还是敞开了打蓝球，放羊睡大觉。睡到后半夜，突然传来一声清脆的枪声。黎明从炕上一个机灵跳起来。眼睛还没睁开，裤子已经桶上，脚还没触地，鞋子已经套好。然后，他一把抓过枪支、背包、水壶、皮带冲出屋外。刚到院子中央，所有被挂全部收拾停当。然后黎明放慢步子，看看同院住着的同志都已出来，一个没拉下。到了院外，黎明见人就问："旅长呢？"

"不知道。"

"小郑在哪儿？刘行淹呢？"

"这儿。"住前后大院的小郑，刘行淹等人，说话间全到了。

黎明命令："村西北没枪声，往后山撤。"

村内的部队和老百姓全出来了，军民交混，老幼杂沓，猪羊抢道，驴哎马嘶。表面看人们是随大流，汇成一股盲目向西北跑，实际却次序井然，无人高声，无人喊叫，大家紧张而不慌乱，连婴幼儿的哭叫都很少。间或有一发九二步兵炮炮弹呼啸而来，人流中断，大家卧倒在地，等炮弹爆炸后，又一起跳起来，直往村后奔。

到了村后的小河滩上，部队和老百姓分开成队，依次沿着一条小道向后山峡谷转移。天色开始发白，但老天爷帮忙，降下蒙蒙大雾，笼罩了整个村庄和田野，也遮挡住敌人的视线。黎明和宣传科的同志先到一步，紧接着就见政治部主任山路和其他科的同志。政治部经过大精简后，人员非常干练，集合完毕后就尾随大队人马向峡谷方向走，一句废话没有。路上黎明听到村前枪声炮声手榴弹爆炸声响成一片。接着又听到村东侧野地上枪声大作，很明显是敌人在搞迂回。"狗日的，这么精，要叫他缠住真不好脱身。"山路恨恨地说。

这时后山的路口和至高点已经被我警戒部队占据，双方问答完口令，马上让政治部通过。

不过到了峡谷中，队伍还是出现了极大的混乱。峡谷中央是一条小溪，快到小溪尽头，几十个人一排趟着泥浆往山上爬。有的人爬得快，有的人爬得慢，甚至爬两步又摔下来，加上骡马牲口你冲我撞，搞得整个队伍拥挤不堪，乱成一团。这个时候要有一发炮弹飞过来，不知会造成多大损失。政治部的队伍也完全被冲散，黎明和刘行淹等几个人另寻险道，连爬带滚，手脚并用上到山梁子上。

天色渐渐大亮，浓雾也开始消散。黎明看到村里涌出的洪流越来越细，最后连尾部也进了山里，不觉松了一口气。他又问山路："旅长在那里？"

山路嘻嘻哈哈道："鬼才知道。也许早把我们扔了，你还想着这个胆小鬼。"

眼看着旅特务连的官兵都撤了下来，在大山梁子垭口占领了阵地，却还没有陈如风的影子。旅长可是部队的主心骨呀。

黎明正焦急着，就见垭口前方的小山梁子上过来十几个人，当头的正好是陈如风。他的身后还跟着温参谋长，参谋和警卫员。陈如风看见黎明等人，指着他们笑道："你们几个就一吊熊样儿，这么早就上来了？没见着鬼子屁股吧？真是一群怕死鬼。"

山路恬着脸笑着说："我们没看见鬼子的屁股没关系。你陈叫驴让鬼子摸了屁股才叫精彩。看你平时那个吹牛劲儿，都上爪哇国了？"

"那又怎样？瞧瞧你们政治部，跑个反都跑不麻利，这么乱七八糟。黎明，你宣传科的人呢？就剩一个光杆司令吧？老子可是枪一响就到了战壕里。"

"提没提着裤子？光屁股逞英雄，鬼子看见也不雅观。"黎明说。

"老子就是光屁股，他小鬼子也咬不掉我的鸡巴。"陈如风咧开嘴大笑。

山路不再开玩笑，转到正题问："部队怎么样？都联系上了吗？"

"没联系上还怎么回来？我的大主任。"陈如风又开始面露得色："要不是我叫二营在鬼子后面打了一家伙，你几爷子靠这点子雾气跑得脱呀？"

"不过，部队也确是动作快，真是大精简的功劳。"山路说完又问："估计这伙敌人有多少？"

"一千人上下，肯定是个加强大队。"陈如风拿着望远镜向村里扫描一遍。

"一个大队就敢孤军深入？狗日的，胆子真大。"黎明有些不明白："奇怪，我们前方的部队都没发现？难道他们穿夜行衣了？"

陈如风没吭声，他继续观察村里的情况："看看看，炮，四门炮。我们的篮球场叫敌人摆上炮了，一溜的四门，好整齐，好漂亮。狗杂碎，欺负老子没有炮呢。"看他语气贪婪而又嫉妒，恨不能一手把炮全部抓过来。

"可惜他们扑空了，没抓住我们一根毫毛。"山路说。

"毫毛肯定有，特务连伤亡多少？"黎明问。

“牺牲三人，重伤五人。”陈如风一边继续观察敌人阵地，一边回答：“可惜哨兵牺牲了。是他机敏，首先发现敌人，救了整个旅直，真是好样的。”

没人答话。

十六

“扑克牌没跑丢吧？”陈如风放下望远镜，问身边的警卫员。

“没有，好好的呢。”警卫员竟从包里掏出一副骨头制作的精美扑克牌，是白丁从一个伪乡长哪儿搞来的。

“呵，跑反还带这么沉家伙？”黎明有些愕然。

“来来来，我和黎明，老山，你和老温一家，打百分。”陈如风也不征求意见便分派好对家。

山路推辞道：“你闲，我可忙着呢，还得整顿政治部。这人都上哪儿去了？满大山瞎窜。你们先打着，我不急。”

陈如风一把把他抓住：“别跑，你的政治部就在这大山里，丢不了。我请你做陪，边看戏边打牌，两不耽误。省得你成天嚼舌头，说这个吹牛那个撒谎。”

四个人席地而坐。其他三人都有些惴惴不安，只有陈如风若无其事。枪还在零零星星地响，骨牌也在乒乒乓乓地响。有一次陈如风坐牌，黎明亮主。陈如风上手打黎明的缺门儿，敲下对方的K和10，黎明魂不守舍，居然没用主牌枪毙，而是跟了一张副，结果对方白捡二十分。气得陈如风瞪着眼哇哇乱叫："五行不定，输个干净。多好的牌，可以剃他们光头。"

温参谋长笑起来："吹牛不带把手，这牌还想剃光头？我还有扣底的大家伙呢。"

"我叫你扣，叫你扣，你不就一大鬼吗？"陈如风盯住温参谋长，就像要一口吞了他，连吊两手主，还真把对方的大鬼吊了下来。

"怎么样？没脾气了？日本鬼子想扣我的底，你也想？门都没有。"陈如风像个孩子似的笑了。

正说笑，只听得"轰轰"几声炮响，他们身边一颗大树被拦腰斩断，破碎的树叶树枝和着泥土蹦到人们身上，也把地上的骨牌埋去半拉。紧接着山下传来致密的机枪射击声，黎明抬身一看，山下"皇军"排成两队，端着枪，挺直身体，大摇大摆向小山梁子扑过来。黎明说："收牌吧，敌人上来了。"

陈如风一把摁住黎明的手："别急，打完这一局。看他们有啥本事扣我的底？"

一盘扑克打完，鬼子也接近小山梁顶子。只见一颗信号弹飞起来，据守正面的一营突然开火，机步枪外加手榴弹劈头盖脸砸过去。当头十几个皇军猝不及防，翻身倒地。后面的皇军队形混乱，纷纷闪避，又被布置在侧翼的二营一通臭揍。也亏得小鬼子皮糙肉厚，硬挺了十来分钟，最后终于连滚带爬退回村里。

"吃饭，肚子饿了。"陈如风放下望远镜，大叫炊事班班长。然后让黎明写下几道命令，交给通讯员送往一、二营指挥员。

敌人第二次进攻开始时，几个人正喝着炊事班送来的白菜骨头汤。这次敌人的炮火又凶又狠，集中轰击小山梁子，打得土石翻飞，烟雾弥漫，整个小山梁子很快变成了沙滩状。一撮尘土如同胡椒面撒到陈如风碗里，陈如风眼都没眨，用嘴呼地将其吹一边，把碗里的热汤全灌进肚子。然后他站起身，往小山梁下方看，只见从村口到半山腰上的庄稼地里有无数钢盔在闪烁、跳跃、移动，就是没人再昂首挺胸了。

要说小鬼子战术素养就是好，葡伏、蛙跳、曲线前进、交叉掩护，整个就一轻步兵战术示范。梭窜了半天功夫，敌人以"零伤亡"顺利攻占小山梁子。因为陈如风早把那里的一营部队撤到了大山梁子上。等敌人刚在小山梁子上露头，大山梁子上一营部队和垭口的特务连就开始交叉火力射击。这时的小山梁子就一露天坝子，原来一营的简易工事早被敌人炮火破坏殆尽。敌人就像站在一塘干枯的深水游泳池底部，毫无遮掩地暴露在我军火力打击之下。小鬼子是好不容易才上到小山梁子，当然不肯轻易后退。然而不后退就只能呆在原地白白挨打，处境真叫个狼狈。损失不少人后，敌人只好退到坡坎背后，依托山脊死角进行抵抗。战斗很快呈胶着状，双方大打结束，只有相互零星冷枪射击。

陈如风压根儿也没让一营尽全力，他把一部分部队给撤下来了。当那些满头大汗，一个个脸红得像苹果的年轻战士从旅部附近通过时，陈如风笑着对他们说："怎么样？比上早操累一些吧？"

战士们也喜笑颜开，纷纷回答："这算个啥，逗小鬼子玩呢。"

山路高兴地说："都下去，好好歇息，吃饱喝足了，下午继续。"

"下午敌人是够呛了。"陈如风笑起来："我已经让二营派一个连到紧村外骚扰，让小鬼子组织不了像样的进攻。"

果然，下午就听到西井村外枪声时紧时慢。敌人好容易组织起一支稀稀拉拉的队伍，试图重新冲击垭口，但始终无法解决特务连和一营部队的交叉配合，打得有气无力。陈如风看着实在觉得无聊，骂道："就这么个熊德性，一个破垭口都打不下来，拿什么扣我的底牌？"转身对山路和温参谋长说："你们盯着点儿，我先打个盹儿。"拉过一个背包，躺在地上居然呼呼睡着了。

山路顶着零星的枪声，带着黎明几个人到下面阵地转了一圈，观察半天也没发现敌人动静。

"大概敌人也睡着了，正躺在我们的床上呢。"山路自言自语道。

十七

太阳偏向西天，红霞透过树梢。枪也不响了，炮也不打了，阵地前居然可以听得见蝈蝈叫和鸟鸣声。突然，嗖嗖几发炮弹飞过来，在附近炸响。陈如风敏捷地翻身起来，拿起望远镜朝村子里观察片刻，猛然喊了一声："敌人放起身炮了，快追。"

话音未落，人影已经没有了。黎明和其他人赶快跟上去，就见陈如风急红着脸，边跑边喊："你去大山梁，告诉一营长，敌人要溜，派一个连下到小山梁，跟紧点。你直接去村东树林子，找二营，叫他们主力牵制西井村，一部绕到敌人后边候着，要多使绊子，别让小鬼子轻易溜走。特务连在那儿？别怕死，赶快跟我往前冲。"

"真是头叫驴，"黎明心说："不早就布置好了吗？"

的确，从战斗打响，陈如风就预见到这个结果，事先做好了敌人撤退的准备。各营营长都是老油条，不等旅长通知就已经开始出击。

俗话说上山容易下山难，但掌握了诀窍，下山可以跑得跟飞一样。关键是眼快、脑子快、手脚快。石头松没松动、土凹水不水滑、树根勾不勾脚、枝条能不能支撑？瞬间的判断接着瞬间的动作。下到山脚，黎明有些犹豫，对陈如风喊道："小心，万一敌人杀个回马枪？"

陈如风好像没听见，加快脚步冲进西井村。

十八

转眼之间，大队人马蜂拥进村，敌人果然逃得无影无踪。陈如风放慢步子，不无遗憾地说："真是一帮老滑头，跑这么利索，就看二营捞不捞着点洋落了。"

这时黎明听见村南头，从敌人来路的方向上传来阵阵枪声。陈如风赶忙吩咐特务连继续往前追："能追上就追上。追上了也别靠太紧，黏住他，多放鞭炮送瘟神，让赵保田去收拾。"回头对黎明说："今晚可要热闹了。沿途二营，十四团，分区部队，基干民兵，前后左右，夹道欢送，让小鬼子过过节。”

一行人到了操场，看见满地是敌人山炮碾压过的车辙，横七竖八。

“皇军大大地不好，这坑坑洼洼，叫我以后怎么运球？”陈如风忿忿不平地说。

“那就改改你的个人英雄主义，多传球，少带球。”黎明说。

“去，怎么是我个人英雄主义？咱们俩谁爱“独哽”（独自带球）谁明白，猪八戒倒打钉耙。”陈如风摔鼻子瞪眼睛。

“如风同志呀，官僚主义等等错误思想。”山路当然不会闲着，用手指敲敲头，语重心长地提醒陈如风：“要注意上下平等，官兵一致。黎明同志就算有些个人英雄主义，也是你旅长带的头嘛。这就叫上梁不正下梁歪，凡事要多做自我批评。”

“就你这吊熊样子，三天不说两句正经话，怎么混上主任的？老谢瞎了眼。明儿老子就给上级打报告，撸了你个狗巴丫子的。”

黎明正想说什么，忽然看见地上几个园园的草包，跟小碓窝似的。上面沾满泥土，臭哄哄的。他捡起来问：“这是什么玩意儿？”

“不就牛窝子呗。”旁边的警卫员好像并不稀罕，回答道：“护小牛犊蹄子的。俺家乡出门就是石头地，有些石头尖跟刀子似的，戳牛蹄子。”

陈如风猛然醒悟，拿起一个草窝子往马蹄上套，一套一个准。他高兴地说：“黎明，你不是奇怪鬼子穿夜行衣了，跑几十里地，咱们部队都没发现吗？这就是鬼子的夜行衣，给马蹄子套上，走路就不出声了。”

大家恍然大悟，连声说：“鬼子真是诡计多端，什么办法都想得出来。”

“这也说明鬼子拿我们没办法了。”陈如风笑眯眯地说：“没办法只好想这些鬼点子，就像眼下，咱们拿鬼子大队没办法，只好打打伏击一样。”

山路对陈如风说：“如风，要不我们找间房子休息吧。在大山上跑了一整天，该累了。”

“好啊，我看这间就不错。先把门板卸下来，我躺一会儿。”陈如风见大家直发愣，做了个鬼眼，笑起来：“你们该不是想害死我这个旅长吧？”紧接着对参谋说：“命令后面部队，谁也不准进屋。通知卫生队赶快上来，要检查每间屋子，看敌人有没有施放毒气？”

以前就发生过这种事，敌人退走时在灶上炕上洒了芥子毒气。碰上的人，轻者皮肤溃烂，重者丧命。黎明真没想到陈如风这个大老粗出身的工农干部这么细心。

“旅长同志，我还是不明白。快到村头时，怎么能肯定敌人不会杀个回马枪？”黎明有一种打破沙锅问到底的习惯。

“嗨，这不秃子头上长虱子，明摆着嘛。”陈如风觉得黎明真叫‘菜鸟’：“他搞的是突然袭击，扑了个空，又没有其他部队配合。你都知道孤军深入是兵家大忌，小日本会不懂？整个白天，他打大山梁子打不下来，等天黑就是我们的天下。不撤退，他蹲村子里等挨揍呀。再说，现在的皇军和往年不同了。往年他一个大队都敢在根据地里横冲直撞。关家瑙那一次，还记得不？

我们那么多部队，打多苦，愣就打不下来。今天我们一个特务连都可以把他挡在村外。撤退时他们居然放起身炮，以前啥时候见过？说明他害怕咱八路，没有武士道的蛮横劲了。唉，可惜老子没大炮，不然真得叫小鬼子喝一壶。"

十九

　　旅部的战斗结束了，外围的战斗还打了几天。十四团团长赵保田抄了后撤鬼子的尾巴，又接连打了几个胜仗：拔伪军据点，伏击了日本人的小部队，掀铁路线，还给旅部弄来几十捆电话线。本来，旅部和其他部队的电话联系在袭击中被切断了，这时也全部恢复。

　　这天，黎明从旅部办事出来，远远看见村外空地上有个"皇军"军官在那儿遛达。只见他全副武装：手枪，东洋刀，大皮靴无一不全，还骑着一匹东洋马。黎明走近一瞧，原来是赵保田。

　　"你上这儿干什么？"黎明问。

　　"没事儿，让叫驴瞧瞧。看谁能打仗？"赵保田得意洋洋。

　　"旅长这次打得不错呀。"

　　"啥，这还叫不错？有缴获嘛？叫人踢了屁股就别吹牛了。要这都叫不错，以后还有人打败仗不？"赵保田一脸的不屑。

二十

　　在一个懒洋洋的黄昏，两个老百姓送来一封鸡毛信。抬头是八路军二六二旅旅长陈如风亲启。落款是日本皇军中岛太郎。陈如风看完信，笑得嘴都合不拢了："'太君'发火了，谁叫他上中国来的？我们又没发请帖请他。"一把把信塞给黎明："我们也讲点礼貌。你们这些知识分子，给我写封回信，把'太君'大大地教训教训。"

　　黎明拿过信一看，见上面写着：

　　"八路军旅长陈如风阁下；

　　贵军不敢和皇军正面交战，只会偷袭，打了就跑，绑架人员，割电线，破坏交通设施，抢夺粮食，扰乱治安。这等行为，不光明正大，违背军人武德。久仰贵军神勇，是真英雄请约定时间地点，本军愿用一个大队兵力，和贵军全旅进行决战，见个高低。

　　大日本皇军大佐　中岛太郎

　　西元一九四三年月日"

　　黎明略一思索，提笔写了一封回信：

　　"大日本皇军　中岛太郎大佐阁下；

　　来信收到。

　　你说我们只会偷袭，打了就跑。告诉你，这就叫游击战，也叫人民战争。你们今天知道伤脑筋，知道它的厉害了吧。

你们是武装到牙齿的帝国主义者，我们是武装起来反抗侵略者的人民军队。你们有你们的打法，我们有我们的打法。

你居然指责我们的打法不光明正大，违背军人武德，真不知人间有羞耻二字。你们侵略我们的国家，屠杀我们的人民，掠夺我们的资源，是卑鄙的强盗行为，能算光明正大吗？你为"天皇"卖命，为金融寡头卖命，为穷兵黩武的军阀卖命，双手沾满中华大地无辜人民的鲜血，配称武德吗？

我军为反抗侵略者而战，为挽救民族危亡而战，为世界反法西斯正义事业而战，有什么目标比这更光明正大？有什么武德比这更崇高？

太平洋战争已经开始大反攻了，你们还陷在中国人民战争的泥潭中不能自拔。你们的末日已经清晰可见，死亡就要到来。奉劝你们及早觉悟，向八路军缴械投降，留一条活路，滚回老家去。

八路军旅长陈如风。

年月日"

陈如风看完，眯着眼说："行，不愧是大知识分子。叫我写，三个月都写不出来。只是这穷兵'黑'武是啥意思？"

"我的个老子。这真是一手当扁担，认字认半边。看看清楚，还有一半呢。"黎明很不耐烦。

二十一

　　真是一段愉快的时光。

　　在革命队伍中，好像所有人都是如此坦诚、如此简单、如此单纯。然而黎明没有想到，仅仅几个月后，他就要见证人性的丑恶。这是他参加革命后面对的第一场党内斗争：整风。

第九章 群众路线

一

　　"黎明，黎明，"

　　听到这熟悉的招呼声，黎明心中"格登"一下。他回头张望，果然在路边的饺子摊前看到一位老朋友。

　　不是龙文枝，是谁？

　　"来，来，来，吃点羊肉饺子，我请客。"龙文枝异常热情："老板娘，再来两碗，油重。"

　　"不是说你过黄河时跑了吗？"黎明非常吃惊。

　　"瞎扯蛋？我龙文枝打小就是孤儿，是共产党把我拉扯大，党就是我亲爹亲娘。谁不知道我龙文枝别的本事没有，就是本质好，对党忠诚，党叫干啥就干啥。咱一生跟定了共产党。只要共产党在，就有我龙文枝的伸胳膊伸腿儿的地儿。"

　　那天的羊肉饺子很香，但黎明怎么也吃不出个味来。

二

　　到一九四三年下半年，太行山根据地的形势全面好转。敌人不仅无力进行大的扫荡，而且连中小规模的偷袭作战都大大减少。根据地已经不是如何恢复和扩大的问题，更主要的是如何加快生产建设。黄崖洞兵工厂的生产已经全面恢复，大生产运动也硕果累累。人民负担减轻，军队的生活也越来越好，不仅吃得饱，而且讲究起营养来。部队的伙食要求是：隔天必见荤菜，周末一次会餐。还可着劲地宣传一个西红柿顶一个鸡蛋，半斤地瓜，红薯或者土豆顶一块羊肉等等，提倡多吃杂食，营养全面。世界反法西斯战争尤其是苏德战争的巨大胜利也对部队士气起了极大作用，人们对抗日战争的前景已经不抱任何怀疑，干部战士莫不充满信心，准备迎接大反攻的到来。

龙文枝就是这个时候从陕北来到了太行山。

一九三七年部队过黄河时，龙文枝因为对批判张国焘路线思想不通，被上级调到抗大学习，不久前才来到太行山根据地。一二九师让他主持四分区的整风运动。这是一个级别不高，但权力不小的位置。龙文枝走马上任后，向谢富治要人，其中就提了黎明的名字。黎明回到旅部，政治部主任山路正式通知他到整风运动工作组报到。黎明的"头衔"叫协理员，主要负责工作组，旅直及基层部队之间的联系，说白了就一通讯记录跑腿的。

三

据说，中央的整风目的主要是统一思想，纯洁干部队伍，为争取抗战胜利做准备。整风一共搞了两期，第一期基本是场闹剧。旅直的运动由山路主持，所有干部编成几个小组，每组三四十个人，不准请假外出，各自检查自己的工作。黎明主要参加十四团赵保田小组。赵保田是团长，又是小组组长，自然而然地成了大家伙斗争的主要对象。刚开始，赵保田不以为然，大儿嗨嗨地说："我是大老粗，有啥子问题？宗派主义只有张国焘那种弯弯肠子才想得出来，轮不到我。不过，主观主义倒是不少。"

于是他侧重检查自己在历次指挥作战中所犯的错误。没想到很多人给他提意见，说他简单、粗暴、爱骂人、爱训人。列出的事实一桩桩，一件件，有时间、有地点、有情节、有旁证。赵保田越抹越黑，最后连什么军阀、暴君、曹操、十四团的阎锡山都出来了，把他批得狼狈不堪。正在高潮之际，就见二营教导员站起来大声说："你不要避重就轻，说说你的生活作风问题？"

赵保田顿时懵了："什么生活作风问题？老子媳妇都还没娶。"

"上个月，你说的麻田那个女孩。"教导员提醒他。

"麻田？哪一个？"赵保田根本想不起来。

"还有冀南那一个。"一营营长说。

"我，我什么时候说过冀南？"

这也怪赵保田自己。平时，他总喜欢吹嘘自己和多少女人有一腿。其实明白人都知道是子虚乌有。

"坦白从宽，你到底有多少相好？"

"算来算去有十来个呢，都是地主的女儿吧？"

"瞎扯，赵大闷灯儿正经贫农，这点立场还有。"

"这算个啥？找老婆又不是找共产党员，当然要水灵一点儿哪。地主是地主，地主妹子是妹子。"

"当兵三年，老母猪赛貂蝉，就闷灯儿那模样，水灵点儿的看得上他？"

"赵大闷灯儿好说赖说也是团长，找个女人多少应该看得过去吧？过日子只讲个人感情，不讲阶级感情，漂亮不漂亮那是客观存在。贫雇农的女儿从小挨饿受冻，拾粪检柴，长大了什么粗活重活不干？粗皮厚茧，哪有个漂亮的？"

"话不能这么说，西施是浣纱女，就是帮人洗衣服的，正宗的劳动人民。要我看，找老婆漂不漂亮倒还其次，主要还是得有女人味。"

"啥叫女人味，整天涂脂抹粉，说话扭扭捏捏就叫女人味？"

"关键是体贴人。"

"就你那黑不哧溜，说话跟乌鸦似的，谁会体贴上你？"

大家嘻嘻哈哈，七嘴八舌，整个会场的严肃认真气氛轰然而倒。

"这，这都没影儿的事。"赵保田急红了脸，对山路说："我赵闷灯儿敢向组织保证，绝对没有乱搞女人。我，我，我，就是看见那儿有漂亮妹子，说说两句而已，从来没动过真。"他眼珠一转，发现了出路："山，山主任，你不是也经常开玩笑吗？有好几个妇联主任。"

"黎科长，也坦白坦白你和那个，那个会唱四季歌的小姑娘，有什么关系？"会场开始混乱，每个人都在胡说八道，一个干部挤眉弄眼对黎明说："人人过关嘛。"

“什么关系？革命同志。难道革命队伍不包括女同志？”黎明心里很紧张，担心这帮大老粗口无遮拦，但嘴上气势汹汹，要把人立马堵回去。

“砰”地一声，山路把大茶缸子往桌上重重地一放，横眉吊眼地吼叫：“看看你们这个样子，吊儿郎当，一说到妹子老婆就眉飞色舞，像个共产党员吗？整风运动是中央布置的严肃政治任务，不是赶茶楼，上酒店听小曲儿，看大戏。生活作风我们要检查，而且是检查的重要内容，但不是今天，今天就检查工作作风问题。赵保田你给我老实点，今天放过你不等于明天不检查。工作作风和生活作风是对立的统一，只要是非无产阶级的东西，我们都要彻底清算。”

整个会场重新安定下来，每个人的发言都变得和风细雨。

后来黎明私下问山路：“主任，你在会上说得那么冠冕堂皇，怎么不检查一下自己的非无产阶级思想？”

山路微微一笑，不无自得地说：“小黎，革命是要发展的。你呢，以后也是要当主任的。等你当了主任，再来问这个问题。”

四

当然，赵保田还得做第二次检查，毕竟大家提了这么多意见。晚上赵保田把黎明找去，说是让黎明在文字上帮他把把关。到了宿舍，他热情地招待黎明吃牛肉，喝老酒。没想到酒足饭饱之后，赵保田对黎明说：

"我给你说明白，这饭可不能白吃。你既然进了这屋，就得证明我今晚在家写检查。"说完转身要往外走。

黎明当即急了，马上站起来也往外走："搞什么名堂？鬼鬼祟祟的。一顿饭就想收买人，太便宜了。"

赵保田忙把黎明按住，嘻皮笑脸地："唉，唉，我的黎大科长，算我有眼无珠，看错了对象。不过我今天确实有点急事，晚上回来很晚。求求你，千万帮帮忙。"

"整风有硬性规定，不准私自外出，你吃豹子胆了？"黎明有点吃惊。

"这不求你帮帮忙嘛。事情不急还能找到你？"

"什么事这么重要？不说，我就不管。"

"哎，你，你，你这家伙，咋就这么拧筋？"赵保田犹豫片刻，终于下定决心："好吧，实话告诉你，你可不许往外传。"

"这个自然。"

"平常老子说摸过这个，碰过那个，全是瞎吹球，猴子捞月亮。"赵保田压低声音说："不过这回是真的。上次我们驻东山堡，房东的女儿是村干部，因为工作关系我们来往过几次。我做了个火力侦察，发现她也有点意思。昨儿个有人捎了信儿，姑娘叫再去她家，想把这事儿给父母挑明。我实在找不到别的时间，只好求你帮帮忙。捎带还可以帮我写篇检查。"

"就这么点酒，喝昏头了？"黎明吃惊地说："白天才检查了生活作风问题，晚上就犯禁，不怕纪律处分？"

“就那几声臭屁哄哄？我还不干事呢。大不了把我这团长撸了。你说，团长重要还是老婆重要？”赵保田说得理直气壮。接着他甩给黎明一张检查，说：“反正你呆着也是呆着，就帮我好好改改，你是文化人嘛。”

赵保田走后，黎明拿起他的检查，眉头皱老高。这是哪国语言呀？远看像日语，近看像甲骨文，完全是他自己发明的一套象形文字体系嘛。

五

赵保田到了后半夜才悄悄回来，看了黎明给他写的检查很满意，第二天照本宣科在会上读了一遍，大家很满意，都说：“赵闷灯儿也不闷嘛，爽快，割尾巴，不护短。”

风平浪静，第一期整风很快宣告结束。

六

第二期整风扩大到连排级干部，内容增加了一项：审干。这次黎明不再跑腿，成了旅直临时支部的书记，负责机关的干部审查。

组建临时支部的原因是二六二旅负有战斗任务，不能一次性地把基层干部全部抽出来，只能从各单位分批调，合并到一块儿搞整风。龙文枝经过几年抗大学习，文化水平大有提高，说话错别字少多了。他对黎明和其他几个支部书记说："审干是中央的战略部署，整风的重中之中，是纯洁我们干部队伍关键的关键。在这里先给你们透露一点机密情况，绝对绝对的机密。现在，很多地方，很多单位都发现了特务，有国民党特务分子，有日本帝国主义的特务，情况相当复杂。他们混入党内，和这个军内，数目是相当惊人。这是敌人安在我们内部的钉子，埋在我们内部的地雷，时机一到就会捣乱，破坏革命事业。所以，我们必须把他们统统挖出来。当然，在干部审查的过程中，我们还是要按中央的政策办事，不能这个这个叫什么来着？草木皆兵嘛。不漏掉一个坏人，也不冤枉一个好人。你们几个参加了第一期整风，懂得主观主义的危害。做这件事，关键就是慎重慎重再慎重，来不得半点主观主义。选择你们来做这件事，是组织对你们的最大信任，也是组织对你们的考验。"

坦白说，黎明听到组织的信任还是非常激动，他的内心深处铭刻着"士为知己者死"的传统信条。不过，这特务究竟长什么样儿，他是一点谱没有。怀着深怕辜负党的信任的心情，黎明站起来说："党赋予的重要任务，我们当然是义不容辞。但是，清查特务，我以前的确没有干过，没经验，怕搞坏了影响党的形象。希望组织上能派个有经验的人来主持，自己一定认真协助。"

"共产党员，不能把有经验没经验当成借口，逃避自己的责任。我们的事业就是无中生有，从没经验中可以创造出经验来嘛。抓特务和打仗一样，打仗没经验可以从战争中学，抓特务没经验也可以边抓边学习，边积累经验。谁也不是天生的马列主义者。天生的马列主义都是些教条主义。只要有党的领导，凡事多请示，多汇报，就没有克服不了的困难，没有过不去的火焰山。"龙文枝语重心长。

会场有点沉寂。政治部主任山路慢条斯理地说："黎明同志的担心也有道理。这事儿我考虑过了，打算从组织科，敌工科抽几个干部帮助大家。组织科的同志熟悉干部情况，敌工科的同志有锄奸方面的经验。你们的主要任务就是把握好政治方向。注意不要抓错人就行了。"

散会后，旅直的工作做了分工。山路自己主管营以上干部审查。黎明主管连排干部审查。给黎明配的干部一个是敌工科的老马，他在天津做过地下工作；另一个是组织科的易干事，长期在人事部门工作。黎明知道说多了也没用，只好硬着头皮上任了。

七

二期整风开始前，黎明偷了个空隙去看竺青。竺青坐在炕前补衣服，黎明在地上来回走动，手舞足蹈，情绪高昂。

"想不到组织这么信任我，把清查内奸的重任交给我承担。我一个臭知识分子，又没有经验，要帮助党组织纯洁队伍，难哪。既不能主观主义，冤枉同志；又不能保守主义，放走坏人，让党的事业受损失。中间这个度该如何掌握？该怎样努力才不会辜负党的希望？"他站到窗前，双手抱着脖子后梗，长吁一口气："抗战就要胜利了，真想把家乡的老妈接过来，让他老人家也过几天舒心日子。"

　　"不是说，你们那儿的腊梅开了吗？怎么不见你弄一枝来？"竺青好像突然想起，笑眯眯地抬起头，打断黎明的话。

　　"婆娘见识。"黎明本来有点重男轻女，听了这话，颇为散气，忍不住放低声音咕噜道。

　　"你干嘛上这儿来找婆娘？"竺青抬起头，白了黎明一眼。

　　"我是领导，要关心下级的工作和学习。"黎明脸红筋涨。

　　竺青满面春风站起身，先拿起手中的衣服在黎明身前比划两下，然后拉拉他的衣领，矜矜笑道："哟，瞧这大男人，大领导，世界都快盛不下你啦。就不把自个儿的衣服领子整理好？"

　　"哈哈，还说悄悄话哪？都是革命同志，可不兴藏着掖着的。"罗志远突然跳进屋，大声说，把竺青吓了一跳。

　　"该上课了吗？"黎明一瞬间恢复了严肃的本色。

　　"还早，战士们还在操练。要不，我们先去看看新布置的连队会议室。"

　　说话间，三个人来到会议室。刚进门就闻到一股沁人的馨香从讲台那边飘过来。竺青定睛一看，只见讲台上摆着一个土瓦罐，上面插着一树硕大的红梅。

八

　　旅直整风队驻在一个偏僻的小村庄里，外边有一个排担任警卫。由于村庄位置过分偏僻，敌人在大扫荡中只路过一次，烧了些房屋，比较那些敌人反覆蹂躏的村庄来说损失要小得多。一年多来，这里再没有遭遇战火，大多数破坏都已经恢复原状。只是部队进村时是冬天，气候寒冷，遍地草黄叶枯，老百姓都愿意呆在家里，不大出门，所以村里村外看上去颇有点萧条意味。

　　黎明还记得他们到了村口也没人迎接，只有一个衣衫破烂的老汉自顾自地在井台边车水。他转动着井台上油亮的黄木轳辘，轳辘发出"吱嘎吱嘎"的单调声音，在冷清的空气中显得格外刺耳。部队驻下后，开始打扫卫生，收拾住处，挑水做饭，村庄里炊烟缭绕，有了点生气。黎明和马易两干事共住一个窑洞，也算是支部的办公室。

　　整个下午黎明显得很忙。到老乡家做调查研究，找人谈话，安排住宿和警卫，整理文件和各种资料，还帮助饲养员饮马，到炊事班剁大白菜。临近黄昏时分，他才有点空闲，独自一人被着件老棉袄去了村外的西山头。

　　西山头前方是一个大山凹子，视野空旷。那儿风不大，但刺骨。大山凹子中逶迤着瘴疠般的暮色。在深邃的暮色底部，有几股乳白的霜雾从山凹的缝隙中漏出来，被山风一搅和，晃晃悠悠和无形的黑暗融为一体，看上去有点像劣质咖啡混合了变质伴侣。山凹中的霜雾爬到半空，和一条横亘天边的长云相连。长云在桔红色的落日辉映下好像一条金铂挂在山脊上，遮挡住所有的连绵起伏。长云之上，是瓦蓝得有些渗人的天空。天空中没有纤丝云彩，只有孤零零的落日对着半牙若隐若现的月亮。"这真是青天在上，明镜高悬呐。"黎明站在那里，感觉有些寒冷。他捡起一块石头，用力扔出去。石头在空中转了几圈，然后落入漠然的混沌中。

当天晚上，黎明和马易二人商量如何搞好审干。黎明摸着脑袋，学着龙文枝的腔调说："找疑点，必须经过慎重的调查研究，事实求是，来不得半点主观主义。是啊，主观主义，这主观主义究竟是个什么东西？"

"不用担心。只要多调查，多收集材料，不轻易下结论，就能少犯主观主义错误。谁是特务总会留下点痕迹嘛。"马干事不以为然地说。

"这个办法好，稳妥。全靠客观材料，拿证据说话，不会冤枉好人。"易干事审慎地回答。

"还要注意和上级沟通，和其他整风小组交流，尤其是龙主任亲自抓的那个组。他代表的是分区，还有大军区的经验。"黎明觉得自己考虑很全面。

"是，是。他们离我们都不太远，我跑勤一点，多向他们取经。"易干事忙不迭地说。

过了两天，山路来这里传达了中央关于审干的九条方针："首长负责，自己动手，领导骨干与广大群众相结合，一般号召与个别指导相结合，调查研究，分清是非轻重，争取失足者，培养干部，教育群众。"

黎明恍然大悟地说："我们过去的理解有偏差，把特务当成了死心塌地的坏分子。中央是把他们看成一时失足者，我们只起拉一把的作用，重点是挽救。这是个新精神。"

"这下工作好做了，我们只要把中央的精神给大家讲清楚，相信有问题的对象都会主动站出来。"易干事也很高兴。

"还是中央英明，真是高瞻远瞩呀。"马干事有些惭愧："我也应该检讨一下，以前经手的某些案子是不是处理得急了些？没有尽到争取的责任。"

"你们以前怎么办理案子？走不走群众路线？"黎明好奇地问。

"过去办案一般是根据群众举报，提供线索，然后我们再下去调查。像这样把干部集中起来整风，凭空就要清查坏人，没见过，也没干过。"

"革命靠自觉。"黎明找到点信心："中央政策摆在那儿，明明白白：做人做鬼自己选。特务也不是傻瓜，放着阳关道不走，偏要走鬼门关？古人说：精诚所至，金石为开，火候到了，榆木疙瘩都会开窍。"

九

几天后坦白运动开始。首先是几个支部全体集合开大会，龙文枝做动员报告，山路让黎明领头喊口号。黎明精心准备了十多条口号，每一条都经过仔细推敲，力求简洁有力。呼喊时，那个音节重，那个音节轻都演习了几遍。开大会时，龙文枝鸟枪换炮，讲得声情并茂，感人至深："同志们哪，我这个是掏心窝子的话。大家仔细想想：离开了党，个人还算得了什么？只能是孤儿，思想上的孤儿，行动上的孤儿。党供给我们吃，供给我们喝，让我们学文识字，关心我们，教育我们，爱护我们。党就是我们的生身父母。我们有什么个人的思想疙瘩，小九九不能对生身父母说?有人说怪话了：你龙文枝就是个婆婆嘴，唠唠叨叨说的是个啥？我要明白地告诉你，这不是我唠叨，是党对大家苦口婆心。党给我们敞开了大门，我们是进去还是呆在门外？自己的路还得靠自己的脚来走。不能靠别人帮忙。共产党是一心一意为民族，为大多数人谋利益，绝对不会小肚鸡肠，搞秋后算帐。俗话说：大人不见小人怪，宰相肚里能走船。整风不是整能(人)，而是救能(人)，是要让大家把肠肠肚肚通通清理干净，放下包袱，轻装上阵，共同进步。"

龙文枝讲完，黎明马上带领大家高呼口号。黎明激情万丈，面红耳赤，声嘶力竭。下面的干部也都个个态度庄严，山呼海啸。好像只有这样，才能把个人对党的忠诚，对敌人的仇恨和对失足者挽救的决心都发泄出来。

十

打铁要趁热。动员大会一结束，黎明马上召集全体人员讨论，准备一鼓作气，让大家开怀坦白。

"别抢，咱们有的是时间。大家轮着讲，一个接一个。"说到这里，黎明自顾自地笑了，他举起手中的钢笔，晃了晃："瞧，刚灌满的水。"

沉默，居然半天没人出声。

黎明饱沾墨水的笔尖在粗糙的再生纸笔记本上浸润了一个圆。

"呃，还不大好意思？"黎明面带理解的笑容说："就当是洗热水澡吧。身上的'垢积'太多了，要多用点肥皂，还得用手使劲搓，使劲揉才能洗彻底。"

还是沉默。只有几个人想跟着黎明的话笑笑，但一看周围其他人的石头板子脸，马上又收敛起来。这搞的什么名堂？哥几个感情上来得快，消退下去也不慢呀。黎明心里着急，可又不好马上催促。

"龙主任把党的政策说得是一清二楚。有什么大家只管竹筒子里面倒豆子。不相信我们，你还不相信党？"易干事试图打破尴尬。

依旧是大眼瞪小眼。

"小王，你就带个头吧。"马干事将了王连长的军。

"俺有啥好说的？参军前就给东家扛长活。红军来了，对下苦力的真好，我一时兴起，就报了个名参加进来。有啥背景，历史的非得坦白出来。非得让说，就说说前几次宿营，偷点懒没给房东挑水，这算不？"王连长倒也爽快。

"俺也坦白，有一次拿了老乡家俩地瓜，没给钱。今后一定改。"

"打张家河据点，我看上伪军中队长手腕上那块表，偷偷给藏了起来，违反了三大纪律八项注意。"

"还有我…，"

一时七嘴八舌，大家说个不停。黎明放下手中的钢笔，想说什么，又不知道该怎么说。这时三连指导员阴阳怪气地说："黎科长，我说句话兴许不中听。咱们这些人，参军前都是些泥腿子，出门站地头，进门倒床头，简单得很，有什么值得藏着腋着的？倒是你们这些文化人，曲里拐弯，有话不直说，有屁不乱放，倒真该检查检查。"

瞧这话说得，谁说老粗没水平？黎明当时感觉就俩字儿：狼狈。他抬头看看刘行淹，没想到刘行淹抢过话头说出这么一番话："我看三连指导员说得在理。黎科长，你是这儿的领导，而且和我们一样，都是从白区来的。你先带个头，我们比着葫芦画个勺，心里也有个谱。"

黎明又把笔拿起来，慢条斯理地在笔记本上画圈，他想画俩大鸭蛋，但没封住口。

"老母鸡下蛋叫蝈蝈欢，你呱叽个啥？黎科长刚参加完一期整风，已经通过了党的审查。现在受党的委派来审查你们。"易干事姓易名尚靖，大家都叫他易上劲儿。刘行淹这么一说，他果然就来劲儿，用粗大的手指点着对方说："姓刘的，我告诉你，整风是严肃的政治任务，大家都要过这一关。你要是吊儿郎当，不当回事儿，小心你的皮。"

黎明倒没什么，他摆出一幅居高临下的姿态："急心疯吃不了热豆腐，思想问题要慢慢来。知无不言，言无不尽，是整风的基本方针。我们的目的就是要让大家把话都说出来嘛。今天不行，还有明天；明天不行，还有后天。"

十一

　　然而，今天结束了，明天过去了，后天依旧没人正经坦白。黎明这下有点吃不住劲儿了。党的政策这么好，怎么就没个人理解？

　　"听说龙主任，山主任那边都搞得不错，我们还得抓紧呀。"易干事真是那壶不开提那壶。

　　"不行，不能就这么干耗下去。"黎明戴上军帽，马上就要出门："我得上山主任那儿取取经。他离我们近，过水的萝卜吃个鲜。"

　　"嘿，着急上火也不赶这一分钟。"易干事拦住黎明说："何况你是运动主持人，管着好几十号人。你一跑不要紧，下边人不大不小闹出点乱子咋办？以我说，你只管坐镇中军大帐，跑路的事儿还是我们下边的人多辛苦些。我们学到东西，回来给你汇报，大家再一起商量，给他来个照单子抓药。"

　　很快，易干事的药方就抓回来了。一进门，他就兴冲冲地喊叫："我一口气跑了好几个地儿，山主任也见着了，龙主任也见着了。他们都说咱们这个搞法不行，光喊口号没用，得动点儿真格的。"

　　"生发面团搁屉子，你要蒸馒头呀？"马干事说："说说看，你这蒸笼格子究竟架在那个火炉上？"

　　"哪个火炉？当然是群众这个大火炉子。不过，我们要架上去的是那些特务分子。"易干事兴奋地接着说："龙主任指示我们：现在的大组要分成小组，每组确立一到两个重点对像。先给每个组的积极分子交底，动员他们站出来，对这些重点对象做面对面揭发。"

　　"嗯，这倒是个办法。然后呢？"黎明沉吟片刻说道。

　　"然后？等这些人开始自我辩解时，大家就找漏洞，提矛盾，叫他们回答。如果这些人是真的特务分子，他们的话肯定有漏洞，肯定会有答不上来的时候。一旦他们答不上来，我们就突击，劝他们坦白。"

　　"突击？怎么个突击法？"

　　"很简单，把每组的积极分子分班分点，不分昼夜，轮番辩论，揭发。讲政策、讲前途、讲后果，劝说重点对象，直到他们全部坦白。"易干事说话像打机枪："他们管这叫车轮战术。"

　　"哟，这么个搞法行吗？"黎明有些吃惊："错了怎么办？"

　　"错了？错了以后再给平反就行了，不就是个人受点委屈吗？革命嘛，这点考验算什么？"易干事觉得这个问题真叫'菜鸟'："我们是对党的事业负责，要防患于未然，在敌特分子搞破坏之前把他们统统揪出来。"

　　黎明沉默不语。

　　马干事刚吐了一个"说"字，便把音量放低八度："说的轻巧。要叫你…，"不再出声。

"黎科长，龙主任让我转告你一句话。"易干事咳了一声，干巴巴地说。

"什么话？"

"在革命队伍中，知识分子最重要的是站稳自己的立场。"易干事说到这儿，看了黎明一眼，好像犹豫该不该继续往下说。

"什么意思？"黎明语调有些急促。

"嗯，这个，"易干事吭哧着说："千万小心，不要犯小资产阶级的温情主义的错误。"

黎明的心弦蹦跳了几下，但很快就平静下来。他坚持说："不行，搞车轮战太冒险。龙主任，山主任都是老革命，见过世面，能掌握分寸，当然可以这么干。我们是初出茅庐，学来的东西是现炒现卖，弄不好就犯主观主义。我看还是稳妥些比较好。先学学人家怎么查找重点对象。"

"他们是先查档案。"易尚靖说。

"我们不是查过了？每个人情况都差不多。"

"那就是我们的水平问题了。龙主任说：要带着问题找问题。"易干事又开始口沫横飞："如果我们胸中无敌情，当然找不出什么疑点，敌特分子又不会在自己的脑门上刻字。只有经过认真分析，才能揪出他们的狐狸尾巴。"

"老马，你的意见呢？"黎明用的是询问语气，但他的态度已经开始松动。很明显，那顶小资产阶级温情主义的帽子对他还是有些压力："我觉得应该下个决心了。"

　　马干事略略思索片刻后说："人饿急了，馊稀饭也得喝一口，这也是没法子的法子，我同意先就这么办。咱不求多大成绩，至少在上级面说得过去。"

　　"呸，这叫个什么话？别人的先进经验，怎么到你嘴里就成了馊稀饭？还没法子的法子呢。"黎明心里其实也挺别扭，但表面上硬要摆出一副精神劲儿："屁要自己放才舒服，路要自己走才算数。我还就不信，别人的脑袋瓜是爹妈给的，偏偏咱是从石头缝里蹦出来的？别人能找到特务，咱这一亩三分地就没有？咱好歹也是共产党员，凡事就得讲究认真。'在上级面前说得过去'？有这么糊弄党组织的吗？"

十二

　　说干就干。易干事侧重清查那些五花八门的个人档案，特别注意找历史疑点；马干事集中整理整风记录，研究群众反应的各种问题；黎明则把所有材料归总，结合个人历史问题和现实表现进行排队，确定重点审查对象。别说，"带着问题找问题"这一招还真灵，黎明他们很快就有了重大突破。第一位怀疑对象是民运股长王和顺，他参加过反动组织"同志会"，在阎锡山的部队中当过一年兵。前几天检查时，自己交代过几次违纪行为，别人揭发他平时爱讲二话，外号"二话篓子"。五一大扫荡期间，上级宣传咬紧牙关渡过最困难的两年，他到处散布一个老太婆的笑话：俺满口的牙都掉光了，咬不紧了。政治态度极不严肃。第二个是十团的宣传干事杜修贤，现年二十一岁，原为冀南挺进支队成员。支队失败后被俘，送到东北当苦力，挖煤炭，据他说是乘机逃脱。回来后一直态度消沉，成天闷着头不说话，行为极其可疑。第三位是个后勤干部，叫齐仲云，入伍时就交代参加过国民党特务组织"复兴社"，有特务嫌疑。

"从现实表现看，民运股长材料最多，把他列进怀疑对象应该没有问题。"马干事舔舔嘴唇说："宣传干事嘛，也说得过去，毕竟他被俘虏这一段的情况也应该搞清楚。麻烦的是这位后勤干部，群众对他的反映很好，说他待人和蔼，能团结人，工作积极，打仗也很勇敢。"

"复兴社本身就是个特务组织，特务要搞大的破坏，总要先取得组织信任。我认为应该把他列为重点对象。"易干事说。

"人家的特务身份可是入伍时自己交代的，历次填表也没有隐瞒。既然要长期潜伏，干吗自己暴露身份？"马干事反驳道。

易干事听了此话也有点犹豫，他想想后说："还是应该找个重点突破口。我觉得杜修贤问题最大。他被俘是确确实实的。至于到东北当苦力，乘机逃脱，全凭自己讲，谁知道是真是假。敌人好容易抓到一个八路，能让他随随便便逃回来？"

"老马，以前有过类似情况吗？敌人把我们的人俘虏了，又放回来当特务？"黎明问。

"当然有，而且比较普遍。一般说来，敌人对这种被俘叛变人员要进行一些短期训练。杜修贤被俘一年多才回来，比较符合这种情况。"马干事本已经说完，但突然想起什么又添了一句："黎科长，我们要特别小心。这种受过训练的特务分子原本就熟悉我军的情况，所以搞起破坏来危害也大。"

黎明好像看见一颗炸弹马上就要爆炸："嗯，这事儿马虎不得。就这么决定了，先突击杜修贤。挑几个政治上最牢靠的同志和他编成一组，火力要猛一点。"

"那，齐仲云怎么办？"马干事问。

"敌人比想像的更狡猾。小易说得有道理，我们不能太天真了，还是列上他的名字。"黎明想了想，又说："依我看，干脆三个人一起上。杜修贤由我亲自抓；老马负责王和顺；易干事，你负责齐仲云，怎么样？"

"我同意。三个人一起上，还可以减少审查对象的心理压力，让他们感觉不是那么孤立。"老马说。

"不过，对其他人的材料，我实在看不出什么名堂。易干事，你的感觉呢？"黎明问。

"人数好像少了点。"易干事又翻了翻材料说："山主任搞了五个对象，龙主任搞了九个。"

"九个？"黎明有些吃惊："我们是不是有点右倾？"

一时无人言语。

"刘行淹怎么样？"易干事打破沉默："整风开始以来，他老是讲怪话。"

"刘行淹？"黎明不以为然，打断易干事的话："他不就太原一穷学生嘛，能有什么问题？还是龙主任说得对，我们没必要搞得草木皆兵。另外，我们组也不大，就五六十号人。山主任，龙主任那儿动辄八九十，甚至上百，比比看也不算太差。就这样，把三人的材料同时上报，我们是油盐酱醋一锅烩。"

十三

　　杜修贤个子不高，身体显得很单薄，看上去还像个娃娃。黎明印象最深的是他那双眼睛：眼眶凹陷，犹如路边干枯的水坑，两只尚未脱去灵性的眼珠挂在水坑内，活摇活甩，就如同筷子挑起的拔丝土豆。

　　由于黎明预先在小组中做了布置，讨论会没开多久大家就把火力集中到杜修贤的被俘问题。刚开始杜修贤没有意识到自己是怀疑对象。他竭尽全力，回忆每一个细节，试图给大家重现自己被俘的全部过程。按照本人的叙述，杜修贤被俘的经历很简单：部队失败后，他被押往德州，从那儿上火车到鞍山附近的一个煤矿做苦力。幸运的是煤矿小工头是他老乡，看他年纪不大，对他比较照顾，没有下死力气整他。起初，煤矿对他们的看管比较严格，时间长了还是发现有空子可钻。杜修贤就是在一天黄昏下工后乘乱逃脱的。以后靠着打小工和要饭回到了关内。

　　杜修贤耷拉着脑袋，话音低沉，沙哑，表情痛苦。每当有人追问，他都先茫然地抬起头望望大家，然后神态窘迫，身体收缩，嘴唇颤栗，挤牙膏似地辩解几句。这一切都被黎明看在眼里，想在心里：如果你姓杜的没问题，怎么会如此心虚胆怯，坐立不安？有道是"心中没冷病，哪怕吃西瓜"，人正不怕影子歪，有什么话不能理直气壮说出来。久病才讳医，就是五藏六腑疙瘩结太多，你小子才会害怕群众审查。怎么样，狐狸尾巴露出来了？黎明好像吞了个定心秤砣，他显得优哉游哉，看着组内的积极分子盘问杜修贤，享受着一种猫盘老鼠的愉快感。

"还有谁和你一道被俘？"

"嗯，张二旺，孙得贵，哦，还有严股长，他受了重伤，起不来，小鬼子当场就把他扎死了。"

"张二旺，孙得贵后来怎样？"

"叫鬼子拉，拉走了，不知去了哪里。"

"就你一人被送到东北？"

杜修贤不知道该如何回答。

"小杜，别紧张，把肚子里的疙瘩都吐出来。"黎明关切地插了一句。

"东北是日本帝国主义灭亡中国的基地，为啥偏偏把你弄到那儿去？是不是有心照顾你？"

杜修贤愣了半晌才反应过来，跳起来喊道："狗日小日本开的煤矿，就没把俺们当成人。啥叫照顾？叫他先照顾照顾你试试。"

"你不是说，在煤矿那段儿亏得有你老乡照顾嘛？"

"你能保证你老乡不是特务？他照顾你究竟是什么用心？"另一人小声敲边鼓。

"我，我，我是说过，可，可，可，那叫什么照顾，不就没把人整死嘛。"杜修贤脸红脖子粗。

"良药苦口哟，"黎明又善意地插了一句："修贤同志，不要辜负了同志们的一番好意。"

"还有谁和你一块儿逃出来？"

　　还没等杜修贤回答，就有第二个人讥讽地说：
"恐怕又是你一个人？"

　　"一个人去东北，一个人有照顾，一个人逃出，又一个人回关内，修贤同志真是千里走单骑，比关二爷还能耐。"

　　"是呀，煤矿看守那么严，说跑你就能跑出来。"

　　"东北那么远，不坐火车怎么回来？要坐火车，你又上那儿弄钱买票？就靠你打的几个小工？混个饿不死吧？"

　　"你逃跑出来，敌人就没有组织追捕？"

　　"不知道。逃出后我躲玉米地里，呆了好几天。"杜修贤好容易答上一句。

　　"敌人没动用狼狗追踪？日本人的狼狗厉害得很。"

　　"逃进山海关，娘子关就没人查？敌人的强化治安搞得这么厉害，你是来去自由呀。"

　　"…，"

　　"你说你打过小工，都干些啥活计？"

　　"嗯，帮人掏粪池，收苞米，卸货，扛东西，还涮过墙，拉过车。"

　　"都关内还关外？"

　　"关内关外都干过。"

　　"这我就不明白了。你打小工，可都是在日本人的统治地盘。尤其是关外，他们统治了十多年，打工都得先看良民证。你一个逃亡犯，从哪儿搞到良民证的？"

　　"我没有，"杜修贤显然没想过这个问题，顿时蒙了头，刚说了一句没有，突然发觉不对，又说："我，有，"还是发觉不对，又想转回来，身体像打摆子似地不住颤抖："我，我，真的不知道怎么回事呀，真的，我没撒谎，没撒谎呀。"他蹲在地上，双手抱着脑袋，抽泣起来。

　　这时，五大三粗三连指导员站起身，嗡声嗡气地嚷嚷道："什么'有'，'没有'的，你就老实说吧。日本人抓住八路，都要写悔过书，谁不写就喀嚓谁。就你好，每次都能轻巧蒙混，说得通吗？"

　　杜修贤真正的目瞪口呆，他的眼中噙着泪水。

　　"好吧，今天的讨论会就开到这里。"黎明放下手中的记录本，严肃地对杜修贤说："杜修贤，你也要回去好好想想，党的政策是惩前毖后，治病救人，为的都是你好。"

　　杜修贤抱着头，依旧蹲在那儿，抽泣，颤栗。就只有刘行淹过去，想用手摸摸他的头，又马上像触电似地把手缩了回来。

十四

　　黎明心中得意。在马干事和易干事进屋之前，他甚至还扯起喉咙喊了几嗓秦腔。

　　马干事满脸晦气，易干事红着脖子。

　　"今天我请客，白面煎饼就热茶。"黎明从火炉上提起胖嘴铁壶，给每个人冲了一大茶缸子水，然后拿起桌上的大饼，用手掰成三份分给大家。

"又暖和，又提神，还顶饿。"他先把自己那块饼在滚烫的茶水中泡泡，小心翼翼地咬上一口，在嘴里抿抿，好像发现了新大陆："嘿，还带点儿葱味呢。"

屋里没有其他响动，就听见喉咙发出的咕哝声和偶尔地打嗝声。

"怎么样？都有进展吧？"吃饱喝足了，黎明开始谈工作。他陈竹在胸地宣布："杜修贤已经不行了，我估计也就一两天，他就得坦白。"

"我这个组可没那么简单，"马干事垂头丧气地说："刚开始，大家还能说说话，王和顺最多也就哭上一阵。现在倒好，他学滑头了，随你们怎么问，怎么追，怎么诱导，他就哭丧着脸，一言不发，老和尚打坐，囫囵一块儿。你又不能动手打人。"

"齐仲云的态度呢？"

易干事紧皱眉头，咬牙切齿，恨恨地说："这家伙十有八九是国民党特务。你的话刚碰到点皮毛，他就暴跳如雷，跳起来和你对着吵，气焰极其嚣张，而且以攻代守，猪八戒倒打钉耙，说别人才是汉奸特务。说实话，组里的几个积极分子都有点害怕了。"

"害怕？有什么好害怕的？"黎明不以为然："这儿是共产党的地盘，还怕他翻了天？自古就是邪不压正，我不信这么多人压不住他一个。是不是再召集各组积极分子开个会？认真研究材料，仔细布置任务，加大火力，从各个角度全面出击，一定要尽快把这几个堡垒拿下来。"

"开个会就能找出新办法？该想的都想到了。"马干事摇晃着脑袋说。

　　"老马，我们得相信群众，依靠群众。这几天的讨论让我很受启发，我们想不到的群众想得到；我们做不到的群众做得到。三个臭皮匠，顶个诸葛亮，群众的点子是无穷的。"黎明教导下属道。

　　"黎科长说得对。是党员，不能见困难就后退。我们再研究研究。一定要搞出几套方案，真正管用的方案。"易干事狠劲用拳头在桌面捶了一下："姓齐的，我倒要看看，是你的核桃壳硬还是我的榔头硬。"

十五

　　火力上去了，问题依旧没有解决，甚至连杜修贤都继续抗拒，黎明的预计完全落空。一般说来，这种类似"得而复失"的感觉最让人窝火。然而，更让人屁股上火的是上级一天来好几个通报。虽然每份通报千篇一律，都是说谁谁又有新进展新突破，没说别的，但黎明心里明白这就是激将，自己再拿不出成绩可真是交代不过去了。正在心烦意乱之际，王和顺先一把鼻涕一把泪地找上门来。

　　"整风工作组究竟是个啥意思？怎么同志们老揪着我不放？黎科长，你是领导，你得表个态呀。"

　　黎明不知道如何是好，人还没坦白呢，总不能上杆子说人是特务吧。也只好拿些空话搪塞了：什么正确对待，相信组织，相信党，特别强调：党的政策是惩前毖后，治病救人。

　　"可我是没病他们硬给我找病，有这么当大夫的吗？"王和顺哭丧着一张脆了皮的老丝瓜脸。

　　王和顺前脚走，刘行淹后脚跟上凑趣儿。他走到黎明身边低声问："黎科长，这么个搞法符合中央精神吗？上边知不知道？"

　　黎明控制不住，咆哮起来："你究竟要说什么？难道是我姓黎的私设公堂，篡改上级指示？我黎明有这么大权力吗？"

　　正好，脸上带着一块淤伤的易尚靖来找黎明。他黑起脸把刘行淹赶走，拉着黎明进了支部所在的窑洞。支部的例行碰头会后，黎明独自出门，走到一棵老槐树下对着树干破口大骂，拳打脚踢。四周黑洞洞的，一个人也没有。

十六

　　黎明横下一条心，今天无论如何要突破杜修贤。

　　小组会一开始，各位积极分子就按预先的布置猛烈开火。虽然材料还是那些，但大家的联想更丰富，逻辑也组织得更严密，提问也更尖锐。如此集中的火力，打得杜修贤面如土色，额头冒汗，两手颤栗。他的情绪一会儿急躁，一会儿绝望，一会儿又痛哭流涕，乞求大家不要再说。黎明沉着脸，控制着会议的气氛，好像指挥一群猎人把一头小鹿驱赶到悬崖绝壁。他后来回忆：当时的感觉真是"心里越来越明白"，杜修贤若不是敌人派遣，决没有如此轻松跑回来的道理。群众的眼睛是雪亮的，任何狡猾的敌人都逃不过群众的眼睛。

　　"黎科长，"杜修贤饱含最后的希望，"无限深情"地喊了声黎明，就哽咽着再也说不出任何话，他真的是走投无路了。

　　在一瞬间，黎明头脑中闪过一丝怜悯。这还是个没脱去稚气的娃娃呀。但他马上觉得最大的关心就是催促他赶快坦白。现在是瓜熟蒂落的时候了，黎明抱着满腔的热忱叫了声："修贤，"然后是语重心长却具有决定性的规劝："问题已经很清楚，主动权掌握在你自己手上。这些天，同志们的意见提得很好，可以说是条条打中你的要害。但我们不是要整你，害你，而是要尽最大的善意挽救你。你从小就参加八路军，也有过爱国家，爱民众的理想，也曾经是我们的好同志，只是被环境所迫，不得不应付敌人。敌人不是弥勒佛，如果没有表示，他们怎么会轻易放你回来的？如果你不把问题说清楚，敌人还会抓住你不放，你就会在泥坑中越陷越深，难以自拔。把问题说清楚，同志们会原谅你，党会保护你，也会照样信任你。党的政策你很清楚，现在是卸下包袱，重新做人的最好时机。修贤，我再一次提醒你：机不可失，失不再来。希望你鼓起勇气，对党，对同志们敞开自己的胸怀。革命还是反革命，做人还是继续做鬼，全在你一念之间。"

　　好一个终审判决，所有的目光都投向杜修贤。全场气氛极度紧张，但表象只有两个字：寂静。

　　"砰"。

　　隔壁院落突然传来一声巨响，所有人都吓了一跳。黎明当先跑过去，一进屋脸就变得煞白。只见易干事满身血污，眼睛发直靠墙站着，浑身抖得如同筛糠。

齐仲云躺在地上，胸口开个大窟窿，已经没了气。他身边不远处搁着一支手枪。

"枪，哪儿来的枪？"黎明歇斯底里高声喊叫。他知道整风期间，部队严格管制枪支，所以第一反应是追问枪支来源。

"走，走，是走火。"易干事上下牙齿打架。

"谁掏的枪？"马干事也到了，他头脑还有些许冷静。

"老齐，嗯，是这样的，他和易干事吵架，吵得很凶。易干事，嗯，是易干事突然掏枪，然后，然后，两人扭打起来，然后，枪，枪就走火。"一人解释道。

"不对，好像是老齐先掏枪？对，我亲眼见枪是老齐的。易干事是出于自卫。"另一人辩解。

"是老齐，我敢肯定。他前天晚上说：易干事再整他，他就和他拼。"

"哎，黎科长，你别望着我。我，我当时正埋头做记录，没看清楚，突然就是一声枪响。"

就在这时，吓得魂不附体的杜修贤突然扑到黎明脚下，嚎啕大哭："黎科长，你行行好，饶了我吧。我不是坏人，我清白，不是坏人。冤枉，我冤枉哪。我在这儿发誓，向同志们发誓，向党发誓：如果我有变节行为，甘愿枪毙处分。你们要相信我，求求你们，你们一定要相信我哪。我要怎么说你们才会真的相信我呀。"他先跪在地上，流着泪，喊着叫着，拼命磕头，磕得脑门血迹斑斑，然后抽搐着瘫倒地上，翻过去，滚过来，用指甲狠挖地上的泥土，用手狠掐自己大腿，用拳头狠砸自己的身体，基本是哪儿要害就砸哪儿。

　　这会儿，黎明可顾不上同情。他一把抓住马干事，摇晃着他的胳膊，放低嗓门问："车轮战，车轮战术怎么搞？"

　　"冷静，老黎，千万冷静。"老马说。

　　黎明撕扯着自己的头发，狂奔到院中，仰天大叫："完了，我完了，这怎么向上级交代呀？"

　　喊天喊地别喊上级，就这时，龙文枝来了。

十七

　　"齐仲云是畏罪自杀。"

　　龙文枝斩钉截铁地说，他威严的目光逼视着黎明。黎明连头都不敢抬。

　　"怎么啦？个个都垂头丧气的？你们上报的材料，我们马上进行了核实。现已查明：齐仲云，杜修贤，王和顺都是国民党特务。齐仲云是小组负责人；王和顺负责散布谣言，搞颠覆；杜修贤专门和日本人联络。你们搞得不错嘛。"

　　黎明和马易二干事目瞪口呆。

　　"怎么？还不相信？实话跟你们说：考虑到你们是第一次参加这种带有肃反性质的运动，没有经验，我们在接到你们上报的材料后是特别的谨慎。为此，专门把这些材料发给好几个组，让他们分头重新审查坦白交代人员，对事实进行反覆核实，最后才确定了他们三人的组织关系。我今天来，就是特意要告诉你们这个事儿。第一次搞运动就挖出了一个特务集团，值得表扬呀。"

从深渊突然升到云天，黎明等人完全无法适应这种变化。马干事嗫嚅地说："我们是怀疑他们有问题，可，可怎么也不敢假设他们是特务集团呀。"

"事情搞多了就有了经验。"龙文枝笑着说："其实，大凡在外边参加过反动组织，或被捕被俘过的人，没有不接受敌人指使的。这种人根本无法摆脱敌人特务机关的魔爪。重要的经验是克服我们领导骨干的温情主义。只要领导骨干态度坚决，积极分子斗争坚决，就没有攻不破的堡垒。黎明，别怪我婆婆嘴。虽然你这次表现很好，但我还得给你敲敲警钟。我们的工作是对革命负责，对党负责。两个负责说起来玄乎，做起来简单，落实到实处就是对上级负责。工作态度粗暴不粗暴，只是个方法问题。对敌斗争坚决不坚决，可是涉及立场的大问题，要万分警惕。"

黎明最怕的就是别人说他小资产阶级温情主义。齐仲云的死和龙文枝的这番话，让他更加感觉到自己必须有所表现，有所证明，有所行动。他按照龙文枝的指示，把齐仲云的善后交给易干事处理，自己集中精力搞运动。在全体积极分子动员会上，黎明宣布三组并成两组，每组分三班，昼夜不停，连续对杜王二人进行突击。这回，黎明给大家明确交代王和顺，杜修贤就是特务。提到二人的名字时，黎明是冷冰冰地一个字一个字往外嘣，而且提到他们的名字之后还留下长长的时间空白，以加强大家伙对特务的印象。他特别强调要反对温情主义，只不过这次不是针对自己，而是针对其他所谓的意志薄弱者。

　　"当确定无疑的失足者拒绝坦白交代时，我们就应该把他们当敌人对待，要有无产阶级的革命义愤，毫不留情地进行斗争。"黎明剑眉笔挺，目光坚毅，语气激动，凝重，响亮："同志们，我们掌握的材料是确实可靠的；目标是明确的；'车轮战'的方法经过实践是行之有效的。要根据不同的情况，坚决进攻。当斗争对象感情薄弱时，我们要晓之以理，动之以情，当他们装聋作哑时，我们要扭住不放，穷追不舍。当他们气焰嚣张时，要打他的态度，灭他的威风。齐仲云的问题就是我们太客气，不，是太软弱，这里我必须检查自己头脑中残留的小资产阶级温情主义。我要特别提醒大家注意的是：这是一场残酷的阶级斗争，我们不能被敌人的嚣张气焰压倒。齐仲云这种事绝不允许重演。现在的形势很好，就好比打仗，大部队已经突破了敌人的防线，我们的任务就是乘胜追击。按照古人的说法，这就叫做势如破竹。只要同志们有坚定的信心，坚持的决心，不怕疲劳，连续作战，就一定能攻克敌人的堡垒，完成党交给我们的光荣任务。"

十八

　　"车轮战"果然威力巨大。

　　杜修贤第二天就哭着闹着要坦白。软磨硬抗的王和顺也很快精疲力尽，神态恍惚，只剩下低头认罪一条路了。听到胜利的喜讯，黎明如释重负，他兴奋，宽慰，马上通知炊事班，煮鸡蛋面条，全体会餐，庆祝特务重获新生，又回到了革命队伍的怀抱。会餐结束，黎明回到支部，感觉非常疲倦。但还没来得及休息，易尚靖就报告了最新动态：据王和顺交代：刘行淹也是国民党特务。

十九

　　黎明想了个理由：在被审查人员尚未坦白前，主要领导骨干不宜和他们见面，从而回避了亲自参加后续的"车轮战"。刘行淹真是个软骨头，一上"车轮战"马上坦白。既然人家已经投降，黎明自然要出面和他谈话，以示党的关怀。刘行淹原本是个小胖子，没想到几天不见，这家伙已经瘦得颧骨突出，胡子拉碴，肩上的关节见棱见角。

　　"怎么样，这个热水澡洗得爽快吧？丢掉包袱，浑身轻松多了？"黎明期待的是刘行淹欢欣鼓舞，对党的挽救表现得感激涕零。

　　刘行淹低着头，黑着脸，翻翻眼皮，恶狠狠地盯着黎明，一言不发。

　　"好了，党的政策是坦白从宽，既往不咎。你现在…，"黎明想宽慰他几句。

　　没想到刘行淹突然像发了疯，红着眼珠子，张牙舞爪吼叫起来："黎明，你个乌龟王八蛋，你才是国民党派来的特务，日本鬼子的走狗奸细。你知道什么叫无中生有，栽赃陷害吗？这就是无中生有，栽赃陷害。狗日的把好人往死里整，亲者痛，仇者快，你比东厂魏忠贤还厉害。你是对党犯罪，对革命犯罪。你想整死我，我和你拼了。"说着就要扑上来。

黎明勃然大怒，三拳两脚把他打翻在地。刘行淹滚缩到墙角边，失声痛哭，那份倾泻出肺腑的悲哀长鸣，让人联想到失去幼子的孤鸿落雁。黎明有点愕然失措。

"特务身份，不是你亲口承认的吗？赶这工夫来撒野。"

"那是你们逼的，通通是假的，全是假的呀。"

"你个混蛋。"黎明一拍桌子，吼叫道："特务，是什么性质的问题？能随便承认吗？我们严格按照党的政策，苦口婆心地规劝，又没有刑讯逼供，要是东厂魏忠贤，还不得扒了你的皮？"黎明说得义正词严。

刘行淹完全焉了，他放声大哭，用手不住地批自己耳光："我无耻，我软蛋，我经不起考验，我瞎说，全都是瞎说，怎么会全都是瞎说呀？该死，糊涂，又瞎说，又是瞎说哪。我真的是罪大恶极呀。"

二十

虽说黎明凭气势压倒了刘行淹，但这事对他的震撼还是很大。回到支部，他问马干事："老马，你过去审案子，有没有碰到这种情况？"

"有，这叫'翻供'。有些犯人罪恶太大，招供后怕杀头。还有些犯人是顾虑多，思想反覆，都可能'翻供'"

"有因为被冤枉而'翻供'的吗？"

"当然有，那都是保卫干部胡来。我们又没有这么干。"

易干事不以为然："这些人是疑心生暗鬼。他们对党的政策有怀疑，怕处分，怕父母亲友知道了难以见人，保不住还怕敌人知道了对他们下毒手，杀人灭口。刘行淹的问题很简单，我们只是根据掌握的情况给他分析矛盾，讲道理，他马上就招供了。要真没有问题，连这点考验都经受不住？"

黎明再没吭声。

突破刘行淹去除了黎明心中最后一道心理障碍，现在他体会到做领导的好处了：具体审查交给马易二干事，随他们去瞎折腾，自己就呆在支部整理上报材料，没事了还可以写写诗，填填词。马易二人的工作成效显著，突破了一个又一个。黎明因为领导有方，也不断得到上级表扬。龙文枝甚至把黎明这个组当成了工作重点，经常跑过来总结经验，指导工作。这一切都让黎明更加得意，直到原宣传队的小何坐到自己面前。

二十一

看到哭兮兮的小何，黎明脑袋"嗡"的一下，马上意识到什么地方出了错。一方面他对小何的历史再清楚不过了，因为竺青给他讲过不少。小何出生不久就被亲身父母遗弃，是一位江湖艺人收留了她。这位江湖艺人拉得一手好胡琴，曾经给梅兰芳配过戏，攒了一些小钱，送小何去学校读了点书。在学校里，那些阔小姐瞧不起她的江湖背景，极尽所能讽刺，挖苦，侮辱，糟践她的人格。是八路军第一次给了她做人的尊严，让她懂得了世界上还有人与人生来平等这一说，这种人怎么可能去当国民党特务？另一方面则出自黎明的私心，怕得罪好朋友白丁。白丁为人颇讲究江湖义气，为朋友可以两肋插刀，但要发现你不够朋友，那是说翻脸就翻脸。虽说小何和白丁的关系究竟怎样，黎明也说不清楚。别看那小子整天胡吹海侃，弄不好真是剃头挑子一头热。当然麻烦也就麻烦在这一头热上，你要真动了他认定的女人，以后还彼此见面不？

"你怎么把她给弄来了，她现在根本不是部队的人。"黎明把易干事拉出审查小组，问道。

"哦，是龙主任的意思。龙主任说有好几个组的坦白人员提到了她，这娘们儿可能和一个大特务集团有关，是他们的中间联络人。"

"龙主任的意思是什么意思？怎么事先没通知我？"黎明没想到小何是这么个来头，也觉得这事安排得有些蹊跷。

"没通知你？"易干事也有些莫名其妙，挠挠头后解释说："她是今天下午才送过来的，可能你当时不在支部。"

黎明只想着怎么摆脱这个烫手山芋，最后还真让他找到一个理由："不行，男女有别。咱们虽然不讲封建，但这么直接了当去审查一个女同志，多少有点问题。既然龙主任认定她是特务，还是把她转给龙主任，让上级安排合适的人选去审讯。"

第二天，龙文枝过这边来，黎明把男女有别的考虑对他说了，龙文枝觉得好笑："哪来的条条框框？这是革命，不是小孩子过家家，你是领导骨干，怎么能说推责任就推责任？你叫我安排，我有多少事情，管得过来吗？再说合适人选，我不和你一样，也就一秃头和尚？你不合适，难道我就合适？你们先审着，有问题以后再说。黎明呀，黎明，你就是书呆子气多了点。"

几个人来到易干事主持的审查小组，认真听了各人的发言。因为是针对小何，同时也是针对女人的第一次会议，没有搞"车轮战"。大家的发言也都挺客气，说得也都挺含蓄，不过，就这些轻描淡写已经足以让一个敏感的女孩子家哭哭啼啼了。

"好吧，我先留下来。"吃过晚饭，龙文枝突然改变态度："反正，其他组的工作都走上正轨，不需要我到处跑了。我就先帮助你们处理好这个案子。"

龙文枝蹲在村头，点燃一支烟，吐了两口烟圈，边想边说："你说得对，坦白对象是个女同志，得注意点方式方法。之前，我们处理过的几起案子也涉及到女特务，有点经验。这样吧，先晾上她几天，从侧面想想办法。"

哇，粗中有细，黎明这回还真有点佩服龙文枝了。

二十二

按照龙文枝的安排，黎明去找山路汇报工作。山路挺热情，留黎明吃了顿饭。黎明回到驻地村子时，天已经擦黑。黎明在村头碰上马干事，问龙主任在那儿？马干事回答说：正在审查怀疑对象。走了几步，又碰上易干事坐一大石头碾子上和人聊天。他觉得奇怪，问易干事："你没和龙主任在一起？"

“没有啊。龙主任说：他想自己做点儿调查。”

黎明没说什么，一个人往支队部走。走了两步，他突然觉得不对劲，撒腿往小何所住的窑洞跑。还没到窑洞门口，就听到屋里传出的挣扎声和哭泣声。黎明冲过去，推门，门从里面被反锁住，于是用拳头使劲敲门。

窑洞门好一阵才被打开，开门的是惊惶失措的龙文枝，他慌里慌张地质问黎明：“急急忙忙干什么？我审查了，小何没问题。”接着，手忙脚乱想扣住领口，没想到裤子“哗”地落在地上。

屋里传来小何哽咽悲恸的哭泣。黎明怒火中烧，一拳砸在龙文枝的小肚子上，打得他直滚到了桌子下面。然后，黎明一只脚跨进门坎，发觉不对，赶紧又退出门外，冲屋里低声喊了一嗓：“小何，你没事儿吧？”

“滚出去，”就听小何歇斯底里一声尖叫，然后捂着被子枕头什么的呜咽：“流氓，你们这些流氓统统给我滚出去。我没脸见人，不想活啦。”

黎明站在门外，进不敢进，退不敢退，狼狈不堪。

“要不要，我去叫人？”黎明声音低得像蚊子叫。

“滚开，叫你滚，你怎么还不滚开哪？是我自己愿意，我喜欢他，是自由恋爱，真的是自由恋爱呀，我要嫁给他，就是要嫁给这个混帐王八蛋哪。”

黎明觉得最好是转身离开。

　　"别走，等等。"小何突然止住哭泣，改用一种甜得发腻的嗲声说道："龙主任，你不是要我坦白吗？我这就坦白，向党，向组织坦白：国民党在二六二旅的最大特务头子就在旅直，听说他还当过宣传科科长。"

　　黎明回头看看半坐在地上的龙文枝，发现他眼中再没有惶恐。更准确地说：龙文枝笑了。

第十章 风向突变

一

　　两天后，山路亲自带着几个人来，通知黎明去分区汇报工作。黎明心说这倒是个机会，可以把自己对坦白运动的疑虑向分区领导说说，于是带上全部文件出发。一路上，山路和黎明有说有笑，并没有什么异样。到了分区吃过晚饭，山路要回旅直，奇怪的是他不和黎明告辞，而是把黎明交代给两个分区的干部。黎明想要和他再说几句话，他脸上表情特怪，似笑而不亲近，似恨而不坦然，讪讪两句赶快离开，弄得黎明心里发毛。分区的干部一左一右，夹带着把黎明带到组织科。组织科科长叫秦嵩，说得上是黎明的老熟人，为人忠厚老实，对谁都和和气气，脸上总是笑眯眯的，人送外号：秦大妈。黎明进屋时，已是掌灯时分，桌上点着一盏油灯，光线微弱，照在秦大妈脸上。

　　"老秦，好久不见，还这么瘦？也没见你胖点。"黎明高兴地过去，想和他握手。

　　秦大妈挺直腰身端坐在桌子后面，双肩微耸，一顶泡松松的灰面帽压在前额，细细眯缝的眼睛聚精会神盯着眼前的材料，嘴唇咬得紧蹦蹦的，脸上的肌肉也凝滞不动，好像根本没有听到黎明的说话。黎明好不尴尬，他把手缩回来，交叉着手掌揉了揉，怯生生地说："我奉命向分区汇报抢救运动的情况。"

　　秦大妈站起身，冷眼看了一眼黎明，板着脸说：“跟我来。”

　　秦大妈和两个分区干部前呼后拥把黎明带进一个小院落，院落内外到处是持枪的哨兵。黎明被带进西边的一间小屋。小屋窗户上钉满了木条，所以室内光线很暗。黎明印象最深的就是整个屋子除了一条狭窄的过道，整个屋子就一排土炕，炕上躺着十几个人。黎明看见赵志一也在这里，很高兴地给他打招呼：“嘿，赵大专员，什么时候过来的？也没打个招呼。”

　　赵志一像聋哑人一般默不作声，秦嵩却粗声粗气地说：“他什么时候过来，和你屁球相干。告诉你，把你叫过来，是要你交代自己的问题。别人的事，少管。”

　　黎明突然想起龙文枝那张笑脸，他顿时火急攻心，直着脖子大声吼叫：“这是陷害，我要揭发。”

　　秦嵩上前给了黎明一耳光，打得他两眼冒金星：“你他妈的老实点。这是什么地方，容得着你撒野？要揭发，日子长着呢，有你表现的时候。”他转过头对两个分区干部努努嘴：“搜。”

　　两个分区干部冲上来，不由分说，命令黎明举起双手，开始搜身。他们先接过黎明带来的材料，然后搜去了皮带，绑腿，鞋带和系内衣的裤带。秦嵩指着一个铺位说：“你就睡这儿。要好好考虑自己的问题，不得自由行动。”

　　黎明狼狈不堪，双手提着裤子，望着炕上那伙人。炕上的人好像是在隔世阴间，个个瞪着眼睛，表情漠然，就是不说一句话。整个屋子显得鬼影憧憧，寒气森森。黎明倒吸一口冷气，心说这帮人都怎么了，总不成舌头叫人割了吧。他妈的，叫老子反省，老子就反省反省。他坐在自己的铺位上，翻来覆去地想：老子出校门就参加红军，以后一直呆在部队，一天也没有离开，和任何反动组织都没有瓜葛，平时工作认真负责，积极肯干，还和鬼子拼过刺刀。你秦嵩就是鸡蛋里挑骨头，能有啥本事从我的历史上找矛盾，从我的现实表现中找疑问？想到这里，黎明又变得心地坦然，加上整天赶路有些疲劳，便躺在铺上呼呼睡着了。

接着几天是大组学习。黎明这个组大约有三十来人，组长是分区群工组的干事李万民。每天黎明一行十来个人被带到院中专门给安排好的位置坐下，面对组长和其他积极分子。李万民读文件，积极分子发言，讨论，黎明等人表态。不过这种学习讨论每次时间不长，天黑之前就收工，场面也挺温和，当然更谈不上车轮战。刚开始，秦嵩还不时到场指导，说些老套话，让大家相信党相信组织，坦白从宽，抗拒从严等等，后来干脆不见了踪影。黎明心中莫名其妙，这搞的什么名堂？供祖宗呢还是耍猴？完全不是他预计的暴风骤雨嘛。

不过中间也有精彩。他们开了一次大集会，由军区政治部主任郑荒讲话。这位一九三一年参加红军的老革命公私分明，以身作则："坦白运动也是对我本人的考验，考验我是不是对党忠诚。同志们不是揭发了嘛，我老婆也是国民党派遣的特务，现在也在接受审查。我保证绝对以革命大局为重，不护短，不掩盖，有什么交代什么。老实说，这件事对我的震动也很大。它提醒我们，阶级斗争是复杂的，在民族矛盾占主要地位的今天，也不能忘记原有的敌我矛盾。”

黎明有些愕然：这他妈的是什么主任，和一个女特务在一张床上睡了好几年，同呼吸，共命运，竟然毫无察觉，到现在才被别人揭发出来，难道你是白痴？

二

一天上午，小组长李万民带着黎明等人前去探望"病人"，他们来到一个门口设双岗的小院落。进屋后，黎明看见"病人"躺在床上，蒙头盖被，谁也不答理，旁边一位医生正在给他量体温。黎明等十几个人挤在门里门外，谁都不知道该如何"探望"，也不敢开腔问问题。医生诊断完毕，李万民忙活开了。他给大家分派任务，一些人替"病人"端水，一些人劝"病人"服药，黎明的任务是给"病人"削梨子。这个时候根据地虽然供应好转，但还没人养成吃水果的习惯，大不了啃个生番茄生萝卜清火。像眼下拿给"病人"吃的梨子，黄中透亮，又大又园，黎明压根儿还没见过，何况还是大冬天。黎明把削好的梨子递给"病人"，"病人"气呼呼地转过头来，粗鲁地把梨子打在地上。黎明这才看清，"病人"原来是军区政治部副主任吴梦迟，不觉大吃一惊。黎明弯下身，从地上捡起梨子，拿开水冲掉上面的泥土，解劝道："吴主任，生病养病，何必赌气呢？还是吃一点吧。"

吴梦迟翻过身，脑袋对着墙，就不吭气。李万民又叫大家排着队，一个个上前慰问。大家不知道这葫芦里面卖的是什么药，也不知道吴梦迟得的是个什么病。无奈之下，只好硬着头皮上前，没话找话，问问病情？想吃什么？睡眠怎么样？再说两句放之四海而皆准的安慰话。然而吴梦迟始终把脸对着墙，躺在床上装死狗。

正在大家面面相觑之际，两个便衣陪着一眉清目秀的年轻女子进了屋。女子一看见床上躺着的吴梦迟，高喊一声："老吴"便扑了上去，搞得一帮子大男人差点儿躲闪不及。女子俯在吴梦迟的身上，抱头痛哭。吴梦迟也转过身来，搂住女子的肩背，呜咽起来。两人不顾周围站着那么些人，也不说话，就是哭，越哭越悲惨，最后是撕肝裂肺，呼天嚎地。李万民见势不妙，赶紧带上黎明等人离开。

三

下午又是大组会，这回改了室内。一间大屋子，中央拼着三张桌子，周围摆着长凳。李万民见人来齐了，颇为自得地说："上午你们都看见了吧。吴梦迟是三一年的党员，参加领导过'一二九'救亡运动。被国民党逮捕后，关进监狱，'七七'事变后才放出来的，是在监狱里失足。出狱后被国民党抓住把柄，就摔不脱了。这样的人都坦白了，你们还有啥顾虑？带你们去的目的，就是让你们亲眼看看，党组织对坦白自首的人多么宽大。照顾他的生活，给他治病，还把他爱人弄来和他见面。他爱人当然也是特务，在地委整风中坦白的。两人痛恨自己的过去，感激党的挽救，所以才哭得如此伤心。这是正面的例子，向你们展示党的宽大政策。但宽大不是没边儿的。如果有人心存侥幸，想钻空子，对党耍心眼，拒不坦白，那就得抗拒从严。你们将要看到的这个人就是一个很好的反面教材。这个人不用我介绍，你们见了都认识。我们是前几天才发现他的问题，帮助他，教育他，但他态度十分顽固，拒绝任何挽救，坚持不坦白自己的过去。今天，我们就要斗争他，批判他，给他扎上几针，喂点儿姜汤辣椒面，让他舒舒筋骨，通通脉络。希望大家通过这两个正反比较好好想想，自己的未来是何去何从。"接着，他很随便地吩咐一句："带上来。"话音未落，几个积极分子已经连推带搡把一个大个子押进来，摁在长桌的另一端坐下。

黎明简直不敢相信自己的眼睛。这不是几天前那个气势汹汹，勇煽自己耳光的分区组织科长秦嵩吗？煞神居然也变成了"特务"。人事沧桑，这世界变化也忒快了点。

接着积极分子们对着秦嵩踊跃发言。他们个个义愤填膺，指手划脚，捶胸顿足。有说他顽固不化的；有说他想为国民党殉葬的；有揭露他对日本军国主义抱有幻想的；有威胁他顽抗下去绝无好下场的；还有人用拳头擂着桌子限他立即坦白的。可是秦嵩就像个活死人，对这一切毫无反应。一阵疾言厉色后，众人态度驱缓，耐心劝导，说服，解释政策，请他打消顾虑，纷纷伸出援助之手，无奈秦嵩依然无动于衷。他把头靠在手腕上，身体斜依在桌边，竭尽全力想打个盹。积极分子们早看透了这套耍死狗的把戏，他们用胳膊肘捅他的肋骨，用手揪他的头发，甚至有人冲他脸上吐唾沫。看到这儿，黎明心中油然生起一种道德优越感，我们对杜修贤还没这么干过，可见分区的干部水平也不咋的。当然他也明白自己眼下的地位，所以不敢高声反对，只能低声咕噜道："这不是违犯党的政策，搞逼供信嘛。"

还没说完，坐在身边的赵志一悄悄拉了他一把，然后咳嗽两声说了话。赵志一的话没有对着黎明说，而是对着秦嵩说："姓秦的，你不要错估了形势。特务组织已经土崩瓦解，一两个人想挽狂澜于既倒，简直是做梦。这么多人都是特务，难道你秦嵩就不是？别的不说，单讲你的名字，秦桧的头，严嵩的身子，全都是些大奸臣的料，可见不是个好东西。这么多人都相信党的宽大政策，唯独你不相信。退一步说，就是敲沙罐，也不单敲你一个脑袋。识时务者为俊杰，你不识时务，瞎顽抗，能有你的好果子吃？"

秦嵩居然睁开眼睛，白了赵志一一眼。

"你不要以为自己了不起，入了党，当了官，抓过特务，就进了保险箱，就保证自己当不了特务。党和群众的眼里揉不得沙子，该你当你还得当。个人和党，谁的力量大？曾中生地位不比你高？旷继勋功劳不比你大？他们都可以是特务，何况你一个小小的组织科长？"赵志一说完话，依旧正襟危，态度极度认真。

李万民听这话觉得别扭，但自己的文化水有限，说不出个子丑寅卯，只瞪了赵志一一眼："你瞎扯个啥呀？抢救运动是在中央正确路线领导下进行的，和张国焘那一套根本不同。"

"是，是，你说得对，错误在我。我太急于求成，只想以过来人的身份劝劝他，说话考虑不周。"赵志一点头哈腰。

　　这时大家注意到秦嵩耷拉着脑袋开始思考。李万民老经验了，明白对方意志已经动摇，又把注意力重新转移到秦嵩身上，鼓动大家继续努力，又打又拉。反覆几次，秦嵩终于精疲力尽，头朝后仰，"扑通"倒在地上，口吐白沫，哽咽着吐出几个字："我坦白。"

四

　　黎明对赵志一在会上的表现大为不满。别人逼良为娼倒也罢了，你起什么哄？跟妓院老鸨似地勾引良家妇女。对呀，这小子晚上睡觉翻过去，覆过来，一会儿还唉声叹气几下，显得心事重重，莫不真的也是特务？他相信：特务身份关系大是大非，你要不是，就应该经受住考验。共产党员死都不怕，还怕这点子委屈？胡乱承认自己是特务，本身就是软骨头的表现，还加入个卵子党？想到这里，黎明突然对赵志一，杜修贤，刘行淹以及刚刚坦白的秦嵩产生出一种鄙夷和厌恶的情绪。坦白本身就是对他们特务身份的最好证明，因为特务都是些投机分子，胆小鬼，比较革命先烈在敌人监狱里，刑场上那种大义凛然，真是天壤之别。我的问题是受人诬告陷害，和他们的性质有本质区别，只要讲清楚就行了，当然没有坦白一说。原来有个秦嵩挡道，我绕不过去。这家伙肯定和龙文枝一伙，否则怎么把我弄分区来了？现在他垮了，说明龙文枝也有问题，我应该立即上告。所以批斗会一结束，黎明就拦住李万民说："我要申述，要面见旅政治部主任山路同志。"

　　山路还真见了黎明一面。他瞪着眼听完黎明的汇报，半天没合拢嘴。过了好长时间，山路习惯性地往左右看看，见周围没人，才压低嗓音说："你说龙文枝强奸妇女，证据在哪里？这关系到一个同志的政治生命，不能由着你空口说白话。一个人说话要负责任，这点道理你都不懂？我告诉你，龙文枝同志和何静文同志已经向组织递交了结婚申请，组织上正在考虑。"

　　真是怪事天天有，整风尤其多。

　　山路从桌子背后站起来，转到黎明身后，似乎在自说自话："也许我还该多说几句。龙文枝是红四方面军出了名的战斗英雄。他参军后，干部说向东，他决不会向西。打仗时，似乎根本不知道子弹会打死人。反六路围攻时，有个阵地没了动静，连长叫他去看看。龙文枝上去后，发现阵地上的人都死光了。正好这时，一个连的敌人往上冲，龙文枝二话不说，硬是用手榴弹把敌人砸了下去。后来上级机关要表扬他，派人向他调查，问他当时怎么想的，他发了半天愣，回答说：'没想啥。'调查人员急了，这么英勇的行为总得有点动机吧，便提示他是不是想到什么榜样？他回答：'榜啥样？敌人上来了，可不就得打吗？''看见那么多敌人，你就没点害怕？''有多少人哪？反正到我跟前的总共就那么几个，打一手榴弹全撂下，再上来，再撂下，就这么两次，敌人全跑了。'结果上级的表扬没法写，只好把他入了党。现在是战争时期，革命队伍最看中的就是这种人。你一个臭知识分子，有多少本钱？想告他，告得了吗？"

　　黎明感觉山路的声音像蚊子，遥远而模糊。他脑子里不断翻滚的只有一句话："龙文枝同志和何静文同志已经向组织递交了结婚申请，递交了结婚申请。"

五

　　几天后，组织上对各审查单位重新编组，把分区，野战部队，甚至地方的待甄别人员混在一起，集中突击。同时，对各大组负责人进行调整。由于很多老家伙倒了霉，又新提拔起来一些干部。黎明他们这个大组的负责人就换成了新官上任的分区组织科科长：易尚靖。

六

　　易尚靖主持的第一场大组会就是审查黎明的历史问题。还是老套路，先让黎明介绍个人历史。黎明冷笑一声：叫人说话，这就好办，看你们怎么从鸡蛋里挑骨头？没想到刚讲了几句，易尚靖就粗暴地打断他的话："姓黎的，别把我们当小孩子。你说的这些过程都是裹脚布，又臭又长，谁有耐心听得下去？还是理理思路，有啥问题直接往外端。"

　　黎明倒憋一股气，忍了忍，反驳道："不是你让我介绍历史吗？介绍历史，不讲过程讲什么？"

　　"我要提醒你，注意自己的态度。我们要听的是：你有什么历史问题？易科长说得还不清楚？"李万民厉声喝道。

"我没有历史问题，你想叫我说什么？"黎明毫不示弱。

没想到，原二连的司号员，罗志远的搭档小杨跳将出来，指着黎明的鼻子骂道："你不要装蒜，有没有问题自己明白。"

"我明白什么？你倒是说清楚。如果我现在说你也有问题，你明白吗？"

"你狡辩，"小杨脸红筋涨，再说不出话，转头对坐在角落里的罗志远说："小骡子，你了解他，你说。"

罗志远颇有些尴尬，犹豫半天才说道："黎明同志肯定有问题。但我是个啥道道，小杨你也知根知底，就是肚子里有东西，也是茶壶装汤圆倒不出来。"

这时，易尚靖反倒平静下来，说："永年同志，不着急，不着急。让他讲，讲完了我们再找问题。党的政策是不冤枉一个好人，也不放走一个坏人。我们办事要有根有据，最后让他心服口服。"

积极分子不吭声了，黎明的兴致也给打没了。他又草草讲了几句，便强调说："这就是我的历史，每年每月都有人证明。"当然，他也没那么老实，事无巨细什么都讲，只按要求谈了些参军前的经历。

七

接下来，群众们围绕着黎明所谈的经历展开热烈讨论。

积极分子："穷人家的孩子有几个上得起学，你上学的钱从哪里来？"

黎明："我爸过世前当学校老师，有收入。后来和妈妈靠收租子过日子。"

积极分子："和你妈靠收租子过日子，不是地主是什么？这难道不是隐瞒历史？"

黎明："……，"

积极分子："再说了，你妈会写字，不是地主家的小姐也是官僚家的千金。你一个地主家的少爷，怎么会同情共产党红军？这不是猫哭老鼠假惺惺嘛。"

黎明："我参加过抗日救亡运动。"

积极分子："嗯，问题来了，你既然数理化那么好，就应该是书呆子，咋还会参加抗日救亡？何况，南郑是山沟里的偏僻小县，消息又不灵通，怎么那么快就知道了'九一八'事变？还把你从学校拉向了社会？"

积极分子："既然这么关心国家和民族命运，为什么不早点参加红军？红四方面军和陕南红军都经过过你们附近。"

黎明："我当时才十五六岁。"

杨永年忽然转头问："罗志远同志，你多大年纪参加的红军？"

黎明恼火地反问此人："你多大年纪参加的红军？"

易尚靖貌似搞平衡："黎明，不要冲动，同志们对你是好心好意。我想问问那个公路短训班的情况。国民党有很多特务机构都挂着公共的牌子。"

积极分子："是那个叫樊向贵的介绍你去的吧？"

积极分子："樊向贵先介绍你参加特务训练，再把你安插到红军内部，然后自己回去领赏，当上了局长。我说的这个过程总不是冤枉你吧？"

黎明："这不是凭空想像嘛。樊向贵是吃不了红军的苦逃回去的。"

积极分子："他逃回去了，你们的组织联系也中断了，所以你在抗大坚持不入党，对不对？"

黎明："这跟入党有什么关系？到太行山后，我不是积极争取入党了？还是陈谢首长介绍的。你们要调查，干嘛不去找他们？"

积极分子："你不要东拉西扯，陈谢首长没有火眼金睛，他们怎么知道你和特务机关联系上没有？"

"这个并不奇怪，我以前不是也被你蒙蔽了？"易尚靖又插上话说："谈谈你领导的坦白运动吧。第一，为什么只定三个怀疑对象？是不是怕定多了破坏你们的特务组织？第二，为什么运动在你的领导下进展这么慢？我仔细检查了一下，你的第一个怀疑对象是半月前突破的，比龙主任领导的组晚将近一个月。"

黎明大为光火，堵了他一句："咦，那个时候我们两个可是朝夕相处哟。"

易尚靖"砰"拍了下桌子，故意把声音放得很低沉："那我就再提醒你一次。为什么，你迟迟不肯学习别人的先进经验？真的是害怕犯主观主义错误。还是别有其他考虑？"

　　依照黎明的性格，他肯定要给易尚靖顶回去。但他突然想起了杜修贤，一下子走了神。想当初，自己挥舞群众路线的旗帜去整别人时，一切好像那么自然，那么顺理成章，到处闪烁着群众智慧的光芒。现在轮到自己头上，怎么老感觉别人是处心积虑，胡乱引伸，简直就是栽赃陷害嘛。黎明的内心感觉阵阵发冷。四周围的人还如同烈火般的气势汹汹，但他却好像掉进了一个阴森森的冰窖。这究竟是怎么回事？荒唐还是滑稽？同是群众路线，走法也一样，人的感受何以如此悬殊？这岂不是曹雪芹笔下的风月宝鉴，正看是软玉温香美人，翻看却是骨瘦如柴的骷髅。正在胡思乱想，就见龙文枝虎着脸走进会场。

　　龙文枝坐下后，先和易尚靖，李万民等人交头接耳，说说笑笑。黎明等人傻喝喝地在一边看着，心里真不是滋味。几分钟后龙文枝开始发话："同志们分析得很好，可以说句句打中了特务的要害。我今天来就是告诉大家，组织上已经查明：黎明就是打进我党我军长期埋伏的特务。"

　　黎明好像当头挨了一棒。

　　"黎书记长，负隅顽抗是没有用的。"龙文枝摆出一副居高临下的同情："你的上级已经坦白，下级也把你给端出来了，现在就看你肯不肯回头。党的宽大政策你比谁都清楚，限你三天，彻底坦白，写出交代材料。"说完一拍屁股，走了。

　　黎明当时都懵了。他眼睛发直，耳朵嗡嗡响，头发晕，手脚僵硬，全身颤栗，半天说不出话来。赵志一过来扶住他，他才回过味来，挥舞着拳头嚎叫道："胡说八道，天下奇闻。我姓黎的从头到脚都是红的，上哪儿弄了个国民党的书记长当。龙文枝，你这个大流氓，无耻，你把我的上级找出来，把我的下级找出来，给大家看看，究竟谁才是国民党特务？"

这会儿，易尚靖和其他积极分子早已离开。赵志一和其他几个被审查人员把黎明拖着拽着往寝室拉。赵志一边拉边低声骂黎明："混蛋，嚷什么嚷？这儿人人都是特务，你搁这儿也算不上丢人。"

"我是冤枉的，和你们根本不同。我不是特务，不是特务，我真的不是特务呀。"黎明连哭带叫。

八

黎明使尽浑身解数：说明、申述、辩驳、抗议、苦苦哀求、赌咒发誓、拍桌子、砸板凳、跳起来骂娘，全无作用。得到的只是冷酷的开导，严厉的斥责和难堪的侮辱。每天一次大会批斗，接着小会帮助，晚上还要分班，每班由两三个人组成，通宵陪伴。易尚靖把黎明单独关在一间小屋内，不让睡觉，不让休息，日以继夜，不停地让人劝说。这就是所谓的"车轮战术"，黎明算是亲身体验到它的厉害了。仅仅三天，黎明已经头昏脑涨，疲惫不堪，说起话来鼻涕口水一起流。满脑袋装的都是"铁案如山""回头是岸""坦白是唯一的出路""欢迎回到党的怀抱""重新做人"等等字眼，重复了上千遍。到后来黎明什么话都不想说了，就想睡觉，一坐到桌子旁边就"鸡公琢米"，走两步就往地上躺。于是积极分子们用胳膊肘捅，用手推，给他脑门儿浇凉水，甚至干脆就是拳打脚踢。

有一天黎明实在招架不住，刚走两步就"咕咚"滑溜到地上。正好易尚靖过来，马上叫人架住黎明两边胳膊，把他从地上拖起来。接着易尚靖左右开弓，连扇了十几个耳光，打得黎明后来好长时间，一用脑子就耳朵嗡嗡响。不过当时他并没感觉疼，就翻着白眼，看见易尚靖扭曲的脸，挺可笑，于是咧了咧嘴。易尚靖大怒，上前揪住他的头发叫喊道："黎明，别以为我们做过上下级就给脸不要脸。姓易的是共产党员，不是梁山泊好汉。这是革命和反革命，是大是大非，连亲娘老子都不认。"

两个积极分子大约觉得黎明让他们在组长面前丢了脸，把黎明又放地上，用脚跟使劲"碓"他的屁股（大约这么做不伤筋骨，所以被积极分子认为是人道主义），边踢还边骂："叫你装，叫你赖。我给你两下，再来两下，看你耍死狗不耍？"这还没完，又把他抓起来，恶狠狠地问道："狗日的老特务，你还学会哑巴战术了，呸。"就是一口唾沫吐黎明脸上。

可怜的黎明，人到这步天地还有什么战术？他终于明白自己已经走上杜修贤，齐仲云，刘行淹等人的老路。像这个样子，我还能挺下去吗？我到底还能挺多久？那些个革命烈士呢？那些个英雄榜样呢？四周围黑咕咙咚，没有一丝阳光，只有些巡海夜叉在游荡，在怪叫，在张牙舞爪。黎明感觉到前所未有的孤独，沮丧和绝望。这他妈的还是共产党吗？怎么每个人都好像戴着几副变幻莫测的假面具？一会儿是凶神恶煞的厉鬼，一会儿又变成笑眯呵呵的假善人。这时的时间对黎明已经毫无意义，因为白天和黑夜的界限已经彻底消失。他整个就是神智恍惚，感觉房屋墙壁桌椅全在转动。他的思绪用一团乱麻来形容已经远远不够。整个脑袋瓜壳就像一间年久失修，阴暗潮湿的房屋地下室，包裹着成堆成摞，杂七杂八，到处走火短路的高电压网路。"哧"一个火花想起这个，"啪"一串闪电想起那个。突然有一天，他耳朵边所有的叫嚷，不管是威胁；咒骂；还是虚假的同情都安静下来，眼前混乱也消失了，只看见一片黄沙，没有天、没有水、没有草木，迷迷茫茫，渺无边际，似刮风又好像是降雾，空朦朦、酱糊糊、浑噩噩。初始在混沌中有团模糊不清的黑影，好像是个字，不停地旋转跳跃，很难看清，后来越来越清晰，对，是个字，一个大写的"死"字。黎明长舒一口气，感觉很爽快。怎么早没想到？这不是一了百了，洗脱自己清白的唯一途径吗？

然而想死也不是那么容易。自己身上的刀剪绳索一概被没收，跳窗没窗，跳河没河，服毒找不到药，更要命的是自己身边日夜有人监视防范，根本就没个空余时间。要说他这会儿脑子倒是清楚了些，没想到寻觅死的方法却更让人苦恼。自己神经本来已经混乱不堪，现在又加入一个新的变数因子，等于是硬往一块乱草地上插荆棘。

黎明是后来才知道，混沌整整延续了七天七夜。歌剧"白毛女"宣称新社会把鬼变成人，然而整风对黎明而言，却是实实在在把人变成鬼的过程。七天中，黎明饭吃不下，觉不让睡，眼窝深陷，颧骨突出，整个人完全变了形，看上去如同一头精疲力竭的刺猬。最后黎明忍无可忍，放声大哭起来。站在他旁边的杨永年先是有些愕然，接着正要破口大骂，被小组长李万民拦住。李万民说："让他哭一会儿，这是对过去的罪恶感到悔恨。"

黎明还真是对过去感到悔恨，不过是悔恨参加共产党，也伤心对不起生他养他的妈妈。悔不该当初拼死拼活要追求什么前程，啥子报效国家，报效民族，狗屁的理想，还不如当初就呆在家乡当个普通教书匠。还好自己不够结婚的条件，不能和竺青办手续，否则这特务罪名还不得连累人姑娘一辈子。想到这里，黎明真有点万念俱灰，反正都是个死，不如先承认了罪名，然后找个空子了帐。于是他用几乎自己都听不到的声音吐出"我失过足"这几个痛苦字眼。后来黎明回忆："我不能用'说'来表达这个意思，因为这几个字眼像卡在喉咙里，带有血丝、粘痰的骨刺，你必须吐，又吐不出来。"

九

黎明坦白后，党的关怀立即以一碗鸡蛋面条的形式体现出来。黎明什么都顾不上，先放敞开呼呼大睡了两天觉。到第三天，军区政治部主任郑荒，旅政治部主任山路全来慰问，但说了些什么黎明根本没有印象。大人物走后，又是小人物。前段时间，同样倍受折磨的李万民、杨永年等人恨不得抱着黎明亲上一口。只有一直不怎么积极的罗志远没有说话，他不知从那里把黎明被没收去那个青磁玉葫芦弄了回来，默默交到黎明手上。黎明神经质地用手摩挲着光洁的葫芦，哽咽了好半天，然后慢慢把葫芦塞回给罗志远："还给人家，叫她忘了我，就当没这个人。"

罗志远不接手，说："这个，我咋做得了，我都不知道咋和女孩子说话。"

黎明把玉葫芦轻轻放在桌上，拿过一支饱沾浓墨的毛笔在粗糙的土黄纸张上工工整整写下四个字："冰心玉壶"。

当时黎明已经回到赵志一等人房间。赵志一瞟了眼黎明写的字，没有说话。等罗志远等人离开，别人也不再在意后，赵志一突然塞过一张小纸条。黎明偷偷展开一看，上面写道："万勿自杀。此千古奇冤，太行知干多特务，不光你。"黎明吓了一跳，他马上攥紧纸条，抬眼看看赵志一。赵志一依旧正襟危坐，不动声色。黎明又低头看看纸条，千真万确，还是那几行字。这时就听得赵志一似乎在不经意间压低嗓音说了半句："只要党还不是李自成。"

太行军区有多少知识分子干部，怎么会有那么多特务？黎明突然意识到，坦白运动肯定全错了，而且是从开始就错了。口口声声反对主观主义，实际做的却是地地道道的主观主义。由于黎明以前整过别人，现在两相对比，感受更加强烈。杜修贤，齐仲云，王和顺，刘行淹等人，哪个的特务身份是有确实根据的？杜齐王不就是自己和易马两人坐在窑洞中异想天开吗？如果这三个人就搞错了，那么根据他们坦白后的供词突破的刘行淹又谈何根据？至于自己，也许有点特殊，得罪了龙文枝，但要这么搞下去，也早晚会搞到自己头上，否则龙文枝何以让易尚靖审查小何，而不通知我这个组长？黎明的脑子又转回到杜修贤，想起了他那双尚未脱去灵性的大眼睛，充满了惊恐和委屈，自己居然可以对一个孩子搞车轮战，真是下得了手。黎明感觉十分内疚，心里说如果我还能通过这一关，无论如何要给那孩子道个歉。

然而，我还能通过这一关吗？特务罪名如同如来佛祖的"急急如令律"，蕴藏着无形的巨大压力，要把黎明逼着，推着坠落到无底的陷阱。这陷阱如地狱；如血海，遍布卑鄙，肮脏的罪恶之火，不光要烧烤你的肉体而且要烧烤你的灵魂。不，决不能再下滑半步了，我必须有所行动。赵志一的纸条和那半句话提醒了黎明。这是全局性的荒谬和错误，我不能这么糊里糊涂去自杀。什么狗屁"冰心玉壶"，太天真了。人死如灯灭，以后党就是纠正了错误，也不会有人记起一个屈死的"特务"。既然要死，那就死得有点意义。秋后的蚂蚱还要蹦三蹦，何况我一个大活人。黎明心中一亮，似乎看到了生命中的最后火花。他攥紧拳头，心中蕴酿了一个大胆的计划。

十

国民党特务组织的书记长坦白了，龙文枝兴高彩烈。他带着和善和体贴找黎明谈话，易尚靖陪同。龙文枝问："你是怎么失足的？"

　　黎明愣了愣，还没想好如何回答，就听易尚靖说："按你的情况，应该是樊向贵把你拖进去的。"

　　黎明点点头。龙文枝马上在本子上做了记录。

　　"我感觉你加入的是CC，不会是复兴社。CC负责教育界，对不对？"

　　黎明又点点头。龙文枝又往本子上做了记录，然后以半安慰半鼓励的话说："我们欢迎你重新回到党的怀抱。希望你把特务组织的名单全部写出来，不管是你的上级还是下级，不管他现在的职位有多高，一个也不要漏，才能证明你彻底和特务组织决裂了。"

　　黎明暗吃一惊，果然就攀连上别人了。出于本能，他还想护住最后一点道德底线："我只承认自己失足，别人的事，我不清楚。"

　　"黎明，这个问题不能再耍滑头了。老实告诉你，我们已经清楚地掌握了你们的情况。现在是日特，国特，汪特，阎特到根据地都统一了，从上到下形成了一个巨大的特务网。这是很多人的交代，也被各种材料相互证明。你是否交代只是向党证明，自己有没有决心和特务组织决裂。你好好想想，从明天起写个交代。"说完就起身离开。

　　黎明心说这可真是天从人愿，我不就想写点东西吗？这下可有得掩护了。

　　回寝室的路上，易尚靖把嘴凑到黎明耳朵边，悄悄说："龙主任指的是你们的旅主任山路，他从前干过白区地下党。"然后和黎明拉开距离，大声说了句："不要怕，你揭发的人，地位越高，对党的贡献越大。"

　　黎明的第一反应是龙文枝这小子是不是疯了，要按这个逻辑，岂不是应该去揭发整个太行山地区的中国共产党最高负责人，一二九师政治委员，北方局书记邓小平。

十一

　　黎明开始写揭发材料。因为每天写作时，总有人在他身边，所以只能像小学生考试作弊那样，先装模作样按要求写几句，然后乘人不备，在桌子下面写几句自己的东西。中间易尚靖来检查了一次，见黎明大面上写的是失足经过，便说："过程不重要，重要的是名单。"黎明只得胡乱写上几个人名，大多是已经坦白的。易尚靖还是不满意，说："怎么才这几个人，可不能舍车马保将帅哟。"

　　黎明没办法，只好从旅主任山路起，把全旅知识分子干部一个一个往上加。龙文枝见黎明态度不错，又亲自前来。先询问特务组织有没有电台，黎明点点头。龙文枝又问电台是谁掌握？黎明回答说某某，不过他在五一反扫荡中被打死了。

　　"电台现在在哪里？"

　　"人都打死了，谁还知道？"

　　"他在那儿被打死的？"

　　"大概是南漳河，西山峪一带。"

　　黎明万万没想到，就这一句话，竟让堂堂太行军区政治部主任郑荒同志紧急调动了一个战斗连，连同机关后勤人员二百多号人，山前山后，漫山遍野搜查电台。挖地三尺后还真让他们在附近老乡家里发现一台电台状物。虽然不管是插上电源还是装上N节电池，这玩意儿都不出声。郑主任如获至宝，问老乡是不是一个八路军战士扔下的（他当然不能明说这家伙是特务）？老乡回答并一再肯定是日本人扫荡后留下的。当然，这并不妨碍郑主任把它拿回去当了特务组织的罪证。

于是龙文枝把黎明当做了可以改造好的对象，继续向黎明求证一年前在东河村外特务组织召开的一次"小庙会议"。黎明看了材料，心里直叫唤：我的个乖乖，这不成了第二个共产党。谁是特工局局长；谁是副局长；书记长，还有组织部长；情报部长；行动部长；甚至还有一个宣传部长，名单上标得清清楚楚，真是有鼻子有眼。

"开会时你坐那儿？"龙文枝问。

"嗯，时间太久，记不得了。"

"你别装洋蒜，你当时是第一排。"

"你都知道何必再问我？"

"你旁边坐的是谁？"

"李国平。"

"不对。你左边应该是刘明智，右边是范大军。"

"哦，我记错了，李国平在我身后。"

"也不对，他是组织部长，应该在前面主持会议。"

这都哪儿跟哪儿呀？黎明简直觉得好笑。但也只好跟着说："对，对。当时天太黑，为了保密，不敢点灯，这么多人，来来往往，座位也不固定，你上去说两句，他上去说两句，很容易搞错。"

"有人交代是下午，会议是下午开的。"

"胡扯。你想想，特务只敢在背地里活动，那敢在光天化日之下开会？"

"嗯，这倒是有道理，其他人也有这么说的。"龙文枝接着递给黎明一张"小庙会议"的坐位图，挺谦虚地说："你再看看，还有什么要补充的。"

黎明看了看，画得还挺工整。他把图退回给龙文枝，然后说："没有了。不过我还写了些交代材料，要不要一块儿交给你？"

龙文枝接过黎明写的材料，随便翻了翻，放进自己的挂包里就离开了。

十二

晚上又是大组会。一百多人挤在村外一挖大窑洞里。屋内点着雪亮的汽灯，照得满屋明晃晃，亮堂堂的。这汽灯本是分区宣传队演戏用的。纱罩，煤油十分宝贵，土八路轻易舍不得用，现在用这儿了，足见会议主持者对此次会议十分重视。

开会后，龙文枝讲话："同志们，这次整风坦白运动取得了重大成绩。在党中央的正确领导下，我们依靠群众，发动群众，挖出了很多隐藏在我们内部的特务组织。有日本鬼子的，国民党的，汪精卫的，还有阎锡山的。这里我要特别表扬一下黎明同志。他原来是国民党特务组织的书记长，现在完全悔过自新了，重新向党的组织靠拢。这是他本人的悔过书，小易，你给大家念念。"

易尚靖接过去瞟了一眼，不知为什么又转给了身边的"老特务"赵志一。赵志一接过来，清清嗓子，大声念道："悔过书"。然后翻页，继续往下念：

"分区党委转邓政委：

我以一个共产党员的良心，向你报告一起骇人听闻的大冤案。分区政治部搞的坦白运动，已发展到极端荒谬的地步。他们用各种摧残人身体和意志的办法，把大批知识分子干部逼成了特务。请首长想一想，要是真有那么多特务，而且都在各单位的要害部门，部队还能打胜仗吗？根据地还能在敌人的残酷扫荡中生存下来吗？仅从这一点看，就说明这次的坦白运动荒唐到什么程度。望首长见信后，尽快查明真相，挽救大批党的干部于水火之中。不然的话，恐怕整风坦白运动欢庆胜利之日，就是敌人乘虚而入，革命惨遭失败之时。望首长以史为鉴，万勿重覆太平天国洪杨自相残杀的悲剧。

此致

敬礼

共产党员 黎明

一九四四年一月X日"

赵志一开始朗声念颂，后来声音越来越小，最后小得跟蚊子叫，然而整个会议室鸦雀无声，每个人把每个字都听得清清楚楚。悔过书念完后，半天没人说话，甚至没有人咳嗽，好像大家都闭住了呼吸。室外寒风呼呼地吹，室内汽灯呼呼地烧。易尚靖脸色苍白，身体有些微微颤栗。龙文枝脸色阴沉，端坐在桌前，好像一具坐立的僵尸，他的巨大身影笼罩了半个屋顶，纹丝不动。在所有人当中，最尴尬的可能要数赵志一了。他想把黎明的信交回给易尚靖，易尚靖毫无反应。他只得把伸出去的手往回缩，缩了一半又觉得不妥，最后两个手指叼着纸角，半吊子悬着，不知道该往什么地方搁。

最后，龙文枝站起身，朝黎明走过来，前面的人自动让开一条道。龙文枝来到黎明身边，站住。黎明坐着，等待着一阵惊天动地的爆发。然而没有，龙文枝说得很平淡，平淡得像一杯冷却的白开水："黎明，你有几分歪才，一直期待你能及时转变。对我有成见没啥大不了的，我龙某是真正的共产党员，不计较这些鸡毛蒜皮。我给了你条出路，你不走就怪不得我姓龙的了。"一甩手扬长而去。

没人敢走，也每人敢说散会，大家伙就呆呆坐在那里，你瞪着我，我瞪着你。

十三

第二天晚上，同一地址，同样的汽灯照射，除了原来的人，还有些新面孔，但黎明心里完全被紧张和恐惧所占据，没有注意到多了些谁，只注意到主席台上除了龙文枝，还有军区政治部主任郑荒。会议一开始就是龙文枝的咆哮："阶级斗争是复杂的。反革命的本性决定了，他们一有机会就要向革命阵营疯狂反扑。最近几天，那些已经坦白的特务们纷纷翻供，就是他们妄图反攻倒算的具体表现。这种反扑和反攻不是孤立的，而是有组织有计划的反革命行为。谁要是天真到以为我们只要挖出了这些人，从此就可以安心睡大觉，那就会犯极大的错误。同志们，同志们哪，阶级敌人给我们上了生动的一课。但是我们要让他们明白，共产党也不是吃素长大的。共产党讲的就是坚决斗争，我们一定要把这群混帐王八蛋的嚣张气焰打下去。"说着，他大喝一声："秦嵩，你给我站起来。"

龟缩在角落里的秦嵩哆哆嗦嗦站起来。龙文枝厉声问道："你老实交代，如何和人暗中勾结，向党反攻的？"

秦嵩结结巴巴地说："我，我，我，只写了个申，申述书，向党申，申，申……，"

"伸，伸你的狗屁。你倒真是勇敢。好呀，就给大家伙说说你们是如何串连的？"龙文枝语带讥讽。

"这，这，这不干别人的事儿，都是我自，自，自己写的。"

"不干别人的事儿？那我问你，为什么你和林涛呆一个屋里，前后没差半小时，就都给我递交了反攻书？"龙文枝"啪"地一声，把两份"翻供书"扔到桌上，咬牙切齿地说："铁证在此，还想抵赖。"

接着积极分子们山呼海啸："秦嵩，你太猖狂了。党的宽大决不是软弱可欺。"

"死心塌地，反覆无常，不给点厉害，你不知道马王爷三只眼。共产党不是宋襄公，我们不能太婆婆妈妈。"

“秦嵩哪，秦嵩，”当然，还有人捶胸顿足，痛哭流涕：“你怎么到现在还不开眼？国民党是你干爹，难道党就不是你的亲妈？难道这么多的同志就不是你的亲兄弟？党对你仁至义尽，可，可你怎么只想着为国民党殉葬？鬼迷心窍，真是鬼迷心窍哪。”

“给我吊起来。”龙文枝炸雷般的吼叫道。

转眼从屋梁上垂下两根井绳粗的麻绳，黎明感觉就像两条大蟒蛇腾空而下。三四条大汉一拥而上，三下五除二把秦嵩的双手反捆起来，然后往上一拉。秦嵩惨叫一声：“我不是特务。”双脚已经离开地面。由于重心不对，他的头和脚斜斜地横陈在空中，像个笨重的陀螺旋转过去，又旋转过来。他的身体不敢乱动，因为倒扭着的手臂要脱臼，但没系裤带的裤子却哗地落到地面。他的脸扭曲得像麻花，嘴巴撕裂，暴突，直往外冒黄汤，肩关节咯叭咯叭响，手腕被勒出一道黑褐色的血印。几股青筋在手臂上突跳，整个手背也在几秒钟内变成了酱紫色。

“我，我不，真不，哎哟，哎哟，哎哟。”秦嵩还想说什么，但根本说不出来，只能发出一连串鬼哭狼嚎般地惨叫。几个妇女干部吓得面无人色，赶紧用两手遮住眼睛，忍不住尖声叫喊。

“胆小鬼通通滚出去。”龙文枝大怒，吼道：“同情敌人，就是懦弱，猪狗不如，呸。”说着，一把把呆在自己身边，抱着脑袋，两腿弯曲跪到地上，低声抽泣的易尚靖拉起来，摁到椅子上。然后大步流星走过去，托着秦嵩的下巴问：“你收不收回反攻？”

秦嵩翻着白眼，从喉咙里叽咕出两个字："收回。"然后被放下来，身体如烂泥瘫在地上。

龙文枝的目光恶狠狠地转向林涛，死盯着他，也不说话。林涛哭丧着脸，下巴磕得"嗒嗒嗒"响。他双膝跪倒在龙文枝面前，抓住对方的衣襟哀求道；"我，我收回。保证决不再向党反攻。"然后张牙舞爪，狂呼乱嚎，几个人上前都抓不住。最后积极分子们费了老大劲才把他四蹄捆住，抬出会场。

十四

龙文枝的目光如探照灯向黎明这个角落扫射过来。黎明此时三魂已经吓去了两魂半。剩下的半魂告诉他得赶紧伸手捞着根稻草。于是他仓惶站起，手想扶住身边一个同志身体，不料那人像躲瘟疫一样马上闪开。黎明趔瘸一步，头脑反而清醒一点，他对着台上的郑荒主任高喊："郑主任，我要说话。"

郑荒愣了愣，没有发言。

龙文枝吼道："狗日的，不准你说。"

黎明索性豁出去了。他显得异常昂首挺胸，情绪也异常镇静："龙文枝，你无权扣下我的信。党章规定：党员有向上级，向中央反映问题的权力，任何人无权剥夺。你必须把我的信转交军区，转交邓政委。所有的问题处理都要等待上级批复。上级指示下来，我黎明是杀是刮都是活该。"

龙文枝嘿嘿冷笑："你还给我们上党章课呢。想捞根稻草，枉费心机。党员的权力谁不知道。但你是什么东西？国民党CC分子，特务的书记长，也不撒泡尿自己照照，还有脸冒充党员。我给你说，你的问题大着呢，和别人不同。"他停了停话头，好像要寻找一个最佳效果，然后突然暴喝："黎明，你欠着共产党的血债，该还了。"

这时，就看到角落中，一个猥琐的身影颤微微地站起来。哆哆嗦嗦地说："我揭发，我要揭发一起骇人听闻的，破坏共产党抗日的血案。"

黎明定睛一看，是刘行淹。

第十一章 平反

一

　　在坦白运动中，黎明回顾个人历史时，刻意没有提到自己和邵英的关系，怕的就是节外生枝。邵英比黎明先入党，后来也爬得很快，两人保持了一段距离，所以大多数人没有意识到黎明还有这么层关系，也就没在坦白运动中多加注意。现在突然由刘行淹提了出来，黎明当时就觉得崩溃。刘行淹在详细描述了黎明和邵英的同乡加同学关系后，半真半假，连编带猜，活脱脱给大家展示了一幕阶级敌人如何在抗日根据地内勾结、串通、发展，并阴谋破坏消灭我冀南挺进支队的大戏。

　　"每次邵英来宣传队驻地，都是先和黎明见面。他们经常悄悄到后山密谈很长时间，谈话内容谁也不告诉。邵英还给黎明送来不少西洋乐器，目的就是要我们带上这些坛坛罐罐到处吵闹，给日本鬼子通风报信。幸亏谢政委及时发现，坚决制止了他们的罪恶行径。但黎明依旧不甘心，私自留下一些小乐器。同志们哪，你们要透过现象看本质，黎明对音乐演奏狗屁不通，他留下这么些东西究竟想干什么？难道不是和派遣特务的联络暗号吗？邵英的乐器送来不久，冀南支队就出了事，这是偶然的巧合吗？如果真是巧合，那我们倒要问问黎明，这是不是太凑巧了些？"

　　邵英是出了名的托派，汉奸，特务混合体，谁和他挂上钩谁倒霉。这回黎明真是黄泥巴糊裤裆，不是屎也是屎。他没有辩解，实际也明白没法辩解，只是傻傻地站在那里，等待，等待。其实，也没等几分钟，刘行淹的话还没有说完，十多个满怀义愤的汉子--大多是他的老战友、老熟人--扑了上来，用拳脚表达他们对革命的无限忠诚，只是这次可没有碓屁股那样的人道待遇了。黎明倒下了，他的最后意识就是用双手抱住胸口而不是头，因为那儿藏着他的寄托。

亏得萍乡暴动的老红军郑荒还保持了一点最后的清醒。他一拍桌子，站起来大骂："胡闹，都给我退下去。党的政策是一个不抓，一个不杀。黎明就是有问题，也得等运动结束了再处理。你们这么干，是明明白白地违犯党的纪律。"

饶是如此，黎明还是被打断了一根肋骨。

二

第二天，来了几个武装保卫人员，对黎明宣布："我们奉上级指示逮捕你。"然后把瘫在床上的黎明拖了出去。临出门时，黎明隐约听到赵志一的一声叹息："唉，年青哪，还是太年青了。"

三

由于发现日军行动，罗志远接到命令火速赶回部队。刚到连部，就碰到竺青。竺青很高兴地问："你还回去吗？我正好有些东西想带给黎明。"

罗志远起先没吭气儿，被追问几声后才吞吞吐吐地说："黎明他，可能不行了。"

竺青大吃一惊，忙问怎么回事儿。罗志远蹲在门槛儿上，简单把事情的经过说了说。竺青焦急地说："不行，我得去见见他。"

罗志远还是不吭声。

竺青拽着他的衣襟急迫地嚷："你倒是说话呀，赶快带我去找他。"

"你疯了，"罗志远瞪大眼睛说："现在人人躲着他，你跑去，不是没事儿找事儿？"

"哎呀，黎明不是坏人。"竺青急得眼泪都快下来了："你清楚，我清楚，所有人都清楚，怎么就不能去见他？你们大小挂着个职务，害怕龙文枝情有可原。我一个普通党员，有什么好害怕？"

罗志远低下头，说："我不是这个意思。我是说，见了也没有用，现在谁也没法子救他。路线上的事儿复杂着呢。红军时期，我亲眼见过，有人莫名其妙就被拖到后山砍死了。"

"哎呀，你说的这些，不是要吓死人吗？"竺青急得不行："见他一面有什么复杂？又不要你做别的。"

她一屁股坐在罗志远旁边，两手放在膝盖上，一双水灵的眼睛瞪得溜溜园，盯着罗志远："你有办法，当然有。像你这样的红小鬼，整个部队没剩下几个。你从根子上就正，就革命，谁也不敢碰你。只要你肯去找人，办法肯定能找到。"

罗志远还是闷着头。

“他都这样了，我连面都见不着，可怎么办哪？”竺青终于捂着眼睛哭出两声，然后止住眼泪，斜着眼瞅瞅对方，气呼呼地说："罗志远，我真没想到，你们是老战友，怎么就这么没出息？"

罗志远把头转到一边。

竺青睁大眼睛，狠狠瞪着罗志远，大声说："不行，你把头转过来，看着我。说，你有办法。否则以后永远别再看我。"

罗志远把头转过来瞟了竺青一眼，又赶快把头埋得低低的。最后他实在拖不下去了，只好说："你先找马干事。他前段时间和黎明在一起，和黎明关系挺好，人也比较随和。他虽然不是分组的负责人，多少也管点儿事儿，兴许能帮上点忙。"

四

黎明躺在草堆上一动不动，只是呆呆地望着屋顶漏过的一丝亮光。四周黑沉沉的，到处散发出霉臭味。房间中有一张破桌子和一张破凳子。桌上放着一盏昏黄的油灯，那是龙文枝让他写交代材料用的。龙文枝说得明白："你的问题性质你自己清楚，我们不强求你写。你要愿意可以留下点东西，以后教育人民。不愿意，非得给国民党殉葬也随你的便。"

难道我就这么完了？黎明终于体会到邵英当年的孤独和绝望，感到一阵撕心裂肺的痛楚。革命、爱国、抗日，这些大字眼下的小人物，连自己的命运都左右不了，谈何以天下为己任？有一点，龙文枝说得对，我应该留下点东西，人生自古谁无死，何必丹心照汗青？邵英临死尚可呻吟，我就不能呐喊几声？我要写自己的冤屈；自己的痛苦；自己的失望；更不能忘记写自己的愧疚和悔恨。革命只崇拜胜利者，昨天的邵英，今天的我，还有千千万万的无辜者，都不过是物竞天择的祭祀品。他突然想起在会场上对郑荒喊出的那一句："我要说话"。一句如此实在；又如此荒谬；如此轻飘；又如此沉重的人类语言。世界万物不是为弱小者设计的，哭泣不能博取世人的同情。就在这时，黎明开始了痛苦的蛇脱皮过程。他踏上了抛弃迷信，转向成熟的第一步。

五

　　迷迷糊糊中，黎明听到竺青的呼唤，感觉是阳世阴间。

　　房门开启，一股天然馨香从虚无中飘来，淡淡地驱散了四周的霉臭。竺青从明亮中突然进入昏暗，需要时间适应，就亭亭玉立在门边。她的脸因寒冷而发白，只有两腮带着点红，看上去就像七星岩中拔地而起的石笋。黎明挣扎着想坐起来，竺青急忙过去，把他轻轻扶起来。

　　"你来干什么…？"黎明眼中流出了泪水，用牙轻轻咬住竺青的手腕，好像要感觉是否真实。

　　"小骡子告诉我的，说你病了。我就过来看看，不行吗？"

　　黎明望着着竺青俊俏的脸，有些愕然。竺青竭力想保持轻松的笑靥，却掩盖不了眼角明显的泪痕。黎明忍住泪水，生硬地说：“生啥病？都，都是胡闹，我要走了。你，回去吧。”但他紧紧拉住竺青的手，害怕她像雪花一般消失。

“不许瞎说，什么走不走的？”竺青噘噘嘴，把黎明手一摔：“人家大老远跑来，听你说这些？”

“我，我完蛋了。你就当从来没认识这个人。人死如灯灭。”

“这不灯还没灭吗？我们总可以想想办法。刮风下雨咱管不了，撑个斗笠张个伞还能做到。”

此时的黎明就如同一盆即将燃烬的炭，竺青要让他死灰复燃。

竺青的温柔更让黎明心尖颤痛，他突然吼叫起来：“我是特务，是麻风病人，人人都害怕沾着我。你再不走，也得受牵连。”

“你又不是坏人，牵连得了谁？牵连是道乘法。你没干过任何坏事，相当于拿零去乘任何数，结果还是零。”

“龙文枝是铁了心要整死我。”

“这是共产党，龙文枝不能一手遮天。”

“你不懂，也不是龙文枝一个人，而是整个坦白运动，也许整个党出了问题。你懂吗？”

“那我们更应该站出来。共产党不就为了追求光明吗？”竺青依旧那么恬静。

黎明好像突然不认识眼前这个姑娘，在他的原来的印象中，只有一个会喊大哥哥的清纯山西妹子。

“屁的个光明。我看见的只有黑暗，一片漆黑，一片乌七八遭的黑暗。空，空，空。”黎明连续咳嗽起来。

“你不是说过吗？人只要没有倒下，就得去往前走。”

“说得轻巧，怎么走，往哪里走？连军区主任都不讲理。”

“水路不通我们走旱路。杨三姐还能告御状，我就不信，共产党没个讲理的地方。”

黎明发现竺青的眼睛是如此清澈透亮，就如同碧波深潭中映照的月光，没有丝毫杂质。

“活人不能叫尿憋死，天大的权也拗不过天理。再写信。分区告不了，我们上军区。军区告不了，我们上总部。再不行，我就拼了命上中央。只要你写出来，我就一定把信递上去。”竺青继续说，脸色还是显得那么平和。

黎明转过头去，对着黑呼呼的墙壁，长时间地想，翻来覆去地考虑。看来，除了这条路也没别的办法了。

“一个姑娘家，东奔西跑的。”黎明有些为难。

“你都胡想些啥呀？这节骨眼儿上了，还有啥犹豫？有病咱抓方子，不就几味稀罕药吗？咱多跑几家药店，不信找不着。就是实在没办法，也比呆在家里硬挺着强。”竺青看出了黎明的心思。

“对，只要共产党不是李自成。”黎明想起了赵志一的这句话，咬咬牙，终于下定决心：“竺青，扶我起来。”

　　黎明在竺青帮助下，忍住疼痛，挪动脚步来到桌边，坐下，拿起笔，一个字，顿一顿，精工细楷，在纸上认真钩划。这时的黎明，不是为信念追求，而是为生存，为希望而奋斗。

　　"天道报应，也许只能寄希望于时光倒转。"黎明长叹一声，把信交给了竺青。

六

　　"信，找谁转交呢？"黎明想了想说："谢富治调走了，陈如风去了延安，否则把信直接给他们就行了。没办法，还是先找赵保田吧，他是老红军，也许有门路把信转上去。"

　　竺青收好信，转身在门上敲了敲，马上有人过来开门。出乎黎明意料，开门的居然是易尚靖，更居然的是他还对黎明笑了笑。

七

　　赵保田看见竺青后的第一句话就是："你和黎明什么关系？"

　　"什么关系？难道同志之间就不能互相帮助？你赵团长今后蒙了冤屈，我也照样替你跑腿。"竺青回答很干脆，把赵保田堵了回去。

　　"竺青同志，"赵保田脱下帽子，抠着头皮说："要相信组织。黎明这个事儿不是一封信那么简单。"

　　"那你说，黎明是好人还是坏人？"

"你看你看，这不是将我的军嘛。"赵保田有些发急："说实话，黎明这个事儿，我不是不想管，而是管不了。我一个大老粗，党内斗争那一套根本搞不懂，叫我转信，这不逼鸭子上架嘛。"

"那你看看黎明的信，总死不了人吧？"

"别、别、别。"赵保田惊慌地伸出双手，作推辞状："这信你从哪儿拿来，还拿到哪儿去。不管你来没来过这儿，反正我是什么都不想知道。"

竺青抓起桌上的包袱，转身夺门而出。刚到门口，就听赵保田嘟嘟喃喃在后面说："你还是找找山路吧，他官大，也许有办法。"

"山路不也整黎明吗？"竺青冷冷地问。

"他那是没办法。"赵保田犹豫了一会儿才慢吞吞地说："前一段，山路和我聊过几次坦白运动，我听得出来。"

竺青本想说几句义正词严的话，激激赵保田，但又觉得冒犯。于是她转过身，走了。

八

"你和黎明什么关系？"

竺青没想到，山路听到转交告状信的请求时，和赵保田的反应一模一样。

竺青从赵保田那儿出来，马不停蹄赶到旅政治部，正好把刚要出门的山路给堵在了门口。回到屋里，山路装糊涂，好像什么都不知道。他一边耐心听竺青叙述，一边打些不痛不痒的官腔："啊，黎明，黎明究竟怎么啦？”“不至于吧，你们想太多了。”“不会，不会，党的政策不允许。”然而，一到实质性问题，他马上就往回缩。

“噫，你们当首长的怎么都这么怪？‘什么关系’有什么关系？”竺青冲了山路一句。

山路把竺青拉到一边，小声地说：“嘘，小点声，这是要出乱子的。你也许不知道，黎明的案子牵涉到血债。”他回到自己桌边，抱着一杯热水坐下来。

竺青大概也是急了，脱口喊道：“如果黎明是反革命，那共产党更是反革命。”

“放肆，”山路一啪桌子，腾地站起来，双手撑住桌面，恶狠狠地盯着竺青：“知道在说什么吗？就冲这句话，我可以下令枪毙你。现在，我数到三，你给我马上滚出去。一。”

竺青没有动。

“二。”

竺青依旧没有动，只是瞪园眼睛，盯着山路凶狠的目光。这是无声的惊心动魄。清澈对抗浑浊；真对抗伪；白对抗黑；理想对抗世俗。

山路失败了。他终究不敢数出那个“三”，只好像泄了气的皮球跌回到自己的椅子上。他随手拿起一枝笔，在桌上的一个本子上胡乱画着线条。

“黎明的问题，我从头到尾都清楚。他就是得罪了龙文枝，所以才被往死里整。”接着，他指着竺青身边的椅子说：“坐，喝点水。”说完，把自己的茶杯往竺青过去一推。

“龙文枝也在背后整你的材料，知道吗？”竺青额头上挂着亮晶晶的汗珠，嘴里扑哧扑哧喘着气。她坐下后，试图提醒山路。

“我要是连这个都不知道，还当个什么主任？姓龙的是昏了头。自己活，也得让他人活，革命不能光你一个人正确。把分区和部队的所有知识分子干部都打成特务，这叫哪门子的革命？依我看哪，这事儿中央不会不管。”

“那你干嘛不向上反应？”

山路抬眼看了看竺青，回答：“我是白区来的干部，蹲过国民党的监狱，腰杆子不硬呀。他龙文枝手上握的是北方局的尚方宝剑，怎么个告法？共产党也是人，也有些说不清，道不明的地方。我们除了坐在这里，相信中央，还能有什么办法？”

“黎明可等不了那么久。”

“真是不到黄河心不死哪。”山路的眼睛突然由浑浊变得透明，他注视着竺青，好像要看透姑娘的内心。片刻，山路叹口气说：“你还是去找谢富治吧。他是去了晋汾区，但最近刚好回七分区办事。现在应该是，我想想，在邢台西面的大山脚下，离开这儿一百多里地，不算太远。你赶快去，迟了也许碰不上。我能做的就是给你开个介绍信。”

九

竺青虽然年轻，但好歹也是有多年军龄的老兵了。跟着部队从山区到平原，从平原到山区来回跑过好几趟。她仗着以前走过这条路，准备连夜出发。临行前，竺青用石头砸开一汪池塘表面的薄冰，对着水面正正帽子，整理整理行装。她把水壶灌满了水，再带上山路给找的几块玉米面饼子，还别上罗志远送的一把匕首和一颗手榴弹防身。虽然手榴弹拉不响，但可以吓唬吓唬人。

数九严冬的太行之夜，不光冷，而且糁人。竺青上路时，夜幕已经完全拉开，一股冰凉，粘稠的肃杀气从离恨天外倒灌进来，把山川田野涂抹得鬼魅森森，令人望而生畏。几天前，这片草木枯黄的土地上落了一场雪，到这时还没有完全融化。道路上，房屋顶，树权间东一团，西一块贴着些大雪团子，好像脱毛癞狗身上的疥疮。那些脏兮兮，融化的雪水就是疥疮流出的脓水。

穿越冰封的清漳河有一种朦胧的神秘。由于严寒锁住了波浪，蜿蜒的冰层好像一条带着折纱皱纹的淡青色长袖。长袖在无形的美人手中似摇似止，扫起半人高，伸缩吞吐的白雾。过了河，是大上坡，要翻一座高台地。高台地的羊肠小道像巫师的魔咒，刚开始温柔婉转，带点磁性，越往上走，让人感觉越难听，越狰狞，越凶险。有些地段坡度极陡，人挂在绝壁上，真就是命悬于一线。竺青上到半山腰，顾不得别的，双手连爬带薅，能抓住什么算什么。石头疙瘩；枯木藤子；干残草根，实在不行就抠沙土。到了一个悬着冰挂的拐角，绕，绕不过去，爬，没个抓拿，一失手就是万丈深渊。竺青横了心，拔出腰间的匕首，死命在冰面上磕，磕出一些沟坎，然后抓蹬刨蹭往前挪。那些硬得像玻璃渣子的冰屑和沙石硬往她指甲缝里塞，疼得叫个钻心。她的手脚肌肉都极度紧张；心砰砰跳，呼呼喘气。由于鼻子紧紧贴着岩壁；只好一口接一口地咀吸生土的碱腥气，烧得整个胸腔隐隐作痛。

上到山顶，刚探个头，就见一堵灰白的高墙缓缓压过来。竺青开始以为运气好，看到了什么"太行奇景"。后来意识到这是强烈高空风暴扬起的地面积雪。风势像花和尚手中的大铁铲，猛地挥舞过来，带着地狱天使的嗷嗷长吟，有一种劈山倒海的架势。竺青看见一棵齐腰粗的大树被连根拔起，像装了弹簧似的上下滚动，冲她飞将过来。她本能地往后缩，身后是峭壁，马上就感觉全悬空。生死关头，竺青反应奇快，她眼到手到，疾速抱住了悬崖边上的一树灌木丛。就这瞬间，枝桠分叉的大枯树从竺青头顶掠过，轰隆隆地直落到河谷深渊中。接着，她感受到黑风呼号从台地上横扫过来，夹杂着冰块，雪块，石块，冲向遥远的对面山崖，又反弹开，在纤细的河川上空扑腾，飞舞，发出可怕的咆哮。狂风中，竺青的帽子被吹落，在头顶漂浮几圈，又陡然飞向半空中，很快不见了踪影。她不敢也不能活动，即使那株灌木的尖刺扎得脸上，手上鲜血直流，也只能死死地抱住。

终于可以喘口气了。风依旧强劲，但只能为竺青吹拂尘土。她站在悬崖边，头顶闪烁星辰，脚踏漫川纷雪，笑了。

十

　　竺青感觉又饿又渴。她吃了点玉米面饼子，又从水壶中砸出些碎冰屑，送到嘴里，然后继续赶路。没多久，她居然看见一点光亮。虽然不太清楚，但肯定不是星光。竺青感觉轻松了些，加快脚步往前跑。光点越来越清晰，却越来越古怪。先是集中在一点的亮光游离出两个焦点，接着两个焦点又开始晃悠，好像变成了两盏并排悬挂的油灯，燃着幽幽的绿色火苗。竺青赶紧刹车，倒吸一口凉气：别是碰上了狼。

　　然而，这就是狼，一头孤零零的饿狼。

　　狼沉默着。四条干柴棍似的腿交叉错杂，像钢钉钉死在地面。它屁股上翘，尾巴半悬在空中，头微微下垂但却扬着鼻子，两眼泛着可怕绿光，狠狠盯着竺青。竺青头皮发麻，整个肌肤好像要暴裂开来。她停住步，双脚紧抓住地面，右手拔出腰间的匕首，左手握着那颗吓唬人的手榴弹，同样半低着头，恶狠狠地反瞪着狼。

　　狼把头转到一边，伸直身体，喷喷鼻息，左前脚在地面一点，"噌"地转身逃走，好像一道消失的黑色闪电。竺青松口气，活动活动趾尖，依旧紧握着手中的武器，小心翼翼往前挪动。不多时，她看见前方不远的一个小土堆上立着一个黑呼呼的大家伙。它耷拉着耳朵，夹着尾巴，安闲地坐在自己的后腿上，两条前腿卷缩着爪子，交叉在胸前，好像对谁都没兴趣。然而，只要听到点声响，它就机警地转过头，朝竺青过来的方向瞅瞅。当它确认竺青已到近前，又马上把头转回去，闭上眼睛佯装睡觉。狼很狡猾，它占据的土堆正好控制着竺青的必经之地，竺青现在不能后退，因为人再怎么跑也跑不过狼。但要通过此路，又必定面临狼的威胁。

天已经是后半夜了，道道黑色的云烟从台地边缘升起，好像隐隐中的拙劣画师在空荡荡的青缦布上涂鸦。远方传来的冷落枭鸣，似猫头鹰的孤寂，又似乌鸦的哀恸，给天地间平添几分妖气。竺青几乎是走一步停一步，她的眼睛死盯着狼，如同一架现代的摄像机从左到右给对方来了个全扫描。狼好像胜券在握，始终没有正眼再瞄竺青一眼，坐在那里一动不动。穿过那条危机四伏的地段后，竺青加快步子走了两步，喘口气，回头看，狼又不见了踪影。

这时，竺青所有的警觉细胞已经全部调动。她感觉完全处于返祖状态，嗅觉比得上狗鼻子，听力赶得上兔子耳朵，眼睛好像可以穿越后脑勺。没走几步，她就知道狼在身后跟了上来，于是转过身去，果然看见这家伙。只是还没容她看太清楚，狼已经跳进了草丛中，转眼又从远处的高坡上露出半个身影，扬起脖子，长嚎一声，如同厉鬼一般。竺青抓住狼跑远的这个机会，向前快跑了一小段，很快又听见后面噗噗涑涑的。她知道逃跑是遭遇狼的大忌，于是突然回头，迎面对着狼。

狼冲了上来，身体偏斜；前腿低伏；后腿张弓，脊棱高耸；尾巴僵硬；耳朵直立前挺；两眼鼓凸放光，寒如冰，烈如火；上下唇呲咧，露出两排白森森的牙齿。它的鼻子呼哧呼哧，好像蒸汽机车在添加煤块；所有肌肉开始收缩，要把全部力量集中于一点。最后，伴随着一声从喉咙深处爆发的惊天动地长嚎，狼四蹄腾飞，身体在空中划出一条可怕的优美弧线，向竺青的脖子猛扑过来。

　　竺青立定身体准备迎击，不想脚下踩着一摊残雪，扑哧一声竟然仰面后倒，手一松，把握着的手榴弹掉落在地面。不过，也因为这一滑，狼的冲击失去了准头，它一口叼住了竺青斜挎着的水壶。刚才，竺青喝完水后，忘记把水壶带在腰间扎紧。这时人动，水壶不动悬到半空，正好挡住狼的去路，救了竺青一命。

　　狼没有叼着竺青的脖子，可竺青没忘记置狼于死地。就在人狼飞起的半空中，竺青的右手顺势把匕首插进了狼的脖子，然后和狼一起摔落地面。竺青根本来不及感觉摔倒的疼痛，只是出于本能和狼扭，和狼掐。他们彼此狂撕乱扯，你抓我砸。竺青能记得的就是她拳打脚踢；牙齿咬指甲抠；胳膊肘撞膝盖顶，把所有稍具攻击性的武器全用上了。狼的绝望长嚎如蟒断肠，竺青的生死尖叫如蛇惊草。蟒蛇竟速，拐弯抹角，像失去方向的二踢脚花炮在野地上乒乓乱碰。紧张混乱中，竺青居然摸到了落在地面的手榴弹。当时，她正想从狼脖子里拔匕首却拔不出来，于是索性放开匕首把，一手撑住狼的前爪，一手用手榴弹在狼的头盖骨上不分青红皂白地乱砸。一时之间，地面上红的，黑的，白的，硬的，软的，稀的，干的，皮的，毛的，肉的，布的，棉的突突乱飞，好像一座岩浆喷发的小火山。

　　狼的长嚎歇息了，躺在竺青身边一动不动。竺青由于极度的恐惧，还在发疯似地拼命敲击狼的脑袋，直到把它砸成一摊烂泥。竺青最后站起来时，一只脚光着，鞋已经不知去向，两条裤腿成了碎布条，一条棉衣袖管被拔拉开，半吊在胳膊上。脸上；手上；胳膊上；腿上；脚上到处是狼爪子的抓痕。她周身是血，也分不清是自己的还是狼的，有些地方已经呈黑褐色。她感觉手软；腿软；身子软，就想干脆再往地上一躺，只是心中念叨：我不能倒，决不能倒下去。

十一

竺青到老乡家，用那条死狼换了一身农家衣服。第二天擦黑，赶到了七分区政治部。接待她的是政治部的一个小参谋。竹青说找谢政委，告状，然后把黎明的信交给小参谋。小参谋把信拿进去，好一会儿才出来，又把信还给竺青。

"谢政委不在。"

"不在？"竺青吃了那么多苦头，眼看就要功德圆满，却被兜头一盆冷水浇个透心凉。她一把抓住小参谋的手，使劲摇晃着问："你看清楚了吗？他真不在？他近几天会回来吗？"

"不清楚。"

"知道他上那儿去了？"

"不清楚。"

"他没回晋汾了吧？"

"不清楚。"

"哎呀，我求求你。你倒是说句清楚话呀，这可是人命关天的大事哪。"竺青声音带着哭腔。

"你还是回去吧，要告状也得走正常途径。谢政委的事儿，我们也弄不清楚。"小参谋有些狼狈不堪。

竺青虽然又气又急又伤心，但头脑还没糊涂，知道这儿不是撒泼打滚的地方。她不死心，就心里盘算道：我就在村外的路边上等着。这么小个地儿，人来人往全看得清楚，只要你谢富治经过，我就上去拦住你。

十二

那天晚上倒不算太冷。竺青呆在路边的坡坎上，两眼盯着大路，一声不吭站在那里。路上经过的人不多，间或有几个老乡和零散的战士经过，还有几个基层干部一度停在那里说笑，之后又很快散开，谁也没在意那个孤零零的女人。

夜深了，起了点风又很快停息。村里本来就昏暗的灯光陆续熄灭，只有分区政治部的大院中，还有一个窗口始终亮着光。不管灯光意味着什么，竺青没有选择，只能把她当做一个希望。这让她感觉实在，感觉温暖，就好像冥冥中的那颗北极星，指点着人的方向。

十三

竺青醒来时，发现自己躺在卫生队的炕上，旁边站着白丁。

“我怎么躺在这儿？”竺青猛地从炕上坐起，头一晕，又要倒下去，只好用手撑着炕沿。

“昨天一大早，我打村头路过，见你倒在路边。”白丁解释道。

“昨天？”竺青突然感觉心慌，连忙又想起来：“我不能躺这儿，还得去找谢富治。”

　　"谢富治？"白丁还没闹明白怎么回事，说："谢富治已经走了，回晋汾去了。"

　　"走了？"竺青话没说出来，就被一口气憋住。她气血翻涌，脸皮紫涨，好像整个头要爆炸，最后'哇'地一声尖叫，然后是排山倒海的大哭："他走了？那黎明怎么办？他怎么能说走就走了。黎明，我没办法了，真是没办法了，你就恨死我吧。"

　　"黎明？"白丁很快反应过来："为这小子，不值。"

　　"啥叫值？啥叫不值？"竺青扯着头发，捶着胸口，哭喊着对白丁嚷："我自己的感受，又不是做买卖，你懂不懂？"

　　白丁不知道该怎样回答。

　　"你帮帮我，告诉我，怎样才能找到姓谢的？他就是上天入地，我也得找着他。不然，黎明就完了。"竺青抓住白丁衣襟嚎道。

　　"老谢这个人哪。"白丁说了半句，又没了。

　　"不行，我得走，你扶我起来。"竺青已经方寸大乱。

　　白丁轻轻用力，把她按回床上，说："你要还不死心，就去麻田总部吧，直接找邓政委。正好我这几天也不用骑马，你牵了去，代个步，也跑得快点。"他顿了顿，思索片刻，然后叹息一声："要是邓政委也不管，你也算尽了心，黎明就是死也怨不得什么。"

十四

　　竺青终于时来运转，半路上碰上了刚从冀南回来的宋任穷。

　　本来根据地的年轻女兵就少，年轻女兵还独自骑着一匹马就更显眼。宋任穷看见后，主动上前答讪。三两句话过去，他就明白了，这小妮子原来是去总部告状。宋任穷貌似随意地问了问黎明的情况，然后对竺青说："你看这样好不好，我正好也去总部，就把信给你捎过去，行吗？"

　　"你算老几，有谢富治的官大吗？"竺青警惕地望着宋任穷："谢富治做不了的事儿，你能做？"

　　宋任穷愣了一下，笑了。

十五

　　宋任穷把黎明的信交给邓小平时，邓小平正在看一份湖西区肃反的经验总结报告。他接过黎明的信，随便瞟了一眼就扔到桌上，然后拿起正在看的那份报告，对宋任穷大声说："这是第几封告状信了？我们绝不能再犯湖西区那样的错误。"

十六

　　这天，牢门打开，守卫居然给黎明提进一包东西，说是一小孩拿来的。守卫想问谁送的？小孩不理，把东西放在门口，一溜烟就跑了。黎明打开包裹，见里面有一瓶酒，一块酱驴肉，一张饼。当时，他人也拖疲了，不再想别的，有东西就吃呗，于是拿起饼子就要咬。忽然看见下方藏着张纸条，上面有一行字，写得规规矩矩，却不知用的是那个朝代的古篆文，连黎明都看着费劲：

"妈的，汝祖茔冒青烟乎？"

十七

宋任穷给郑荒打电话时，郑荒正在和龙文枝吵架。龙文枝坚持要马上处理黎明，郑荒不同意，要推到运动结束后处理。听到一二九师的副政委过问此事，龙文枝一脸愕然："难道，中央的风向要变？"

第二天，龙文枝挨了一记黑枪，腿骨被打断。军区顺水推舟，以养伤为由，不再让他负责整风运动。

十八

二月早春，黎明又回到了赵志一他们住的那间屋子。难友相见，恍如隔世，真是百感交集。当时，他们还不敢高声说话，就互相掐了下肩膀，表示鼓励。

几天后的一个下午，又是全体大会。大多数已经坦白的特务分子都很紧张，以为是最后宣判。黎明却隐隐约约感觉到事情有了转机。果不其然，大家以为声势浩大的会议只来了个后勤处长主持，内容居然是号召大家参加劳动，政治部要修个大礼堂。他宣布原来的大组，小组不变，当场指定了劳动组长，划分了各组参加劳动的地段和工种。散会后，劳动组长带领大家去领取工具。

十九

　　延安早就发现了坦白抢救运动中的错误。但这股风吹到太行山时，已经是一九四四年春天。分区接到军区的指示，停止继续突击，扩大战果。集中核心骨干核对材料，查找证据，为甄别平反做准备。

　　郑荒第一个清查的就是所谓小庙会议。这可是三曹对了案，铁证如山的材料。没想到找了几个人重新调查，这些家伙居然把自己当时说些什么通通忘了。什么座次排列，调查几个人就有几个版本。郑荒叹口气说："牛头不对马嘴，看来，第一步不能从核实这个会议入手。水有源，树有根，还是从最先坦白的人查起。"

　　说起来容易做起来难。最先坦白的人，大多是各整风领导小组负责人根据档案材料抓出来的。按照以前上级的指示，这些历史上有污点的人，都无法摆脱敌人的控制，到根据地后，十有八九还得当特务。现在档案材料靠不住了，那就重新审查。郑荒重新审查的第一个人刚进房间，还没坐稳就一屁股滑到地上，口吐白沫，浑身抽搐。接下来的几个有唱的，有叫的，有哼的，有哭的，有谦卑的，有闹的，当然还少不了翻供的，搞得郑荒头皮发麻，感觉就像麻线团子扔到了浆糊中。

　　转眼到了夏季，上级精神来了个一百八十度大转弯。郑荒在北方局挨了批，垂头丧气回太行区传达中央指示：抢救运动犯了逼供信错误，冤枉了大批好同志，领导运动的负责人要对错误做公开检讨，对受审查同志认真进行甄别平反。甄别时，必须听取本人申诉，实事求是做出结论，要敢于大胆否定一切不符合实际的材料，对同志的政治生命负责。

二十

黎明的平反主要涉及两个问题。一个是给邓小平的告状信。原来这信是特务翻供的罪证，现在却有力地证明了黎明的清白。在大组讨论会上，易尚靖把这封信重新念了一遍，赵志一马上说："这不是秃子头上的虱子，明摆着吗？黎明如果不是好同志，能写出这种信吗？"

于是所有人齐心合力，给黎明评功摆好。

另一个问题就是和邵英的关系。刘行淹的揭发本来是被迫的、违心的，现在他见风向变了，当然就翻了供。他还要求调查组清查原来的审讯记录。调查组一查，马上找到了龙文枝诱供的证据，报告给郑荒。郑荒哼哼叽叽："党的政策是团结一致向前看，这个问题要考虑到当时的情况，我看就别再深究了，到此为止。"

由于邵英事关特务托派等等，调查组为慎重起见，还专门找了谢富治、山路、赵保田等人做调查。作为当时旅的最高负责人，组建冀南支队的主要决策者，谢富治对整个事件做了既权威又详细的介绍，完全否认了黎明和邵英之间有任何组织关系。山路则对调查组的成员说："谁没有几个当了叛徒的老乡、同学？他郑荒当年萍乡暴动的战友就全都革命了？大浪淘沙嘛。"赵保田说不出多少东西，只是干脆地说："放着小日本不打，你们搞球些啥子名堂，吃饱了撑的。"

二十一

　　那是一个清亮的早晨，黎明和赵志一并肩走进房间。军区政治部副主任吴梦迟站在他们面前，大声宣布："组织上经过认真调查，反复核实，现已查明：赵志一、黎明两同志历史清白，在各自的单位表现一贯良好，和敌特组织没有任何牵连，是党的忠实党员，革命的好同志。在抢救运动中，对赵黎两同志强加的各种诬陷和不实之词应予全部推翻。现在，我代表军区政治部，宣布对赵志一、黎明两同志彻底平反。"

　　好几秒钟无人说话。突然赵志一双手掩面，先是抽泣，接着大哭起来。吴梦迟理解地走过来，在他的肩膀上拍了拍，轻声说："你们还有什么要求，可以向组织上提出来。"

　　黎明强忍着泪水，大声说："我要一套新军装，全新的。"

二十二

　　黎明剃了胡须，理了头，换上新军装，急匆匆地去找竺青。又是秋尽冬初的时节，苍茫的群山，霜寒露冷，黄叶纷飞，清漳河像一溜青龙在起伏的山峦间蜿蜒。黎明远远地看见几个人在河的斜对岸说笑洗涤，感觉竺青就在其中。他管不了河水冰凉，三步并着两步冲了过去，边跑还边喊着竺青的名字。

当时的抗战形势已经缓和，旅的宣传队也已经恢复。竺青刚演出完，头上还扎着一根红头绳。她看见黎明，扔下手中的衣物，也跳进河水，向黎明奔来。乌亮的清漳河激起朵朵浪花，好像两行人字雁迎面在流水中滑翔。黎明有力的双臂一把抱住竺青的腰，想说什么，却被竺青用手掩住嘴唇。

"我也有好消息告诉你。"竺青用手指细细地捻压着黎明脸上粗糙的皮肤，轻声地说："抗大录取我了，还是宋任穷，宋主任专门派人通知的。"

"太好了，能读点书总是好。"黎明也为竺青感到高兴。

那是让人魂牵梦萦的清漳河，清清碧水，依依佳人。漂淌过春天的山桃花；栖息过夏天的白头瓮；送走过秋天的二月红；迎接过冬天的一剪梅。你蚀刻了太多的酸甜苦辣；你承载了太多的心驰神往。历史的素描不会勾勒青春的一个瞬间。冷与热的冰火情，瓯与哑的抑扬感。当渺小穿越博大；当柔弱交集粗旷；当悲欢历述相思；当离合寄寓希望，我们能够漠然转身，抛弃尘世的情缘，让时光凝固在青灯古卷的空灵中吗？

二十三

甄别其他同志时，黎明的意见起了很大作用。由于他既有整过人的经验，又有被人整的感受和体会，所以看问题往往一针见血，切中要害。甄别结束后，大组负责人李万民代表党组织宣布：全组三十七位同志都没有问题，应予彻底平反。分区政治部其他各组的情况也大同小异，没有查出一个特务。

军区总结会上，龙文枝灰溜溜地做了检讨。郑荒痛哭流涕，向蒙受冤屈的同志道歉。他最后说："这是一场误会，好比古城会，张飞把关羽当成了叛徒，其实，大家都是好兄弟，是党的好同志。"

当时白丁也调回了部队。散会后，他嘻皮笑脸地说："今天晚上，郑主任的老婆又该回到老公身边克尽妇道了。不知主任还有没有兴致，搂着个女特务，在被窝里唱古城会？"

没有人笑，因为没有人感觉白丁的话可笑。

二十四

当天晚上，黎明在窑洞中写东西，没想到易尚靖阴悄悄地进来。黎明问他有什么事。易尚靖咧开嘴笑笑。黎明感觉那表情像死人还魂。

"写东西哪？"易尚靖问。

"嗯，有什么事吗？"

"没事儿，就想在这儿坐坐。"易尚靖眼神游移，魂不守舍："当时，竺青要看你，是马干事找到我，经过我同意的呢。"

"是吗？那真是感谢。"黎明的话冷得像块冰。

"我太渺小了。"易尚靖的脸在油灯的阴影中显得很黑，他停顿了很长时间才苦笑道："想当初，我也想学岳飞，壮怀激烈。可是，背诗词容易，写诗词难呐。"

　　黎明沉默了。他知道，上级正在重新调查齐仲云的死因，调查组长就是秦嵩。

　　"你倒过大霉，也幸亏倒过这个霉，翻过来就全对了。我们呢，倒说不清楚了，唉。"易尚靖流着眼泪。

　　"你放心，我会向组织如实说明当时的情况。"黎明说得干巴巴的，毫无感情。

　　易尚靖不再说话，黎明也找不到话说，两人就默默坐着，互相盯着对面的墙，直到深夜。

　　后来黎明才意识到，易尚靖是要感受做人的最后温暖。第二天太阳刚露面，他自杀了。

　　易尚靖用的枪就是打死齐仲云的那一把。当时，那支枪作为齐仲云自杀的罪证保留在他身边。自杀前，他在笔记本上留下了五个狂乱的大字："共产党万岁"。

二十五

　　整风结束后，人们很快要回到各自的工作岗位上去。这时又冒出个新问题：那些在逼供信下写出的假坦白材料该怎么办？由于被冤屈的人都很关心此事，上级干脆发扬民主，让大家讨论。这次，轮到黎明主持会议。在讨论会上，多数人主张把这些东西一把火烧了，唯有刘行淹提出了不同意见。

　　"我反对。这些材料全是假的，以后也真不了。现在组织结论已经下了，错误就是错误，今后谁敢用它们来整人？留下材料，就是为了提醒大家，我们曾经有多么荒唐。这是活生生的血泪控诉，是鞭打主观主义，官僚主义的有力武器。烧掉材料，不就是害怕吗？害怕的应该是那些整过人的人，而不是我们这些被整的人。只有他们，才恨不得把过去的事忘得一干二净。"

大家面面相觑，不知道该如何回答。

"还是烧了好。"过了很长时间，黎明终于表态，但没说理由。绝大多数人也跟着附和。

讨论会结束后，刘行淹对黎明很不满意，找到黎明，指着他的鼻子大骂："你就是屁股上有屎，想掩盖事实，让大家早早把这事给忘了，无耻。"

"我看这样好不好？你另找个单位，想去那儿都可以，我负责办手续。"黎明只想干脆了断此事。

"想赶我走？没那么容易。"刘行淹忿忿地说："我就是要呆在你眼皮子底下，盯着你，叫你随时记住自己所犯的错误。"

黎明没有马上回答，他沉思了一会儿说："行淹同志，你坚持这么做，也是一种左倾。"

二十六

赵志一要调往九分区。白丁做东，黎明做陪，请他吃了顿饭。饭桌上三个人都喝得有点多，有点胡说八道。白丁讥笑郑荒，龙文枝等人不长脑子，这么明显的错误都看不出来。黎明说："还是愚昧。没文化、没知识。"

　　赵志一大喝一声："放屁。什么叫没有知识？就是品质败坏。你黎明扪心自问：你整别人的时候，思想就那么单纯，没有一点邀功领赏的念头？"

　　"别人怎么样，我不知道，反正我没这么想。"黎明低声咕噜。

　　"算了，"赵志一继续说道："有些事就不多说了。"他端着茶缸走到黎明身边说："黎明，等抗战胜利了，天下太平，咱们成家立业过日子。到时候，我要有事找你帮忙，你别给我充假正经。"

　　"那得看咱活没活到那时候。"黎明觉得这家伙真叫做庸俗。

二十七

　　组织上早已批准了龙文枝和何静文的结婚申请，但先是龙文枝忙于整风审干，后是养伤，婚礼就一直拖着没办。现在龙文枝受到党内记大过处分，他俩就决定办个正式婚礼，也算冲冲喜吧。不过龙文枝犯了错误，来参加婚礼的人不多。黎明因为小何的关系，想去看看，问竺青去不去。竺青翻着白眼说："要去你去，我是不去。"

　　婚礼上，小何忙里忙外，就是不答理黎明。龙文枝腿还有点瘸，柱根拐杖坐在椅子上，一言不发。大家是说不出的别扭。

　　婚礼结束时，大家准备离开，龙文枝突然以杖击地，激愤地叫喊："这么多的特务，这么多的奸细，明明白白还有人搞破坏，搞暗杀，难道都搞错了？不可能

嘛。上级这是怎么了？小易是多好的一个同志，可惜
呀，可惜。"

二十八

黎明给很多被他整过的人道了歉，但他最想说道
歉的还是杜修贤。

黎明回到旅部后，马干事告诉他：杜修贤身体垮
了，已经安排到地方工作。黎明当时年轻，工作又忙，
过了也就算了。十多年后，他去河南出差，开车经过一
个小镇，想买一只道口烧鸡，就叫司机停车。下车后正
好看见有人抓小偷，黎明挤过去，拦住众人说："打人
犯法，他就是偷东西也应该送派出所。"

被偷的那主儿，一个卖馒头的小商贩，大概气急
了，见黎明从中阻拦，将就一根大面棍照黎明脑门打过
来。黎明跳起来，一个擒拿把那家伙的手反拧住，正要
骂人，就听旁边一个老太太对着那小偷说："修贤哪，
叫你在收容所里呆着你就呆着呗，又跑出来干什么？"

黎明浑身一震，放开商贩，问老太太："他叫什
么名字？"

"哦，他叫杜修贤，前两年从河北跑过来的，在
派出所挂了几次号了。"

黎明冲过去，一把扶住小偷，费了老大劲儿才认
出来。杜修贤蓬头垢面，破衣烂衫，踢踏着一双张嘴烂
布鞋，几根黑乎乎的手指紧紧抓着一个白面馒头。

黎明大声叫道："修贤，修贤，还认得我吗？"

"感谢首长，感谢组织挽救，我有罪，我罪大恶极。"他始终低着脑袋，浑身哆嗦。

黎明不由分说，把口袋里的钱，十元票；元票；角票；镍币，全部掏出来，塞进杜修贤的衣服口袋。也不知对方的口袋没底，还是根本就没有口袋，钱哗啦一声全部掉到地上。这时，周围的人都呆住了，既没人上前哄抢，也没人帮黎明捡拾。

黎明蹲下身子，弯下腰，一张纸币一张纸币地捡，一个镍币一个镍币地夹。这是难以言表的愧疚，是绝望。

有些错误，不管如何变调，终究无法谱写成赞美诗。

附记：北方局直接领导下的太行军区整风，从一九四三年底到一九四四年底，持续整整一年，规模大，斗争惨烈，全区百分之九十的知识分子干部被打成特务。以三分区为例：仅父亲所知就有三人自杀，多人致残。如果不是当时的高层领导害怕重蹈微山湖根据地失败的覆辙，恐怕会导致更为严重的后果。即便如此，整个太行军区的部队在日军战线全面收缩，国民党军豫湘桂大崩溃的形势下，没有组织过一次较大规模的战斗，更没有乘势大举扩张根据地。建国后，由于北方局和太行军区的多数负责人除了在文革中受到短期冲击外，一直在位，这一惨痛教训也就很少见诸报端。笔者今天写出来，只希望有人依稀记得：在人民英雄纪念碑的奠基石下，不光埋着光辉，也埋着无数屈死的冤魂。

第十二章 抗战胜利

一

　　大年刚过，空气中还弥漫着爆竹的硝烟。黎明起了个早，坐在窑洞的窗前削铅笔。铅笔是白丁弄来的，就一打，老上海的牌子货，黎明一直收着没舍得用。这会儿，他轻轻撕开胶封，只见上下各六枝笔整整齐齐躺在白皮纸盒中，红黑漆表面，锃亮的铜头包裹着挂霜的粉色皮擦，铅芯黑亮匀称，包木质地均一滑溜，还散发出淡淡的松香。平时黎明他们用的都是些笔杆弯曲变形、笔端伤缺、裂缝、开胶、油漆坑坑洼洼，写字着色深浅不一，还动辄崩芯断芯的土产铅笔。比较之下，这盒笔真是上上品了。黎明拿起笔杆，先在手掌上掂了掂，然后把笔头凑到小刻刀前，用大拇指轻轻一捻，刀锋在靠近笔头处走过一溜浅浅的纹线。然后，黎明以纹线为界，旋转铅笔，慢慢削去笔头包木，露出一点笔芯，刮尖，修改掉包木上那些凹凸不平的地方，再用手指顺溜顺溜，感觉园润以后，方才把笔小心地放回到盒中。

　　门帘"呼"地一声被掀开，旅政治部主任山路走进屋。他打了声招呼，看都没看黎明一眼，径直跨到火炉前，哈着气，烤烤手。黎明连忙起身，从屋角堆着的白薯中挑了两个大号的，放在火炉的生铁盖上。

　　"来这么早，还没吃早饭吧？"黎明问。

　　"你回来得正好。"山路用冻得发红的手掌拔拉着白薯说："部队刚招了千把新兵，教育，训练，问题很多呀。"

　　"一次招这么多人？大扫荡以来头一遭吧吧？"

　　"小日本快不行了，大家都在忙着准备反攻。你回来主要负责新兵的政治训练，先要搞个大纲。"

　　黎明递过去一沓子材料，拿出自己的钢笔让山路修改。山路刚在纸上划拉两下，纸就撕开一条口子。

　　"什么破笔？不出水还尽划纸。"山路摇晃着黎明那支老旧的派克笔："算啦，等打下邯郸给你弄支新的。宣传科长嘛，连支像样的笔都没有，成什么话？"

　　"今天下午是民主大会，号召全体官兵对不良倾向作斗争。会后我们还组织了一些文艺活动，不要搞得太紧张了。" 虽然形势好转，但黎明觉得打邯郸还是猴年马月的事。

　　"嗯，到底是大知识分子，办起事来有板有眼。"说到这儿，山路盯着黎明桌上削好的铅笔，闷了会儿才说："竺青要走？"

　　"嗯。"

　　"我要是你，就不让她走。肉要烂在自己锅里。"

　　"女人嘛，就那么回事儿。现在提倡妇女解放，你也不能藏着掖着的。"黎明做出一副豁达相。

　　""抗大那伙人哪，" 山路摇摇头，就不再往下说。他继续扒拉着白薯，半晌才说："几时走呀？"

　　"今天。"

　　山路蹲在火炉边一动不动，微微有些感叹地说：
"有的人见十次你都记不住他长什么样，有的人见第一
眼你就会永远记住他。"

　　"见十次还记不住？那是因为你官大架子大。"
黎明语带调侃。

　　山路啃了两口还没烧熟的白薯，嫌涩，又把白薯
扔到火炉上，然后站起身，大声说："说到记性，你倒
提醒我了。过三天全分区要开英模会，部队提名好几十
人，到现在连英雄事迹都没凑齐，怎么个上报法？你赶
快带几个人下去，收集材料，写通讯，写报道。一定要
简明扼要，有说服力。"

二

　　黎明的日记没有记下他和竺青的临别缠绵，只简
单地写了这么几段话：

　　"送青赴抗大。赠笔记本二，铅笔一打，青回赠
乌枣一袋。

　　返回途中遇雪。登高阜，品枣，略嫌酸。回首翘
望，良久，不见人归，惟战士操演喊杀声，阵阵传来，
怅然。"

三

　　一九四五年，日本已经濒临崩溃的边缘，八路军
乘机开始局部反攻。一二九师部队首先拔除了日军安插
在太行山根据地腹心的各据点，使得原本被分割的几个

分区连成了一片。不久，传来希特勒德国投降的消息，部队士气更加高涨，连续向敌重兵把守的正太，平汉，白晋线出击。开春，黎明跟随赵保田的团打据点，平毁当面的封锁沟。六月初，又出击阳泉，打敌人的煤矿。日本人的煤矿守备力量比较弱，只有一些护矿警备队和伪军。前段时间拔据点，赵保田打顺手了，这时就有点贪心。他琢磨着：眼下日寇兵力不足，要组织点增援也不容易。等他弄清情况，磨磨蹭蹭搞好队伍，我们的仗也打差不多了。于是，赵保田把部队全部撒开，一个营打一个矿，连点预备队都不留。没想到正打节骨眼儿上，一个民兵气喘吁吁跑来报告："后山小路发现一拨日军。"

赵保田有点抓瞎，马上对黎明说："你带上警卫连，赶快去把他们给堵住。"

黎明二话没说，出房门招呼上部队就走。一通小跑，赶到一个小山包前，正碰上日本人稀里哗拉往上涌。黎明心里发毛：我的个乖乖，这多少得有两百来人吧，自己手上名义上是一个连，其实也就八九十号人，能顶得住吗？不过，当时也想不了更多。既然见面，就甭讲客气，先用手榴弹招呼。没想到手榴弹一扔，黎明乐了，感情您都是新兵哪。要不手榴弹炸开以后，这些鬼子怎么不到土坎后面躲弹片，反而尽往石头堆里钻？看着手榴弹爆炸激起的石头碎片打得敌人鬼哭狼嚎，黎明完全放下心来。他让警卫连长用多半拉兵力控制要点，剩下的全留后面充做预备队。赵保田的这个警卫连，人数虽少，个打个都是老兵油子，一人能顶好几个，外加地形也有利，小鬼子想通过，门儿都没有。矿井那边战斗结束后，赵保田派人通知撤退。黎明大致估算了一下，伤亡只有个位数。

黎明追赶上大部队。赵保田看见他们很高兴，说："你们来得正好，帮忙拿点东西。"说着往黎明怀里塞上两个黄澄澄的油布包。

"啥玩意儿？"黎明问。

"炸药。"

"啥？"

"炸药，听不懂吗？"赵保田闷声说："天快亮了，每人都得分摊几个，要不队伍跑不快。"

黎明拿着炸药，心头有些发慌，要是天亮遇到敌人的飞机怎么办？唉，也怪土八路穷，见啥都是好东西。

东方渐渐发白。杂乱的阳泉城如同生盐从混浊的卤水中解析从出来，露出了栉比鳞次的房屋和褐色的城墙。黎明他们顾不得其他的，只是加快脚步赶路。

世界上的事儿就是怪，真是你怕什么就来什么。快到山口时，黎明他们听山背后传来巨大的马达轰鸣声，紧接着两架乌黑的巨型怪物几乎贴着大家的头皮掠过。赵保田的队伍略为有点凌乱，四面八方都有人高喊："隐蔽，隐蔽。"

半山拦腰连个沟坎都没有，根本就没个地儿躲藏。黎明索性站直身体，走到山岩边，心说老子今天豁出去了，就站这儿，要清清楚楚见识见识飞机的模样。

飞机没有注意黎明这伙人，而是飞到阳泉城上空不住地绕圈子，阳泉城内响起了几声清脆的枪声。

"飞机怎么没画红膏药？"赵保田觉得纳闷儿。

　　黎明看见机腹上涂抹着一个硕大的白色五角星，猛然醒悟："是美国飞机，不是日本的。"

　　顿时所有人都兴高采烈，纷纷伸长脖子去看飞机，七嘴八舌地议论："打个小狗日的。""嘿，扔炸弹呀。""这是战斗机吧？没炸弹。""打机枪也行。"

　　正在这时，就见一列火车，肯定是小鬼子的军列，冒着白烟扑哧扑哧从远处开来。黎明他们很高兴，纷纷喊叫："打火车，打火车。"

　　火车也发现了天空中的美国飞机，拼命加速，白烟冒得突突突突，几乎没有一个间歇。黎明他们知道火车前方有一个隧道，司机肯定想抢先冲进去躲藏，于是所有人都跺着脚，冲飞机大声嚷嚷："快快快，赶快扔炸弹，打，使劲打，唉，先扫射也行，只要不让火车进洞。"

　　两架飞机好像什么也没听到，依旧不紧不慢在天空溜弯子。就这工夫，火车呼地一声冲进了隧道。黎明他们泄了气，个个摇头晃脑，嘴里胡嗳海骂："老狗日的美国佬，没用的东西。""扫兴，这叫什么玩意儿？""美国佬呀，美国佬，你究竟打的是仗还是在搞对象？""到天上逛大街，真有功夫。"

　　唠叨还没完，就见其中一架飞机来了个漂亮的鹞子翻身，从半空中倒栽下来，然后贴着铁路线飞行一小段，冲着隧道口发射了两枚火箭弹。随着几声惊天动地的巨响，隧道两头红光外迸，黑烟滚滚，扭曲的火车头和破碎的车箱跳跃着从隧道口飞出来。而那架美国飞机好像穿梭在火光和烈焰中的小鸟，沿着山坡弧线略一抬头，轻飘飘地又回到半空。

　　黎明他们那支千把人的队伍突然变得鸦雀无声。每个人搂着几包可怜巴巴的炸药，一动不动，好像僵死在原地。直到飞机已经无影无踪，赵保田才啐了一口痰，恨恨地骂道：“他妈的。”

四

　　对黎明他们来说，日本投降就像天上掉下个馅饼。经过八年浴血奋战，胜利似乎来得太突然，突然得让人有些不知所措。

　　那天晚上已经吹了熄灯号，就听见屋外一个小通讯员，伴随着急促的马蹄声，一路高声喊叫："日寇投降了，日寇投降了。"

　　通讯员声音不大，但很亮，很清晰，余音也很长。好像一颗光溜溜的鹅卵石落在平静的湖水中，激起道道涟漪波纹，飘摇着滑向远岸。

　　然而，短暂的静谧之后是爆发的欢乐。战士们从床上跳起来，套上鞋，抓起衣服就往外跑，一边跑一边嚷嚷：："胜利了，我们胜利了。""共产党万岁。""八路军万岁。"

　　赵保田从床上跳起来的第一句话是："这下好了。该老子穿皮鞋，进石家庄住大洋房了。"

　　黎明抱住白丁的头就想啃，白丁抓住黎明的头发，跺着脚哇哇乱叫："黎明，你干什么？这是日寇投降，又不是老子。"

　　冲出房屋，四下里简直人山人海。官兵民，不分男女老少，见人就亲热。你拥抱我，我捶打你，喊，叫，唱，跳，个个都像发了疯。噼里啪啦的爆竹声，山里山外；咚咚锵锵的锣鼓声，村头田间。几条汉子跳上房顶，从箩筐中抓起大把的沙果、红枣、瓜子、花生往天上抛，往人群中撒。他们边撒果子，边红涨着脸膛兴奋地喊："快吃胜利果，不要钱，尽管吃。"

　　人们手舞足蹈，很快组成一支秧歌大军。大姑娘扎起红头绳，舞着红绸缎；青年后生扎上羊肚白毛巾，敲着腰鼓。媳妇、大妈转团扇；老汉、大爷耍拐杖。当兵的啥也没有，将就挥舞皮带或背包带。大家混杂一块，三步一前，两步一后，和着北方高呛的唢呐声，连扭带唱。更有一梭子幼童在人群中传插滑跳，平地给已经饱和的喜庆气氛增添几分釉彩。黎明不太会扭秧歌，开始还不好意思，等看见赵保田的模样也就理所当然了。赵保田手不是手，脚不是脚，楞要把硬梆梆的行军步伐揉和些纤巧，看上去实在别扭。他老兄走哪儿，哪儿的舞蹈就乱套，整个就一拱上沙滩的大螃蟹。就在这时，只听对面山腰上也欢声四起，是前面村庄的秧歌长龙过来了。人们像洪水漫滩，欢呼着冲过去搅起来，把欢乐推向一个新的高潮。

　　白丁过来悄悄拉了把黎明。黎明问他干什么？白丁说："光闹腾有什么意思？你就不想安静一下，到山顶看看日出，胜利的日出？"

　　"就我们俩？嗯，"黎明觉得这主意不错，想了想说："那干脆，要去就上西峰。"

　　西峰是方圆百里的最高峰。

　　"黑灯吓火，得十几里地呢。"

　　"要的就是这个气魄。"黎明兴致勃勃："等进了城，再想跑这么远就难了。"

　　"好，老子今天舍命陪君子。"

　　说完两人离开大队，一路往大山顶子爬。半路上不时碰上三三两两的人群，不管熟不熟，都彼此招呼，互相庆祝，只是越往前走人越稀少，最后只剩下黎明和白丁在夜幕中呼哧呼哧。黎明笑着说："没人了，但愿别碰上妖魔鬼怪。"

白丁说："胜利了，那里还有什么妖魔鬼怪？要有也就是狐狸精，碰上算你运气。"

话音刚落，就隐隐约约听到有人哭泣，两人停住脚步，感觉四周冰凉。

"快到山顶了，还上去吗？"白丁有些犹豫。

一阵寒风吹过来，又带来一阵戚戚切切，悲悲惨惨。

"声音是从山顶传下来的。"黎明肯定地说："共产党员死都不怕，还怕鬼？走，上去看看。"

两人嘁哩咔碴爬到山脊线，探出头往前看，只见峰顶的大青石头上跪着一个黑影，四肢着地，面向东方，边哭边扣头还边咿呀咿呀哼哼什么曲调。不一会儿，太阳光好像从地底钻出来，拂去了夜色的昏暗。刹那间，天光地明，万物沐浴在亮丽的晨曦中。在耀眼的金色光芒下，黑影露出了人形。他猛地跳起来，竭尽肺腑狂吼一声，震得林木枝叶颤抖，然后颓然倒下，如同一滩烂泥趴在大青石头上，从此了无声息。

"是小野。" 黎明在任各庄抓住的那个俘虏。

"走吧，我们不打扰了。"白丁冷冷地说："积点儿德，让他自己难受去。"说完扭头就走。

黎明和白丁在下山途中，不住地哼唱当年的一首流行歌曲："母亲送儿打东洋，妻子送郎上战场。"

五

　　还没进村，黎明就听赵保田大喊大叫："把猪都杀了，羊都剐了，让大家敞开肚皮，拿肉当饭吃。"

　　"啊哟，赵大团长，不过日子了？"白丁上前说："每周两顿肉，带兵不用愁。猪羊全杀光了，上哪儿打土豪？这儿可是老根据地，该共的都共产了。"

　　"嘿嘿，白科长，说你眼皮子浅没见过世面，就盯着穷山沟里几个土老财。眼光放远点，要看到邯郸，石家庄，还有太原，到那里共产才叫有劲儿。"

　　"好你个赵保田，日本人垮了台，革命还没到头呢，就想着过舒服日子了，当心屁股坐歪。"山路急急忙忙走过来，先骂了赵保田一句，然后一脸严肃地对黎明说："黎明，你跑那里鬼混去了？部队不还没解散吗？怎么连人影都找不到了？还有没有点纪律观念？我给你说清楚：现在形势很不妙，大老王连跑两个集镇都买不到酒。你想想，部队要开庆祝会，要大会餐，没有酒，那不等于结婚没有新娘子，像个什么话？宣传科是拿笔杆子的，涮锅屠宰做饭样样不行。你就集合上你的人，四面撒网，八方出击，给我弄酒去。记住不管那家店铺，只要有酒，大瓶小罐统统搬来。实在不行，就到老百姓家里搬酒酿。"

　　"对对对，山主任想得周到。酒的确是个大问题，咱怎么没想到？"赵保田一拍脑门儿，竖着大拇指说。

　　"集合人没问题，跑腿也应该，"黎明两手一摊说："但我是没发迹的朱重八，穷要饭的呀。买酒可是要花钱的哟。八路军又不是土匪。"

　　"钱没问题。只要你能找到酒，花多少都行。"赵保田一转身对供应科长喊："老窦，给黎明拿三百大洋。"

　　"三百大洋去买酒？"后勤科长哭笑不得："团长，你不会拿着银元沾酒下饭吃吧？"

　　"鬼才啃你的银元？老子就关心酒、酒、酒。管你给他多少，赶紧打发他去是正经。"赵保田对着科长暴喝。

　　白丁凑到山路身边说："我说主任哪，你真是聪明一世，糊涂一时。附近都是穷山窝子，小庄户人家就是有点酒也不够几百、上千人打牙祭。依我看，你们不如直奔柳河，那儿是大集镇。镇上有家大作坊，叫恒益兴。"

　　"恒益兴？不是卖小磨醋的吗？"黎明有些不解。

　　"瞧瞧，说你知书达理吧，真是眼皮子浅，没见过世面。"白丁一有机会总忘不了奚落黎明："酿酒和酿醋大道理相通，主要是曲子用的不同。山西人会做生意，他们瞅准当地人爱吃醋也爱喝酒，所以，但凡大点儿的作坊虽有偏长，多是既酿酒又酿醋，单看市面上什么好卖就卖什么。"

　　"柳河周围部队也不少，他们就想不到这一层？"山路有点犹豫，毕竟柳河离这儿挺远。

　　"我们当然不去镇上的恒益兴铺面。"白丁胸有成竹地说："恒益兴的老板是柳河附近下村人。他爹以前做土酒生意，在本村开有一家作坊。恒益兴做大以后，主要不再经营下村的土酒，但作坊却一直没停工。

下村因地处偏僻，交通不太方便，外人知道的很少，产出的烧酒也就在当地卖。作坊生产在整个抗战中也没受太大影响。我们去那里准保弄到酒。"

"狗日的，你倒什么都清楚。"山路骂了一句，心里已经开始活泛。

"不是你们叫我当敌工科长吗？"白丁面露得色："敌工科长不懂天时地利人和，那还搞个逑？"

"嗯，事不宜迟，马上出发。"山路刚要走，又转头对白丁说："不过你也别想溜，一起去。弄不到酒，拿你是问。"

"去，我这是自个儿给自个儿找事。偏爱多几句嘴。"白丁恨不得煽自己俩嘴巴。

六

到了下村才发现形势远不是白丁想得那么美妙。刚走到村口已经是人来人往，到了酒作坊门口更是拥挤不堪。作坊门口摆了一张白木长条桌，桌上放着十来个土碗。老板连吼带吆喝："抗战胜利，倾家荡产，一人一碗不要钱，不喝白不喝。"

黎明他们好容易挤到跟前，开口就要大坛子。老板两手一摊，无奈地说："就这点酒，撒完关门。你们倒是早点来呀。"

山路急得脸红筋涨："哎，你的招牌不就是酒铺子吗？是酒铺就得给我想办法。没有酒，今天我就坐这儿了。我们是正牌八路，买东西给钱，又不强抢。"说完先抓过一碗酒咕咚灌进自己的脖子，解渴。

"嘿，首长，您还别这么说。今天来的谁不是正牌八路？哪家八路不给钱？你不要，他还硬往你怀里塞。没有就是没有，别说您坐这儿了，您就把我压成酒糟子，我也挤不出酒来。"

正没开交，就听"闪开，闪开"一阵鬼嚎，白丁亲自当把式，驾着一辆马车从后院方向冲出来。有道是慌不择路，马车躲闪行人不及，居然跑出路面，跳上土坎。车尾一个战士"噼啪"一声摔倒地上，其他两人奋不顾身，摁住车上颠上颠下的大坛小罐。马车过后，是几个作坊后生拿着翻红糁的耙子在后面追赶。白丁冲上正道，只来得及瞟了山路和黎明一眼，就一溜烟跑开，留下的是绕樑余音："拦住后边，拦住后边，快给他们钱。"

山路看见酒，眼都直了。关键时刻，也顾不得什么群众纪律了，马上对黎明说："你给老板付钱，我阻挡追兵，掩护白丁。"

黎明不知白丁玩的什么把戏，心底就有一种做贼心虚的感觉。他拿起装大洋的钱袋子，也不数数，一把塞进老板怀里，说声："对不起，感谢了。"马上撒丫子跑路。

老板急了，眼珠子瞪得园园的，边追边喊："八路同志，等一下，那酒不卖，是刚蒸出的生酒，要隔年才能出味。"

回家路上，黎明虚心向白丁请教。白丁洋洋得意，有点不知所以然："做事不能太实诚。就你们那死脑筋，光知道守着大门，搞正面突击，人家说什么你们就信什么，要搞得到酒那才真叫怪。"

　　黎明已经注意到山路的脸色不太好看，但假装什么也没看见，依旧表现得非常虚心："说详细点儿，我们也学学。"

　　"你真是老土。要懂得点酿酒过程，办事就会很简单。烧酒其实是蒸酒。酒发酵后，要用蒸汽把酒从醅子里蒸出来，在地窖里存放一段时间。等香味出来再按品搅和，拿出来卖。"

　　"所以你琢磨他的作坊后院总会有些藏窖，不可能全卖光了。"黎明表现得完全心服口服。

　　"然后呢？"山路冷冷插了一句。

　　"这还有什么然后？我的大主任。趁着你们在前面牵制，我带几个人奇袭他的后院。理由嘛，天热，找老板娘要水喝。老板娘人挺好，开门儿让我们进了院。我们正寻摸着她的地窖在那里，就看见院中放着几坛新出来的酒。真是皇天不负有心人哪。"

　　"你们拉酒时，经过老板娘同意了吗？"山路终于找着机会，拉了下脸。

　　白丁一楞，心说这能是同意的吗？看来你们这帮当官的　都该去喝西北风。

　　"好吧，你给部队弄到酒，值得表扬。但违反了三大纪律八项注意第二条：不拿群众一针一线。功是功，过是过，泾渭分明。回去以后好好写份检查，这次就不做组织处理了。"山路好像还挺宽宏大量。

　　白丁气得差点跳起来。他不敢和主任硬顶，就恶狠狠地瞪着旁边幸灾乐祸的黎明。

七

　　刚回到驻地，黎明接到紧急通知：速往十一分区报道。通知上没说任何理由，但军令如山倒，他只能服从。出发前，黎明先用鼻子使劲吸了几口气，好像要把四处飘来的香味全吞下去，然后咽下口水连夜出发。十一分区司令员是黎明的老上级秦毅辉，见到黎明很高兴，握着手说："欢迎，欢迎。我们多长时间没见面了？小伙子，鸟枪换炮，挺精神嘛。"转头对身边的几个干部说："来，认识一下，黎明同志，我们以前在一块儿呆过，刚从四分区过来，那儿可是老主力。"

　　其实这几位差不多都认识黎明，其中两位还是老战友。一位是政治部副主任张文清，他的老指导员；另一位是宣传科科长冯光，参加过长征，在抗大时当过黎明所在小队的小队长。他们听到秦毅辉一本正经的介绍，都嘻嘻哈哈起来。张文清说："秦麻子，你是自作多情。这里谁不认识黎明同志呀？用得着你多嘴。"

　　"秦大司令员，你是贵人多忘事。不记得了？让黎明同志过来，还是文清同志提议的呢。"冯光说。

　　"看你这家伙，红光满面的，日子过得不错？听说你结婚了？新娘是干什么的？"黎明捶了冯光肩膀一拳。

　　"新华广播电台的播音员，俩口子感情好着呢。冯光同志现在日记也不写了，天天晚上挑灯夜战写情书。说的那些个话，咦，咦。"张文清用手指遮住嘴唇。

　　"怎么啦？夫妻之间也是革命同志。就不能谈点革命理想？"冯光没有丝毫寒掺。

秦毅辉本来已经埋着头研究作战计划，这时抬起头来说："文清同志，这就是你不对了。冯科长和新娘子那能三句话不说就聊本行，太俗气了嘛。"

冯光不甘被动，他把话题转移到黎明身上："不是说你找了个大美人，怎么让她去抗大了？"

"八字还没一撇，我能管她那么宽？"黎明不想继续这个话题，问秦毅辉："秦司令，什么紧急任务，非把我调过来？连四分区的胜利会餐都错过了。"

秦毅辉依然在埋头研究桌上的地图。他还没来得及回答，冯光就一把抓过黎明，认真地说："哎，黎明，这个事儿可开不得玩笑。我问你，那个什么叫竺青的，去抗大后给你写过信吗？"

"我还有这个义务？非得给你说清楚？这种事儿，有个把月的间隔很正常。"

"个把月？嘿嘿，你真沉得住气。姓黎的，别好心当成驴肝肺。我对你是同志式的关心。"冯光又拉住张文清："你上个月不是去抗大了吗？把你听到的给他说说，省得他蒙在鼓里什么都不知道。"

张文清干咳两声，低着头说："这个问题嘛，是这个样子的。我跟你说了呢，你也别着急，事情已经成了这个样子呢，急也没用。"

黎明眉头一挑，笑笑："我就是要着急，也得先等你把话说明白。"

"她是这么回事，嗯，大家都知道。喜儿，哦，不，竺青，被抗大分校的教育长孙大头圈起来了。"

"这又不是养猪，还圈起来了？共产党可没这么黑暗。"黎明觉得是天方夜潭。

"这话就是这么个意思，"冯光扶着黎明的肩，把他拉到屋角低声说："你那对象太出众了，她一进抗大分校，就有好几个老东西蠢蠢欲动。孙大头一看形势不妙，马上召集这些人开会，当众宣布：竺青已经是我的人了。谁敢动我的人，老子叫他吃不了兜着走。"

黎明表现似乎很坦然，但答话的声调有些抽丝："嗨，这事儿孙大头也说了不算。还得看人家女同志自己的心愿。"

"孙大头有多高个水平？他看上的姑娘能有啥稀罕？"秦毅辉插了一句："咱黎科长要才有才，要长相也不赖，这个不行再换别人。东方不亮西方亮，天底下漂亮姑娘多了去。"

张文清笑着说："秦麻子，这个姑娘你不知道。她就是当年过侯马时，房东老人家的孙女小妮子，后来是二六二旅宣传队的台柱子。现在出落得水灵水灵，那模样叫个甜呀，人见人爱。"

"原来是小妮子，那会儿没觉得她怎么样呀。和刘湘屏比如何？"

"嗬，秦麻子，你倒是口气不小。"张文清回说："刘湘屏是太行一枝花，如何比较？"

"看你把刘湘屏夸得跟天仙似的。"秦毅辉不以为然："她有什么了不起，我还和她睡过觉呢。"

整个房间突然安静，再没有人嘻嘻哈哈。刘湘屏何许人？她是大名鼎鼎的谢富治夫人。此时谢富治人虽不在此地，但威严犹存，一般人不敢拿他来开玩笑。

　　黎明见过刘湘屏。有一次，她骑着一匹马，到旅部来找谢富治，匆匆而来，匆匆而去，鲜艳的像一朵花，英俊得像舞台上的花木兰。

　　秦毅辉见没人说话，一本正经地继续说："四一年敌人扫荡，我们碰在一起了，正好那里只有一间敞房，男的女的几十个人挤在一起，炕上、地下挤得满满的，困了一个晚上。我和她还是背靠着背，连呼吸都能听见。你们说是不是在一起睡过觉嘛！"

　　一席话说得大家松了口气。冯光说："麻子，说话小心点儿，破坏妇女同志的声誉也是极大的错误。"

　　黎明摇摇头说："十麻九怪，不死是害。"

八

　　当时，黎明对将要承担的所谓"紧急任务"感觉挺古怪。

　　日本投降后，太行军区命令十一分区部队夺取赞皇县城。分区接到命令，马上成立前线指挥部。指挥部设总指挥，负责整个战役行动的指挥，但却没有配置专门的政委，而是让黎明"跟随前指，负责参战部队的政治工作"。

　　"就算是临时性的代理书记吧。"张文清说。

　　"名份，头衔没关系，反正都是做工作。"黎明嘀咕道："不过你们十一分区好歹也是政委，主任，科长一大堆，难道还抽不出个人来'负责参战部队的政治工作'？"

"外来的和尚好念经，十一分区都是新部队，干部缺少经验，我看你就别谦虚了。"冯光说。

九

据地下党报告：赞皇县城的日军已经撤走，只有一些伪军驻扎。城内已是树倒猢狲散的局面，当官想着化桩逃跑，当兵的想着卷铺盖走人，每天逃亡不断。更有一些兵混混儿公然在市面抢劫，也无人敢管。不过，分区派人进城劝降，却被伪军司令拒绝，声称上峰有令，他们只能向中央军缴械，不允许八路军受降。听到这个消息，分区司令部的人全都笑了。秦毅辉扬扬眉头说："难为他们了。干河沟里的泥鳅，还指望着龙王爷的及时雨呢。"

参谋长说："干脆也别布置了，一家伙给他按进去。"

秦毅辉嘘了声口哨说："算了，死马当做活马医，不要轻敌。那些汉奸；特务；地痞；恶霸听说鬼子投降，全都逃到城里去了。他们害怕被清算，肯定会和我们拼上一拼。我看用二十团攻打北门，独立团在西门牵制，我亲自带十九团和特务营主攻东门。关键是特务营要夜半出发，用奇袭手段先夺取县城东关，掩护主力登城。"

"好。我负责联系地方党委，组织民兵支援，建立后方兵站和俘虏收容点。"张文清说。

开完会，黎明带着十来个人到部队做战前动员。主要是鼓励战士们打好抗战胜利后的第一仗，同时进行新区政策宣传：一切缴获要归公，不得扰民害民等等。最后还要安排战场伤员紧急救护，协调支前民工，搞好粮弹运输。晚上很晚，黎明才回到秦毅辉的前线指挥部，吃了饭，和衣休息片刻，就到了部队出发的时刻。

部队在黑暗中悄没声息的出发，一路顺利。没想到快到县城时，前锋突然停下。秦毅辉毛焦火辣，骂特务营怎么搞的。特务营长前来报告，满肚委屈地说："司令员，你自己到前面去看看。"

秦毅辉带着黎明等人朝前紧赶慢赶一小段，登上县城外的小高地，放眼一看，简直目瞪口呆。

鱼肚白的天空下，漫山遍野都是人。前面是附近七里八乡的民兵，白头巾，红腰带，排成不规则的方阵向县城方向推进。各个方阵左右锦旗飘扬，旗帜上写着诸如"西北乡英雄民兵连"；"葛庄除奸先锋队"；"地雷大王"；"拥军模范"等等字样。民兵队伍的歌声，口号声此起彼伏；松明，火把波翻浪涌。大刀队挥舞大刀，刀片映着初升的太阳寒光闪烁。梭标队哼哈嘿嗬，转动长矛，枪上红缨锦簇，迎风跳动。大刀队和梭标队中间还夹杂着声势浩大的土枪阵。土枪轰鸣，单打一，连发和齐射交替，噼里啪啦，团团白烟在一个方阵接一个方阵的上空缓缓升起。不远处还有一门镔铁土炮。炮口冷不丁儿火光一闪，把一颗滴溜乱转的弹丸抛在城墙根儿下。民兵队伍后面是民工队和看热闹的群众。民工的大车，平板车，独轮车逶迤缠绕。有些装着支前物资，有些空着，一看就是准备进城吃大户。秧歌队；腰鼓队；耍狮的；舞龙的杂七杂八，从山背后伸出来，又从山坡上缩回去，简直是出没无常。那些看热闹的男女老幼，多是全家出动，三个一堆，五个一群，你喊我叫，说说笑笑，好像根本不知道子弹会打死人，一个劲往前涌。黎明书生气息，见此情景出口成章："主力枪林耀日，红缨列矩成行。"

话音未落，就听身后稀里哗啦，咿呀咿呀，原来是一队几十人组成的地方戏表演，不是蒲剧就是上党梆子。生旦净丑角，红白花黑脸，丈八蛇矛，青龙偃月刀，三板斧，八大锤，牛头马面，凶神恶煞齐上阵，果然是热闹非常。

秦毅辉大约也是头一次看见这如此战争场面，气得吹胡子瞪眼，破口大骂："这个张文清，搞他妈的啥子名堂，这又不是赶场看戏。黎明，马上给老子去找人，找地方党的负责人，把民兵和老百姓统统往后赶，赶得越远越好。"

黎明先叫人去找张文清，不过此翁此刻正躲在后方，远水解不了近渴。他只好自己去找当地的负责干部。问题是这老多的人，上那儿去找？他问路边一位老人家：乡长在哪里？老头说："莫有乡长。乡长，书记都在前面，往城里去了。"好容易找到乡长，不想这家伙看见黎明就想溜。黎明一把把他抓住，让他组织群众后撤。他两手一摊，唉声叹气："莫办法哪，莫办法，谁个人家不图热闹，跟部队进城，'饿'（我）管不了呀。"边说边甩开黎明往前跑。黎明在后面追着喊："回来，快回来，这个样子，部队连城墙边都靠不上去，怎么进城？"

这时已经天光大亮，就听城头传来一阵机枪，步枪射击声。民兵队伍有些混乱，不少人如同没头苍蝇四处奔跑。地方干部们的头脑倒清醒不少，他们开始组织队伍后撤，给部队让道。部队上去后，挖掩体，布置火力，准备云梯，准备炸药包，联系友邻部队。特务营很快拿下东关，因为那儿没有多少敌人。到大下午，一切就绪，秦毅辉命令总攻。城内伪军首脑负隅顽抗，拿枪逼着士兵抵抗。经过短暂而又激烈的战斗，部队登上城头。那些失去靠山的伪军，便在"八路上来了"的惊叫声中做鸟兽散。部队进城后再未遇到有组织的抵抗，只是缴枪抓俘虏，搜索残敌而已。整个战斗伤亡三十来人。

战斗结束后，民兵，老乡如同潮水涌进城。开眼界、看稀罕、串亲戚、找朋友。城区的群众也忙着烧水、做饭、慰劳部队。一个小小县城被军队、民兵、群众挤得密密麻麻，真可谓摩肩擦踵，挥汗成雨，就像一口沸腾的大锅。大街小巷到处有人敲锣打鼓，放鞭炮，扭秧歌，人人打招呼都像见到了老朋友，个个喜笑颜开，腰直气壮。

十

为了防止有人趁火打劫，发洋财，部队成立了临时军管会，由黎明负责。军管会任务很杂，如布置执勤警戒，保护商业，清查敌伪，盘查奸细，组织保障城区物资供应等等。不过，要紧的是清点分配缴获物资。

赞皇虽小，却是黎明他们抗战八年来攻克的第一座县城。当时这帮土八路就是刘姥姥进大观园，上下左右摸不着魂头。敌伪投降后，驻地乱糟糟地扔下许多物资，大多是部队急需的，却没人管，少不得有人浑水摸鱼。黎明得知后，赶紧组织人员收集整理。一般来说，部队的规矩是武器弹药谁缴获归谁，但生活物资必须归公，集中后统一分配。黎明他们把散落在各处的物资收拢后，堆了整整两大间屋子，主要是军毯，军服，绑腿，皮带，水壶，雨衣，油布，蚊帐，被褥，毛衣，衬衫，面盆，毛巾，牙刷，牙粉等日用品，也有一些钢笔，钟表，眼镜，甚至相机，收音机等在土八路看来属于奢侈品的东西，真够得上琳琅满目。

消息传到后方，顿时像炸了锅。一时间竟来了几十封信，都是大干部、老熟人，都是狮子大开口。冯光要相机、钢笔、军毯。张文清要收音机、雨衣、被褥、毛衣、手表、牙刷。给张文清带信的通讯员进屋子就大喊一声："俺的个妈呀，这不发大财了嘛。黎科长，俺也不要多，就这张油布。"也不等黎明回答，顺手就抽了一张。

黎明一把摁住他的手说："慢着，这里的东西都上了清单，谁乱动谁违反纪律。"

通讯员缩回手嘻皮笑脸地说："黎科长，你也忒严肃了。俺们当通讯员的，平日风吹日晒，弄张油布算个啥？"

"弄张油布算个啥？看你说得轻巧。"黎明正色道："你眼里光看见成山的物资，就没想想有多少参战的部队？这点东西，撒胡椒面都撒不均匀。"

"那张主任要的东西呢？"通讯员嘟囔着说。

"你先回去。张主任的事儿回头我给他说。"

这时就听门口一阵大笑，原来是秦毅辉走了进来。他开口就是："黎大财神，你给老子弄点啥油水吃呀？"

黎明拉着脸说："秦司令，既然分区让我'负责参战部队的政治工作'，那我就少不得认真一点。眼下赞皇县内最大，最敏感的政治就是这堆物资。所有参战部队都看着我们如何分配。这里是物资清单，您先过目，然后请定个规矩，我们保证照章执行。"

"啥子清单？啥子规矩？"秦毅辉掀掀帽子说："规矩就是所有物资统统分给战斗部队。具体怎么办完全由你负责。"他说完转身朝门口走，走了两步估计没想通，又回过头来，用手指指点着黎明："伙计，别忘了老子也是参战人员。我要一根皮带，一副呢子绑腿，听见没有？"

十一

秦毅辉前脚离开，黎明马上召集分管缴获物资的全体人员开会。他说："秦司令员定了规矩，所有物资统统分给战斗部队。我们的原则是：后方机关，个人一律不得参加分配，除了医院。医院需要救治伤员，算得上和战斗行动直接相关。所以我们要给医院留下一些毛毯，被褥，蚊帐等等，当然还有急救用品。"

"原则说起来不错，就怕难以较真。我们是分区政治部的人，回去以后怎么见人？尤其是那些主任，科长，好歹也算是顶头上司。"有人嘀咕道。

　　"这个简单，我们虽然参加了战斗，但没有在一线冲锋，也就算后方人员吧。如果大家都不参加这次分配，各方面都说得过去。"黎明接着说。

　　"秦司令员要的东西怎么办？"

　　"司令员既然定下规矩，我们就照规矩办事。他的要求如果合理，那没得说。现在的问题是东西太少。我估计了一下，参加这次战斗的干部战士，大概要三、五个人才分得到一件战利品，给司令员一个人就分两件，岂不是太多？"黎明考虑了一会儿又说："不过，毕竟他是这次战斗的总指挥，我们还得优待。我看，就把那条最漂亮的宽皮带给他吧。"

　　会场沉默了很长时间，终于有人说了句话："黎科长，我们看你的。只要你不要东西，我们有啥二话？"

　　"那好，我们就这么定了。前方部队分，后方单位不分。主攻部队多分，其他部队少分。刨堆堆，搞搭配，通知各营连领东西。"

　　主攻营营长叫苟同福，他带着几个人来领东西，看见他们营的胜利品堆头最大，非常感动，紧紧握着黎明的手说："黎科长，我们拿大头了。"

　　"你们是主攻部队，应该的。"黎明说着交给他一份清单，问他还有什么意见？

　　苟同福看都不看，连声说："分得好，分得好，没意见。"

　　黎明说："实在没办法，这个县城太小，缴获不多，你们一个班还摊不上几件东西。"

苟同福说："没关系。我们已经研究了，这些东西尽先发给伤员和最勇敢的战士，干部和共产党员摊不上就不分。"

说得黎明直点头："对，对。"

十二

黎明把皮带交给秦毅辉。秦毅辉接过来往腰上一扎，感觉很得意，伸手问黎明："黄呢子绑腿呢？"

黎明希望嘻嘻哈哈蒙混过关，便学着日本人的腔调说："报告大太君，绑腿的没有。"

"没有？"秦毅辉两眼一瞪："你这个卵财神，连副绑腿都找不到？没出息。"

黎明说："有是有，都是破烂货。你打上那些绑腿，巾巾吊吊，不像个威风凛凛的太君。"

"放屁，苟同福的兵都精精神神打着新绑腿，你还敢骗老子。"

"你看见几个战士打新绑腿了？"黎明认了真："仔细问问去，那些战利品得多少人摊一件。你一个人就拿两件，好意思吗？"

秦毅辉笑了："好你个黎明，这么认真，连个玩笑都开不起。"

"玩笑有这么开的吗？"黎明还有些气不忿："好吧，等打开石家庄，我保证给你找副新绑腿。"

"等打开石家庄，你想拿副绑腿就把我打发了，那可不行。"秦毅辉拍着黎明的肩膀哈哈大笑。

十三

　　黎明怀着一点惴惴不安的心情回到分区政治部。冯光看见他，主动上前打趣道："哈哈，你总算回来了。没被城里花花绿绿的东西绊着？"

　　黎明把情况简单地说了说，并对空手而归表示歉意。冯光笑了："这算个什么事儿，不值一提，不值一提。"

　　张文清好像也正常。黎明做汇报时，他一声不哼，只顾埋头记录。等汇报结束，张文清翻着页码，仔细浏览了一遍记录，然后说："黎明同志，你做得很对。我们就是要一切考虑前线，一切考虑部队。这几天你辛苦了，先休息一下。很快我们就要攻打临城。"

　　黎明心头的石头落了地。看来我是以小人之心度君子之腹，他心中暗想。

　　吃完晚饭，黎明回到宿舍，翻开包袱拿出一本《唐诗三百首》，看了几页。书是黎明在赞皇的收获。他在敌伪机关发现好些书籍报纸，搬回司令部后，谁也不稀罕，也没人把书籍报纸当缴获。秦毅辉对此嗤之以鼻："要这些干脚虾的玩意儿干什么？"所以就政治部的几个人随便分了分。黎明唯一的遗憾就是手脚有限，拿不了那么多，只能挑几本唐诗宋词之类的简装本带在身边，以便空闲时哼几首，解解馋。看完唐诗，黎明收拾收拾，然后上床睡觉。

　　睡到后半夜，黎明突然感觉屋子里有响动。他一个机灵爬起来，愕然看见张文清正在昏黄的油灯下翻检自己的包袱。黎明顿时心头火起，抓起衣服裤子一块儿扔过去："喏，这儿还有口袋，使劲翻，看看我究竟私藏了什么。张主任，我的党龄说不多，也有六七年了。"

　　张文清脸憋得通红，把手里的包袱往桌上一摔，只听哗啦一声，包袱里装着的书全掉到桌上地下。接着他站起身，快步在房间内走了个来回，然后说："黎明同志，正因为我们都是党员，有些话我必须当面讲清楚。"他歇了歇气，好像要斟酌后边的话："干脆，就实话实说吧。你人还在赞皇，我就接到了十几封检举告状信，内容不说你也清楚。还有人亲口对我说：你在赞皇明面上坚持原则，背地里私吞缴获，发了大财，包袱装得鼓鼓囊囊的，说得有鼻子有眼。作为主任，我不能不管。"

　　"是谁这么说？"黎明的嗓音提高八度。

　　"是谁这个不重要，重要的是我必须对你，对同志负责，懂吗？"张文清厉声喝叫。

　　"好啊，你是堂堂主任，想怎么干就怎么干。"黎明指着已经被翻空的包袱，回应道："用这种办法对待同志，就是你要负的责？你怎么不把所有党员都当成贼？我问你：党还要不要信任自己的党员？"

　　"你，"张文清咽了一口气，摇摇头，挥挥手，好像要把满腹的烦躁赶走："你太冲动，太冲动。我应该怎么说才好？"他在屋里转了一圈，掏出一枝烟叼在嘴里，想点火却没点燃，又用手指夹住烟卷，平息平息情绪说：“黎明，你是经过事的人，应该懂得：我这么做也是迫不得已。不过，事情已经很清楚，我，对，就在这儿，给你认个错。”

第二天，张文清在分区政治部大发脾气：“昨晚我亲自检查了黎明同志的行李，还是原来那些东西，一件新添的也没有。说明他在前方根本没有借机发洋财。以后谁再无中生有，怀疑同志，一切后果由他自己负责。”

十四

部队很快准备攻打临城。黎明依旧是“跟随前指，负责参战部队的政治工作”。就在战斗发起前的晚上，秦毅辉突然通知黎明火速赶回四分区。

“是不是上次的物资分配，我犯了错误？”黎明对此很敏感。

“你想哪里去了？”秦毅辉笑道：“十一分区有经验的干部不多，我们是真想把你留下，而且已经内定让你担任十九团的政治委员，等打完临城就宣布。可惜陈叫驴说我挖他的墙角，一定要你回去。”

“陈如风回来了？”黎明有些惊喜，他知道陈如风去延安参加整风，已经走了快两年。

“快去准备准备。只是你这个同志死脑筋，上次分缴获也没给自己弄点东西。”秦毅辉从腰间解下那条宽皮带，递给黎明：“算了，这条皮带是你送我的，就物归原主吧，也省得四分区的同志看着我们十一分区太寒碜。”

黎明推辞几次，也就接受了他的礼物。在回去的路上，黎明正巧碰上冯光。冯光低着头匆匆赶路。黎明上前打趣道："冯科长，慌里慌张忙的是个啥？要见老婆还是见相好呀？"

冯光抬头看看黎明，脚步不停地回答："哦，是黎明同志，有话以后说，我今天有事，不耽误了。"

十五

黎明回到四分区，发现分区司令部只剩下些二线人员。原来主力部队已经脱离分区建制，编组成野战兵团：太行纵队。纵队辖三个旅九个团，由二六二旅的三个老团和太行军区的一些基干部队扩编而成。纵队司令员陈如风，政委吴梦迟。赵保田当了三旅旅长。三旅的基础是一九三七年陈如风带过黄河的六五八团，资格最老，理所当然地成为纵队的龙头老大，所以上级又让纵队政治部副主任山路同时兼任三旅的政治委员。

这时部队已经接到命令向上党地区集中。黎明赶上部队，陈如风看见他哈哈大笑："黎明哪黎明，猜猜我是怎么回来的？老子这回儿可开洋荤了，和刘师长一起坐飞机回来的。"

"太行山还有飞机场？"黎明不太相信。

"嘿嘿，没见过吧，刚修的，在黎城。你这个大知识分子，天上明白一半，地上也不都明白吧？"陈如风拍着手，笑得像个孩子。

　　黎明突然想起八年前的阳明堡，陈如风从打飞机到坐飞机，世界真是颠倒了个个儿，他感慨地说："中央还有飞机？"

　　"现在还是美国佬的，我们是搭顺风车。不过以后都会有，肯定的。"吴梦迟说。

　　"叫我回来干什么？秦麻子那边正热闹着呢。"黎明问。

　　"秦麻子不要鼻子，趁老子人不在打我的秋风。"陈如风挥舞着拳头，好像要打人："老子不是软柿子。"

　　吴梦迟的眉头皱了皱："纵队的领导干部大多是原四分区的干部，机关也是原来四分区的机关。所以，把你调来担任纵队的宣传部长。你熟悉情况，赶快把纵队宣传部组建起来。"

　　其实就是把原来分区宣传科的摊子加以充实、扩大而已。所以陈如风说："这个不急。你先去三旅看看。部队刚刚扩遍，补充了很多新兵，要边整编边训练边向战地开进，问题很多。"

　　"不是说山路在那儿压阵吗？要我狗拿耗子多管闲事？"

　　吴梦迟对黎明说："司令员叫你去，你就去看看呗。"

十六

　　黎明到了三旅，迎面碰上白丁。白丁夹着个笔记本，正要去开会。黎明在他肩上捶了他一拳："你小子怎么也在这儿？纵队司令部不给你开伙了？"

　　"说话注意点儿，县官不如现管。老子现在是这儿的政治部主任。"白丁瞟了黎明一眼，用手拍拍自己肩膀，好像黎明那一拳把他的衣服弄脏了。

　　"好家伙，当上大首长了，"黎明大大咧咧地："说，该怎么招待我呀？"

　　"招待？招待个火铲。"白丁向左右看看，然后说："我说你早不来，晚不来，偏这个节骨眼上来？"

　　"这节骨眼怎么了？你家的狗肉被人偷吃了？"黎明问。

　　"叫驴没跟你说？咱们这里是旅长、政委拧着。"白丁凑着黎明耳朵小声说。

　　"啊，什么事这么大矛盾？"

　　白丁还要说话，就见山路一脸严肃走过来，连忙打住。山路问白丁："白主任，计划做好了吗？"

　　白丁拍拍手中的笔记本，回答："全在这儿呢。"

　　山路又对黎明说："你来得正好，我们要召开旅党委会议，讨论部队整编，你也发表发表意见。"

十七

　　在旅党委会上，黎明发现除了赵保田，其他人几乎都是新面孔。按说三旅是在老十四团的基础上扩编的，旅级干部应该以老十四团为主。

那时开会简单。山路问了声"人到齐了吗"，没等下面答话就继续道："情况不多说了。我们脱离分区后，分区要成立新的战斗部队。上级要求从我们部队抽调干部。前两天我们决定了旅团干部的抽调名单，今天先讨论由那些干部来接替他们的工作，然后研究营连级干部的抽调。保田同志，你有什么意见？"

赵保田眯缝着眼睛，坐在墙角落里，哼哼说："没意见。"

"那好。现在旅参谋长去了分区担任司令员，九团团长去了新编独立旅担任旅长，你们说谁接替他们比较好？"

"按道理，参谋长走了，当然由副参谋长接替。不过，这是军事问题，还是旅长说比较好。"白丁说。

"没意见。"赵保田又哼了哼。

"那就这么定了，傅效先同志，你把工作顶起来。"山路说。

傅效先回答："我服从组织安排。"

"七团团长的缺由谁来顶？"

"当然是九团团长马克坚比较好，他以前干过独立团团长，战斗经验丰富。"傅效先说。

"你一古脑把三个副团长也都调走了，谁来接九团团长？"赵保田气呼呼地嘣出一句。大家把目光转到赵保田身上。

"杨永年怎么样？"山路平心静气地说。

"什么？那个愣头青，几天前，他还是个毛连长。一下提起来当团长，指挥一两千人，只怕他要裤裆里打麻将，抹不开。"赵保田嚷嚷起来。

“不要用老眼光看人。抗战八年了，杨永年同志经过多次战斗考验，有头脑，经验丰富。上次护送中央首长过路，任务就完成得很好。”

“那是瞎猫碰上死耗子，没碰上较真的时候。就拿那次的任务来说，他在回来的路上逞蛮劲儿，图痛快，硬要大白天过路，结果自己屁股也挨了一枪。我的大政委，要把上千号人的一个团交给他这么瞎搞，保准用不了几天就报销了。”

“保田同志，瞎操个述的心。”白丁不以为然：“孙悟空能折腾，不还有唐三藏的紧箍咒？强将手下无弱兵，有你这位旅长看着，还怕九团打不好仗？”

“打仗不是小孩过家家。”赵保田脸红脖子粗：“不多加几个保险系数，谁敢带部队上战场？”

山路皱着眉头说：“保田同志，三旅是老红军部队，有经验的干部多，底子厚，随便抽调几个不会伤筋动骨。”

“干部多，底子厚，也不是无底洞。”赵保田继续大声嚷嚷：“你不是还要调营连战斗骨干吗？白丁，说说你的新方案，竹筒倒豆子，干脆点。”

白丁嗫嚅着说：“我们的方案是…，”

还没说完这句话，就见赵保田双手一摊，喊叫起来：“行了，你们决定，我没意见，都同意。我还建议把所有营长，连长，排长通通调走，把部队搞垮了大家省心。”

黎明想了想，决定和个稀泥：“保田同志，调干部是好事，说明我们的事业发展了，我们不能老看着眼皮子底下那一亩三分地。不过眼下部队要打仗，战斗骨干调得过多会影响战斗力。山路同志，这事儿能不能缓一点，等打过这一仗再说？"

山路抬眼看看黎明，用拳头顶了顶胃部。他以前蹲过国民党的监狱，身体一直不太好，看上去有点面黄饥瘦，说话也很少发力："黎明哪，怎么你也说这种话？俗话说双拳难敌四掌，光靠一个三旅就能包打天下？好容易抗战结束了，有多少人参军？部队有机会扩充了，到处需要干部。不从我们这儿调，从那里调？你们看，国民党的动作有多快，上党就在我们眼皮底下，我们居然让阎老西抢了先。同志们，时间不等人哪。我们没有飞机大炮，要和国民党争地盘，靠的就是这些本钱。古人说长袖善舞，多钱善贾，人多点，打起仗来总要好些。"

黎明也不轻易让步："这个问题要辩证地看。部队建设也存在长远目标和短期目标的矛盾，关键是不能影响老部队的战斗力。老部队如果突然失血过多，打不好仗或者打上个败仗，对新部队的建设也有影响。"

"哈哈，绕来绕去还是这个老问题，战斗骨干是否抽调太多太狠？"山路笑道："三旅的底子我清楚。老十四团从四零年起就没有大的扩充，绝大部分干部战士都有多年的实战经验，他的一个班长到新部队可以当排长甚至当连长，再怎么抽调也不会垮。你们算算：杨永年同志是那年参的军？抗战中打过多少仗？这样的干部还算得上是新干部吗？干部是实践中锻炼出来的，就看我们敢不敢给他们压担子。部队都是打垮的，没听说还调干部调垮啦。"

"既然这么说道，我再没意见。就是七团一直缺个政委，我提议让罗志远同志担任。"赵保田插了一句。

"小骡子？我们准备让他去新部队。"白丁说。

"留下一头羊吃草，也得给我留下一头骡子干活。就是你们说我本位主义我也坚持。"赵保田说。

"我同意，就照保田同志的意见办。"山路这次很干脆。

十八

一九四五年八月，阎锡山所部十九军在军长史泽波率领下占领了襄垣、潞城，长治、长子等县城。该地区古称上党郡，地处八路军一二九师部队的腹心。卧榻之侧，岂容他人酣睡。晋冀鲁豫军区司令员刘伯承、政治委员邓小平遵照中央军委指示，针对史泽波部孤军深入、守备分散的特点，决心发起上党战役。

太行纵队向上党集中时，沿途的乡亲们像过节一般，敲锣打鼓，欢迎欢送，追着战士问长问短。老大娘，小媳妇纷纷把鞋袜，鸡蛋，黄糕朝战士怀里塞。所过村庄，都在热火朝天地动员参军，参战，支援前线。到处是"坚决向敌人进攻"；"收缴敌伪武装"；"接受日伪军投降"；"打退顽军进攻"；"武装起来，保卫抗战胜利果实"等标语口号。部队前脚走，后面就跟上浩浩荡荡的民兵和支前队伍。山连山，坳接坳，军民武装的洪流望不到头。

在浊漳河畔的一个小村庄里，邓小平到太行纵队做战前动员，他声音宏亮，语调干脆地说："抗日战争胜利了，蒋介石却不准八路军受降。国民党的队伍正沿着平汉，津浦，同浦三条铁路线北上。在我们周围的大汉奸都被蒋介石收编，封为军长，先遣军司令，摇身一变成为中央军。他们都有资格受降，就是我们坚持了八年抗战的共产党，八路军不能受降。这世界还有天理吗？"

一番话激得纵队干部们火冒三丈，个个咬牙切齿。赵保田大骂起来："蒋光头这个混账王八蛋，我操他八辈子祖宗，老子豁出这条命跟他拼了。"

"光生气没有用，蒋介石是骂不垮的，还得靠打。"说到这里，邓小平有力地摇动拳头："中央的方针是争锋相对，寸土必争。当前要集中兵力，将侵入我上党地区的阎锡山匪军全部消灭。"

十九

上党战役于九月十日正式发起。攻克外围各城后，各纵队合围长治。刘邓决心由城东、南、西三面同时发起进攻，虚留生路于北关，诱使史泽波北逃而在野战中加以歼灭。

太行纵队的攻城主力定为三旅。陈如风亲自下到三旅旅部，对赵保田说："赵闷灯儿，给你块骨头啃，打长治，啃得动不？"

"阎老西的兵都是些豆腐渣，有啥好怕。"赵保田先喜笑颜开地答，又顺口带出一句："就怕我那一大把新干部，撒到大城市里冒不了泡，连东西南北都分不清。”

黎明看见白丁和傅效先站在那里颇为尴尬，但陈如风压根儿没注意，只揪着赵保田不放："要虚火现在说，老子换人还来得及。"

山路赶紧说："要说进大城市，新干部没有经验，难道老干部就逛过？"

陈如风转头问山路："山路同志，新提的这些干部究竟行不行呀？"

山路还没说话，赵保田就脱口而出："姜是老的辣，长治不比小县城，新干部上来就攻坚，我看够呛。"

傅效先这时开了腔："我文化不高，做做副职还凑合，哪能正式负责？不是这块料嘛。"

白丁不满意地说："你文化不高？难道其他人的文化就高？既然组织任命了，我们就要努力干好工作。无非是打个仗，攻个坚，日本人都打跑了，还怕阎锡山的几个烂兵？有上级指导，同志们的帮助，打个长治有啥大不了。"

赵保田有点脸红，心里知道自己说溜了嘴："述，我可不是说你们二位。"

山路说："想说谁，你心里明白。你赵保田不也是从新兵蛋子打出来的嘛，什么新干部老干部？算得那么清楚。"

"赵保田，你就是本位主义思想改不了。"陈如风吼道。

“哎，叫驴，你可别那壶不开提那壶。”赵保田慌忙喊道。

要说这壶故事就得说谢富治。有一次陈如风想从十四团调五百发子弹，赵保田整死不干，结果闹到谢富治那里。谢富治把赵保田找来先一通臭训，什么本位主义，小团体主义等等盖帽，然后干脆连人带枪抽出了一个老红军连。赵保田这个人是谁也不服，就服谢富治。

黎明出来打个圆场：“其实长治也不算大城市，就比一般县城稍稍大些。街道路面基本相同，作战的指挥，调度，章法也应该大致一样。真打进去了，不过从东到西多跑几步，迷不了路。我们就当是锻炼锻炼干部。”

陈如风听到这话很不是味：“你们这些知识分子，怎么说话尽拐弯抹角？行就行，不行就不行，还锻炼锻炼干部呢。”

赵保田忙着接茬：“我说行、行。任务既然下达，就别再改变。困难我们自己想办法克服。”

“早该放出这个屁来，多这么些费话。”陈如风挺不满意。

二十

战场形势，瞬息万变。太行纵队刚做好攻城的准备，突然接到命令北上打援。由于上党告急，阎锡山令彭毓斌率十三个师约两万人，由祁县南下增援，试图为史泽波解围。至此，上党战役发展为晋冀鲁豫野战军和阎锡山地方军阀之间的战区决战。

　　部队接到命令后，为迷惑敌人，当天白天佯装准备攻城，一到晚上马上撤除战斗，冒着滂沱大雨向北疾进。第二天天亮，刘邓发现敌人改变行进路线，紧急命令部队也改变路线，在大白天兼程赶路。黎明他们没时间吃早饭，只能在路上边走边啃窝窝头。走了一段，迎面过来一支队伍，居然是抗大分校。黎明赶紧问："校部在那里？"他知道竺青当时就在分校的校部。

　　"后边呢。"分校的先头人员随手向后一指，然后带着队伍上了岔道。

　　黎明策马往前方赶，走几步就停下，找分校的教工学员问校部的位置。每次得到的回答都一样："后边呢。"等到分校的队伍快过完了，还没见到校部的影子。黎明正在失望，见几个扫尾的人员过来，都骑着马，其中一个年纪稍大，干部模样，便上前问询。干部答："哦，你错过了。校部的确是最后离开，但他们抄了小路，已经赶到队伍前面。要是你快点儿，过岔道不远应该碰得上。"

　　黎明赶紧回头，快马加鞭。半道碰上白丁。白丁见黎明急急忙忙往后跑，有点奇怪，但没时间多说，就在马背上打个招呼："你捣什么鬼？跑过去又跑过来，部队在急行军，别跑丢了。"

　　黎明没功夫答理他，心急火撩脱离自己的部队，拐上岔道一路前奔。他很快超越分校大队的先头，不久果然看见一支小队伍，有一两百人吧。黎明冲过去，勒住马头拦住那支队伍，连喊两声："竺青，竺青。"

　　队伍前排的人楞楞，纷纷回头。黎明终于瞅见灰蒙蒙的队伍中闪烁着一对明亮的眼睛。当时有点小雨，竺青还戴着斗笠，她的两根手指捻着下巴下方的斗笠结带子，双目水灵灵地望着黎明，脚步也不自觉地停下。

黎明盯着竺青，笑笑。竺青盯着黎明，歪歪头，也笑笑。他们还没来得及说话，就听有人大吼："谁在前边挡道，不要命了？竺青，跟上队伍，注意纪律。"

黎明拨开马头让出道。竺青慢慢挪动脚步，轻轻从黎明面前经过，他们始终没有机会单独在一起，也没有机会说话，就那么默默地注视对方，直到竺青走远，消失在浓浓的雨雾中。

二十一

部队终于在老爷岭，磨盘垴一带兜住了敌人援兵。赵保田的部队负责主攻磨盘垴。他看了地形并组织了几次试探攻击后，很快发现阎军阵地的弱点，决定以七团正面主攻，九团从侧后迂回，八团做预备队。方案上报纵队司令部，陈如风给赵保田打电话："同意旅的方案，但攻击时间要调整，不要在黄昏后发起，而要在黎明前接敌，天一亮就开始总攻。"

黎明在旁边觉得奇怪："我们不是夜猫子吗？大白天发起攻击，敌人飞机来了怎么办？"

"阎老西没有飞机，就是有，也是几架破烂货，给咱们搔痒都不够劲儿。黎明前接敌，可以防止敌人炮火杀伤，白天攻击，视线清楚，指挥员容易掌握部队。"陈如风说："你不是喜欢看热闹吗？就去三旅旅部吧。"

　　战斗开始后，七团打得很猛。阎军根本没有想到土八路会白天突击，措手不及，一连几道阵地被突破。不想快到山顶时，阎军把全部火力集中对付七团，一时打得土石翻飞，硝烟弥漫。七团被压得上不去，下不来，伤亡不断增加，却不见侧后迂回的九团有任何动静。

　　赵保田血往上涌，跳起脚嚷嚷："杨永年这家伙，是死了还是睡着了？再不展开攻击，七团就垮了。"他转头看见山路，咆哮着说："我说他不行吧，你们拍胸口说行。现在怎么样？出大乱子了。"

　　没有人敢说话。只有山路脸色铁青，冷冰冰地说："我去看看，捅他一家伙。"转身就走。

　　无人说话，也无人动弹，只听赵保田胸腔呼哧呼哧拉风箱。山路刚走到指挥部门口，突然有人低沉地喝叫："不行。"

　　众人知道是赵保田，虽然他正拿着个望远镜观察战场，连头都没回。四周依然静悄悄地，没人说话，没人动弹，冷得像块冰。山路不想停下脚步，但还是顿住。

　　"老赵，没什么。不就靠前指挥嘛。"山路一个字一个字往外吐，很平稳，很清楚，当然也很乏味。

　　"不行，我说不行就是不行。效先，你协同政委指挥，我去九团。"赵保田也不激动，他放下望远镜，说着就往外走。

　　山路一把把他抓住说："你是旅长，不能离开指挥岗位。"

"老子不当旅长，就当团长。"赵保田突然暴跳，大吼一声，只管往外冲，旁人拉都拉不住。

"胡闹。"山路突然提高嗓音，提高得穿云破石，那种潜在的震慑力如同高能微波让人撕心裂肺："保田同志，这是耍孩子脾气的时候吗？你是旅长，关键时刻要保持头脑清醒。"

"山政委，我的意思是…，"赵保田被震住了几分，有点不知道该说什么。

"什么'你的意思'，'我的意思'？现在都听我说的。我是旅党委第一书记，有最后决定权。我命令：你，赵保田，呆在旅部掌握全局，对整个战斗负全责。"山路放缓语气对黎明说："黎明，白丁不在，你就暂时负责这儿的政治工作，协助旅长，坚决打好这一仗。"说完，他带上警卫员走了，而其他人还站在那儿发楞。

赵保田也没了其他选择。他马上命令：八团准备支援七团，然后自己带上人就往七团方向去。黎明没有拦阻，也拦不住，只好跟着走，大家都豁出去了。山路去了不久，九团就在侧后打响，山顶的阎军顿时乱了套。赵保田带着突击队，咆哮着向主峰冲。整个战场弹雨横飞，混乱不堪。冲上山顶，赵保田急着部署下一步战斗，只对黎明说："赶快去找山政委。"

黎明找到九团团长杨永年，问他山路在哪里？杨永年急急忙忙，就答了句人在半山腰，被打倒了，死活不清楚。黎明赶快下山，果然看见山路挣挫在烂泥地中，虽然腿脚俱全，但怎么也爬不起来。他看见黎明，苍白的脸上泛起一点笑："都上去了？"

"上去了。"黎明扶住山路的身体，语调微微有些埋怨："看看，这又何必？没事儿吧？"

"不会有事儿的。"山路语带犹豫，身体又在原地挣了挣，然后抬头看看山顶的红日，叹了口气："我总算说得过去了。"

担架队上来，黎明把山路抱上担架，目送他远去，然后才回到山顶。

在山谷底部猬集一团的阎军官兵看着从四面制高点上倾泻而下的八路军，惊慌失措。从此，也算风云一时的晋系军阀退出了中国历史大剧院的中央舞台。

二十二

枪声渐渐稀疏下来，血肉模糊的战场上秋风凛凛，断草呻吟。战士们喜笑颜开，扛着战利品，押着俘虏下山。民工在负责善后的干部带领下清理战场，掩埋死者。到处人影晃动，锹锄铿锵。这儿的过去没有哀乐，没有棺木，没有花，没有祭品，也没有家属哭泣，只有一抔黄土掩面。赵保田提着枪懒洋洋地往回走，一路上也不怎么说话。七团政委罗志远过来说："吴政委要我们把俘虏和缴获分给其他部队一些。"

赵保田面无表情地说："没意见，按山政委说的办。"

彭毓斌集团覆灭后，史泽波放弃长治，仓皇出逃，很快也被消灭。随后，太行纵队奉命改称晋冀鲁豫野战军第一纵队。

二十三

　　很快，纵队接到命令连夜向平汉路开拔，参加平汉战役。由于上党大捷，部队士气很高，一天一夜赶了一百四十多里，到达邯郸以南的马头地区，立即投入战斗，将进攻解放区的国民党三个军包围起来。

　　夜晚，天色很好，黎明到后方组织支前，碰上了赵志一。赵志一当了附近清河分区的政委。他看见黎明马上说："老黎，你得帮帮忙。我这个分区的独立团是新成立的，要干部没干部，要武器没武器，你们是主力，拔根毛比咱腰还粗，无论如何得支援一点。"

　　黎明有些为难，现在地方对待部队基本就是雁过拔毛，谁都想咬上一口。一纵已经多次支援地方，再大方也有个限度。

　　"你不好意思，就带我去找赵保田，我去说。"赵志一说。

　　黎明带着他去了三旅旅部。赵保田听完赵志一的要求，马上对白丁说："没意见，按山政委说的办。从七八九团各抽一个战斗排，连人带武器，通通交给清河分区。"

　　清河分区一下发了大财，很快成为整个邯郸地区的主力团，后来全团编入刘邓主力的第一纵队。

　　高树勋宣布起义时，黎明正忙着编印宣传品，听到国民党其余两个军开始向南撤退的消息，他丢下手里的工作，便赶去参加追击的行列。这次追击，是在大平原上展开的，不知道有多少路军马在奔驰，不知道有多少种火器在发射，就象巨大的海潮一般，突怒无畏，蹈壁冲津，席卷了广阔的原野。一直追到漳河边，终于把国民党的两个军一网打尽了。

　　黎明的抗日战争结束了，但他没有过上娶媳妇的太平日子，因为前方还有更加火爆的战争。

（第一部　完）

www.ingramcontent.com/pod-product-compliance
Lightning Source LLC
Chambersburg PA
CBHW071959190726
48293CB00001B/89